半熟男女

In Between

柳翠虎 作品

湖南文艺出版社
HUNAN LITERATURE AND ART PUBLISHING HOUSE

博集天卷
CS-BOOKY

目　录　Contents

PART 1

富贵"险"中求

一个男人牵着一条狗，像是在楼下等了许久，

直到 10 号楼的门禁打开，

何知南穿着家居服的身影出现了。

1. 2303

何知南刚出电梯就皱起了眉。

东三环的电梯公寓里透着夕阳的斜影，楼道的窗户没打开，紧紧捂了一整个白天的不明味道，挟带着酷暑的闷热气息扑面而来，何知南差点往后一步退回电梯里。

"又来了！"何知南憋着一口气，拽紧了包，目不斜视地大步穿过楼道，在楼道尽头的2304前停下，"嘀嘀嘀"快速摁开了门上的密码锁。

"呼。"在扣上门的那一刻，她扔下包深吸了一口气，踢开脚上趿拉着的乐福鞋，还不忘愤怒地回身盯了门一眼。如果视线能够穿透阻碍，何知南的恼怒将单刀直入地投射在2303的门牌号上。

白玉嘉园10号楼是单身公寓楼，统一装修，确保户主拎包入住。在何知南刚毕业的时候，父母就替她付了首付，之后北京房价一路疯涨，令人咂舌。每当想起当时买房子的情形，何知南都有些后悔——早知道当初应该努力加把劲，说服父母给自己买套大些的房子。

单听口音，何知南一点也不像个北京姑娘，她声音软糯，严肃的时候带着几分脆生。小时候在胡同里住过一阵，可还没记太多事，父母就因为工作调去了天津，何知南也就乖乖跟着一路在天津读小学、初中，然后竟奋力考到了北京前十的高中里。

世人总对名校有误解，以为挣扎入了名校就一生前途无量。可事实上，名校里的学渣所占的比例一点不低于普通学校——何知南就是其中一个。进了全国最好的高中之一，顶着世人眼中稳上"清北"的光环，经历了三年放飞自我的素质教育，又四年后，何知南默默地从北京一所二本学校的金融专业毕业了。

何知南对2303的住户了解不深，比邻住着却从没碰过面，只在去年年初电梯里遇见中介时问了一句，知道搬进来的是对小情侣，定了两年租期，50平方米不到的房子里住了两人一狗。去年天气热，何知南偶尔几次经过楼道的时候，竟发现2303的门总是微微地敞开着。

现代人将隐私看得很重要，住了3年，何知南第一回发现有人喜欢没事打开公寓门，露出那么些秘密来诱人探索。楼道来来回回走过几遭，有次终于压不住好奇心，她偷偷往里瞧了一小下。

都是统一装修的公寓，但这户人家多了太多他们自己添置的不必要的家具，多余的桌椅随意地挤在屋子各处，临门摆放着简陋而不堪重负的书柜，客厅边角堆叠起来的巨大储物箱与笨重的沙发交错放置着，视觉上看起来比何知南家足足小了一半。窗户似乎永远是关着的，窗帘沉沉地垂下，和堆起来的杂物共同遮住了客厅大半的日光。何知南还没来得及停下多瞧一眼屋内一闪而过的主人，就被屋子里的狗发现了。狗急促地叫起来，舞着四条短腿冲到门边，何知南差点尖叫出声，立即快步走进了电梯里，之后来来往往再没敢往里多瞧一眼。

每当这种时候，楼道里就会悄无声息地弥漫起一股陌生而令人反感的味道。这是从略微敞开的门缝里溜出来的——2303的味道。

何知南是一个对味道敏感的人，她可以清晰分辨出那股味道里混杂着的腻人的油烟味、饭菜味、起居味，以及动物的毛发味，被暑气一烘，发酵出腐烂的酸味来。她不喜欢这种未经净化的他人的生活气息，更不喜欢这种直冲口鼻的、让人深觉自己的领地被侵犯的无界限感，这是一股让人觉得被冒犯的异味——好似嫌弃自己的空间太小，起居不自在，因而才偷偷摸摸开一点门，占一点他人的便宜，哪怕是窃走点空气也好。

换了新工作后的大半年里，何知南过着非常中规中矩的生活。每天上午9点上班，下午6点准时下班，白玉嘉园距离CBD（中央商务区）仅两站地铁，工作日她乘地铁10号线通勤，从出公寓门到在工位坐下，不过20分钟。下班回家的何知南一个人看综艺或者追剧，洗完澡湿着头发懒洋洋地躺在床上看抖音，晚上11点30分准时睡觉。

只有很偶尔的时候，她才会和异地的男友打电话。

异地的男友高鹏是她的高中同学。有一年暑假，好几个同学一起跑了一趟西藏，高中生的灵魂顺理成章地被转经筒与格桑花感化。纯净的蓝天下经幡漫天，在某一个瞬间，何知南与高鹏的视线对在了一起，坦荡而透彻，两个年轻人的眼中映照出西藏的天空与彼此的倒影。

5秒后，何知南先对着高鹏微微笑起来了。高鹏的嘴角仿佛也被她牵动，跟着缓慢地翘起，最终变成了一个灿烂的弧度。

那天大家在藏民家吃完饭后，高鹏悄无声息地走到何知南身边，轻轻地牵起了她的手。何知南记得那刻手中传来的温暖干燥的触感，它直达心里，像夏日午后空调房里裹在身上的午睡毯。

高中毕业后，高鹏去了英国。在他们高中，毕业出国是大趋势。高鹏成绩不算好，与其在国内上个中不溜的大学，不如出国镀一层金，也见见世面。何知南的父母不舍得女儿高中毕业就流落在异国他乡，加之也没太多望女成凤的心思，认为她安安分分留在身边最好。

高鹏从英国的学校毕业后就回了国，之后进了与航空相关的外资企业，还没到一年，又"不幸"被外派去了香港。

"我倒觉得异地恋是维系我们感情的最佳状态。我们从一开始就没怎么黏在一起过。"何知南和闺密孙涵涵提过一次。维持不近不远的牵挂，是何知南对待这份感情最熟悉的方式，无论是从高中到大学，还是现在。

孙涵涵笑她所谓的恋爱，就是和对方在微信上有一搭没一搭地聊天，偶尔发个骚。

"你就算了，我没想到高鹏也是个这么素的人。换我早出轨了！"孙涵涵还没说完就咯咯地笑起来，贴在她耳边悄悄问，"哎，你说，高鹏会不会早就有……"

何知南当时瞪了孙涵涵一眼。她想了会儿，打算大气点，说："倒也无所谓。他何苦呢？与其出轨，不如直接和我分手来得好。"

那天晚上何知南没睡好，半夜突袭打了个电话给在香港的高鹏。

铃声响了很久才被接起，高鹏用带着困意的含糊声音唤了一声：

"南南？"

未睡醒而略呆的迟钝反应，让他像个单纯的智商不高的孩子，何知南的心一瞬间化了。

就是个小傻瓜的样子，自己到底在想什么？她开开心心地哄了高鹏，便心中无忧地睡下了。

何知南到家才晚上7点多。她换了家居服，都市白领平日扬言不吃晚餐，可这会儿突然有点饿。她看了一眼微信，有好几条未读。

"这周末有空吗？"

"在干吗？"

"工体新开了一家bistro（小酒馆），挺不错的，哪天下班一起尝尝？"

来自不同的人。

唯一相同的是，他们都被分在了"乱七八糟不想理"的群组里。每次何知南发朋友圈，都得进行精心的分组，有些内容"乱七八糟不想理"的人可见，有些，比如和高鹏的恋爱五周年纪念日，这个群组就绝不可见。

何知南突然有些烦躁。她觉得自己的生活被这一个个在酒吧、北京电影节、音乐节、网易云以及豆瓣小组莫名其妙邂逅的杂草一般的男人侵扰了。"加个微信？"所有五花八门的开场最后都以这句话结尾。他们无孔不入又死皮赖脸。

她给孙涵涵发了一句："我有时候真的觉得男人好烦、好无聊啊！"然后删除了一个个聊天框。

和男友的最新聊天记录停留在一个小时前，朋友群里有人转发几条段子，她兴致寥寥地看了一圈，最后拿起手机"啪啪啪"给高鹏发了一条："饿了，我出门觅食了。"

把披肩的卷发扎成丸子头，换上鞋，何知南习惯性地在开门前深吸一口气，憋气，开门，探头——门外是黑黢黢的安静楼道，2303 大门紧闭，何知南略感惊讶。

夕阳早就沉下去了，窗外夜色正浓，城市的灯火热闹地闪烁着，感应灯被何知南惊动，"嗖"的一下亮起来，楼道里的窗户不知被谁打开通风了，仅残余几不可闻的异味。何知南舒了口气，心情敞亮地摁电梯下楼了。

白玉嘉园小区属于北京的中高档楼盘，绿化极佳，几条交错的小径甚至铺上了塑胶，供住户跑步健身。盛夏的夜晚有此起彼伏的蝉鸣与偶尔从树丛中蹿出来疾走的小流浪猫。这个时候的小区里，楼下基本都是才下班的遛狗的白领。

一个男人牵着一条狗，像是在楼下等了许久，直到 10 号楼的门禁打开，何知南穿着家居服的身影出现了。

他犹豫一下，终于跟了上去。

2. 瞿一芇

何知南工作了 3 年，看起来却仍旧一副涉世未深的样子，带着些微莽撞而毛糙的气质，一脸无辜。孙涵涵对她的形容是人畜无害。

而高鹏则认为，何知南在进入社会这么多年后，还能保持人畜无害，可见她对工作从来没上过心。哪怕稍微有点上进心，在北京这种地方，都得养出来一些肃杀之气。

她的外貌，说好看是不至于的，但也绝不会有人嫌弃她丑，唯一可圈可点的是颊上两个梨涡，笑起来温暖甜蜜。

也有恭维她的男同事，有阵子突然大赞她像老牌港星钟红，每日叫她"朝阳区红姑"。

她当时美滋滋地收下这个称号，隔天便与孙涵涵说了。不料孙涵涵美目一转，瞟了她一眼，说："是有些像。不过你记得，路人和明星像，90% 都是因为缺点像。你想想，钟红的脸有什么缺点？"

何知南立刻苦了脸，掏出手机搜出一张钟红的照片仔仔细细瞧了，然后忧伤地得出结论："她脸方、鼻子肉！我也是……"

孙涵涵坏笑起来，转而安慰道："但是你真的长得很可爱！"

在这样一个美人眼中只能算是可爱的何知南坐在东田吃越南粉的时候，会被瞿一芃这个颜值级别的男士搭讪，她心里是吃惊的。

瞿一芃语调缓慢而有礼貌，他站在桌边，询问能不能拼桌。他一身Under Armour（安德玛）运动装，似乎刚刚跑完步，周身散发着热气，而此刻的何知南，正一边用手机看小说一边往嘴里塞一只越南鲜虾卷。

颜值普通的女孩突然受到颜值颇高的异性的青睐，第一反应不是热情回应，而是装相，冷漠中甚至透露出几分不屑，宛如潜意识启动的保护机制。

何知南挺直了背，抬头看了瞿一芃一眼，有些诧异，她咽下口中的鲜虾卷，竭力保持疏离与镇静，对他点点头，说："嗯……请便。"

瞿一芃微微笑了一下："谢谢。"之后他很有分寸感地坐在何知南斜对面，慢条斯理地吃完了一整碗越南粉。

而全程，何知南宛如一只猫一般保持警惕，她坐得笔直，另一只手依旧拿着手机，但调整成了一个优雅的姿势。她想了想，又将小说页面关闭了，改成了公众号推送的一篇行业深度文章，心不在焉地看起来。

两人之间毫无交流，用余光判断出瞿一芃已经吃光粉以后，何知南有些失落地感叹，这大概连搭讪都算不上。

末了，瞿一芃叫来服务员买单。服务员看了桌上两张单子，一相加，报了个总价：215元。

在人均80元的餐厅里，一碗越南粉显然不是这个价，服务员是脑子不灵光，把她的餐费也算进去了吧？何知南放下手机刚要解释，却见瞿一芃了然似的笑了一下，直接付了账。

"哎？……哎，不对……那个账……"何知南被瞿一芃的举动镇住，缓了一会儿才想要解释，一时不敢相信他这是故意给自己买单。

服务员收款后立刻走了。

"没事的，你可以转给我。"看何知南半是为难半是愣怔的样子，瞿一芃开口了。他递上手机，界面是添加好友的二维码。"当然，请你吃饭，我也很乐意。"

这句礼貌且带有恭维之意的客套话让何知南特别受用。她笑起来，露出浅浅的梨涡，说："这怎么好意思。"而后迅速添加了好友。

瞿一芃的微信用的是真名，头像是一张国外风景照。通过好友申请后，瞿一芃便先行离开了。

何知南没想到是他。

两个月前他们因为工作接触过一次，当然她相信瞿一芃一定早就忘了她，她在签到处接待来参会的客户，对瞿一芃的外貌印象极深，白净、清瘦、清冷，又彬彬有礼。他递过名片，上面写着：瞿一芃，某某资管战略合规经理。当时和她一起站在签到台的是个中国人民大学法学院的实习生小姑娘，等瞿一芃进了会议室，实习生激动得花枝乱颤，兴奋又小声地对何知南念叨："帅哥哎，帅哥哎，帅哥哎……能要到微信就好了！……"

何知南看了一眼瞿一芃的朋友圈，极少更新，内容基本是转发的一些行业资讯，看不出任何生活痕迹。

她点开两人的聊天框，在转账页面思考了一会儿，决定改成"发送红包"，配文从"遇见你很开心"到"谢谢大款"，再到微信自带的"恭喜发财，大吉大利"——想要暧昧一点，又得矜持，还得带着可爱和随意……

最终，瞿一芃走出商场的时候，才收到一条微信提醒，是何知南发来的红包。

"谢谢你啦，瞿。"

瞿一芃笑了一下，没急着回复。

他注意到何知南是两个月前在 A 所的一次市场会议上，他擅长记忆人脸，几乎一眼就认出了何知南是现在自己所租小区的 10 号楼的邻居。

A 所是国内顶级律所，在国际金融领域独树一帜。合伙人经常会以研读最新政策为由举办各类会议，邀请客户或者潜在客户前来参会。这表面上是政策的解读分享，实际上是潜在市场的开拓，旨在与客户建立一个长期的良好关系。

何知南的老板张泽锐，就是 A 所有名的合伙人。而何知南，是他的行政秘书之一。

律所秘书的薪资行情瞿一芃一清二楚：大方点的合伙人一个月给 6000 元，抠门点的给 3000 元不到的都有。何知南的工资哪怕翻倍都凑不够白玉嘉园的租金，她绝不可能靠自己住进这个小区。

瞿一芃深谙 CBD 和金融街的潜规则，其中一条就是：打零工的行政与秘书才是衣食无忧，有车、有房、有户口，身价动辄千万元的人间"富贵花"；而衣着光鲜、名校毕业的白领骨干精英女，反而是苦兮兮的一无所有的北漂族。

领一份高薪算什么？他的薪酬始终涨不过房价，也买不动户口。

他走到小区楼下宠物店接回请老板帮忙照看的柯基，远远见着何知南进入小区，最常见不过的 20 多岁女生，她的背影消失在白玉嘉园 10 号楼的门禁里。

她不算好看，说话的时候略微有些迟钝，化了妆还是能看出来她的皮肤一般、眉毛稀疏。

但她半旧不新的眼镜框是 Tiffany（蒂芙尼）的，家居服上衣是 Moncler（盟可睐）的。

在国贸上班的白领大多只会在吊坠以及钻戒上选择 Tiffany，少有直奔 T 家买镜框的。Moncler 在国贸三期底下有专柜，韩苏口中死贵又花哨的羽绒服。瞿一芃想起去年冬天和韩苏去日本旅游时，他们俩一人买了一套 Moncler，花了将近 30000 元，肉疼之余只能安慰自己还好有年终奖。

而所谓的阶层差别就在于，自己郑重买下的牌子，在别人眼里，只是逛街的时候随手带一件回家的家居服。

瞿一芃打开聊天框，收下红包，给何知南回了一个表情。

3. 认可

何知南刚进屋就收到了两条微信提示——"你的红包已被领取"，以及一个来自瞿一芃的活泼的表情。

她的心没来由地雀跃起来，像是沉寂了很久的湖水被激起丝丝涟漪。

微信里还有别的未读消息，包括半个小时前高鹏发来的一句："好的，觅食宝宝。"

高鹏总是这样，何知南跟孙涵涵吐槽过因为异地恋带来的言语贫瘠问题。除了网络之外，双方的生活完全是独立而平行的两条线。为了维系感情，两个人日常不得不费力去向彼此汇报一些生活琐事，这样就势必导致一方对这些生活琐事的回应变得充满套路。

比如，何知南如果发一句："中午去吃咖喱饭！"高鹏的回应十有八九是："好的，咖喱饭宝宝。"下午何知南困了，发来一句："好困呀，我买了一杯摩卡。"高鹏的回应就是："亲亲，摩卡宝宝。"以此类推，下班乘坐地铁的时候，她是高鹏口中的"地铁宝宝"，回家看综艺的时候，她是"综艺宝宝"……

"现在我每次看到'某某宝宝'几个字，白眼都要翻上天了！"何知南总结道。

但孙涵涵认为，何知南的嫌弃只是表象，本质上，她还是喜欢，甚至享受高鹏这样亲昵的话术的套路的。

"你自己都不知道，你有多希望别人爱你。"

孙涵涵隐隐约约知道何知南的手机里收纳了多少寂寞男士的微信号。每回去酒吧，只要遇上搭讪的男士，无论什么货色上来献殷勤，要微信，何知南就总以不好伤了人家的面子为由屡屡答应。而每次出了酒吧，何知南也要不断强调自己心中着实烦透了这班"殷勤侠"。

但今天，何知南连嫌弃的表象都没有了，一股回荡在四肢百骸的快乐支配着她开开心心地给高鹏以及"乱七八糟不想理"分组的人回了好几条信息。

门外楼道里传来了几声狗叫与开关门声，何知南懒得注意，她正滔滔不绝地向孙涵涵发送信息——

"你说他是故意请我吃饭的吧，是为了要我的微信？"

"还挺奇怪的……但我见过他的名片，他们公司和我们律所有合作，肯定不是什么坏人。"

"某某资管不太好进，他那个级别应该至少工作六年了，怎么还是单身……"

"唉，我觉得他应该就是个骗婚的同性恋……"

…………

叽叽喳喳发了一串，却半晌没得到回复。

每周工作日晚上 7 点 30 分到 9 点，孙涵涵都在三里屯的一家健身房举铁。沐浴完擦着湿淋淋的头发，她才看到何知南发来的消息，15 条文字外加两条 30 秒以上的语音。

孙涵涵从对外经济贸易大学毕业后在金宝街的一家跨国传媒公司上班，与何知南老板团队里的一名律师是本科同学，她和何知南也是因一次聚会机缘巧合结识的。

大部分女性对漂亮姑娘的喜爱程度绝不低于男性，孙涵涵这类眉眼间颇有英气的美人就更招女性喜欢了。何知南对孙涵涵的喜爱，称得上一见钟情。

而长相如孙涵涵这般的美人，也永远不会介意身边有一个单纯的绿叶相伴。

孙涵涵常去的健身房是某连锁国际酒店下的品牌，人不多，配备的浴室甚至会给每位会员提供一次性洗漱用具与干净的浴巾，完全对标酒店水准。孙涵涵发现，从上个月起，就连女士公用吹风机都被很贴心地换成了戴森，甚至配上了最新款的卷发棒。

26 岁还单身的美女，多多少少在择偶上有些着急，北京学历好、家世好、长相好却单身的大有人在，孙涵涵听说好几个同学私下里给百合网或世纪佳缘充了年费，试图找到如意郎君。

孙涵涵更通透心狠一些，她将钱砸在了高档健身房与飞机商务舱上。以她这一年的经验来看，商务舱个人空间相对私密，乘客之间一般少有交流。

反倒是健身房，是即便身着束身衣和紧身裤搔首弄姿、挥汗如雨，也仍被视为积极向上好姑娘的地方。

"走了？"

"嗯。"孙涵涵点头。

问话的男子 40 岁出头，保养得当，声音低沉、带着磁性，尤其好听。两人认识一个月有余，基本天天在健身房遇见。孙涵涵没选私教，刚来的时候负重深蹲没选择好重量，最后一下差点没起来，当时多亏这个"大叔"走过来，不着痕迹地帮了她一把。

事后孙涵涵说"谢谢"，大叔也就点点头转身即走，对孙涵涵不多看一眼。

这反而激起了孙涵涵的征服欲，第二天她主动向大叔打了招呼。之后的一个多月里，两人一直保持着这样简单的问候。

孙涵涵在出健身房之前，终于回了消息："你怎么就不相信他是看上你了？不过你说的骗婚同性恋也有可能，慢慢观察。但无论怎么样，这都是对你颜值的认可。"

这番总结非常到位，有效安抚了患得患失的何知南。

何知南一方面是缺爱，另一方面，她自小极度缺乏的，是对自己颜值的自信。

情人眼里出西施，但她知道，自己即使在高鹏眼里也算不上美女。高鹏回国后，两人在一起住过一年。

有回高鹏叫她起床上班，她呜咽着撒娇，把头埋进被子里，过一会儿觉得闷了，从被子里探出一点点脑袋来。

被何知南折起的被沿挡在双颊上，把她的脸遮挡成一个心形的样子，睡了一晚上的头发卷成柔软的小小鸡窝的形状。何知南只露出极小一部分脸，对着高鹏娇憨地笑起来，露出两个浅浅的梨涡。

然后高鹏开口了："别动！保持住，南南，这时候你的脸好小。我给你拍下来！"

何知南很温顺且期待地配合，她保持着笑容，努力睁大眼睛。

"好了！"

何知南满心期待，但还没来得及从被窝里一跃而起，就见高鹏看了一眼照片，惋惜发话："很遗憾，画面中好像全是你的鼻子……"

高鹏在英国学的是文学。何知南认为，所有热爱文学之人的人生底色，就是刻薄。

而孙涵涵得知高鹏专业的第一反应则是："无用之学，高鹏家看来有钱。"

何知南想了想，是吧，他刚去香港就想着看房了。

两人住在一起一年，何知南家乱七八糟的东西全是高鹏添置的，包括那个被孙涵涵吐槽的、暴露了他直男审美的矫情 Tiffany 眼镜框。

何知南在睡前收到了老板张泽锐发来的微信,是一个 Excel 表格与一句话:"本周五开研讨会,邀请名单上的客户。"

何知南一惊,赶紧打开名单,一个个往下看,如愿看到了一个名字:

"瞿一芄"。

4. J 姐

瞿一芄习惯早睡早起,每天醒来后泡一碗泡面做早餐。而韩苏则相反,韩苏习惯晚睡晚起,不吃早餐,这是韩苏的工作决定的。

两个人虽然同居了大半年,同在一个屋檐下的时间却极少。韩苏太忙了,频繁地出差与加班。瞿一芄可以理解,她刚刚研究生毕业,工作不到一年,积极向上,渴望在自己的业务领域打造出一片新的天地,像一只年轻的鹿。

只可惜,家里养了一只小鹿,而自己却没有森林。

再次"独守空闺"的瞿一芄睡前收到发小发来的群聊邀请,点了"同意"。

本以为是个交友群,却没想到群里全是各类直男,或发照片或转发文章,商量些"撩妹"技巧。瞿一芄向来是看不上这些技巧的,可不知怎的想起了今晚何知南的样子,耐着性子看了几条攻略。

深夜 11 点 30 分,瞿一芄对韩苏发了一条"大宝贝晚安",像发出一个例行通知一般,接着便熄了灯。此刻韩苏在香港出差,他知道,韩苏的回复往往得在半个小时以后。

周五那天早上,何知南有些失落。

但毕竟需要接待客户,她还是特地打扮了一番,穿了一条 Theory(思睿)的蓝色裹身连衣裙,头发被端庄地盘起,留下两缕卷曲的长刘海,垂在耳朵前。

周初,何知南按照老板名单上的邮箱发送会议邀请函之后,瞿一芄迟迟没有反馈是否愿意参会,两人的聊天框也再没出现新的消息提示。

孙涵涵让颇有些焦虑的何知南静观其变，毕竟，"转了那么大弯要到了你的微信，总不至于没有下文吧"。

研讨会定在下午1点，何知南一上午忙着布置会场，打印签到表，给老板订午餐，连饭都没顾得上吃。

"今天会遇见你吗？"

手机振动了一下，连带着动的，是看到消息界面名字的时候何知南的心。何知南叼着实习生刚买来的赛百味三明治，差点跳起来。

"你下午会来？"何知南反问。

"这周一直在出差，抱歉没回复邀请函。不知道此刻报名是否还来得及？"

"人数已经满了……"何知南佯装遗憾。看到瞿一芃的名字变成了"对方正在输入……"，何知南害怕他就此放弃，赶紧打断了。"但没关系，有我呢。"她又忍不住甜滋滋地补了一句，"你直接来吧！"

"太谢谢了，知南。一会儿见。"

"瞿一芃。"何知南放下手机小口咬着三明治，在心中默念着。她觉得这是她听过的最好听的名字，大概有十个高鹏那么好听。

草草吃完饭后，何知南和准备迎宾的实习生相约冲入洗手间，飞速给自己补了一套全妆。

客户陆陆续续进场，何知南和实习生紧盯着签到表，恨不得腾出八只手来给来宾递名片、送资料。老板张泽锐站在一角和来宾们寒暄，团队的高年级律师J姐宛如蝴蝶一般穿梭在来宾之中。

在打算毕业后做律师的实习生看来，J姐是他们团队里颇为神奇的存在。

从律师助理做起，在内资律所，一般7年能升为合伙人。不能坚持下去的人，要么半途跳去一个小一点的平台，要么直接转成了甲方做法务。而J姐自回国起已经做了至少12年的律师了，却还是个不上不下的资深，连预备合伙人的资格都没有。

而在没什么事业心的何知南看来，J姐只是个豪爽而有风情的女人，身材火爆，看起来大大咧咧，只是那双眼睛，总喜欢滴溜溜地转，像是宅斗小说里出身不好而好不容易攀上高枝的姨太太。

瞿一芃出现的时候，何知南双眼一亮，还没顾得上招呼，就见J姐如蝴蝶一般翩翩地朝瞿一芃飞了过去，两个人在进门处热络地聊了起来。

聊了好一会儿，就见J姐直接把瞿一芃往会议室中引去。何知南不知怎的就急了，忙喊："J姐，这位客户还没签到呢。"

瞿一芃被J姐引着，连脚步都没停，J姐在进会议室前回过头来摆摆手说了句："哎呀，不用啦，这是我的朋友瞿先生，某某资管的，你在签到表上找到他们公司打个钩就行了。"

"啧啧啧。"实习生站在何知南边上一脸老成地摇头，找到某某资管打了个钩，而后，悄悄说了一句，"听说，J姐上上个月和她的小男友分手了。"

"什么？又分了啊？"何知南先前模糊地听说J姐大概是5年前离的婚，恢复单身之后男友不断，年纪一个比一个小，一水儿的"小鲜肉"，背地里她被称作"CBD萧亚轩"。

"好像是男方提的分手。那个'小鲜肉'是我学长，也是搞金融的。J姐自个儿学历不好，名校情结严重，她找男友非'清北人大'不要！"何知南只是普通秘书岗，影响不到实习生的毕业留用，双方工作分工明显，实习生对她没什么顾忌。因此两人说话少了普通同事的拘谨，每逢八卦心一起，该说的不该说的最终全都说了。

"那人家高才生怎么就看得上她呢？男人不都喜欢年轻漂亮的小姑娘嘛。"何知南不信。

"你是不知道J姐家多有钱！我听说那个学长人有些孤僻，不太好相处，当年考上人大好像走的也是贫困生计划……"

实习生的意思比较明白，学长家庭困难，人大金融系毕业的才子又眼高于顶，毕业肯定不指望回乡了。若想在北京闯出一片天地，无论是阅历还是资历，J姐对他的吸引力，都比普通小姑娘大得多。

何知南了然，没再搭话，脑子闷闷地回想起刚刚瞿一芃被J姐引进屋的画面。她突然想知道瞿一芃是哪个学校的、哪里人……

"刚刚都没来得及和你打招呼。今天晚上有空吗？多亏你给我留了位，我得好好谢谢你。"瞿一芃的微信消息再一次蹦出来。

何知南忍不住腹诽：有J姐这样的朋友，哪里需要我给你留位。想起刚刚的情形，她有些冷淡地回了一句："举手之劳，不客气。"

瞿一芃没再回复了。

过了一小时，何知南的手机又振动起来："知南，你得帮帮我。你们的律师姐姐一直缠着我。如果今晚你不答应我的约会，我就要被……"

瞿一芃紧接着发了一个浓妆艳抹的恐龙对着屏幕不断抛媚眼的表情。

何知南差点在办公室笑出声来，她欢快地扔下手机，偷偷拉开会议室的门往里看了一眼，黑压压的会议室里，张泽锐在分享行业最新政策，瞿一芃坐在角落，旁边是紧紧挨着他的、小动作与耳语不断的 J 姐。在何知南看来，此刻瞿一芃的表情着实隐忍又痛苦。

何知南被治愈了。她开开心心地回到工位上，拿起手机对瞿一芃说："好吧。时间和地点你定，我就勉为其难做做好事喽！"

瞿一芃把地点定在芳草地负一层的餐厅，是"国贸民工"可以骑自行车到达的地方。何知南一下班便赶了过去。

瞿一芃大概迟到了 10 分钟，刚刚落座，瞿一芃仿佛逃脱魔爪般松了一口气。用瞿一芃的话说，J 姐死活要约他共进晚餐，更死活不信他早已有约，最后非得亲自开车把他送到芳草地门口，才算死心。

何知南坏笑说："你可不知道她的名头，'CBD 萧亚轩'，专门狙击面目清秀的小哥哥。"

"面目清秀？"瞿一芃摸摸自己的脸，笑了，"你也这么觉得吗？"

何知南没料到他会这么问，赶紧把目光移开，转移话题说："不仅外貌，还有学历，你一定是学历也对了她的胃口。"

瞿一芃诧异，问："清华？她要求够高啊……"

何知南"嗯"了一声："她的小男友们限定'清北人大'……看来你果然符合。"

"怎么不要常青藤？"瞿一芃问。

"藤校的'小鲜肉'家里不缺钱，她可高攀不起。"何知南嘴快答了，却没注意到瞿一芃的脸色一下子暗了下去。

"哈哈，这样。"瞿一芃干笑了两声，"对了，还没点菜，也不知道你的胃口，就选了家西餐厅。还不知道你是哪里人呢。"

何知南笑起来，露出两个梨涡："我就是北京本地的呀，什么都吃。"

瞿一芃点点头说："北京孩子幸福得多，上清北也比我们那边容易。我也工作好几年了，打算存够了钱就在北京买套房。你应该早就买了吧？"

何知南翻着菜单，随意回答："嗯，白玉嘉园，刚毕业的时候爸妈买的。那时候还很便宜。"何知南没注意到，瞿一芃落在自己身上的目光充满了审视与打探。

只听瞿一芃接着问："爸妈是体制内的吗？是不是快退休了？"

何知南抬起头看了他一眼。第一次约会就问父母的工作多少有些越界了，何知南咽下心里的不快开口道："我爸是高中老师，我妈在国企。他们生我生得早，没那么快退休呢。"

瞿一芃牵起嘴角笑了："爸爸是高中老师啊，难怪知南你看起来那么乖。"

"其实坏着呢！"何知南眨了一下眼，把菜单推到瞿一芃面前，"意大利面，我喜欢吃这个。一份凯撒沙拉，一份西瓜鲜榨，再要一个提拉米苏。"

"吃这么多，却还不胖，得让多少姑娘羡慕死。"瞿一芃笑着叫来服务员，只给自己多点了一份烤鸡胸沙拉。

何知南不好意思了："你是在减肥还是想羞辱我？"

"最近健身，加上上了年纪不得不控制热量。"瞿一芃说，"还是你们年轻人好。"

"哦？健身成果如何？"

"有机会让你看看？"瞿一芃坏笑，见何知南表情不对，又赶紧正经起来，"清华每年都有健身大赛，全是古铜色皮肤的眼镜猛男。我是说，下次带你看看……也顺带给你介绍几个我们学校的俊俏小哥。"

何知南知道这话的潜台词是在问自己是否单身，她装作没听出来，只笑嘻嘻应道："那敢情好，我最喜欢认识帅哥了。"

5. 富贵"险"中求

一顿饭吃了 350 元，瞿一芃自认收获极大。何知南是北京姑娘，父母健康，家里房子早已买好。更没有压力的是，她学历一般，工作普通，样貌更不算上佳，自己比她大了约5岁，名校毕业，拿下她一家绰绰有余。美中不足的是，何知南是独生女，在未来赡养她的父母这件事上没有其他人能分担。好在何知南父母还年轻，在体制内，估计家里存款颇丰，能仰仗退休福利，不至于给自己太多压力。

他在家乡还有两个妹妹，都是四川最普通的本科院校毕业的。他现在一年收入到手是税后40多万，如果找了何知南这样的女孩做妻子，他可以轻松摆脱买房带来的经济压力，腾出来的钱未来可以给父母在村里盖一套新房子，顺带给两个妹妹在家乡那座四线城市开一家奶茶店。

他大步流星地领着何知南从餐厅出来，夏夜晚风让人有些焦躁，瞿一芃心情好，给何知南叫了一部专车送她回家。

何知南不知道瞿一芃心中的长远目标与宏伟大计，她还徜徉在小女生的粉色约会幻想里。这无疑是一次成功的约会，虽然瞿一芃问的问题有点多，但是他看自己的眼神是十分热切的。

何知南坐在后座，偷偷瞄了眼身旁的瞿一芃，两个人好久都没有说话，在北京夜晚道路两旁折射出来的明明灭灭的投影与光照下，他的侧脸有着简单而清隽的线条，以及玉石一般的皮肤。

瞿一芃很高，一起在餐厅门口等车的时候，何知南偷着比画了一下，自己的脑袋大概堪堪够得着瞿一芃的胸口。

"你在做什么？"当时瞿一芃问。

"我……你……你有多高呀？"

"1.83米。"瞿一芃笑起来，"想问身高直说，哪儿有你这么蹦蹦跳跳的，小心车。"

说着他轻轻拉过何知南，让她离自己近了一些，却没料到何知南莽撞，一脑袋撞在了瞿一芃胸上，何知南感觉到瞿一芃的衬衣被他的胸肌绷得很紧，额头撞到的地方硬邦邦的，幽幽的男士香水的味道没能掩盖住夏日的燥热气息，两个人都明显感觉到了对方的身体一瞬间有些僵硬。

"啊，抱歉！"何知南赶紧又站远了一些。两人立刻岔开话题聊了几句，试图化解尴尬。

只是上车的时候，瞿一芃的脑袋里忽地飘来一个旖旎的念头：何知南……真的很香呢。

瞿一芃只把何知南送到小区门口，何知南自认两人的关系还未到"邀请瞿一芃上楼喝茶"的程度，只是笑盈盈地告别。瞿一芃看何知南走远，便让司机再围着小区绕了一圈。

临下车了，瞿一芃打开公文包，把专车里常给乘客准备的两瓶矿泉水装进了包里。

在摁开2303的密码锁之前，瞿一芃忍不住看了一眼2304，他突发奇想，倘若此刻何知南打开门看见自己会是什么表情，欣喜、惊讶，还是愤怒？

他不愿意多想，掐了念头，给何知南发微信："路上想起来，东四胡同里有一家店的提拉米苏不错，明天带你去？"

屋里乱糟糟的，狗在家闷了一天，听见瞿一芃的脚步就兴奋地狂吠起来。瞿一芃下楼遛狗的时候，收到韩苏发来的消息：

"项目提前结束，明天中午12点30分到北京。"

"特别好，哈哈哈。"孙涵涵听了何知南的描述一阵狂笑。

孙涵涵的经验是，如果第一次约会后，对方在半小时内给你发消息，那无论内容是什么，潜台词一定都是：今天我对你非常满意。

若第一次约会后对方紧接着确定第二次见面，那应该就代表着：我对你的欲望已经无法压抑……

因为是周五，孙涵涵加完班直接来到何知南家，两人开了一瓶红酒打算一起过夜，第二天正好一睡方休。

按照孙涵涵的经验，那个之前在健身房有点头之交的大叔，应该也算是"我对你的欲望已经无法压抑"了。

据孙涵涵交代，两人的点头之交装模作样地持续了一个多月，大叔就主动约她吃饭了。大叔姓周，是国内精品律所的合伙人，主攻娱乐传媒方向，三年前开始组建自己的团队，刚刚稳定下来，手下两个合伙人年轻、独立又能干，他算是实现了财务自由，这才有时间天天健身。更没想到的是，孙涵涵所在的公司竟然是大叔团队的大客户。

顺理成章地，大叔邀请孙涵涵下周一起参加他们团队的年中旅游。

"去哪儿？"何知南问。

"内蒙古。"孙涵涵翻了个白眼。

何知南转着眼珠子算了一圈："我们团队一年收入 2000 万，年中旅游选的是泰国。看样子，这个大叔一年到手也就三五百万。"

孙涵涵笑道："你这还能裸眼测身价了，厉害厉害。"

两人的圈子里，有个叫作莫妮卡的小红人，她是孙涵涵的发小，研究生还没毕业，就借着同学聚会钓到了何知南所在的 A 所的知名合伙人校友。都是名校毕业的青春少女（孙涵涵自认为自己的学校比莫妮卡的还要好上一截），自己是每日加班讨好客户的"996""社畜"，人家却从毕业起一天班没上过，成日朋友圈发的不是去巴黎旅游，就是爱马仕店的配货，隔三岔五秀一个大别墅，光靠炫富就在微博上攒了 3 万粉丝。在何知南看来，如果莫妮卡的外形有七分，那孙涵涵就有九分，昔日绿叶一般陪衬自己的发小如今摇身一变成了阔太太，是个人都得眼红。

但一看那合伙人的照片，也能释然些——大肚腩、头发稀疏、满脸横肉。莫妮卡每次发合影都小心翼翼地将老公的脸用贴纸挡了。

最后何知南是这么安慰孙涵涵的："所谓富贵险中求，20 岁出头的女孩子能咽得下猥琐中年男人的口水，这个钱，活该她赚。"

孙涵涵一度以为是自己的家教出了问题，她甚至认为，如果说什么样的家庭能够抹杀孩子走向成功的可能性，头一种就是她这类衣食无忧的幸福小康家庭。在这样的家庭里成长起来的孩子往往没有什么野心，因为家庭给予他们的已经足够了。从小被爱与温暖包裹，他们的内心并无什么缺失，无所缺，所以无所欲。他们正直、单纯、开朗、有底线，是名利场上第一轮被淘汰的炮灰。家庭赋予他们的，只是幸福的能力，而所谓幸福，不过是一生平安喜乐，也平庸。

相反，在孙涵涵看来，那些多多少少因为家庭不那么幸福，心中有所缺失的人，才拥有不灭的欲望、向上的野心，有愿意为之拼杀的一切，甚至甘愿放弃底线。而剩下的，那些含着金汤匙长大的孩子，无论他们的家庭是否幸福，他们想要的一切，都从出生的那一刻起就拥有了。

但孙涵涵现在不需要安慰了，她的大叔身材好、声音好听且人品端正，更重要的是，同样有钱。

她有自信和莫妮卡不一样，她所求的富贵，不需要冒那些可怕的"险"。

6. 东窗

何知南与孙涵涵就着一瓶红酒聊到快凌晨3点，倒头睡到了第二天中午。

本以为醒来会被微信消息轰炸，结果只有寥寥几人的寥寥几条微信。高鹏汇报自己最近迷上了摄影，一口气买了好几个"长枪短炮"，周六一大早就上街拍照，并给何知南发了几张新手作品。妈妈问她这周末是否准备回家。还有"乱七八糟不想理"分组里的男人发来的几条短视频。何知南一一扫过去。

没有瞿一芃。

她细细看了一眼瞿一芃的上一条微信，越发觉得玄妙。微博与抖音上的情感大号告诫过大家，没有精确到几点的约会都只能当成礼貌。

她不好直接问瞿一芃今天几点见面，心烦意乱地拍醒了孙涵涵问她对策。孙涵涵想了想说："这样吧，现在是中午12点，我们吃饭然后叫个上门按摩，按完了洗澡，如果洗完澡他来约你，你就化妆出门，如果洗完澡他没信儿，那咱今天出门逛街买衣服！忘了这厮！"

何知南失魂落魄地答应了。她一面看着外卖平台，一面猜测：瞿一芃会不会昨晚发完微信就出意外了？手机掉厕所里了？他出事了？可能现在正在医院急救或者火急火燎上街买了一部新手机打算给我发微信……

这种失落而焦虑的心情一直持续到她下午陪孙涵涵逛完了整座3.3大厦和太古里南区，孙涵涵最终买了一件明黄色的连衣裙，衬得皮肤雪白、腰细腿直，十分适合"征战"内蒙古。

瞿一芃彻底消失了，等到何知南再度听到瞿一芃这个名字，已经是下周一。

周一上午J姐颇为暴躁，一大早就指责实习生写的邮件typo（排版错误）

太多，还有几处意见根本就是错的，她火急火燎地打了几通电话以后，又开始怒气冲冲地抱怨客户，声音尖厉到一整层都能听到。

实习生被骂后躲在电梯间哭了一番，两眼红肿地回来了。何知南不忍心小姑娘受委屈，约好中午请她吃饭。

两人趁老板不在，特地溜到了国贸三期。午后的阳光明晃晃的，两人坐在蓝蛙露台的阴凉处，实习生带着哭腔大声抱怨起来：

"也不知道上了年纪的女人有什么毛病！这封邮件我周末一早就发给她看过啊，她说没问题了我才发给客户的。现在好了，有了错她撇得干干净净，全部让我担着，那还要她干吗？"

何知南叼着奶昔的吸管听着，觉得这个理没毛病。低年级律师或实习生写的初稿往往需要高年级律师审核确认，高年级律师如果这时候检查出问题了，怎么指责低年级律师或实习生都占理。但一旦高年级律师审阅过，认为没问题，这份稿件就相当于有了高年级律师的背书，此后发给客户再出了岔子，这"锅"妥妥地应该是高年级律师来背，怪不着下面的小虾米。

这回J姐自己不认真检查实习生的邮件，直接让她发给客户，现在出了问题，把锅全推给实习生，小姑娘可不得觉得冤枉。

"还不是自己恋爱不顺把气发泄到我头上！"小姑娘最后带着哭腔总结了一句。

"嗯？"何知南嗅到八卦的气息，"你怎么知道？"

实习生把头凑向何知南，压低了声音："我瞎猜的。但周末我和舍友在西单逛街的时候，见到了上次来参会的那个小哥哥和他女朋友在逛街……"

何知南觉得脑子"嗡"了一下，她一点没听清实习生后来说了什么。

"你说哪个小哥哥？"何知南瞪大眼睛打断实习生，又想起来得装作镇静、事不关己又单纯好奇的样子，努力调整了表情和姿势。

她紧接着问："你怎么知道是他女朋友？"

"就是那个瞿啥啥啊，名字挺生僻的那个，白白净净的，某某资管的。我不是还花痴过吗？J姐和他打得那么火热，哼，结果人家名草有主！女朋友漂亮得很，他才看不上她这个老女人！"

何知南又重复了一句："你怎么知道是他女朋友？"

"很漂亮啊，两个人也登对，都手拉手亲亲密密的啦。"

何知南简直烦死了实习生的用词，"漂亮"两个字此刻像一把刀一样扎在她的心上。

愤怒与被背叛的感觉一起冲向头顶，她觉得一切都变得合理了。瞿一芃周六上午甚至周五晚上就移情别恋了，之后火速开展了一段恋情，这才会彻底把她抛在脑后。哼，也不知道是真恋情还是炮友情。

她分不清自己现在的心情，觉得失落、愤怒，又觉得耻辱。

何知南迅速喝了好大一口奶昔，算是缓过来了，她试图把话题引到 J 姐身上，暗地里乞求实习生不要再为了贬低 J 姐而越发深情地赞美瞿一芃的女朋友。

"J 姐还以为自己能泡到'小鲜肉'？做梦！人家就是敷衍她而已，也不看看自己是什么货色。虽说男的都喜欢有钱的，但也不瞎啊……归根结底，还是视觉动物，就喜欢好看的……"

实习生接着发表长篇大论，何知南却越听越觉得刺耳，不耐烦地打断："好了好了，人家怎么说都是你 senior（上级），积点口德啊，乖。如果我是你呢，肯定下回加倍认真，别再被骂了！还想不想留用啊……"

实习生委屈地闭了嘴。

瞿一芃的背叛让何知南一下午没心情上班，她回家后越想越气，甚至连高鹏的微信都懒得回了。她夜晚翻来覆去睡不着，这才想起，孙涵涵一直没回复她的微信。

按理说孙涵涵这会儿应该已经在内蒙古了，今天白天她还在朋友圈兴致勃勃地发了和一位休闲装男士在大草原越野车前的合影，配文是："感谢传媒界法律新秀合伙人周斌律师邀请，超棒的团队，开心的内蒙古之行！"当时何知南心情不好，没顾得上研究男士的长相，这会儿想点进孙涵涵的朋友圈看看。

照片竟然已经被删了。

"什么情况？"何知南问孙涵涵。

"狗血了。"却没想到孙涵涵秒回，惊得何知南确认了一下时间，凌晨 3 点。

随即何知南反应过来，40 多岁的男人能洒的狗血也就那么点，要么是离异有子，要么就是"使君有妻"。

传媒圈不大，周斌的妻子曾诚是某国企全资传媒子公司的中层，下属正是孙涵涵的大学同学，同学见了孙涵涵的朋友圈，发现是周斌，中午便借此机会和上司套了近乎。

本来是随意的一句："我看我们大学班花发了朋友圈，周律师的团队今天去内蒙古旅游啊。好地方！"

却没想到上司留了意，她问："你同学也在周律师的团队？我怎么记得你大学是数字媒体专业？"

同学也是实诚人，双手奉上孙涵涵的朋友圈，答道："不不，她也是传媒圈的，您瞧，估计是特别来宾，嘿嘿。"照片里的孙涵涵一身明黄色连衣裙，站在周斌身边，笑容璀璨，皮肤在阳光下白亮白亮的，晃得扎人眼。曾诚的脸色一点一点暗了下来。

同学神经再大条也感觉到气氛不对了，一顿午饭不尴不尬地吃完，他耐不住八卦之心，私下里找了孙涵涵打探情况。

当时孙涵涵正和周斌的团队在草场上，团队里的年轻人嚷嚷着下午要去骑马。因为是以"大客户代表"这样尊贵的身份参与行程，孙涵涵全程都和周斌在一起，由周斌照顾，座驾、座席均被安排在周斌身侧，按照团队里一个低年级律师暗地里的说法，是"位同副后"。两人时不时交谈些政策要闻、行业资讯以及相关业务，倒绝口不提风花雪月。

只是明眼人都能看出来，孙涵涵看向周斌的眼神，分明时时刻刻带着笑意，眸子温柔而闪亮，仿佛说着另一番心事。周斌觉得自己正站在一口美丽的深潭边，潭边有风，一点点将潭水皱起的波纹吹进自己的身体里。

然而这份温柔仅仅持续到孙涵涵收到许久不联系的大学同学的微信消息，是孙涵涵见过的最尴尬的开场语气："哈哈，在啊。和周律师去内蒙古了？你说巧不巧，他夫人是我上司！"

最后这几个字进入脑子的时候，孙涵涵的情绪没有任何波动。她下意识地想要回复一句："哦，知道了。"准备点击发送键了才发现内容简直驴唇不对马嘴。她又关了手机屏幕，想着：那条朋友圈太麻烦了，我得赶快删除。这么几秒钟后，等大脑的保护机制过去，她瞬间觉得自己的心被劈头盖脸的羞耻与心虚淹没了。

她又打开聊天框，盯着，一字一句地读屏幕上的字，像一尊雪白的雕塑。

他们刚刚到达马场，一行年轻人跳着拍照，选马。周斌拿了两瓶水过来，又因为担心午后太阳烈将孙涵涵晒伤了，顺带给她买了一顶牛仔帽，却见孙涵涵一个人站在角落，石头一般，忙走上前问："怎么了，涵涵？"

"没事。"孙涵涵抬头看着周斌，轻轻巧巧地笑起来，"收到本科同学的微信，你说巧不巧，他是你夫人的下属。"

周斌愣了一下，随即有些难为情的样子，他把水递给孙涵涵，干笑道："确实……太巧了。"

孙涵涵只觉得眼眶泛酸，一瞬间整个草场全是陌生人。她恼怒自己的天真与冲动，她因为一个错误的人，来到一个错误的地方。

周斌也半晌不知道说什么好，两人看着远处各自沉默，团队里的年轻人跑来问周斌和孙涵涵是否骑马。孙涵涵还没来得及调整表情，周斌先开口替她解围："孙老师穿裙子不方便，我陪她聊会儿天。你们玩去吧。"

年轻人答应着跑远了。孙涵涵觉得更加别扭，想一个人待着。周斌见她要走，又唤了她一声。

周斌的镇静让孙涵涵第一次理解了"恼羞成怒"这个词。她被骗了，被骗着稀里糊涂地带着叵测的居心来参加一个陌生团队的团建，整个团队心知肚明地看她的笑话。这可倒好，还不能明说他是骗子，人能骗她什么呢？她的公司是他们的客户，十多人毕恭毕敬地叫她一个小姑娘孙老师，连邀请的理由都是正正当当的。此刻他的镇静与坦然无疑在向孙涵涵宣告，从头到尾有想法的只有她自己，惦记别人老公的、不自爱主动送上门的，也是她自己。

她死死抓着手机，想今晚就走，表明自己的立场，和这里的一切老死不相往来。她自认待人有一条底线，一旦越过了就要彻底一刀两断。

然而周斌开口了，依旧是孙涵涵认为特别好听的声音，缓慢却带着一点失落，他说：

"我承认我的私心，我对你起了不该有的念想。对不起，涵涵，我确实不愿意让你……这么快知道……"

"然后呢？"何知南问。

"我心软了。"孙涵涵说，"其实他没想骗我，他瞒着我只是因为私心。"

何知南突然开始在心里感慨，女人都有一个毛病：只要意识到这个男的爱自己，无论他犯了多么大的错误，都能立即原谅。都说女人小心眼，但一旦有了"他爱我"这个前提，她们就比谁都宽容。

要是把现在的女性放到《色·戒》里，个个都是王佳芝。

何知南又问："所以你这么晚睡不着是……"

孙涵涵说："倒不是因为这个，而是因为刚刚我才回到酒店。深夜 12 点的时候他约我去散步了，他说他睡不着。"

何知南掐指一算，这俩人至少散了三个小时的步，不正经地回复说："倒是侧面证明了他的体力，老当益壮。"

孙涵涵没再说话。在她看来，今晚的周斌像一个脆弱的孩子，坦诚地向她揭露了关于不幸福家庭的所有伤疤。

周斌说，他和曾诚是大学的时候就在一起的，曾诚是他大学时候的研究生学姐，比他大 5 岁。年轻的时候冲动，一毕业就结了婚，导致很多问题在婚后才暴露出来。比如曾诚是个固执的丁克，而周斌特别想要一个孩子。再比如曾诚生性多疑，掌控欲强，而周斌随着不断成熟，开始抗拒，反感并想要摆脱这种控制……

周斌说："我们早已貌合神离，是我一直隐忍。"

周斌还说："涵涵，你是我这么多年，唯一的心动。"

7. 向往

周三下班后何知南接到孙涵涵的电话，问她周五要不要一起参加活动，公司的品牌合作部拿到了两张爱马仕丝巾上新 party（派对）的邀请函，她俩可以结伴去现场看看名流贵妇和网红们。

何知南知道孙涵涵从内蒙古回来后就郁郁寡欢，她也还没从瞿一芃的爽约里缓过来。何知南坚信，此刻凄惨的两人在一起互诉衷肠，非常有利于女性友谊的巩固。

孙涵涵说她是自己一个人提前回来的。因为到内蒙古的第二天，周斌的太太就"杀"到了大草原，空降时还带了个大蛋糕，说要借这个机会给周斌一个惊喜，顺带和全团队一起给他过个生日——周斌的生日是在一个月后。

曾诚查岗的姿态太过明显，孙涵涵觉得整个团队仿佛都对她的这番行为见怪不怪。受不了这份尴尬，抑或是自己心虚，她没再理会周斌，竭力坚持了两天后，终于以"公司临时有事，不得不提前回程"这样的理由结束了旅行。

"那你现在准备怎么办？"何知南问。

"没有怎么办了。"孙涵涵有些灰心丧气，"人家琴瑟和谐、和和美美，我不应该再试图介入。"

何知南耸了耸肩："那就这样吧。"

上新party上霓虹灯闪烁，到处是适合拍照的布景和爱马仕的logo（标志），侍者端着香槟穿梭在衣香鬓影之中，何知南看到周围有好几个眼熟的网红。

真人倒是长得……也不怎么样嘛。

就这么待了一会儿，何知南和孙涵涵在人群中发现了莫妮卡。莫妮卡很应景地穿了一身爱马仕，但只是最简单的T恤加牛仔裤，趿拉着一双有大"H"logo的凉拖，拗出一副贵妇的闲适派头，大部分时候都在看新品，只偶尔和认识的人交谈几句。何知南好笑地发现，莫妮卡在非常努力地以毫不费力的姿态，让自己与周围盛装打扮、一身仙裙、请了助理专门拍照的网红们有个区分。

孙涵涵不太喜欢莫妮卡，莫妮卡太喜欢攀比，仿佛全身都冒着虚荣与虚伪的泡沫。她的目光仿佛一个计分器，对任何一个女生进行全身打量并第一时间给出评分，在读书的时候，她的评分标准是成绩、相貌、身材、品位、家庭与男友，她只和她眼里综合评分比自己低的女生交朋友，是以她一直和孙涵涵保持距离。能做她朋友的，在她的评分机制里都或多或少有所残缺，她习惯在背地里给她们取外号，借此彰显自己的不同。

但这一次，莫妮卡主动过来和孙涵涵打了招呼。她欢欢喜喜地走上前来，依旧用她计分器一样的目光将孙涵涵从头到尾打量一遍，只是嫁人后，她的评分标准变成了首饰、包、鞋、医美、车、房、老公……

然后，孙涵涵在她脸上看到了宽容又善良的笑容，一改往日的敌意。她和善又温柔地开口说："涵涵，好久不见，你还和以前一样。"而孙涵涵觉得她得出来的结论是，孙涵涵的一身行头加在一起都够不上她手上那个铂金包的一半。

孙涵涵费力和她寒暄，忍住对莫妮卡眼角打了再多玻尿酸也掩饰不住的皱纹发出嘲讽，开始唏嘘是不是自己有资格被纳入莫妮卡的朋友圈了，成为继她的那些"淫荡大胸丑朋友""装 × 假白富美""嫁了凤凰男的女闺密"的又一个闺密，嗯，大概是，"穷酸的小美女"？

何知南可以明显感受到孙涵涵见了莫妮卡之后受到了刺激。而何知南不知道的是，当天晚上，回家后的孙涵涵发了一条朋友圈，是参加爱马仕新品丝巾发布 party 的九连拍，配文是："蹭到了一个小福利，为亲手赚到人生中第一个铂金包加油！"

仅限一个人可见。

第二天，孙涵涵如愿收到了一份同城快递，是爱马仕的新品丝巾，和莫妮卡派对后打包带走的那条一模一样。

附带着的还有一句话："小小礼物，配你的第一个铂金包。——周斌。"

何知南并没有发朋友圈，只是在瞿一芃再次发来消息问"今晚做什么"的时候，给他随手回了一张活动现场的照片。

瞿一芃的回信很快，一个大拇指的表情，啧啧称她有钱。

瞿一芃此时正坐在家中沙发上玩手机，韩苏正伏在电脑前加班，在台灯边投下一个极美的侧影。屋子里阴沉沉的，拥挤而难闻，韩苏极少在家，他甚至怀疑韩苏从来没有把这里当作一个家。没有人会不喜欢韩苏这样的女孩，好看、聪明，又努力、上进，她像一个美丽的奢侈品，对瞿一芃而言足够精致却不够实用，在这样阴沉而灰扑扑的房子里，韩苏宛如破旧窗帘上的一道金色绲边，格外亮眼又格格不入。他看着韩苏盯着屏幕的双眼，在台灯与屏幕的映照下显得亮晶晶的，屋子里唯一的光源就在韩苏身上，电脑屏幕仿佛开着的一扇小窗，显得屋里黑黢黢的，他忽然觉得，那是对另一个世界的向往。

韩苏意识到了瞿一芃的目光，她转过来，对着瞿一芃笑了一下。

瞿一芃第一反应是关了和何知南的聊天界面，他把手机扔在一旁，也对着韩苏微笑。

"我不在家的时候你乖吗？"韩苏脆生生地问。

"当然！我一直老实。"瞿一芃正襟危坐起来。

韩苏说："最近我跟的几个项目的对家律师合伙人找我谈了几次。他说香港有很不错的机会，他对我也很赏识，问我是否感兴趣。"

"薪酬？"瞿一芃问。

"翻倍。"韩苏笑起来，露出洁白的牙齿。

"哈！那可比我高了！"瞿一芃叫起来，"厉害厉害！"

"如果我去香港了，你……"

"唉，没什么，"瞿一芃大声说，"虽然这里的房租有些高了，但你以后都不和我一起住了就可以少出点，我一个人没问题啦！"

韩苏愣了一下。瞿一芃这才知道不对，在这种情况下，他不应该暴露自己第一时间想的是分摊房租。他又赶紧深情起来，一脸难过地抱住韩苏问："大宝贝，那我以后岂不是见不到你了吗？我们可以常打电话！"

韩苏靠在他怀里，闷着声音听不出情感，她回答："好呀，常打电话。"

瞿一芃抱着韩苏的肩膀，觉得她特别瘦小，冰冷而镇静。这么多年以来，她在他的怀抱里渐渐失去了温度与活力，从一只毛茸茸的小狗，慢慢变得静止而没有热气，此刻瞿一芃觉得自己好像环抱着一株植物。

他和韩苏在一起是 3 年前，那时候她还是刚刚研究生入学的无知小女孩，能为去一次人均 500 元的餐厅而惊掉下巴，而他已经工作几年，有阅历、有经验、有颜值，笑起来的样子风度翩翩。

可是很快，韩苏像一只竹笋一样快速成长起来了，长成竹子，张开枝丫，迫切而充满渴求地想要拥抱这个世界，而他还是过去的那个他，只有不再更新的阅历、过时了的经验与看腻了的颜值，他发现韩苏看他的眼神从仰视变成审视，再后来，变成了可恨的包容。他是曾经的那个植树人，给这棵竹子浇过几次水，然后懒了，坐在一边，看着这棵竹子无法控制地越长越大。

他曾在半年前的某一刻意识到，韩苏不应该属于他。

而现在，他发现，韩苏终于也意识到了。

8. 套路

韩苏第二天就口头接受了对家合伙人伸过来的橄榄枝，通过电话与 HR（人事）谈妥薪酬后，很快收到了来自 S 所的 offer（录用通知），S 所是美资豪门律所，总部在香港。韩苏家在南方，相对于北京，离香港更近一些。

除去瞿一芃这个因素，去香港工作确实是最好的选择。

瞿一芃将韩苏送到了 T3 候机楼。两个硕大的行李箱，装满了韩苏的大半家当。

"剩下的我再给你寄？"瞿一芃小心试探地问。

"嗯？你是打算将我彻底扫地出门吗？"

瞿一芃有些黯然地说："我是怕你再也不想回来了。"

韩苏见状轻轻抱了一下瞿一芃，声音哑哑的："傻瓜，下个月有个项目会在北京启动，那时我就回来啦。"

瞿一芃说"好"。但回来又怎样？回来后，还是要走的。

他搂着韩苏的时候心里却忍不住开始盘算：白玉嘉园的房租是每个月 10号交，韩苏去香港后他没必要一个人住这么贵的房子，本来已经和房东说好退租的事情了，倘若韩苏还回来，看来还是要下个月以后才能退租。

送走韩苏后，瞿一芃接到了妹妹打来的电话，瞿慧英一开口就问："阿哥，这个月的生活费什么时候给家里？"

瞿一芃皱了眉头，说："一会儿转给你。"

慧英犹豫了一会儿说："爸爸老毛病又犯了，没敢告诉你，也不肯去医院，就在家待着呢，上周末二姐已经回去照顾了。"

瞿一芃一下烦躁起来："怎么不早说！腰伤在家耽搁着能好吗？你快让慧珍带他去医院看看！"

"去了去了，去村里的医疗站看过了……"

"怎么去村里的医疗站？去县医院！咱又不差钱！"瞿一芃打断她，又说，

"我一会儿把钱转给慧珍。"

慧英赶紧打断，说："阿哥不行！你别给二姐钱。"

"怎么回事？"

"二姐家现在一团糟，二姐夫上次犯事后工作也丢了，这几天在家嚷嚷着要钱，上个月更是翻箱倒柜找银行卡，把家里弄得乱七八糟。二姐把银行卡都跟手机解绑了，卡全放在我这里。二姐夫现在找不到钱，就每天抱着孩子出门，也不知道去了哪里，半夜才回来。二姐现在焦头烂额，你再把钱给她，就怕被二姐夫算计走了。"

瞿一芃皱着眉头听完，说："王雷这样也不是个事，过一阵子我再想办法替王雷在当地谋个差事。"

慧英听着忍不住叫起来，说："阿哥，王雷都这样不成器了，你还不劝着二姐离婚啊？"

瞿一芃大骂："臭丫头，你别天天跟着情感博主什么的学坏了，你姐孩子都两岁了，小地方离了婚谁敢要？"

慧英嘟着嘴没再说话，心里想阿哥从清华毕业，在北京待了近十年，思想一套套的，却还和自家没上过小学的妈妈一个样。

瞿一芃挂了电话就给慧英转了钱，心里不放心，又给父母打了电话，妈妈颤颤巍巍地接起电话，说家里一切都好，老人家说话声音极大，对着瞿一芃嘘寒问暖了半天，还小心翼翼地问了瞿一芃在北京的女朋友。

瞿一芃敷衍了几句，挂了电话心里发酸，又给家里汇了 5000 元。

他翻了一下微信，没有未读消息。在妈妈问女朋友的那一瞬间，不知怎的，他的脑中浮现出的是何知南的身影。

与何知南的聊天记录还停留在昨天，从昨晚他对何知南竖起大拇指啧啧称赞有钱后，何知南就没了下文。他想起自己在"撩妹"群里看到的技巧，所有女生在和男生聊天的过程中，会在潜意识中抛出很多"测试"，并借助男生对此的反应来判断男生的"价值"。

这在术语里，被称作"废物测试"。

而通过废物测试的关键，是逆反，而不是顺从。比如昨晚何知南发来的图片，他一旦称赞，就会给何知南留下"原来你不过如此"的印象，让对方在一定程度上丧失兴趣。

"那正确的回应方法应该是？"瞿一芃询问群友。

群主说，这时候得回复："这么晚还在外面浪，小丫头不乖，打你屁屁。"

瞿一芃大笑起来，群主顺势问要不要加入会员，每月 100 元，提供全套咨询。瞿一芃说暂时不用，外貌优势足够，拿下小姑娘绰绰有余。

何知南又是在小区附近的超市里被瞿一芃"偶遇"的，瞿一芃知道何知南对自己的气还没消，微信再怎么解释都不及当面"色诱"的办法好。他今日一身清爽，穿着运动背心，露出手臂的肌肉线条，头发被干脆利落地梳到脑后，戴着斯斯文文的眼镜。

果然何知南见到瞿一芃虽然惊讶，却没表现出不高兴的样子，此刻她认为自己简直是色令智昏，脑子里的第一个印象就是"天涯四美"之一的严宽的低配版。

瞿一芃上去就轻声问她："还生我的气？"

何知南赶紧冷了脸说："我还记着提拉米苏之仇呢。"

瞿一芃笑着纠正说："是提拉米苏之约吧？"

何知南单刀直入地问："你有女朋友对不对？"

瞿一芃惊了一下，说："你怎么知道？"这才想起不对，认真地说："是，有过。"

"有过？分手了？"

"嗯，昨天。"

"为……为什么？"

"因为你。"

"……"

何知南愣怔地看着瞿一芃。瞿一芃没等何知南反应过来就伸手一把抱住她，低声说："南南，我好想你。"

瞿一芃的气息吹在何知南的头顶，热乎乎地将她围住，她的大脑一片混沌，先是感动，然后心跳一声声如雷鸣，再接着是开心，裹挟着虚荣心的喜悦在她的身体里流动着。何知南的声音变得软软的，嘴上却说："别哄我，你可要交代清楚。"

"先把你的提拉米苏赔给你好不好？"瞿一芃说，"之后慢慢说。反正，我们的时间长着呢。"

何知南觉得自己快忍不住笑了，她一把推开瞿一芃。"我可没允许你抱我呢。"说着她转身跑开，声音轻盈又脆生地传进瞿一芃的耳朵里，"咱打车还是坐地铁啊？"

初秋的黄昏，太阳斜斜地挂在天上，天空极高，像是被调高了饱和度，云也像被洗过一样，白到发亮，又在黄昏的光里透出金边来。这是北京最美的时候。东四的胡同与街道依旧保留着北京城多年前的老破样子。

"一入了秋，全北京的人都想往胡同的露天餐厅里挤。"孙涵涵走在胡同里，看周围熙熙攘攘，半是抱怨，半是感叹。

"如果喜欢胡同餐厅，下次带你去个私房菜馆，保证没人。"答话的是周斌。

"那我们今晚吃什么？"

"日料。虽然地方有点小，但味道不错。"

"一切听从周律师安排。"孙涵涵笑起来。

上次周斌送了丝巾后，孙涵涵当即给周斌打了电话表示感谢，同时说自己无功不受禄，要把丝巾退回。周斌想了想说，其实有事请孙涵涵帮忙，便约了她周末吃饭。

今天的孙涵涵穿着藕色露肩长裙，头发披散下来，两肩若隐若现，她的着装标准永远是"一次只露一个部位"，保证恰到好处的高级性感。

一顿饭吃了大半，两人仍旧说些时政新闻和与行业相关的事。孙涵涵也不明问需要相帮何事，直到快结束了，周斌才别别扭扭地把话题引到了丝巾上，有些赌气地问孙涵涵："为什么非要退给我，因为不喜欢？"

"喜欢啊。但是不属于我的，再喜欢也是错。"孙涵涵说着，抿嘴无奈地笑了一下。这是她在家对着镜子练过一百次的表情，楚楚可怜又带着果决与坚强，无论视线还是嘴角弧度，都在恰到好处的时候落在恰到好处的位置。

果然，周斌的眼神里露出了几分心疼，他说："涵涵，我相信缘分，从我第一次见到你，我就想对你好，想要照顾你……"

"你是个律师，你有法律规定需要照顾的人。"孙涵涵干脆地打断他。

"你给我一些时间。我没办法和你说我现在有多痛苦……"周斌垂着头，像个失落的孩子。

"我可以给你时间。"孙涵涵快速地说，"道德不允许我对你有所期待，但周斌……"她念他名字的时候总是有一种奇异的温柔，他听她接着说。"我承认我对你的感情已经超出我自己的控制了。我愿意等你，等你准备好了再来找我……"

周斌充满希望地抬起头："涵涵！"他伸手握住孙涵涵放在桌上的手，孙涵涵却抽回手，又慢慢补了一句：

"但你知道，我是一个年轻的姑娘，条件不差，我不会等很久的。"

"好，我会尽快。"

等周斌去洗手间的时候，孙涵涵想了想，叫来服务员结了账，4200 元。她咬牙刷了卡。周斌出来就见孙涵涵站在收银台前，愣了一下。

"既然丝巾不退你了，这餐就让我请了吧。"孙涵涵摇摇手里的卡，对着周斌调皮一笑——同样是练习过一百遍的、人畜无害的单纯笑脸。周斌心里震动，到了他这个年纪的男人，其实基本看透了年轻女孩的心思，要么为钱，要么为资源，年轻的小姑娘他接触过不少，那些嘴上说爱的，掺和了几分虚荣他心里一清二楚。

小姑娘贡献青春，他们负责掏钱送礼物，是风月场上无人会去打破的规则。

但这回，孙涵涵摇着她手里的银行卡郑重宣布"这餐我请了"，满脸的青春稚气，还能看出她刷了卡后一脸心疼却努力笑得张扬的样子。

因为她不想欠他，所以计算分明。

她看上的从来不是他的钱，她想要并且已经付出的，只有一颗真心。

周斌觉得有火在烧自己的心。他冷着脸点点头，没说话，拉过孙涵涵就走，却是十指紧扣的。

孙涵涵一下子不明所以，被他拽着，穿过长长的胡同，身边的人气压低得可怕，拉着她的手似乎在颤抖。孙涵涵一时没理清楚自己是做对了还是做错了，直到来到周斌的车前，四下无人，周斌一把抱住孙涵涵，紧得像要把她箍死在怀里一般。

孙涵涵一动不动，只得轻轻回抱周斌。他长长舒了一口气，开口，声音喑哑："对不起，我刚刚有点激动……我……涵涵你给我时间，我一定……"

"嗯。你刚刚差点吓到我。"孙涵涵柔柔开口。

周斌自嘲："一时感情上来，好像突然回到了 20 多岁一样，觉得自己像个毛头小伙子……我牵你的手的时候，都忍不住在抖……"

孙涵涵从他的怀里抬起头，眼睛在胡同里的月光下显得格外明亮，她笑起来调侃："是啊，因为你牵着的，可是青春……"

9. 楼道

何知南和瞿一芃八卦了孙涵涵一整顿饭的时间。

孙涵涵好看，又恋上了有妇之夫，这是最好的八卦作料。一男一女不太熟的时候，谈论自己过于自恋，试探对方又容易分不清边界，能以别人的事情为切入点最好不过，因而大多以"我有一个朋友……"开启话题。

何知南有意把孙涵涵塑造成一个想方设法傍大款的心机女，比如，何知南说她化的妆都是"伪素颜"妆，上全套的粉底、腮红、高光、阴影，却不画眉毛，只涂一点粉色唇膏，没有眉毛、红唇，男人像傻子一样，见了都夸她素颜美人。又说孙涵涵明明一心渴望嫁入豪门，却总爱立独立女性的虚伪人设，和有钱人吃饭一定是抢着付钱的，让当久了 ATM（自动取款机）的大款们眼前一亮，以为自己遇到真爱。

孙涵涵这类女性明显不在瞿一芃的择偶范围内，何知南这番吐槽虽然刻薄，可在瞿一芃听起来颇有些同仇敌忾的味道，毕竟这类女性是看不上自己、爱慕虚荣的，因而这类女性上赶着哄骗有钱人的小伎俩，也是理所当然值得讨厌的。

瞿一芃听得连连惊叹，一面说竟然还有这种套路，一面回应说现在乱七八糟想走捷径的小姑娘太多，何知南这类死守道德底线又质朴单纯的是少数，最后总结，现在中年、有家室还惦记小姑娘的老男人没一个好东西。

吃完饭两人一起去附近的商城遛了一圈。终于，何知南问："你们为什么分手呀？"

瞿一芃没说话，过了很久才移开眼神，装作不经意的样子开口："移情别恋呗。"

"给你戴绿帽子了？"何知南大笑。

瞿一芃气得敲何知南的头。"你才戴绿帽子！"他又把目光移开，有些低沉地说，"是我对不起人家。"

见他目光回避，似乎十分害羞的样子，何知南心里微动，伸手抱住瞿一芃的手臂，又忍不住逗他："怎么对不起啦？"

瞿一芃这回不害羞了，侧过头看着何知南："我又想了一下，其实罪不在我，还是应该怪你。是你太诱人，才害得我对不起人家。"

何知南软绵绵地贴着瞿一芃，又想到实习生对瞿一芃女友的形容，不甘心地加了一句："听说是个大美女，我哪里比得上……"

瞿一芃问她到底是从哪里知道这些的，何知南交代了实习生的偶遇之后，又忍不住多嘴问："到底是不是很好看？"

"嗯，是挺好看的。"

何知南不高兴了，又问："那我呢？"

孙涵涵以前吐槽过何知南小气，没法接受任何男的当面夸另一个女生。凡是遇到夸孙涵涵的，何知南若在旁边听见了，必定要加一句"那我呢"，男士这时候一定会礼貌地再夸何知南一句。但强求来的夸赞往往有些尴尬，比如此刻，瞿一芃回复的就是：

"你很可爱啊。"

2019年社交用语里的"很可爱"完全可以等同于"不好看"，还是不太礼貌的那种措辞，两人心知肚明。瞿一芃在"撩妹"群里待久了，知道对女孩不能一直捧着、哄着，刻意想要打击一下她的自信心。

结果何知南听出了弦外之音，气他敷衍，冷了脸，把瞿一芃的胳膊一甩，说："你可拉倒吧，就是嫌弃我不好看！"说完就气鼓鼓地往前走。

瞿一芃赶紧追上去拉何知南的手，又被她甩开，他心想这姑娘脾气太大，便直接揽住何知南的肩膀，另一只手钩起她的膝盖将她当街横抱起来。

何知南慌了，忙问："你干什么?!"她使劲用手拍打瞿一艽的胸口，挣扎着要下来。瞿一艽死不松手，站稳了一动不动，只是盯着何知南看。

何知南浑身被瞿一艽笼罩着，依旧是热乎乎的气息，打了两下觉得疼的是自己的手，也不动了，嘟着嘴用眼神绞着瞿一艽。

两人的脸距离不过15厘米。于是瞿一艽低下头，轻轻吻了一下何知南的嘴，何知南彻底安静了。这个吻大概持续了3秒。

"你再动?"瞿一艽盯着何知南，口气充满威胁。

何知南此刻自行脑补了言情小说里的下一句："再动我就继续吻你了。"她看着瞿一艽，脸慢慢红了。

瞿一艽见何知南不气了，刚想将她放下来，却见何知南红着脸，伸手搂过他的脖子，主动贴上了他的唇。

胡同里晚风柔柔地吹着，路上鲜有行人，偶尔有枝丫摇曳，发出沙沙的摩擦声。

何知南觉得瞿一艽的嘴比她想象中的更软，是清新的薄荷味道，她搂着瞿一艽的脖子，觉得他浑身都好硬，迷迷糊糊想着：嗯，是健身的结果。倒是夏夜的风吹得她心醉，她像个公主一样被抱在怀里，觉得自己越来越喜欢瞿一艽了。

而瞿一艽在这令人沉醉的夜晚，抱着一个姑娘痴缠地吻着，他心里想的是：

舌吻拿到了，顺利的第一步。

两人到了何知南的小区门口，何知南理所当然地问了一句："要不要上来喝杯茶?"

为什么不?

瞿一艽跟着何知南进了电梯还特地问了何知南住哪层。等电梯门一关，瞿一艽揽过何知南就要吻，何知南连忙推开说："不行! 有监控。"

瞿一艽皱着眉头，吻着何知南的头发说："不是坏了吗?"

何知南说："啊?"

瞿一艽清醒过来，差点给自己掌嘴，忙说："我是说，电梯里的监控不都是坏的吗？"

何知南乐呵呵地捏了捏瞿一芃的鼻子说："瞎说，我们小区的监控好着呢。不过前一阵确实坏了，后来修好啦！喏，你看——"她指着电梯里的物业通知。

瞿一芃赶紧仔仔细细看了一眼，夸道："不错！比我们小区好多了。"

何知南问："你住哪里呀？"

瞿一芃眨眨眼，说："也在附近呢。不过我妈不让我随便透露住址，说我长得这么俊，要小心居心叵测的女人。"

何知南扑在瞿一芃身上，双手钩住他的脖子，小声说："那今晚让你见识一下什么叫真的居心叵测……"

电梯到达 23 楼，"叮"的一下门开了。

何知南率先出了电梯，邀请瞿一芃回家之前她思量了下，家里保洁阿姨昨天来过，一切都算是干净的。个人形象十分重要，她希望展示最好的一面。出了电梯她担心楼道里又有臭气，探出脑袋嗅了半天。

瞿一芃被何知南小狗一样的举动逗笑了，跟着出电梯问："嗅什么呢？"

何知南皱着眉头对瞿一芃说："邻居呗！"她扬起下巴对着 2303 的门牌示意了下，然后开始嫌弃："简直是恶邻！不知道为什么那么臭，也把楼道弄得臭死啦！一点现代人的基本素养和礼貌都没有。"

女孩子在恋人面前总爱使用衬托这样的修辞手法，比如吃饭的时候不遗余力地靠卖闺密来衬托自己的单纯，现在何知南同样想不遗余力地攻击 2303 的住户以显示自己的干净与素质。此刻，她滔滔不绝地说自己多么爱卫生，对味道，尤其是臭味十分敏感，丝毫没注意到周围倏然冷却的气场。

2303 的狗听到了瞿一芃的声音，激动地隔着门"汪汪汪"地叫起来。何知南吓了一跳，诧异地说道："这条狗怎么疯了，平时不叫的啊……还真是什么样的主人养什么样的狗！"

瞿一芃没应声，他忽然想起自己上高中的时候在县里的高中寄宿，高三家长动员会那天，父亲坐了很长时间的大巴从村里赶来参加。9 月的南方天气沉闷，熙熙攘攘的教室里，父亲风尘仆仆、满身大汗，拨开人群坐在他身边，大声又窘迫地和他说话，还拎着一大麻袋母亲弹好的棉被和一袋子从树上摘下的水果，带着泥，挤在密不透风的教室地板上。动员会马上开始，教室里的白炽灯明晃晃的，他永远记得同桌——政治老师的女儿——在他父亲落座的那一刻，矜贵又嫌恶地捂住了鼻子。

后来他在电影《寄生虫》里看到，富人会嫌弃穷人身上的味道，电影里的男主人将那个味道描述为"挤地铁的人的味道"。他坐过无数次地铁，而在那些每天乘坐地铁上下班的人看来，父亲身上应该又有着另一股气味。那种同样可以让他们这些挤地铁的人矜贵地、嫌恶地，像高中同桌和何知南一样，捂住鼻子的味道。

何知南见瞿一芃面色阴郁，想着是自己说错了什么话，没再吭声。瞿一芃想起骄傲的高中同桌在得知自己上了清华后，在寒假主动约自己见一面，他看到她仔仔细细化了妆，打扮得精心却俗气，对他说话也变得格外温言软语，女同桌只考上了本省的二本大学，她的眼界与模样他早已看不上眼。他却愿意应邀，恶意地把约会地点定在县里的一家路边面店，连杯饮料都没有，让这个所谓的精致女孩坐在破烂的路边摊与自己闲扯了一下午，到了晚饭时间，她劣质的妆都花了。同桌撒娇说自己饿，他说："饿你就吃饭啊。我走了。对了，脸上长痘就少扑粉，看着怪瘆人的。"

后来他回忆起这次幼稚的报复，用一个男人对女人的羞辱，去报复一个以"上等人"自居的人对父亲的羞辱。

可他的好友不怀好意地笑起来，说真男人对女人的羞辱，可绝不是这种。

瞿一芃回过神后，猛地拉过何知南，在何知南打开密码锁进屋那一瞬间，将何知南摁在墙上凶猛地吻起来，双手也不再礼貌。何知南起先没反应过来，之后亦热烈地回应他。两个人吻得跌跌撞撞且激烈，何知南感觉到瞿一芃在撕咬她，像情爱小说里描写的"嗜血的神"，她觉得疼痛，却十分欢喜，在这样的时候彬彬有礼才是羞辱，反而"兽性"是对女生魅力的赞美。

28岁的瞿一芃不会再用幼稚的办法去羞辱一个女生，他也不再会选择用其他任何的方式去羞辱。

他明白了一个男人对一个女人最彻底的胜利，是征服，还有占有。

10. 嫉妒

第二天上午，瞿一苁陪何知南吃了早饭就走了。出门的时候2303的狗一阵狂叫，瞿一苁心下愧疚起来，去楼下绕了一圈再回到2303，对着自家的狗有了做贼心虚的羞愧。他赶紧闪进门，给狗喂了水与粮，然后拽着狗连电梯也不乘坐，直直地从23层的安全楼梯往下遛。

"哟哟真可怜，你妈不要你了，现在你爸也嫌弃你是个拖油瓶。"

他想着得赶紧找个房子，免得有一天穿帮了尴尬。何知南是拿下了，但就昨晚她主动的那个劲，也不知是谁拿下了谁。他在黑黢黢的楼梯间里一步一步往下走着，时不时有垃圾的异味闯入鼻子，狗兴奋得要跃进垃圾桶里扒拉，瞿一苁心不在焉地拉住它，他琢磨着何知南虽然看起来人畜无害，但隐隐约约总有种难搞的预感。

比如她对他昨晚的那番辛苦劳作，不是热切而羞涩地迎接，而是在欲望中带着审视，就连回应的方式也老成而娴熟，倒令他有些不知所措。

"撩妹"群里的人都把"睡到"视为终结，但他对何知南不是，他"睡到"只是个开始而已。

瞿一苁在楼梯间里遛狗的时候，何知南还沉浸在周末早晨如抹了黄油的烤土司般甜蜜的梦里。她吃过早饭又睡了个回笼觉。

她对瞿一苁的确含着审视，但审视的结果却是十分满意的。相比微信里"乱七八糟不想理"分组的那些臭男人而言，瞿一苁年轻且有力量。她自认不是好看的姑娘，而单纯的"性"本来是一件势均力敌的事情，所以她睡过的大多数男人多多少少有一些缺陷。

容貌与身材都不佳的女孩想要放荡，只能像田忌赛马一般挑选男人，用"年轻"这匹上等马俘获青春不再的对方，再用对方的"阅历""领域""家庭"等这些在性事当中不那么重要的中等马，给自己的虚荣心找补。倘若只论身材与外貌，她这样的中等马一贯征服的，都是一些下等马——老、

五、胖。

但瞿一苋例外，瞿一苋无疑是一匹全方位的上等马。

因而她没有想到，为什么这匹上等马忽然愿意与自己较劲了呢？她也没来得及深想，高鹏就给她打了电话。

他说："宝宝，我中秋回北京。开不开心？"

何知南猛地一惊，问："中秋是什么时候？"高鹏说："下下周喽。"

这几日两人在何知南家每日纠缠到半夜，事后瞿一苋忽然问何知南中秋有什么安排。

何知南当时裹着被单、端着一小杯葡萄酒一脸放松，听了问题差点呛住。她借着咳嗽想了想，回答说："能有什么安排，还不是回家呗。我妈催了好几次了。"

瞿一苋一愣说："你上次不是说你爸妈中秋连着国庆报了个出国的旅游团吗？"

"哦哦！对啊，不是后来也叫我一起去了嘛。"

瞿一苋没再接茬，直觉升起一个念头：这个小姑娘有事瞒我。

何知南又问瞿一苋中秋是怎么打算的，瞿一苋有些扫兴地说："在家宅着呗。"

瞿一苋的确在家宅着。

农村长大的孩子很少能拥有自己的爱好，他们如同笔直生长的庄稼，扎根土地，心无旁骛，目标只有一个：向上，向上，走出去，过好的日子。

韩苏曾笑他不懂生活，看着皮囊极好，可骨子里却是个十分没劲的人。对于人生，他完全参照着一个既定的范式去进行，生存之外的能力几乎为零。刨去工作，当他拥有一整段自由时间时，他能做的，也不过是利用手机里娱乐大众的 App（应用程序），将之一点点打发过去。

只是中秋假期的第一天下午，他躺在沙发上看抖音的时候，在用手指滑动视频的间隙，听到了隔壁的声音。

剧烈的，欢爱的，最熟悉不过的，从隔壁 2304 传来的声音。

他想着前几天如果这个屋子里有人，必然也会如他此刻这般，听到一模一样的声音。只不过前几天还是男主角的他现在紧紧贴着墙壁，两只手扒着墙，以便将声音听得清楚一些，可他听到的更多的是自己嗵嗵的剧烈心跳声，惊诧、遭遇背叛的羞辱、发现秘密的兴奋……复杂的感情在不大的心脏里冲突、交织，如果情绪是有色彩的，那么此刻他的心里因为汇集了太多颜色而变成乌糟糟的一摊黑色，有一个愤怒的声音在心里吼着："原来如此！原来如此！"

他又冲到卧室将窗户打开，希望那熟悉的、肮脏的声音更加清晰地传来，好像他多听到一点声音就能多了解一些秘密一般，可惜更多的杂音飘散在空气里，带着北京空气里脏兮兮的灰，风尘仆仆地涌入卧室，扑在他的耳朵上、脸上、眼睛里。

声音没有持续很久，就在他贴着窗户的耳朵马上要疲倦的刹那，他又听到了隔壁男女互相呼唤的声音，隐隐约约，像飘在空气中的一串省略号。

那声音分别是"南南"和"老公"。

瞿一芃当即拿起手机，推开门。匍匐在沙发边的狗见到主人气势汹汹出门的样子一下子精神起来，立起了四条胖嘟嘟的小短腿，咧着嘴兴高采烈地追到门口，冲着瞿一芃吠了两声。嘹亮的狗叫声回荡在空荡荡的楼道里。

瞿一芃一下清醒了，他立在门口狐疑地盯着自己的手——他刚刚打算做什么？

但很快狗带给他新的灵感，他整理了一番情绪，轻声安慰了狗两声，关上门，进了电梯。

电梯里，小区物业关于监控修理完毕的通知单依旧是崭新的，通知单里，物业负责人笑得虔诚有礼，被漫不经心地修图后的脸，试图用露出 8 颗牙的上扬的弧度努力藏住内心的尴尬。

照片和瞿一芃见到的本人只有 50% 的相似度。

此刻瞿一芃坐在物业中心，焦急又尽可能礼貌地解释自己的狗不见了，希望能查一下电梯监控看看小狗是在什么时候走失的。

物业负责人懒洋洋地问了瞿一芃的住址后，指了指保安所在的监控室，说："去吧。"

比自己想象的容易，瞿一芃松了口气，他略微估计了一下时间，找保安调了所在楼层电梯从上午 8 点 30 分到一小时前的监控录像。

高鹏和何知南同时出现在电梯里的时间，是中午 11 点左右。何知南穿着和之前同样的衣服下楼，大概是亲自接了高鹏回来。高鹏个子不高，瞿一芃推断他大概比自己矮半个头，看起来有些胖，圆脸、淡淡的眉毛，绝对不是能靠外形吸引女孩的类型。他带着行李，显然长途劳顿而来。

瞿一芃一对比，彻底弄明白了前因后果。何知南一直有一个异地男友，但她一个人在北京却不安分，瞒着男友不知有多少入幕之宾——他以为自己轻而易举地钓到了一只小白羊，却没想到是披着羊皮的狼。

瞿一芃决定让自己先冷静一会儿。他先给韩苏打了电话，温言软语了好一阵，心头的怒火与嫉妒渐渐平息了。之后他开始思考计策，何知南这条线已经开始走了，断没有理由停下来，高鹏远在天边，遇上何知南这样不安分的主，生疑、分手是迟早的事情。他觉得何知南无论如何都是一个女人，而任何一个女人都抗拒不了的，是浪漫与爱。

他斟酌一番后，给何知南发了微信："那个……中午，我在你们小区看见你了。"

两个小时后，何知南还是没有回复。

瞿一芃又补了一条："南南，我很难过，你为什么要骗我？"

何知南还是没有回，尽管她此刻已经方寸大乱了。

她和高鹏正在 SKP 逛着，何知南试衣服的时候都要把手机拿在手里。

听见提示声，高鹏问她："谁的微信？怎么不回复？"

何知南尽可能轻描淡写地说是不重要的事情。结果高鹏还没来得及继续质问，瞿一芃的电话追过来了。

何知南觉得偌大的商场都倏然安静了，只有"嗡嗡嗡"手机振动的声音，仿佛一颗定时炸弹。整个商场的人都在紧紧地注视着自己。

"不接？"

何知南眼疾手快地摁掉了，说："只是无聊的人而已。"

高鹏问："名字叫作一芃？"

何知南想了想，仿佛决定吐露心声一般，告诉高鹏："我说了你可别生气。是个追我的人，工作认识的，算是我们客户吧。我没有办法得罪……他总是利用职务之便占我便宜，一个劲地联系我。我……我很难……"

高鹏不知该不该信，只问："这么过分，他知道你有男朋友吗？"

何知南非常委屈："他只知道我男友在异地，不在身边。我这样的丫头，谁都可以欺负！"

高鹏有些心酸，说："我以后可能就留在香港了，我爸妈也打算把生意转过来。南南，要不你也一起来香港？"

何知南委委屈屈地嘟哝道："你们家生意现在越做越大了啊。"

高鹏有些不好意思地说："是吧，这两年行情好，赚了些钱，打算在香港买套大些的房子。"

何知南眼睛亮亮的，装作开玩笑地问："大些的房子？半山别墅吗？哈哈哈。"

没想到高鹏说："也有考虑，上周末我爸让我去看了几套房了。"然后他说不提这个了，拽着何知南问试过的这几件衣服喜不喜欢。

柜姐满脸殷切地看着何知南。

何知南刚想点头，手机就又响了。"嗡嗡嗡……"像一个不死心的噩梦。

何知南彻底不耐烦了，第一次觉得瞿一芃简直面目可憎，她看着高鹏的表情从温柔变得严肃，淡淡的眉毛低垂着，蓦地心疼起来，平日里觉得高鹏不那么好看的脸、线条模糊的轮廓、肉肉的鼻子，都在一瞬间变得可怜、可爱。

她现在站在 Dior（迪奥）的专柜前，只要点头，高鹏就会开开心心地为她刷卡，柜姐会开开心心地为她打包，第二天她会开开心心地穿着它们走在街道上，这是一切圆满的大结局。然而手机还是"嗡嗡嗡"地响着，尖锐地逼迫她做出选择。

大约过了一个世纪那么久，高鹏开口了："南南……要不我……"

何知南坚定地看了高鹏一眼，她已经做出了选择。她穿着吊牌价 30000元的连衣裙，丝绸柔和地贴在她身上，她决定牺牲瞿一芃，接起电话，对他说出最狠心、决绝、恶毒的话，表明自己的立场。

她说："喂？"语气坚定又决绝。

电话那头停了很久。

瞿一芃清清淡淡又受伤的声音传来，何知南一直觉得他的声音是极好听的，不同于高鹏尖细的、如被阉割过的鸭子一般又扁又硬的音调，瞿一芃的温柔与磁性简直得天独厚。

此刻，何知南觉得他的音色里带着一点点破碎，他说："南南，我好想你。"

"……哦。"何知南觉得她准备好了的万千狠毒，一刹那灰飞烟灭。

"南南，我都知道了。但我……我……我不介意……我还是想见你。"

"……哦。"

"他在吧？"

"……嗯。"

"那我不打扰了，只是实在没忍住。刚刚，我嫉妒到发疯。"

"好，再见。"何知南觉得自己再也忍不住了，赶紧利落地挂掉了电话，在摁掉瞿一芃电话的一刹那，她隐隐约约，产生幻听一般，听见遥远的那端有电波传来，组成零星的不成片段的话语，瞿一芃用特有的温柔音色，轻轻在她的脑中，对着她的耳朵，说了一句全世界只有她能听到的话。

"南南，我爱你。"

11. 布局

挂了电话，何知南缓了好久才强装镇定地对高鹏笑着说了一句："你猜怎么？那人刚看到我们了……"

高鹏说："哦？哪里？"

何知南说："商场。说看到我有男朋友了，还说以后不打扰我了。"

"嗯。"高鹏点头，轻松地说，"知难而退的好家伙。看来以后要多把咱家宝宝带出来逛街。"说着他揽着何知南开开心心地刷了卡。

而此刻何知南的心被瞿一芃的声音与话语搅得软绵绵的，像被浸泡着的温泉蛋，抖一抖就能流出黄来。她拎着 Dior 的袋子，挽着高鹏，觉得自己从未如此丰裕，她不仅收获了来自男友的奢侈品，还有一颗来自情人的真心。

何知南在和高鹏恋爱之前，曾被一个异地恋的男友狠狠伤害过一次。异地的男友比她大 7 岁，刚刚毕业，在上海做广告，可以说是何知南真正的初恋。两人是在豆瓣小组里意外聊到一块的。在何知南看来，那个异地的男友给她塑造了她此后引以为豪的全部的音乐与电影品位。他会对她说最深情的电影台词，会给她介绍独立又小众的音乐，16 岁的何知南将他奉为神一般遥远的人。

但在谈婚论嫁的年龄，没有人会真正把远方的一个还在上高中的小姑娘放在心上，何知南直到被失联了 3 个多月，在豆瓣和 QQ 上绝望地对他发了几千条私信和消息后，才知道这阵子消失的男友是去和别人结婚了。

新娘比他小 3 岁，是温婉如水的苏州美人，两人青梅竹马。何知南倒是莫名其妙成为传说中的"小三"，最无害也最无辜的那种。

"渣男。"这是后来孙涵涵听了何知南的描述后脱口而出的结论。

但何知南始终认为，人应该遵从自己的欲望，去正视自己的本性，不妄下结论，也不将他人与自己的欲望区别看待。如同此刻，她同时拥抱两个男人不约而同地递上来的爱情与面包，她没空质疑自己的卑劣。毕竟没有任何一种道德，能够束缚住欲望带来的满足感。

吃完饭，高鹏说晚上得回家看看爸妈，用明显半开玩笑的语气问何知南要不要一起。

何知南识趣地说："不了吧。"

两个人始终觉得自己年轻，尤其是高鹏，尚未有任何步入婚姻的动力。高鹏的父母忙于生意，这些年撞上风口，基本在自己的小阶层里实现了跃升，更加体会到人不能安于现状，嘱咐儿子千万别太早定下来。对于何知南的事，他们只当高鹏是玩一玩，从未认真放在心上，如今儿子的身价随着家产水涨船高，选择儿媳妇这样的事情更应该慎重。

高鹏走后，何知南立刻打给了瞿一芃。

信号接通发出的嘟嘟声，敲击着何知南的心。瞿一芃很快就接了。

"喂？"

"……来我家？"

"好。"

门一开，何知南就被瞿一芃按在了墙上。

何知南觉得自己被居高临下地压制着，紧接着，唇上被盖上了湿漉漉又柔软的吻。

瞿一芃一只手按着墙，将何知南堵在进门处玄关的小小空间里，另一只手捉住何知南垂下的手，放在自己的脸旁，他两眼沉沉地盯着何知南，半晌才出声："嗯？男朋友？"

何知南的唇上与四周的空气里全是瞿一芃的气息，她见他面色不善，却觉得好玩起来。她一点也不怕此刻的瞿一芃——毕竟如果男人还愿意和你玩这样的花把式，意味着他真没有多生气。

于是何知南作死一般，可怜巴巴地抬头看着瞿一芃，点点头："嗯，是有一个男朋……哎哟！"话音还没落，她被瞿一芃捏着的那只手，就被狠狠咬了一口。

"你是小狗吗?！"何知南大叫。

"小狗？"瞿一芃冷笑，一把扛起何知南就往屋里走，"我可是会吃人的！"

何知南斜斜地挂在瞿一芃背上，连声惊叫起来，兴奋又用力地攀着瞿一芃的身体，直到被他甩在床垫上。

而当瞿一芃再一次听到何知南嘴里传来的断断续续的呻吟声时，他冷不防想到了下午——几个小时前的自己，在隔壁的窗户内，双拳紧握，努力试图听清楚这间卧室里传来的声音。那时这间屋子的场景，大概与现在相似，也同样肮脏。

一种不太舒服的感觉冷静地爬上了他的心头，他觉得自己和何知南的男友在一个奇异的地方会合了。瞿一芃逼迫自己停止这样的念头，他冷冷地看了身下的何知南一眼，更加用力地冲撞起来。

他要把高鹏的一切都彻底驱散，像一只占领地盘的雄性生物一样，野蛮地在自己的领地上劳作，试图亲自塑造属于自己的形状。

事后，何知南软绵绵地躺在瞿一芃怀里的时候，他只是问："为什么不告诉我？"

何知南拿手指点着瞿一芃的鼻子。"你也没有问嘛……"然后她垂下眸子委屈起来，"我怕你知道后就不理我了……"

瞿一芃抓住何知南在他鼻子上点来点去的不安分的手又咬了一口："你还有理了？"

何知南尖叫说："你怎么这么爱咬人啊？小奶狗还是小狼狗？"

瞿一芃认真地牵了何知南的手放在自己的胸口位置，她感觉他的掌心在微微用力收紧，他说："我想好好惩罚你这个不安分的妖精，但又舍不得真打你。"

此刻两个人都能听见瞿一芃扑通扑通的心跳声，何知南不知这个心跳速度是快是慢。但瞿一芃用极慢的认真的语气开口了，问："知南，你对我们有什么期待吗？"

何知南茫然地摇头说："没有。"瞿一芃的眉眼垂了下来，颇有些失望。

她赶紧又问瞿一芃："那你呢？"

瞿一芃只说了四个字。

何知南一直知道自己的年纪不算特别小了，这两年初中、高中同学陆陆续续给她发了请柬，她在朋友圈里为晒结婚证、晒婚纱照的消息点赞的次数越来越多。最开始是惊讶："哇，竟然这么早就结婚了！"然后是鄙夷："哟，一个个上赶着结婚，真想清楚了能保证一辈子不离不弃？"最后是平静，平静地点赞，平静地留言，平静地参加婚礼。她也在社交网站上戏谑地写过："也要考虑考虑终身大事了吧？"怎么说都和高鹏谈了七八年恋爱，男人的青春也是青春啊，被耽误了，她也要负责的。

但高鹏在面对婚姻时却像一片沉默的深湖，对她偶尔的暗示从未认真对待——她始终觉得高鹏就像一个孩子，爱她就像爱自己心爱的玩具，绝不适合谈论婚姻这么严肃的话题。

何知南并非急着把自己嫁出去，她只是在特定的年龄需要一份肯定，就像拿到毕业证一样，任何一个25岁的女人都希望取得一份"被求婚"的成就。而这份成就，高鹏却始终吝啬给予。

所以当何知南此生第一次从瞿一芃的口中听到这非常霸道又深情的四个

字的时候，她没忍住，在一瞬间，泪水盈眶。

她的视线被泪水模糊，眼眶热乎乎的。何知南享受这一瞬间的感动，瞿一芃说的四个字回荡在她的脑海里，宛如勋章一般，郑重地闪烁着。

你呢，对我有什么期待呢？他竟然回答：

"和你结婚。"

看着何知南真实的被感动到的样子，瞿一芃有些震撼。他没想过自己的甜言蜜语还会有如此虔诚的受众。"撩妹"群里的群主曾百般告诫，"我爱你"已经变成了最油腻又不负责任的字眼，被张口就来的低段位"菜鸟"毁了个彻底。高质量的告白需要像承诺一样恰如其分又郑重，比如，"我爱你"只是一个不带任何责任的激情宣告，而"和你结婚"就不一样了，这句话还未被滥用，仍旧充满了仪式感，充满了烟火气息与执子之手的隽永。

瞿一芃被何知南热泪盈眶的单纯感动，低头亲吻她的额头，唤了一声"小傻子"，而后有些尴尬地说："我先去洗澡了。"

何知南把这份尴尬理所当然地理解为男人求婚后的害羞。她点点头，又把脑袋埋进了被子里。

没来得及在这份感情里沉浸太久，床头的手机振了起来。

何知南扑过去，看到了陌生的两个字"苏苏"。

她试探性地叫了一声："那个……瞿一芃，电话……"

凭借自家浴室的隔音效果，他势必是听不见的，手机还振个不停，第六感驱动她直接接起，没开口。

电话那头是一个清冽的女声，音调微微上扬，像在唱歌一样：

"紧急紧急！老公你怎么不回复我的微信？十一要不要来香港？刚得到通知，十一前的项目取消了，你应一声我给你买票了啊！"

韩苏连珠炮般地说了一大段，半天没得到回音。她又拿起手机看了一下，显示通话正常。估计是信号不好，项目取消了相当于临时放假，此刻她心情欢快，只好继续俏皮地对着电话念念叨叨起来："喂喂？嗒嗒嗒？有人吗有人吗？老公回复我呀。"

然后半晌，终于听到了回复。

一个软软糯糯的女声，带着一丝丝不足的底气："你找……瞿……嗯，你找一芃？"

韩苏愣怔了一下，迅速问："你是哪位？"

"我……我是他朋友……"何知南还是没有办法说出"瞿一芃现在在洗澡"这样的经典句式。因为韩苏的声音实在好听，何知南此刻只能尽量让自己的声音听起来娇媚柔美。

"朋友？我也是他朋友，女朋友。"

"嗯，我知道你的。苏苏。"何知南笑起来。

信息不对等必然导致一方落于下风，韩苏有些气急败坏，拿出了和客户撕 × 的气势又问了一句："那你呢？你是哪种朋友？"

"这个，就不方便透露给你了。"何知南听出了韩苏的火气，语气愈加轻柔起来，"我会转达给他的，再见。"

她赶紧挂了电话，只听见自己的心跳扑通扑通的，响彻整个房间。

而瞿一芃此刻早已洗完了澡，他的心跳与何知南的一般响。

他隐隐约约听见何知南接了个电话，觉得万幸可以转移她的注意力。他赤身裸体地在客厅悄悄巡视了一会儿，等着屋子里没声音了，估摸着何知南挂了电话，这才围着浴巾，放重了脚步，推开卧室的房门。

何知南此时摆好了姿势缩在床上玩手机，一脸的岁月静好，抬头懒洋洋看了瞿一芃一眼："洗完了？"

瞿一芃："嗯。"

"好。"

但除了他自己，没人知道，此刻的客厅，在何知南前年买的造作布艺沙发的角落，塞了一个小小的、方才他们撕开的冈本003避孕套的包装。

12. 相逢

何知南没有留瞿一芃过夜。

两人各怀鬼胎，草草吻别后她就将瞿一芃送走了。

高鹏是在第二天中午来找何知南的，两人在何知南家叫了陕西驻京办的外卖。何知南笑高鹏在香港待了那么久，胃口还没被造化洋气。

高鹏说自己在英国这种"美食地狱"待了四年，最想念的就是西北面食与老北京卤煮，香港虽然是美食天堂，但总体而言口味还是偏清淡甜腻，驯服不了他桀骜不驯的北方糙汉肠胃。

这么说着，两人把外卖摆在客厅的茶几上，坐在地毯上准备看最新的综艺。何知南说："遥控器不见了啊，你去沙发上找找。"

高鹏闻着饭菜香乐颠颠地去沙发上扒拉了。

之后，何知南就感觉整个屋子的空气一下子凝重起来，高鹏僵住的背影仿佛突然断网的视频页面，一动不动。

"怎么了？"何知南问。

然后她看到高鹏缓缓转过身来，一只手拿着遥控器，另一只手拿着小小的、一贯只有瞿一芃才会用的冈本 003 的包装。

何知南只觉得脑袋"嗡"的一声。高鹏敏锐地捕捉到何知南第一个流露出来的表情是惊讶。

"哪儿来的？"高鹏冷冷地问，向来没有棱角的脸此刻被涌上脑海的愤怒勒出了轮廓。

何知南从来不觉得高鹏是个帅哥，他身高 175 厘米，略微有些胖，给人柔软的感觉。但此刻，何知南可以感觉到高鹏过去所有柔软的部分通通变得僵硬了。他握紧了手，好像在发抖，连一贯尖细的鸭子般的声音，此刻都变得粗犷又痛苦。高鹏喜欢日本潮牌，可何知南一直觉得他的五官像是日本的喜剧演员，而此刻，这个喜剧演员，正上演着一场巨大的悲剧。

"哪里……来的？"何知南气若游丝地反问了一句。

"你问我呢？沙发缝里扒拉出来的！你背着我和谁搞了？！"高鹏红着脸吼出来。

何知南见状吓了一跳，往后缩了一下，眼泪哗地就聚在眼眶里了，半晌哆哆嗦嗦、委委屈屈地说了一句："你吼我？"

高鹏从来没这么吼过何知南，看着何知南受惊小鹿般的表情一时愣怔。却没想到何知南借机来了灵感，她"噌"的一下愤愤站起，对着高鹏伸出手：

"你先给我看清楚是什么东西啦!"

高鹏瞪着何知南,将手中的小包装袋重重甩了过去。

只见何知南用两根手指捏着它左右端详,待发现是什么了以后,一脸嫌弃地甩开,大叫起来:"沙发里怎么会有这种东西!"

"你不知道?"

何知南坚决否认,同时惊讶又恐惧地翻来覆去地念叨:"家里怎么会有这种东西,不会是进来人了吧……什么玩意……"

高鹏冷冷地瞪着她,却见何知南念叨了半晌,一拍脑门,说了一句"我 ×",然后她拿起手机迅速搜出了一段聊天记录,递给高鹏。"喏,今年清明我回家住了,本科同学和她男友来北京玩,我就让他们住我这儿了……真脏!"

何知南骂骂咧咧起来:"沙发缝里都有……这两个人真不把自己当外人。"

高鹏看了何知南递来的手机上的聊天记录,发现确有其事。他缓了语气,半信半疑地问何知南:"真不是你的?"

"怎么可能是我的!我除了和你还能和谁啊!"何知南大声反驳,而后扑在高鹏身上紧紧抱住他,带着哭腔撒娇道,"你怎么会这样怀疑我!我只有你,老公。"

"你可千万给我老实点,偷偷摸摸的小动作别被小爷我抓到!"高鹏余气未消地瞪着何知南给她警告。

"抓到了怎么样?"何知南笑起来,挤出两个梨涡,一脸调皮。

然而此刻高鹏前所未有地严肃,他敛了所有表情,对着何知南一字一顿地说:

"抓到了?我会杀了你。"

我会杀了你。这句威胁深入人心。

很久之后,何知南在一个买醉的夜晚和另一个闺密提起这句话,把它当成了一个男人疯狂爱自己的象征。而那时她的闺密早已不是孙涵涵,毕竟女人的友谊如果是在 25 岁之后才建立的,其"塑料"的程度堪比义乌卖的廉价耳环。

那时候的闺密与何知南一样，是律所刚刚入职的沉迷晋江文学的无脑小秘书，听到高鹏的这句威胁，瞬间心都化了："天哪，这是琼瑶剧一般激烈的爱情。"

只是何知南咽了酒苦笑。都市男女，人人自危，怎么可能玉石俱焚？

瞿一芃在第二天上午接到了韩苏的电话。韩苏的声音带着几分虚弱，似乎一夜没睡好的样子。他忍不住有些心疼起来，但一想到她昨晚势必又熬夜加班了，又不禁恼火。

还没开口，韩苏就单刀直入地说了：

"一芃，我们分手吧。"

"啊？"犹豫了一会儿，他说，"……好。"

"哼，不问原因，不挽留？"韩苏冷笑。

"有什么好问的，你本来也看不上我。"瞿一芃脱口而出，"你从来就一心只想往上爬，韩苏，你不是池中之物，你的野心我一清二楚，我庙小，容不下大佛。若你还有点安安心心过日子的样子，就不会那么拼命工作。你去香港不就是摆明了想和我分手吗？"

"……"

"怎么了？没话说了？"

韩苏突然觉得一切都变得无趣，无论是他的出轨，还是自己的野心，两个不同轨迹的人势必背道而驰，渐行渐远。

于是她揉了揉太阳穴，恢复了一贯的温和语气，轻轻柔柔地说：

"……就这样吧，这个月我会回来取行李。"

"……好。"瞿一芃也冷静了。

韩苏接着说："一芃，都是成年人了，我希望我们好聚好散。"

瞿一芃愣了一下，调整了情绪，回复："好……回家给你做你最爱吃的糖醋小排。"

韩苏："嗯……再见。"

临挂电话了，韩苏又问了一句："对了，一芃，我的手机号码，你备注的是什么？"

"苏苏啊，怎么了？"

"嗯……没什么。"韩苏笑了，岔开话题，"都分手了，要改备注吗？"

瞿一芃温柔地说："不改了，你一直是我心中的苏苏。"

"哈哈哈，他真这么说？那他可真是无耻。"香港的秋天来得晚，中环的露天酒吧依旧衣香鬓影，韩苏穿着蓝色吊带连衣裙，和 Alex（亚历克斯）坐在卡座上，位置正好，能俯视整个维多利亚湾的夜景。

Alex 是土生土长的香港人，带着些许广东口音，这几年香港的金融行业离不开内地客户，精英阶层越发开始以会说流利的普通话为标配。Alex 去英国留学后回到香港，进了知名券商，机缘巧合，好几次与韩苏进了同一项目，一来二去两人就相熟了。

这日项目事情少，他见韩苏郁郁不乐，约她出来喝酒，才知道了这个佳人分手的事实。

"都'绿'了你，还说你是心中永远的苏苏。"Alex 端着酒摇头嫌弃。

"认识这么多年的人，没想到是这样收场的。"韩苏苦笑。

Alex 赶紧深情款款地说："难怪你昨晚没睡好，都有黑眼圈了。"

韩苏没理会他，Alex 又说："不过你这么冷静分手的女人我倒是第一次见。怎么不和他闹一闹？起码撒撒气。"

"没必要，注定要分手了，不如好聚好散。做人最重要的是姿态好看。"

Alex 竖起大拇指："这个胸襟可以。"

Alex 见过很多女人，也听说过很多女人，在一定程度上，相貌和智商带来的收益十分有限。而在他看来，决定一个人能走多远的，是他内心的野心，以及为人处世的情商。就像成功的商人永远不会和钱过不去，情商高的女人，也永远不会和任何一个男人过不去。

无论他们在感情上是否伤害过自己，只要能够以最大的包容化解，将百炼钢化成绕指柔，那么终有一天，他欠你的，你都可以一一讨回来。

韩苏对他莞尔一笑，顺手捋了一下垂在额前的碎发。工作时的韩苏总是穿着正装裹身裙或西装阔腿裤，头发紧紧绑成马尾或绾成髻，十分利落。而此刻，她将披肩的头发松垮垮地绾在脑后，丝绸连衣裙挂在身上，露出十分好看的双肩与锁骨，平时严谨的韩苏似乎难得被酒精与晚风释放了，双腮微红，变得妩媚又撩人。

Alex 没招架住这个笑容，唏嘘了一句："我真不相信，什么样的女人能从你手中抢走男人。"

韩苏乐了，笑起来："其实什么样的女人都可以，关键得看那个是不是我想要的男人。"

两人碰杯，Alex 眼露赞许，说道："不急，我有一个哥们儿也是北京的，这两年才来香港，质量不错，回头介绍你认识。"

"质量？哪种质量？"

"当然是钱多人老实。不过这两天回北京了，明天回来。"

"嘻嘻，你先说说名字，看我喜不喜欢。"

读书多的女生在择偶上总有奇奇怪怪的小癖好，比如男生的名字，一定要好听又文雅。Alex 抿了一口酒，懒洋洋地吐出了一个名字，散在中环酒店露天的潮湿空气里：

"高鹏。不俗气吧？"

13. 酸臭

香港不放中秋假，高鹏此番回北京看何知南是其次，主要还是受父母的召唤。与父亲在书房聊了三个小时，他才发现如今高家竟能算得上家大业大了。

这几年借着政策红利闷声发了一波财，打算借机去港股上市，高父一方面指挥高鹏回香港后物色靠谱的境外律师，另一方面也劝高鹏从原单位辞职，进自家企业历练。

高鹏说"好"，转头就给 Alex 打了电话询问有无律师推荐。

没想到 Alex 一拍大腿应承说："有的有的，S 所，豪门！我认识的那个律师还是个大美女。"

高鹏笑起来："美不美无所谓，工作漂亮就行。"

Alex 神秘地说："回来介绍你们认识。"

"那拜托了。"

送走高鹏后，何知南百无聊赖地在回程的机场高速上玩手机，见孙涵涵发了朋友圈，这才想起好久没有联系孙涵涵了。这几日她先是与瞿一芃"新婚宴尔"，而后周旋在两个男人之间玩了一出无间道，堪堪得空可以理会身外事。她见孙涵涵发的照片不是国内的景致，点进主页看了一圈才通过定位发现这姐们儿现在正在希腊度假。

她一一放大照片看了一圈，有些嫉妒，直接戳开了聊天框："这么开心！公司福利？"

"哈哈，不是。"孙涵涵秒回。

希腊此时是晚上，空气里散发着海水的咸湿味道，天空是最纯净的深蓝色。小镇上所有的墙都是白的，屋顶是蓝的，此刻似乎与天空融为了一体，像是天空过于浓艳而垂下来的蓝色墨滴。孙涵涵与周斌吃过晚餐在费拉镇上挽着手散步，收到何知南的微信时，她没忍住轻笑出声。

"什么好笑的事情？"周斌问。

"有人问我是不是公司福利。你说我应该回什么？"孙涵涵笑，软软地把头依在周斌肩上，而后转过脸看着周斌，换了严肃的口吻，用蜡笔小新的声音说，"不不，不对，是我的爱情福利。"

"你的爱情福利？胡说。"周斌瞥了她一眼，将人揽得更紧，"这一切……明明是我的福利。"

孙涵涵从没想过自己和周斌的进展会这么快。

上次分别后，孙涵涵很快赶上了新项目，需要在三天时间内为某奢侈品牌筹备出一个大型地面活动，她连轴转，忙了三天三夜好歹是忙完了，活动后客户亦表示满意。正巧那天周斌询问她是否有空一起吃晚饭，她想着正好庆祝一番便欣然赴约，结果刚坐下空腹喝了一口酒，没多会儿就觉得胃中一阵绞痛，一张小脸霎时白得吓人。

周斌本就觉得今晚孙涵涵说话气息虚浮，还没来得及出口关心，就见她脸色苍白，捂着嘴冲入洗手间，他连忙叫了女服务员去女洗手间守着，半晌女服务员才出来，说这位客人应当是患了急性肠胃炎，在洗手间上吐下泻。

周斌立刻沉着脸联系了熟悉的私人医院的朋友，抱着虚弱不堪的孙涵涵直奔医院。孙涵涵彼时病恹恹，成了一只鹌鹑，满脑子却是自己在周斌面前捂着嘴冲入洗手间的狼狈身影，歪在周斌车上听周斌念叨"要不是服务员说你在洗手间上吐下泻……"的时候，差点想使出全身力气一头撞死——完了完了，这下苦心营造的气质已然全无。

周斌还在不停唠叨着："年轻人工作不要太拼，刚刚才跟我炫耀三天只睡两小时呢，你看，遭报应了吧？多大的人了，身体都这样了，刚一坐下还问服务员有没有冰激凌，你说你，你不得肠胃炎谁得……"

半晌没听到孙涵涵说话，他一扭头，见小姑娘两颗亮闪闪的眼珠子噙着泪。一半是疼，另一半是羞愤。

周斌被这副可怜样子吓到了，赶紧在路边停了车，贴着她紧张地问："怎么了？现在很疼吗？"

只见孙涵涵一脸的委屈，平时总是端着的矜持知性的样子全然不见了，此刻的她在周斌眼里像个彻彻底底的小女孩，被他追问了半天她才别别扭扭、可可怜怜地小声嗫嚅出了一小段话，带着哭腔，痛心疾首：

"……形象，形象……彻底……没了……"

"……"

周斌失笑，还真是女孩心性，大病当头也惦记着漂亮。他飞速踩了油门，直达医院，将孙涵涵抱进了 VIP 病房。

"然后呢？然后呢？"何知南追问。

此刻孙涵涵早已和周斌散完了步，两个人抱着在沙发上看完了一部电影后，她才和何知南通了语音电话。

"然后在和睦家医院住了三天……"孙涵涵不好意思地说，"我原来以为和睦家只有妇产科呢，没想到各科室都有。医生和护士态度也特别好，给我抽血，开了药……结果当天晚上我又发了烧，周斌非要我留院过夜……我当时真的是一点力气也没有，周斌还坚持留下来陪我……"

"那……"

"唉。"孙涵涵感叹一声，"他就伏在我病床旁边守了我一夜……"

孙涵涵从小就特别害怕医院，也很少生病，印象中小时候少有的几次发烧时，都是由妈妈陪着睡的。发烧的人睡不安稳，她总能在夜里醒来几次，感觉到妈妈的手在她的额头上试探温度，或拿着湿毛巾帮自己退烧，一折腾就是一夜。直到最后，妈妈的手摸她的额头不再滚烫了，她才能感觉到妈妈松了一口气，她亦在这样松了一口气的催眠氛围里沉沉睡去。

睡得极不安分的孙涵涵，在和睦家病床上的那一夜，仿佛回到了小时候。周斌就像妈妈一样守在她的病床前，一次次温柔地试探她额头的温度，迷迷蒙蒙中，孙涵涵感觉到周斌折腾了一整夜，那一夜，漫长得足以让她记住他的手背放在自己额头的触感与温度，也漫长得仿佛把她的童年时光与记忆一一穿透。

"后来医生说我要注意饮食，三天内不能吃蛋白质、水果、生冷和辛辣的食物，也嘱咐我要多加休息，周斌就让医院给我定制了营养餐，我在医院足足睡了三天！"

"啧啧。"何知南此刻不知道自己是羡慕还是嫉妒，却听孙涵涵带着抱怨的语气接着说：

"别人生病都是瘦一圈，我倒好……胖了两斤！一定是睡多了。你看他，讨不讨厌？

"而且他逼我请了假，说工作太辛苦了，完结了大项目要出来好好度个假。这不，直接把我拎圣托里尼来了。我第一次什么准备都没有就去旅行，签证都是他帮我弄的。天，我长这么大第一次发现自己像个废人一样。"

何知南确定了，不是自己羡慕，而是此刻的孙涵涵浑身散发着一股只有恋爱中的女人才有的酸臭味，带着不合时宜的娇嗔与张扬的幸福感，仿佛面对全世界的人都能忸怩地向周斌撒娇。

接着何知南觉得这股酸臭味影响到了自己，于是她不甘示弱，也开启了"抱怨"模式："哈哈，真羡慕你！我最近可惨了。高鹏来看我，结果给我在Dior刷卡的时候，你猜怎么着？瞿一芃的电话追来了，你猜他说什么？说爱我，说他不介意高鹏！不过真的，高鹏最近倒是越来越有钱了，带我去SKP买东西，前前后后刷了十几万元……

"但瞿一芃身材好啊，还是个大帅哥。你知道的，嗯……就是那种年轻的男孩子嘛……"

孙涵涵觉得自己敏感，她觉得何知南是在刻意强调"年轻"两个字，脸上像被蜜蜂蜇了一般不舒服，又热又疼。她掐了何知南的话头问："确实各有千秋，那你喜欢谁呀？"

何知南想了半天说："现在当然是瞿一芃，和高鹏老夫老妻早已没有了新鲜感。但每次我和瞿一芃在一起之后，我就会觉得我最爱的还是高鹏，连和他异地恋都有劲了。"

孙涵涵腹诽：你那是因为愧疚吧？

又听何知南接着说："可我最终还是会和高鹏在一起的吧。高鹏家……高鹏家现在，是我所能够着的阶级的天花板了。"

何知南与孙涵涵都不是名利场里长大的姑娘，但她们一直知道且相信，世界上的人始终分三六九等。孙涵涵在考上大学的那一刻就明白，名校的学历只是自己最好的一份嫁妆，是自己青春与脸蛋的辅助，哪个女孩若想不通，希望凭着名校的学历去找一份好工作，到头来还是得一路吃苦。而何知南虽然未有如此深刻的认知，但走进了她生命里的高鹏，意外地成为她平淡人生里的贵人，成为她得以借机窥伺另一种生活景象的、不愿意放开的凿壁之光。

于是孙涵涵劝说她："既然如此，你就应该好好对高鹏啊。你这样背叛高鹏……不太好吧？"

这话仿佛踩到了何知南的痛点，出轨了的人最无法面对的就是来自道德的压力，只因这份压力与愧疚也时常在他们心中涌现，在这份日久天长的折磨下，他们反而变得更加敏感。所以何知南立刻凉了语气，反问：

"背叛不好吗？哼！那周斌还不是背叛了他老婆！"

14. 塑料

孙涵涵足足一周没同何知南说话。

周斌那日见孙涵涵挂了语音电话后愁眉不展，只抓着手机发呆，猜了一会儿隐约有些头绪，于是试探地问："工作问题？"

孙涵涵白了他一眼："工作好着呢，就是人不好。"

周斌立刻明白过来。

到了周斌这个年纪，女人的心思对他而言不再是谜语，哪怕是，答案也十分有迹可循。他惯常认为只有愣头小伙子才会试图从女人的嘴里挖出答案，而他则把女人的言行举止与事情始末当成文字，习惯从字里行间推敲出答案。

只是这次的答案暂时无解。

周斌叹了口气，将孙涵涵从身后搂住，低声说："我向你保证……"

孙涵涵转过身，直视周斌的眼睛，直截了当地问："什么时候？"

周斌说："从希腊回去就……"

孙涵涵立刻甩开了周斌的手，带着气就要去拖行李箱："那好，我们今晚就回。"

周斌被孙涵涵此时的雷厉风行惊到，一脸哑然："你不相信我？"

孙涵涵难得委屈，眼睛通红，拖着行李箱愣愣地看着周斌——同样是练习过一百遍的表情。她带着隐约的哭腔反问："我怎么敢相信？我已经爱上了你，我现在一无所有！你拥有全部的选择权，我现在只能等待你的慈悲降临……"

漂亮女孩的眼泪是武器，周斌立刻溃败，赶紧安慰。"傻丫头，你以为痛苦的只有你一个人吗？我才是更早缴械投降的那一个。"他抓住孙涵涵的手，放在自己的唇前，"涵涵，你要相信我，我每天在家里只觉得冷，你才是我的阳光。"

"那你还在犹豫什么？"

周斌赌咒发誓："我回去就提！现在是 10 月，等到元旦，我保证把全部事情都解决，跨年夜我们就住在一起！"

孙涵涵听了，泪眼汪汪地扑到周斌怀里，脸上一点点浮起笑意，嘤咛着撒娇说："可不许骗我。"

周斌紧紧搂着孙涵涵，心想这一次危机可算是解除了。两人抱了许久，

周斌瞥了一眼孙涵涵先前吵架时拖着的行李箱，警告说："以后可不许随随便便拖着箱子，一副要离家出走的样子。"

孙涵涵不语。

周斌打算就这个茬将她哄彻底了，拉着孙涵涵问："在小镇待了这么久，闷不闷？明天带你去城里购物？"

找男人要礼物，时机很关键。但有两个时间是绝不会错的：一个是在他最愧疚的时候；另一个，则是在他最爱你的时候。

此时此刻的周斌或许二者兼有。于是孙涵涵甜甜地说"好"，然后想了想，歪着头搂着周斌的脖子说："那我也要给我的周周买礼物！"

周周。

奶声奶气的撒娇称号，被冠在周斌这样的新锐合伙人头上。

周斌愣了一下，这辈子有人叫过他周律师、小周、周老板、斌哥、斌儿……而头一次，他被20多岁的小姑娘充满爱意地唤了一声"周周"。一开始，他被这个称呼震得有些肉麻，但很快，他振奋起来，在心里唏嘘：嚯，难怪所有中年男人都喜欢和年轻小姑娘谈恋爱——

被这样直白又热烈地爱着，铁树亦能开出花来。

孙涵涵第二天特地打扮了一番。临出门，周斌早已收拾妥当，看着她在镜子前一件又一件地试衣服，只觉得好笑，倚在门边提醒："我记得我们出门是去购物，而不是去赴宴。"

孙涵涵转过脸说："这你可不知道了吧！"她拿着一件衣服正比画着，一边照镜子，一边叽叽咕咕地发表自己的观点："女生逛街一定要穿自己最好看的衣服，这样进了商场才不会被乱七八糟的衣服迷了眼。如果穿得普普通通，一进了商场，就会觉得哪件衣服都比自己身上的好看，那可就买不停手了……"

周斌扬眉："你还想着给我省钱？这可不许！"他大步流星地走过来，拉起孙涵涵就往门外走，命令道："就身上这件，够好看了。今天就是要让你买不停手……"

孙涵涵惊叫："哇，周律师还强制消费呢？"而后笑道："不行不行，那我也得让你买不停手……"

何知南曾说过，孙涵涵活在独立女性的虚假人设里难以自拔。比如，花男人的钱会让她觉得十分不自在，倘若她得到一份礼物，必然也要想办法给人家还一份回去。而何知南认为，过分的"独立"以至于对男性不敢依赖，本质上还是中国传统女性骨子里特有的奴性在作祟，甚至这份奴性太强烈了，才会令"孙涵涵"们对"独立女性"的称呼过分倚重，也把"花男人的钱"这样普普通通的事情看得如临大敌。

而孙涵涵则不以为然。她习惯性地在这份感情，以及任何一份自己经济处于劣势的感情里不断宣告："我爱的是你的人！不是你的钱！从不是。"

无论如何，这都是很聪明的做法，尤其是对习惯用钱购买一切的人而言。他们很期待自己在爱情里不因为金钱而被另眼相待——不错，我有钱，但我希望你看中的不只是我的钱。有钱在一定程度上是好事，但对渴望纯粹爱情的人而言，它则是一个剥离不去的负担。

于是孙涵涵喜欢不断对他们重复："我只爱你，只要你这个人，不爱你的钱，一点也不！"

——当然，她知道，一旦人到手了，钱也跑不了了。

何知南看不上孙涵涵，但理解她，而孙涵涵同样如此。

也因此，她们的友谊时断时续。每一次戳心窝的话说完，都需要隔几天才能消解。孙涵涵回国后几天，总算收到了何知南的消息。

何知南发来的是个微博的帖子，一个女明星的路透照，腿又短又粗，状态十分憔悴。

孙涵涵觉得这是何知南在向自己示好的标志——毕竟女人之间的友谊，在共同吐槽第三人的时候最为稳固。

孙涵涵回道："我的天……求她放过观众吧。"

何知南也迅速迎合："对对对，我觉得她这样的都能当明星，那咱俩收拾收拾也能去《创造101》了。"

孙涵涵哈哈大笑说："宝贝，我们要清醒一点。"然后又上网搜了几个关于这个女明星的负面新闻发给何知南。

何知南翻起白眼："这种人能不能退出娱乐圈！"

两人这么一来一回，再一次成了闺中密友。

何知南终于开口："周末要不要一起吃饭？"

"好呀，怎么？"

"带你见个人……"

"哟，瞿一芃？"

"嘿嘿。"

15. 俗气

何知南这几日陷在和瞿一芃的热恋里。

高鹏走后，瞿一芃变得对何知南十分依赖，日日和她腻歪在一起，就差搬进何知南家了。一日何知南好奇地问了一句："交往这么久，怎么不见你带我去你家？"

瞿一芃仿佛早就准备好了说辞，说："我有个舍友，肥宅，长期在家里，咱俩日常动静太大，不方便。"

何知南嘻嘻坏笑着问："怎么动静太大了？"

瞿一芃看了何知南一眼，顺势把她扑倒。何知南开心地尖叫，倒在床上，两人扭作一团。此时的瞿一芃心想，还真是个无脑肉食女——但凡给她一些与"性"有关的暗示，再多的差池，她都能既往不咎。

事后瞿一芃掌握了主动权，拍着何知南软软的背问："乖乖，能不能让我见见你的朋友？"

何知南瞬间清醒过来："怎么了？"

"想和你的联系多一些。我怕哪天惹你生气，你删了我的微信，我就再也找不到你了。"

何知南赶紧安慰："怎么可能？"

瞿一芃照例露出了脆弱的一面，把头枕在何知南肩上，带着沮丧的语气缓缓开口："我对你，越来越贪心了……"

何知南觉得此刻自己的心都要化了。瞿一芃仿佛从言情小说里走出来的人，有着一切男主角必备的高大帅气，但在自己面前，却还时常流露出男主角私下里才会展现出来的柔情。

女人最见不得也最无法招架的，是惯常刚强的男人偶尔流露出来的脆弱与孩子气。

于是何知南点头说："好好好，我带你见我闺密好不好？我最亲的闺密，孙涵涵。"

三人约在金宝街的潮汕牛肉火锅店里。

瞿一芃挑的地方，他说火锅店热热闹闹，适合闲话家常，见最亲密的朋友。

何知南撒娇说："那为什么不吃重庆火锅？我想吃辣嘛。"

瞿一芃柔情似水地看着她："你这几天身体不方便吃辣。"

孙涵涵一身鸡皮疙瘩，感叹："你俩太酸了……"

何知南委屈地说："在人前已经很克制了。"

瞿一芃笑笑，起身对何知南说："我去给你调蘸料。"

孙涵涵站起来说："我也去吧。"

何知南瞥见两人在调料台似乎说了几句话。等瞿一芃先回来的时候，何知南噘着嘴，十分不乐意，但又担心被指责小心眼，只是语气轻飘飘地问："涵涵长得好看吧？"

瞿一芃对送命题的解题思路了然于心，他对孙涵涵的第一印象不坏。只是对他而言，到了这个年纪，女生的"漂亮"成了一件彻头彻尾的奢侈品，若想消费，是需要掏出真金白银的。抱着这样的观念久了，他反而对同年龄段相貌姣好的女生产生了一种反感，她们仿佛国贸三期底下商场橱窗里展示的当季新款服装，每当他上下班经过时，都会目不斜视，哪怕偶尔驻足，他也是皱着眉头在心里抱怨一句：不就是块布吗？华而不实！

于是瞿一芃的答案十分真诚，他略露痕迹地撇了一下嘴，表示对孙涵涵外貌的评判，然后深情地看着何知南，在她耳边说了一句带着气音的十分俗套却十分有效的诗：

"春风十里，不如你。"

孙涵涵回来的时候，见到的就是这个画面。瞿一芃在何知南耳边说了一句悄悄话，把何知南逗得满脸绯红，在热气腾腾的火锅店里，鸳鸯交颈。

她想，如果不是刚刚听到瞿一芃在调料台对她说的那番话，此刻她应该会十分羡慕、嫉妒何知南吧？但也正是那番话，让她有些不甘，她厌恶一个男人在她面前毫不掩饰地展现出对另一个女人的势在必得。

瞿一芃在调料台前对孙涵涵说的话十分简短，他问："我之后可以单独约你吗？"孙涵涵皱眉看着他。瞿一芃接着说："为了南南……我想了解一下她的男友。"当时孙涵涵点了一下头，说："了解。"但并未给出准信。

他第一次见何知南的闺密就私下提出这样的请求十分冒险。

但一方面他打着"为了南南"的旗号，这是世人眼中男生与女友的闺密之间唯一可以被原谅的秘密——哪怕孙涵涵向何知南透露此事，他也能自圆其说。另一方面，以他对女生的了解，结合何知南曾在他面前吐槽孙涵涵的行为来看，他始终不相信这两人有多么坚固的闺密情。

瞿一芃的推测十分正确，于是饭后，他如愿在何知南的见证下加了孙涵涵的微信。

事后两人都给孙涵涵发了信息。来自何知南的信息是十分常规的："嘿，他怎么样？"

孙涵涵谨慎地给出评价："对你很好。人看着聪明，长得也不错。"

何知南十分得意，在兴头上补充了一句："哈哈哈，我觉得他可瞎了，他竟然觉得你不好看！"

何知南是迟了一会儿才收到回复的，一串没有内容的情绪性文字：

"哈哈哈……"

孙涵涵斩钉截铁地打了一串"哈"，直接关了聊天框。

就在这时，瞿一芃的微信消息又撞了进来，他希望约孙涵涵见面。后者却在心里翻了白眼，回复："没必要。关于高鹏，你想知道什么？"

瞿一芃十分直白："联系方式。"

孙涵涵说："我没有，只有微博。"

屏幕上"瞿一芃"三个字变成了"对方正在输入……",孙涵涵接着说:"但你需要诚实地回答我一个问题。"

瞿一芃说:"请讲。"

"你这么做,是因为爱她?"

瞿一芃反问:"不然呢?还会有别的原因?"

孙涵涵不耐烦地说:"都'9012'年了,没那么多善男信女。"

孙涵涵的话里带着一丝诱导,一丝希望他透露自己居心不良的诱导。瞿一芃知道这时候不说出来几句实话,是无法要到高鹏的微博的,况且,孙涵涵若肯给出高鹏的微博,必定不会傻到去和何知南多嘴。

于是他十分坦白但也十分含蓄,回道:"我十二分同意。爱与不爱在我眼里,从来没有任何意义。"

瞿一芃也曾爱过人,比如韩苏。他太俗气,还混杂着精英俗气与小农俗气。这类人对自我的定位与追求有着清醒的认知,他们看到与谋划的永远是眼前最明显的利益,谈论并关注的永远是性价比与单位福利。如果可以选择,瞿一芃想要的一定是一份看起来过得去的爱情与一个性价比最高的伴侣。

然后,孙涵涵只是告诉了瞿一芃她自己的微博。

瞿一芃在心里骂她,但还是很快在她的关注列表里找到了何知南的微博,以及高鹏的微博。

两个人的更新都不多。

大概是在三天后,瞿一芃突然告诉何知南,自己为她建立了一个微博账号,叫作"一爱知南",每天会更新自己的感想与两个人的恋爱故事,不论何知南是否愿意关注。

何知南十分惊讶,都这个岁数了,还玩这种把戏。

瞿一芃回以真诚外加一脸楚楚可怜,说:"南南,你有男友,而我除了爱你,一无所有。"未来两人之间的感情维系全靠何知南一句话,那自己就留下微博好了。

何知南感动得稀里哗啦,立刻去向孙涵涵炫耀了。孙涵涵听到了"微博"两个字与何知南的描述,觉得十分好笑,心想:瞿一芃是有嫁入豪门的能力的，只可惜，眼皮子太浅。

但说到眼皮子深浅，孙涵涵也难免质疑自己——自从回国以后，她和周斌有两周没见面了。

送孙涵涵回家那天，周斌信誓旦旦地说要回家离婚，握紧手让孙涵涵等他消息。

两人在微信上一直保持着亲密的联络。

直到有一天，孙涵涵突然在半夜 1 点 30 分收到了周斌的微信："宝贝，想你了。"

她那时正在加班，因为希腊旅行积压下的工作过多，她加班了好几个晚上，整个人疲惫不堪，看到这条微信霎时间心里柔情蜜意迭起，她秒回了一个亲吻表情，说："还不睡？"

对方没再回复。孙涵涵继续陷入工作。

十分钟后，孙涵涵再拿起手机打开和周斌的聊天框的时候，忍不住又看了一眼两人的聊天记录，突然全身发冷。刚刚入冬的北京的深夜，尚未供暖，此刻她的卧室紧紧拉着窗帘。然而，仿佛有一双眼睛从远方透过了万家高楼与浓厚的空气，投射在她的窗户上。

一个发现像深夜中的幽灵一般飘进她的脑海——

这不是周斌！周斌从来没叫过她"宝贝"！

PART 2

轻易被戳破的纸

俗气的人了解世俗的规则，

反而最后都过得比脱俗的好。

16. 狭路相逢

消息是曾诚发的。

孙涵涵一时大意，落了个人赃俱获。

孙涵涵再次有周斌的消息是第二天早上一个简短的电话。

他只说曾诚翻了他的手机，正在大吵大闹，他焦头烂额。孙涵涵问："所以昨晚的消息是她发的？"周斌黯然回答："是。但我一向及时删除和你的聊天记录，所以过去的信息她什么也没看见。"

"及时删除"这几个字让孙涵涵有些不快，同时也觉得好笑。男人永远这么自以为是，看起来万无一失，其实女人早已觉察有异。

"但她说'想你'后，我回复的是亲吻的表情……"

周斌说："嗯……她给我看截图了，我一直强调你只是一个喜欢我的小女孩……"

他的直白差点让孙涵涵气结，孙涵涵问："那她也信？"

周斌说："算是吧……"犹豫了一会儿他又对孙涵涵说："涵涵，现在事情变得有点复杂，她的情绪非常激动，我可能需要稳住她……"

孙涵涵握着手机，没有回答。

周斌赶紧补充："涵涵，这两天我非常想你，想你的善解人意。曾诚永远对我咄咄相逼。"

孙涵涵冷笑，这是要逼自己展示贤良淑德呢，只得顺势说："你心里有我就好。别的事情，我相信你。"

周斌松了一口气，柔声安慰了她，说："前两天收到短信说 SKP 在搞店庆，你看上什么就去买，我报销。"

孙涵涵说："不用啦，这几天都在忙着加班。"又半开玩笑地说："我可是事业型女性呢！可没心思每天买买买。"

周斌笑起来："我上次和你们老板吃饭，旁敲侧击地问了问你，他还夸你了呢，说你做事认真负责，他对你很倚重。"

孙涵涵笑笑。两人扯了几句，挂了电话。一会儿，孙涵涵收到了周斌的微信转账，20000 元。

她挑了挑眉，不知道是该高兴还是气郁。

她晚上与何知南约饭的时候说起此事，抱怨："不应该顺水推舟离婚吗？"

何知南却十分敏锐。她关注的是另一件事情："你的微信朋友圈……对周斌可见吗？"

孙涵涵说："当然了。"

之后她看见何知南欲言又止，猛地想起来：如果那天发微信的是曾诚，那么在她掉进陷阱之后，曾诚势必会点进她的朋友圈查看。

而她的朋友圈可以透露的信息简直不要太多：工作、爱好、相貌……一应俱全。

孙涵涵知道曾诚和自己在一个圈子，倘若她有意，直接找上门来都不算奇怪。

何知南知道孙涵涵把工作看得十分重要，毕竟那是她立独立女性人设的基本前提，而曾诚怎么说也是业内前辈，若想对她使些绊子，简直太轻而易举。

她见孙涵涵惊疑不定的神情，忍不住开口劝道："要不你们俩最近收敛点吧。"

孙涵涵难过地说："周斌已经说要减少联系了。"

何知南想了想又说："你这个条件想要找个优质男人轻而易举。周斌对你未必是真心的，现在你俩睡都睡了，只剩下麻烦事了，你真相信他啊？"

这番话对此刻的孙涵涵来说十分残忍，她有些迷茫地说："我不知道。"孙涵涵实在讨厌这样失去掌控又惊慌失措的感觉，本来做小三就不是光彩的事情，如今又差点被人捉奸在床。

她转移话题，问何知南与瞿一芃最近如何。

何知南立刻甜蜜起来，说瞿一芃看着冷冷清清的样子，没想到和小男孩一样黏人。她展示自己的手机给孙涵涵看，说："你看，他逼我设置的。"

手机的锁屏是何知南与瞿一芃的合影，两人对着镜头笑容灿烂，孙涵涵判断背景应该是北京的古北水镇。

何知南接着描述："每个周末他都带我去周边玩，上次在古北水镇的度假村里过周末，拍了合影说好看，非要一起设置成手机锁屏。"

孙涵涵笑得玩味起来，问："是不是也上传到微博那个秀恩爱账号上了？"

何知南说："是呀，那个微博天天更新，你说他怎么那么有热情呢。"

孙涵涵低头搅拌果汁，没看何知南，轻飘飘地回复说："是爱情的力量呗。"

过了一会儿，她抬头问何知南："高鹏最近呢？"

何知南有些沮丧地说："就那样呗。上次他在家发现了我和瞿一芃的安全套……要不是我反应快，都不知道怎么样了……之后他回了香港，但对我比之前冷了。"

孙涵涵说："不过你最近和瞿一芃这样，也是甜蜜。"

何知南满意地点头："是啊，瞿一芃成熟又懂生活，对我十二分体贴。我现在总算知道为什么女生喜欢年纪大一些的男人了。高鹏和他比起来，就是个小男孩！"

两人吃完饭，何知南给瞿一芃发了微信，撒娇问："你要不要来接我？"

孙涵涵十分惊讶："你以前可是十分独立的。"

何知南说："被宠坏了。一芃说了，倘若在外面超过晚上 8 点 30 分，只要是在北京，都必须他来接我回家。"

孙涵涵笑起来："啧啧，羡煞旁人。"心里却泛酸，骂瞿一芃看起来脑子清醒，却不知道图啥。

瞿一芃的手机放在桌上，显示收到一条微信提示的时候，他正在给韩苏盛汤。

这个画面突然有些尴尬，瞿一芃一只手拿汤勺，另一只手持碗，立在桌子边，眼睁睁地看着手机的锁屏壁纸——他与何知南的大头照闪现在两个人的眼前。

此刻他恨不得立刻扔了碗蒙住韩苏的眼睛，皱着眉头想：好死不死，太久没见到韩苏，今天有些开心，忘了改锁屏桌面。

"嗯？"韩苏放下筷子，伸手就拿起了瞿一芃的手机，点击屏幕，"啧啧……新欢？"

瞿一芃只得装作淡定继续盛汤，说："哦。"

今日韩苏来北京搬走自己的行李，一天前给瞿一芃发了消息。瞿一芃坐在家里，看着韩苏一件一件收拾她的东西，突然十分伤感：这个女人就要彻底从自己的生命里离开了。

就在韩苏推门要走的时候，瞿一芃冷不防开口问："一起吃顿饭吧？我……我给你做。"

此刻的瞿一芃迅速给韩苏胡乱舀了一大勺汤，抢过手机，坐下。

韩苏看着自己碗里一块硕大的生姜，想着这人还真是不淡定。她想了想，决定开口："嗯……长得挺可爱的。"

她的淡定让瞿一芃有些烦躁，他低头夹菜不看韩苏。

韩苏说："其实我早就知道了。"

瞿一芃惊讶地抬起头。韩苏继续说："我和你提分手的前一天晚上，给你打过电话，是她接的……"

瞿一芃放下筷子看着韩苏，有些手足无措地说："我……我从来不知道。"

韩苏的声音低落："你有别的打算我不介意，你不需要让我知道。我当时……真的……觉得……十分屈辱。"

瞿一芃正想安慰，何知南的电话就打了过来，询问怎么不回微信。

瞿一芃说自己正在加班呢，何知南问："那你能来接我吗？"瞿一芃声音略重地说："不是说了在加班吗？我忙去了。"

电话被挂了。

何知南愣怔地盯着手机，她怀疑自己刚刚从瞿一芃的口中听出了极其不耐烦的语气。孙涵涵看着何知南问："怎么？不来接你了？"

何知南缓过来，语气轻松地快速解释："没有，他怎么舍得？说是会迟一点点，让我在附近商场等等。要不你先回家吧？"

孙涵涵点头说"好"。

何知南再也没有收到来自瞿一芃的微信。她也十分知趣，在商场逛了一会儿，决定自己坐地铁回家。她想瞿一芃看来是真的在忙。

瞿一芃今晚的确很忙。

他想要安慰韩苏，但找不出语言，毕竟伤害韩苏的也不是语言。于是瞿一芃只得靠近韩苏，抱紧她。

韩苏十分瘦小，她的身上散发着一股陌生又熟悉的味道，他们上一次拥抱似乎已经是很久以前了，此期间，瞿一芃熟悉的是另一个女人的身体。

此刻韩苏的身体再一次令他产生了新鲜感，使他生发出了一种探险的兴奋感。而且他潜意识里明白这一切绝不会有任何危险，这是前任特有的新鲜感，混杂着熟稔、安全的气息。

久别重逢，仿佛回到故乡。

韩苏感觉到瞿一芃的呼吸变得粗重，他的吻一点一点落在自己的头发上。她想起瞿一芃手机里那个女人的脸，以她的标准来看不算个美女——至少不如自己好看。那是为什么呢？是什么让瞿一芃心甘情愿地背叛自己。

韩苏好奇，因此记住了她的脸。瞿一芃的吻越来越密集，韩苏伸手轻轻捧住他的脸，看着他问："你先告诉我，她叫什么名字？"

瞿一芃一愣，停下动作："为什么要提她？"

韩苏没应，只是推了瞿一芃环着她的手臂，散了头发，顺势分开双腿一下子跨坐在瞿一芃身上。她的腿极长，因这样的姿势，穿着的裙子撩开了大半，露出雪白的大腿皮肤。瞿一芃尚未来得及欣赏眼前的景象，却见韩苏伸出手指开始一点点在他的胸口画圈，令他酥痒难耐，而她的眼神直勾勾地盯着他，声音低哑又魅惑："一芃，你爱我，我要你告诉我。"

此刻的瞿一苨像是被蛊惑了，韩苏好久没对自己如此主动，他怔怔地看着韩苏，嗫嚅开口："何……何知南……"

韩苏满意地说："乖。"而后迅速翻身而下，理了理头发，对他一笑："那我先走了。"

何知南刚到小区的时候，见到一个十分好看的姑娘拖着一个大行李箱正要出来。

何知南忍不住多看了她一眼，低头用小区的门卡刷开门禁，门口的灯坏过一阵，这几日物业刚刚修好，十分明亮，初冬的夜晚已经有些寒冷。

两人通过小小的门，正面相对，一进一出，颇有些狭路相逢的意思。

两人这么对着片刻，漂亮姑娘率先后退让出路，何知南感激地微笑，姑娘对她点了点头。

走了几步后，何知南没忍住回头多看了一眼，却见姑娘待在原地没动，也正看着自己。何知南赶紧转过身快步走了。

模模糊糊地，她觉得一定是自己产生幻听了，她竟然听见背后有一个温柔的声音在试探性地叫自己的名字：

"何……知南？"

17. 花样年华

韩苏在路灯下，看见何知南的脚步停了停，却没有再回头。她笑了笑，倒是人生何处不相逢。

也难怪，若非住一个小区，瞿一苨也不至于那么快搞上她。

韩苏买的是夜班的飞机，似是一刻也不愿意在这个城市多待的样子，拖着行李箱转身拦了车去机场候机了。

到机场的时候已经过了深夜12点，韩苏过了安检，在机场的VIP候机室的洗手间里卸妆洗脸，将裹身裙换成了宽松的T恤和棉质长裤，敷着睡眠面膜在 Kindle（电子阅读器）上看小说。此时手机微信提示音响起，韩苏懒洋洋地猜测能在这时候找她的不是工作就是 Alex，一看果然是后者——说约了高鹏明天见面。

Alex 表面上是苦大仇深的"社畜"，实际上仗着家境不错，对工作不甚上心，偏好整合身边资源走些捷径，在韩苏眼里也是个"玩咖"，他和韩苏约过几次饭后十分喜欢她，没事就爱约她出来聊聊工作和风月。韩苏想着 Alex 先前与自己提过，高鹏家里的公司打算在香港上市，正要找律师。

高鹏家做的是线上医美平台，这几年整容风气盛行，他家赚得盆满钵满。Alex 早有意向撮合他们见面，只是韩苏前一阵太忙，拖到了这时候。

想着明日有空，韩苏立刻同意了。三人约在明晚 8 点 30 分铜锣湾的一家烤肉店里。

Alex 与韩苏到了 5 分钟后，高鹏才来。他有些不好意思地晃了晃自己的兰博基尼车钥匙，说自己新提了车，因而耽搁了点时间。Alex 赶紧奉承一番，寒暄后介绍二人认识。

韩苏没太注意高鹏的长相，25 岁以后的男人有了金钱和权力的滤镜，长相就不再那么重要了。甚至这样的脸看久了，反而成了一枚商标——本来普普通通的图案与线条，忽然有了不同寻常的价值与意义，可以为商业社会的许多事情背书。

高鹏是典型的"成年后才富起来"的那批人，穿着打扮不修边幅，全是白领常见的牌子，且在奔三的年龄对超跑仍旧十分感兴趣。以韩苏的眼光来看，高鹏十分老实但绝不蠢笨，正处于享受金钱却还尚未充分体验到金钱带来的美好与烦恼的阶段。他不介意诱惑，无论是来自金钱的，还是伴随金钱的。

因而要想讨他的欢心，要真诚，也要诱惑。

话题先从餐盘里的和牛聊起，从料理聊到留学生活，再转至医美产业，韩苏与高鹏聊得十分投机。正当 Alex 以为下一句话该提到公司上市了时，韩苏却话题一转，说自己在北京有几个小姐妹做了网红，常去韩国做微调，都十分伶俐好看，这一阵子都在香港旅游，见了高鹏这样的美容业大亨定会感兴趣，问他这两天何时有空，大家一起聚聚。

没想到 Alex 来了兴趣，催着要关注这几个小姐妹的微博。

　　韩苏直接掏出手机登录了微博一一指出，Alex 浏览过去，惊了："哟，你哪儿来这么多好看的小姐妹啊？"

　　高鹏还没等韩苏开口就接话了，笑着说："好看的姑娘不都在一起玩吗？"

　　韩苏对高鹏抬眸一笑，说："我们要不要互关一下微博？"

　　高鹏说："我平时也不玩，好久没登了。"说着掏出手机，登上微博，才发现系统提醒里有几十条私信和通知。

　　这厢 Alex 拉了韩苏一个个地细问小网红的信息，说："我俩都单身呢，你快给我们介绍介绍。"

　　韩苏眨眼反问："这么喜欢网红？"

　　Alex 眼光微闪，盯着屏幕没头没脑地说了一句："反正你这样的，我可掌控不了。"

　　韩苏笑而不语，只盈盈看了他一眼。

　　高鹏没插话，本来听见 Alex 那句"我俩都单身呢"，想插一嘴反驳，说自己可是早就有主的，却慢慢没了声音——他发现，微博提示的几十条私信和通知都源自同一个账号。

　　账号的名字非常诡异，叫作"用户 3457359085"，连头像都没有。给高鹏的私信内容就是打招呼，每天说"早安"，通知的内容也不过是些新闻或者天气预报。他看了一下账号的简介，是女的，坐标北京。这是个再典型不过的微博小号。

　　只是这个小号只关注了一个人，一个他熟悉又陌生的名字，叫"一爱知南"。

　　他熟悉是因为这里面有他女友的名字，他陌生是因为这个账号与自己没有任何关系。

　　高鹏理所当然地点进去了，这是一个秀恩爱的微博账号，记录着两个人的恋爱生活点滴，两人的合影出现在他的屏幕上，笑容张扬又幸福。他仿佛被人当头棒喝，一瞬间手指都在发抖。

　　韩苏本在和 Alex 瞎扯，忽然停了下来，看向高鹏。就连 Alex 也意识到他十分不对劲。这个平日意气风发的公子哥，此刻拿着手机的双手竟在颤抖。一瞬间，所有的光芒都从他身上消失了，他像一个虎头虎脑的委屈的孩子，嘴唇沾了烤肉的油渍未擦干而使唇色显得有些发紫，露出了脆弱的本来面目。Alex 只听高鹏的嘴里断断续续地念叨着一个名字，带着羞辱与愤怒，却十分含糊。

韩苏却听清了，这个名字，她在一天前也曾念叨过——"何知南"。

何知南?!

怎么哪里都有你?

她心里的冷笑胜过惊讶，想了想，靠了过去，带着担心的语气温温柔柔地问："高总，你怎么了?"

高鹏听见这道声音方才如梦初醒，怔了下，关了手机屏幕，说："没……没事。"

Alex 不信，反问他："你这叫没事?"

高鹏没再搭话，垂着头。三个人静坐着，呈三足鼎立的姿态，谁也不好再说话。过了一会儿，高鹏闷闷地开口，扯过之前一把扔在桌上的车钥匙。"还有些事，我先走了。"

韩苏抢先站了起来，看着高鹏，颇为诚恳地说："这阵子街上有些乱，你能不能顺带送我回去?"

说着向 Alex 使了眼色，Alex 会意，忙说："我刚好还有一场约会，拜托哥你送姑娘一程了。"

高鹏此刻已经十分无精打采了，像被霜打过的冬瓜，结实却凌乱。可这样的请求任谁也不好拒绝，他点点头说："应该的。"

夜风略有些寒冷，两旁的高楼灯火辉煌，铜锣湾时刻都是热闹的，大型广告牌闪烁，无论晨昏，行人熙熙攘攘，粤语、英语、普通话混杂着车声、鸣笛声，不绝于耳。

两人坐在高鹏的新座驾里，韩苏夸了车几句，高鹏方才有了些兴趣，只是整个人依然浮躁，得了空便狠踩油门。

出了闹市，深蓝色的车飞驰在夜里。风从耳边吹过，伴随着马达的巨大轰鸣声，高鹏沉浸在自己的悲伤里，直至韩苏清清凉凉的声音有些突兀地响起："我听过何知南这个名字。"

高鹏愣住，差点猛地踩下刹车，但他只是缓了车速，扭头看向韩苏，一脸不可置信地问："你……你说什么？"

韩苏也看着高鹏，扬了扬眉毛："说来话长，也不是一件好事。"

高鹏闷声闷气地开了口："她是我女朋友，我们高二那年就在一起了。"

韩苏讶然，半晌自嘲说："那我们真该喝一杯……难兄难弟。"

高鹏一副没理解的表情："怎么说？"

韩苏说："王家卫的电影看过吧？我们现在上演的，正是梁朝伟和张曼玉演的那部《花样年华》。"她想了想，又感慨道："果真艺术源于生活，此时太适合一起喝闷酒了。"

高鹏还没从《花样年华》的类比里跳出来，不信世间真有这么巧合又悲催的事情。他转着方向盘说："你可别哄我。先说说你的故事。"

韩苏此刻已摆脱了悲伤的情绪，见了这场面只觉得分外有趣：何知南放着高鹏这样的金龟婿不要，选了凤凰才子，帅是帅的，但终归不能当饭吃。她把手肘撑在车窗上，拨了拨头发，睨了高鹏一眼："我家楼下有个酒吧，喝一杯？"

高鹏没拒绝。

业务当前，这回借着这个机会能与高鹏共患一次难，韩苏十分满意。

电影里的张曼玉，一袭旗袍走在上海灯光昏黄如豆的巷子里，娉娉婷婷，语调轻柔。而韩苏却是雷厉风行的主，她想着高鹏也不是梁朝伟，虽然带着一颗破碎的心，却没有忧郁迷离的眼神，只流露出了诸多丧气。

她不怀好意地想：果然长得不太好看的人，连悲伤都是不太惹人心疼的。

两人在酒吧里寻了位置坐下，高鹏递来了自己的手机，指着"一爱知南"账号上晒的合影上的男人，问："你男友？"

韩苏点头："嗯，前的。"

高鹏没再说话了。

韩苏又指着何知南问："她呢？此时此刻，前女友还是现女友？"

高鹏盯了屏幕好久，没回答，只是喝了一口酒，问韩苏："和我说说他吧，你的前男友……"

18. 转折

何知南自小对自己的脸与身材不甚有信心，可她却坚信，女人的魅力往往不在于脸蛋与身体，而在于自身散发出来的气息。

有些姑娘端庄好看，周围却少有男性敢打她们的主意。何知南认为，这是缺了"性魅力"，要知道撩人的秘密不在皮，而在骨。然而因为自己的外貌实在属于中流，何知南秉承"缺什么却偏偏喜欢炫耀什么"的心态，总爱与孙涵涵强调她的魅力。

比如，她曾对孙涵涵说过，自己只要单独外出，就一定会被搭讪。比如，她也对同事抱怨过，新来的 HR 是渣男，总爱没事撩拨自己。再比如，她发现常去的美妆店的小妹会喊自己一声"美女"……

这些话半真半假，半是自作多情，半是逞强，但有一句却是绝对没错的——何知南曾十分有信心地炫耀过："高鹏对我确实是死心塌地的。"

何知南是高鹏的初恋，男人对初恋总有一种不灭的情怀，大概是午夜梦回时，只记得她的好。

比如此时此刻的高鹏，纵使心如刀绞，面对韩苏这样的姑娘，几杯烈酒下肚，还是忍不住问了一句："这瞿一芃，到底是个什么样的男人？"

韩苏差点没呕出一口老血：何知南给你找了个哥们儿在微博上卿卿我我，你倒好，不快刀斩乱麻，竟然还纠结情敌是个什么货色？她也想反问，这何知南，你到底觉得她哪里好？

但感情这样的事情外人不明所以，她想起自己初中玩 QQ 空间时挂的如今看来十分矫情的签名——"冷暖自知"。这世上，每个人都用自个儿的方式去应对问题，哪怕受到伤害，也需要按照自己的时间来愈合。

秉持着"客户至上"的原则，韩苏想了想，试着挑拣些高鹏想听的说。

首先，横刀夺爱这种事情，一般人得求个缘由。比如对方确实优秀出众，是自己力不能及，反而倒容易接受些。事实上，瞿一芃在外貌上的确远胜高鹏，瞿一芃的俊朗是笔直的脊背，以及几分理工大学浸润出来的冷静气质。而高鹏，在英国修的是文学，日常拥抱文艺片，在这样的熏陶下，他不甚消瘦的身体里难免露出几分敏感与孱弱。

于是韩苏客观地说道："瞿一芃算是个学霸吧，清华毕业的。人也温柔会哄人……相貌你也看见了，平时爱健身……"

高鹏脸色变了变。

韩苏这才想到，夸奖瞿一芃可以，但不能过分，否则高鹏会产生极大的心理失衡。因此夸完了以后，得对瞿一芃适当贬损一番，给高鹏这种尚且寄希望于将感情力挽狂澜的人一丁点希望。

于是她又接着说："但我和他相处久了吧，只觉得他没什么上进心，有点俗气，一心就想找个家底不错的姑娘过点小日子，好留机会接济自己家里的老母亲……"

高鹏没说话。韩苏端起酒杯抿了一口，问："是不是这个知南，特别适合过小日子啊？"

高鹏想了想说："她以前说上班太烦了，想来香港，每天早上在中环地铁口卖包子……"

"噗！"韩苏一口酒差点喷出来，"卖包子？这是什么鬼梦想！"

"她说就是想看看那些忙忙碌碌、担心迟到，每天早上在地铁里啃包子的中环白领，以为自己多优越，其实还不如她这个卖包子的……能……"高鹏揉揉头发，有些不好意思地说，"能住豪宅、坐豪车……"

"这想法也是无聊。"韩苏翻了个白眼，她自己就是个中环白领，一个月挣 8 万元港币，却也心知肚明，这辈子靠自己很难买得起半山别墅与豪车。她忍不住吐槽："何知南看来也不是个会过日子的啊，哪怕做了太太，梦里也离不开土里土气的肉包子。"

高鹏苦笑了声："我以前还觉得她这想法挺朴实可爱的。我们高二就在一起了，她一直像个小女生，做事认真，道德感极强。可上次我去她家，翻到了个避孕套包装……她……她解释了，我也选择相信她了。但回香港之前我还威胁她，我说如果她出轨了，我就杀了她！"

韩苏说："但看你现在这样，其实心碎的成分比愤怒的成分要多得多。"

高鹏将杯中的酒一饮而尽："心碎是肯定的，生气也是肯定的，但看她笑得那么开心……她选择了爱情……我……我有什么资格杀了她?!"最后的一句话饱含撕裂感，带着压抑以及一点点呜咽，高鹏的声音本来就尖细，搭配此时狼狈的样子，让韩苏想起砧板上待宰的鸭子。

"你对她，倒是真爱。"韩苏看不惯高鹏这种性格，碍于形势又得哄着，想了半天，终于想出了一个话茬往下接。

"那个男的会哄人，又能照顾她，我不在她身边，她会被诱惑是理所当然的。"高鹏低头想了想，继续说，"南南是我见过的最善良、最具有道德感的女孩子，她现在心里受的折磨未必比我少……我先问问她，她想清楚了，就会回来。"

此刻韩苏已经是在冷眼旁观了，又让服务员上了一杯低度数的鸡尾酒，咬着吸管看着高鹏，带着十二分恨铁不成钢的表情：这个人看来是男配当久了，直不起腰，手中拿着的明明是男主的剧本，现在却甘愿给一个不值得的女人做备胎。她十分刻薄地想着：果然身为男神的气场需要从小养成，凡是后天造就的，撑死了有个表象，一旦遇到风吹草动，立刻就现了原形。

但思及自己还未到手的业务，韩苏还是拍了拍高鹏的背，憋出了一种赞许的语气："你能这么想太不容易了，我觉得你是个好男人啊，有责任心又痴心，知南遇到了你，是她的福气。"

高鹏借着酒精迷迷蒙蒙地抬起了头，瞪着韩苏的一双妙目，喝了酒，韩苏的眸子湿淋淋的，泛着水光，仿佛哭过一般，眼眶也微红。高鹏愣了愣，以为她也被自己的爱意感动，嘟囔了一声："你……"又十分不好意思起来："我……我刚刚……是不是有些失态?"

韩苏笑起来，两眼弯弯的，堆满了不加掩饰的欣赏，她中肯地说道："我真是嫉妒何知南。"

高鹏被这么一夸，只觉得鼻子发痒、耳根发热，他屈指在鼻尖刮了刮，说："谢谢。"复看了看表，发现已经过了晚上12点30分，有些惊讶："这么迟了?! 你明天还要上班吧？"

韩苏说："没关系，习惯熬夜了，还好最近只是接洽阶段，有几个公司要上市了在找律师，陆陆续续在聊着，不算是特别忙的时候。"

这么一说高鹏方才想了起来，笑起来问："对了，Alex 之前和我提过你是 S 所的，我们公司最近也要上市，怎样，有兴趣吗？折腾了一晚上，现在才能和你聊正事。"

韩苏想着总算聊到正题上了，一晚上没白费，赶紧露出职业微笑说："当然有兴趣，高总什么时候有空？我叫上合伙人一起见见？"

高鹏说："明天吧。下午怎么样？咱先睡个懒觉。"说着他给韩苏递上自己的名片，让韩苏来这个地址会面。

韩苏心里哀叹：还是做公子哥好，受了情伤能大哭一场，睡个懒觉，我可睡不了。只是陪着高鹏这一会儿，手机邮箱里已经夺命般连环发来 20 封邮件，她盘算着晚上回家至少还有 3 份协议要看，估摸着得撑到后半夜。但她嘴上仍笑着说："那下午我再给你打电话？"

分别的时候，韩苏心思一动，又叫了高鹏一声，说："哎，作为朋友，有句大实话……"

"嗯？"

"虽然你觉得你的南南哪里都好，但我却觉得她傻得可笑。如果我是她，我发誓，永远都不会伤害你。"

话音刚落，韩苏心里也颤了颤，这话简直"婊"气十足。但她想着拿业务嘛，多挣一些筹码总是好的。

此时的韩苏站在自家楼下，声音清朗又干脆，路灯斜斜地照着，夜晚的空气潮湿且带着些冷冽，韩苏却依然露了一双小腿，小猫跟高跟鞋，外罩一件宽松的米色风衣，一只手插在风衣兜里，另一只手用指尖钩着黑色链条小皮包，包链越过她的肩头，垂在身后。她身材高挑，头发松松地绾着，在路灯下微乱的几缕卷发垂在鬓边，被灯光染成黄色。

高鹏觉得自己兴许喝多了，望着这景、这人，不知怎的突然想起村上春树的一篇小说，叫《遇到百分之百的女孩》。他恍了恍神，半晌，笑了。

初冬的北方尚未供暖，算是一年中最冷的时候。何知南这会儿穿着厚厚的睡衣进了被窝。何妈妈敲了敲门问："南南，泡不泡脚？"何知南摇头说："不了，我穿了绒线袜，暖和着呢。"何妈妈又问："这才晚上 10 点呢，咋这么早睡呢？难得回家一趟，也不陪你爸爸聊聊天！"

何知南不耐烦了起来："妈，今儿肚子疼，你别烦我啦。"何妈妈不说话了。

何知南这才开了灯，打开手机，给瞿一芃拨了视频电话，铃声没响几声就被接起。何知南乐滋滋地看着屏幕里出现的男人。

瞿一芃穿着黑色针织开衫，里面是一件圆领衬衫，十分休闲。他看着手机屏幕，笑了，声音低沉地说："宝贝。"

何知南立刻噘起了嘴撒娇说："你昨天工作忙不来接我，今天也不怎么理我，害我一个人回家！"

瞿一芃恳切地说："傻瓜，我这两天很忙的，要给我们家南南赚钱买礼物的。我们家南南最懂事独立了对不对？"

何知南不愿戴这顶高帽，继续撒娇："不懂事，不独立！除非老公亲亲我！"

瞿一芃无奈地笑了笑，说："你啊——"对着镜头努了两下嘴，以示"亲亲"，何知南方才满意。只听电话那头的人问："今天是爸爸接你回来的？"

何知南点点头，老实说："是呀，爸爸开车接我的。"

瞿一芃仿佛想到什么，又问："爸爸开什么大豪车呀？"

何知南吓了一跳："爸爸怎么可能开豪车呢，他就是个高中老师呀，去年刚买了一辆凌志。现在可都倡导节俭！"

瞿一芃一滞，似呆了半晌，想了一会儿又接着说："哈哈，这样呀，南南，你什么时候回来，我来接你吧？"

何知南甜甜地说："来我家楼下吗？"

瞿一芃说："对，把你家地址告诉我吧。"

何知南报了个地址。两人又聊了一会儿，瞿一芃说自己有事，挂了电话。

链家网的页面上，瞿一芃输入何知南家所在的小区，探到了底：20 年前的楼盘，在当时也仅属于中档。何知南与她父母住的房子应该是个小三居，地段一般，就算房价疯涨的今天，一个月的租金也不过 7000 元出头，加上何知南在白玉嘉园的那套房子，虽然在高级小区，但只是一个一居室……

"何知南是富二代？你傻不傻？她只是运气好，交了个有钱的男朋友而已。"

"你啊，真够傻的。明明能入豪门，眼界就这么点？"

"她就是一个小秘书啊，普普通通的北京人罢了。"

…………

白天的声音在他脑子里转来转去，带着嘲讽，带着奚落，带着不敢相信，晃得瞿一芃眼晕，重复到瞿一芃心烦。瞿一芃摁开了手机屏幕，解锁，看着主屏幕上两张笑盈盈的脸，越看越来气。

他终于忍不住，把手机一把摔在床上：

"他妈的！"

19. 表白

J姐一直以为，如果有一天她看上的男人喜欢上了一个她绝对看不上的女人，那她的第一反应，一定是笑掉大牙。

而一贯地，J姐十分看不上何知南。都是北京姑娘，何知南只堪堪混了个秘书岗，家庭条件一般就算了，却仗着自己有个有钱的男朋友，平日里总有些说不清道不明的优越感。

长得漂亮靠男人是本事，但平平无奇却依然有男人买单是运气。在一定程度上，运气比实力更惹人嫉妒。

上周她有份文件急着要盖章，火急火燎地冲到了何知南的工位，却发现人不在。发了微信，没想到"嘟"一个提示音，何知南扔在桌上的手机亮了起来。

作为锁屏界面的何知南与瞿一芃的合影就这么落入了J姐的眼中。

她拿着亟待盖章的文件盯着那个锁屏看了许久，直到屏幕变暗，J姐才回了神。此刻何知南走了进来，脆生生地开口："姐，要盖章吗？我刚去洗手间了。"

J姐迅速回答："啊，对对，这个比较着急呢，麻烦你优先处理它。"话毕放下文件就快步走了，没走两步又回头叮嘱了一句："盖完章了放我桌上啊，我就不过来了。"

何知南点头说"好"。没想到J姐想到什么又回头了，这回换了个亲昵的八卦神色，小碎步走到何知南身边，用手肘撞了何知南一下，小声说："哎，我刚给你发微信，你手机屏幕亮了——这上面那个，好像不是之前那个吧？"

何知南一愣，有些慌了："啊？是……哦不是……是这个……"

J姐继续笑盈盈地八卦，一双眼睛滴溜溜地转起来："新男朋友对不对？我还认识的。哈哈，我们客户啊！"

"那个……对……对……"何知南面对突如其来的问题不知怎么解释，她确实还没有和高鹏分手，只是最近两人几乎没有联系，好在她不常与同事更新恋情进展，此刻只能胡乱承认了。

J姐听到这话瞬间捂嘴笑了起来，拍拍何知南说："好棒！撩汉达人！"

何知南被她的话震得发麻。

与J姐同龄的律师，女儿都上了好几年小学了，J姐却依然沉迷于与20多岁的男人恋爱，她依稀记得J姐对瞿一芃的那点意思，如今面对这番"老来俏"的风情，何知南能想起的场景，大概就是后宫系列里的争风吃醋。

她敷衍地说："没有啦，没有啦，机缘巧合，哈哈。"

J姐笑着点点头，给何知南使了一个俏皮的眼色，又放大了声音叮嘱："别忘了文件！"

何知南总算送走这尊大佛，赶紧应了："姐，您放心吧。"

瞿一芃竟然和何知南搞在了一起?!

这个念头在J姐的脑海中盘旋了一上午，一个她看上的男人搞上了一个她看不上的女人，J姐没有预想中的幸灾乐祸。她只有愤怒，以及不值。为自己，也为瞿一芃。

她没忍住，给瞿一芃发了信息："你喜欢手表吗？"

　　两人许久没有联系，后来 J 姐约过瞿一芃几次，他也找了由头拒绝。阔别许久开启对话，J 姐这厢问得十分有意味，没谈感情，也没谈何知南，只挑了瞿一芃最喜欢的东西——钱袋子，在瞿一芃面前亮了亮。

　　果然，瞿一芃回得极快："？"

　　J 姐开始抱怨："前几天有朋友送了我一件伴手礼，你说气不气人，竟然送的男表。刚好啊，有事找你帮忙，你要是喜欢，我带上表请你吃个饭，你帮我这个忙好不好？"

　　瞿一芃笑了，回道："这么贵重啊？我可不敢要。"

　　J 姐回复："基础款，也就几万元。我找你帮的忙更大呢，你肯不肯嘛。"

　　"那……既然找我帮忙，我肯定义不容辞。"

　　正巧，周末何知南回了家看爸爸妈妈，瞿一芃和 J 姐约在 J 姐家附近的咖啡厅里。J 姐穿着修身印花连衣裙、皮夹克外套、过膝绒皮长靴，头发长度只到脖子，发尾十分有活力地向外翻起。J 姐曾穿过这套衣服，团队里的小男生夸奖过：乍一看，以为 J 姐只有 20 多岁呢。

　　果然，瞿一芃看到 J 姐笑了笑，恭维道："最近越来越美了。"

　　J 姐坦诚地说："刚打了水光针啦。一个月一次，外加美容院、健身房，花了好大劲呢。上个月刚做完光子嫩肤和紧致提拉，现在这张脸，值 10 万元呢。"

　　瞿一芃说："都已经天生丽质了，还这么用心，这可让别人怎么活。"

　　J 姐捂嘴笑了起来，笑完换了一副楚楚可怜的表情说："但最近运气可差了！接连好几桩倒霉事。"又看着瞿一芃认真地问："一芃，你信不信命？"

　　瞿一芃一愣，没想到话题是这个走向。两人原本面对面坐着，只见 J 姐突然站了起来，挪到他身边，伸出手，对他命令道："把你的手给我，我最近新学的算命。我给你看看？"

　　瞿一芃不明所以地伸出手，J 姐拉过，一边仔仔细细地掰着他的手掌心，摸索着上面的纹路，一边念叨起来："你的掌纹生得好啊，尤其是姻缘线，一看啊，以后就能娶一个好老婆，聚财……"

　　瞿一芃只觉得 J 姐软绵绵的手在自己的掌心摁来摁去，颇有几分不自在，他的脑子迅速运转：这是蓄意勾引？

没想到 J 姐接着说："嗯，你这掌纹，倒和我们团队的何秘书，你认得吧，有些像……"

"哦？"瞿一芃了然，竟是在这里等着自己。

只听 J 姐摸着他的掌心接着说："你别看我们何秘书啊，人长得一般，家里普普通通，但人运气好极了，她男朋友可有钱了，将来她指定是要入豪门的呢！我那天给她看手相，说她桃花运好极了，可以周旋在好几个男人之间游刃有余……"

"之前啊，我们有个同事看她穿的衣服、拎的包都不便宜，还以为她是真'白富美'呢。你说好笑不好笑？这些男的，你说是不是眼界窄？"

瞿一芃听到这儿，总算抽回了手，绷着脸看着 J 姐："你今天是有话要说吧？别绕弯子了。"

J 姐悻悻地放下手，拿起桌上的咖啡抿了一口，笑了："我知道你和何知南在一起，有些替你不值罢了。"说着起身，施施然回了自己的座位，她从包里拿出一个表盒，推给瞿一芃："小礼物。你知道，我一直欣赏你的。"

她接着苦笑了一声："也不知何知南哪里好，就入了你的眼。我是不比她年轻，但我的感情也不卑微。都是喜欢，但我对你却是认认真真的，我没别的男朋友，对爱情的要求也简单，如果有了你，我也不会再和别的男人不清不楚。"

J 姐说这番话时，定定地看着瞿一芃，十分认真。纵然是瞿一芃，也被她这番难得的赤诚给镇住了。只是 J 姐知道，此刻的自己也并非百分之百地诚恳，她还是难免使了一番小心思——轻轻巧巧地将价值 10 万元的手表推到瞿一芃面前。一番表白下，仍暗含了另一种意思：何知南没钱，但我有。

J 姐实在太熟悉"瞿一芃"们的心态了，当你能靠一个女人挣得一片江山的时候，你绝不会再去为了另一个女人辛苦打下一片江山。这个类型的男人往往有着极好的皮相与足够清醒的脑子。当他们尝够外貌带来的福利以后，足够清醒的脑子就会做出足够清醒的决定，那就是：一旦可以靠脸吃饭，就绝对不要靠实力。哪怕，自己吃的是一碗软饭。

J 姐在赌，赌瞿一芃选择何知南是为了钱，赌瞿一芃不选自己，是因为不知道自己多有钱。

终于，瞿一芃沉默了很久之后开口了："我……我很谢谢你，谢谢你对我的欣赏。"

J姐心里一凉。

瞿一芃接着说："我和知南，现在确实在交往。如果今晚你来找我帮的是这个忙，那我确实不能接受你的礼物。"

"行了。"

J姐利落地打断他，举手示意服务员过来，问："这儿能抽烟吗？"服务员点点头，为他们拉开帘子，隔了一个小包间出来。

J姐从包里拿出一个小盒，抽出了一支女士香烟，点了火，方才抬眼问瞿一芃："介意吗？"

瞿一芃赶紧摇头。

J姐把烟叼在嘴里深深吸了一口，一只手肘支在桌上，她上身前倾，靠近了瞿一芃一些，将烟雾直直地全呼在了瞿一芃脸上，从鼻腔里哼了一声说："介意也没用，现在我可是受害者。"

瞿一芃被呛得差点咳嗽，却不敢伸手散烟，只得连连点头说："对，对，是我不好，辜负了你。"

J姐见他一脸狼狈，笑了起来，又抽了一口烟，懒洋洋地往椅子上一靠，跷起二郎腿。"礼物你收下吧。你的答案我也收着了。实话实说吧，这表其实不是人家送的，是我特意给你买的，觉得配你好看。我这个女人肤浅，看人就看长相，一旦看上了，就在心里记着，记多久我也不知道。有的记了三个月，有的半年，有的三年，也有的吧……"她抬眸看了一眼瞿一芃，在烟雾里，触手可及，却如此遥远，她接着说，"可能就记一辈子了……"

"这……"

"收下吧。"J姐又吸了一口烟，掐了。她拿起包与外套，问瞿一芃："不早了，我们走？"

瞿一芃被J姐的话砸得昏昏沉沉，有几分愧疚又有几分烦乱，站起身，看了看桌上的表盒，不知该不该拿。J姐看得不耐烦了，直接开了盒子，拿出里面的手表，拽起瞿一芃的左手，往上一扣，说："大男人磨叽不磨叽！我敢送，你还不敢戴了？"

北京冬天的室内暖气猖狂，空气永远干燥且令人恼火，而此刻，金属的表身带着一丝凉意，沁入瞿一芃的心。他似乎能听到秒针在"嘀嗒嘀嗒"地走着，一寸寸地，沿着自己手腕的血脉，走进掌心，走进心里。

他想了好半天，最终，支支吾吾地开口了："你如果不介意，以后有事了可以找我。开心的也好，不开心的也好……我们是朋友……"

J姐哈哈笑了："行吧，那你到时候可别赖账。"

20. 鸿门宴

瞿一芃没去接何知南回来。

何知南这边收到的理由是：瞿一芃又要加班，一时抽不开身。她在看到瞿一芃信息的那一刻，不禁觉得十分好笑，这个男人刚刚和她在一起的时候，每日的业余时间都恨不得形影不离地和她待着，黏人到令人怀疑他是不是不务正业。而在一起久了，工作的存在感就渐渐强了起来，强到可以和她平分秋色，强到让他不离不弃。

"抽不开身"这样的借口，瞿一芃已经用了好几遍了。

她拖着箱子告别了父母，自己叫了车回家。仰躺在出租车里，她有些苦闷，翻着和瞿一芃的微信对话，又打开微博，瞿一芃给自己创建的那个秀恩爱账号已经两周没更新了。何知南看着手机锁屏上两个人灿烂又好看的笑脸，鼻子一酸，泪水涌了出来。

男女之间的感情是十分玄妙的事情，在某一些时刻，你觉得自己为他死了都行，可一旦想到他或许存了那么点伤害自己的心思，便会一刹那清醒，怨恨起他来——说到底，他最爱的，永远还是自己。

何知南一个人坐在堵在北京五环外的出租车里，周末进城的交通堵得可怕，堵进了何知南心里，泪水蓄了满眼，眼睛很快便兜不住了，珠子般一颗颗落下。她模模糊糊地睁着眼，试图看清手机，一只手拭去眼泪，另一只手灵活地、迅速地将手机锁屏换了一张照片，一张她从网上随意找来的风景照。

女人总是太会也太需要表达自己的情绪，而当情绪无法用语言表明的时候，她们只能选择删除对话、拉黑好友、换掉情侣头像、修改个性签名、发一条语焉不详的朋友圈等诸如此类的方式，来表达自己的不满。

此刻何知南换掉了手机锁屏，取消了瞿一芃微信对话的置顶。她觉得自己好受一些了，宛如经历了一场重大的仪式，她的悲痛与失落在一定程度上脱胎换骨。

她擦干了眼泪，睨着瞿一芃的头像，想着：哼，不就是一段露水姻缘嘛！当断就断。

在这时，手机振动了一下，何知南一下子跳了起来，她满心期待地打开，却失落地发现——哦，是高鹏。

高鹏问："南南，你最近有空吗？要不要来香港玩呀？"

是高鹏斟酌了很久的，一份小心翼翼、带着讨好的邀请。

何知南无精打采地回复："最近有点忙，过一阵子再说吧。"

高鹏不再说话了。

关了聊天框，她看着瞿一芃的头像，忍不住点进对话界面，翻着聊天记录，一会儿又退出，打算删除对话，犹豫了一下，再一次点进聊天框，查看聊天图片，又退出……最后她"啪"的一声，锁上了手机屏幕。

她把脑袋歪在一边，看着窗外的建筑物，双眼肿成两颗小小的核桃。

入冬的北京，树枝上只零散地挂着几片固执的黄叶。道路两旁有工人，一只手提着白色的小桶，另一只手一点点地给树干刷上白色涂料，以防树木在凛冽的寒冬冻伤。在北京，无论是居民还是车子，都习惯一年封着窗。何知南隔着不甚干净的车窗玻璃，静静地、悲戚地看着这座城市。

是钢筋混凝土的灰色。

孙涵涵将视线从窗外移了进来，落在对面的人身上。保利大厦的私家餐厅里的装修低调，孙涵涵因为工作有一阵子常来保利，却第一次发现这儿有这么一块地方。

谨慎评估，面前的女人保养得当，看起来比实际年龄年轻一些。衣品一般，但足够有钱。年轻女孩子的有钱分为两种：一种是亲爹有钱，笑容肆意飞扬；另一种则是干爹有钱，连唇角微笑的角度都精心雕饰。而步入中年的女人的有钱，也分为两种：一种是太太式的有钱，或精明或温婉；另一种则是女高管式的有钱，或自信或果断。

孙涵涵想，她和自己真的很不一样——曾诚浑身上下散发着一股斗志，一股女高管式的，前来收购自己的气势。

她接到曾诚的电话是在昨日，对方开口便是："我是周斌的妻子，孙涵涵是吗？我想和你谈谈。"

曾诚挑的地方是个俱乐部餐厅，只对会员开放。她告诉孙涵涵，需要向前台登记电话和邀请人的姓名才能入内。

孙涵涵被服务员领进包间的时候，曾诚早已在了，看到孙涵涵后，即对服务员点头说："可以上菜了。"

她不露痕迹地打量了孙涵涵一眼，说："坐吧。"而后笑了笑，对孙涵涵解释道："这儿的菜单和外面的不太一样，是大厨根据时令定的，你正好尝尝鲜。"

一个展示自我地位的下马威。弦外之音是：这种地方，你肯定没来过。

而孙涵涵淡定落座在曾诚面前，心里却感觉十分好笑：周斌结婚这么多年，看来足够老实。否则曾诚"斗小三"的功力不至于那么不济，本来是钩心斗角的缠缠绕绕，竟然被她搞出了金戈铁马的气势。

此刻的孙涵涵秉持着钩心斗角的宗旨，她只淡淡画了眉毛，扎了简单的马尾，穿一身运动装，腰板笔直地坐在椅子上，看着曾诚笑了一笑，点头道："曾总好。"这素面朝天的样子同样是在暗示她的筹码是青春无敌。

曾诚的眼睛要喷出火来了。

她直接开口："涵涵是吧？在××传媒做了一年不到？我和你们老板很熟的，上周还一起吃饭了。我们聊天时还说呢，现在的年轻小姑娘啊，一个个不比我们当时了，胆子大，什么事情都敢想敢做。但其实吧，做这一行，最重要的，还是底线，做事呢，讲究的也就是一个踏实、本分。其实啊，做女人也一样，有的小姑娘缺心眼，以为自己年轻好看，却从来没想过，青春啊，是最短暂的东西，谁还没年轻过？一晃就没有了。但是名誉啊，事业啊，却是一辈子的事情。你说，是不是？"

　　孙涵涵听了这番话，青了脸，与此同时脑子飞速运转起来。她知道曾诚在传媒圈子的地位不低，据说也是个活跃人物，但没想到曾诚的威胁如此直白，这番话绵里藏针，将她的名誉与事业拿出来，当面狠狠敲打了一通。

　　自从周斌告诉她那条消息是曾诚发的之后，两人的联系就刻意减少了。她本来对周斌有怨言，但今天才发现，相对于她与周斌这类将事业与名誉摆在绝对优先地位的人，曾诚却是一个爱情大过天，甚至不惜为爱撕破脸皮的主。

　　直到这时她才开始担心并相信，一旦处理不好，曾诚会疯狂到给整个法律圈和传媒圈的人都寄上一份写着"奸情"二字的公开信，撕到三个人都头破血流才肯罢休。

　　好在周斌说过，他已将曾诚安抚了下来。那么现在，孙涵涵推断，曾诚还会找自己，是希望自己不要缠着周斌？

　　想到这里，孙涵涵不由得想起言情小说里恶婆婆用一张支票要求女主角离开男主角的戏码，觉得可笑起来。

　　她默了默，直直地看向曾诚："既然都叫我来了，就不要拐弯抹角了，曾总，有什么话您直说吧。"

　　曾诚刚想开口，就见服务员推门进来，先各自在她们面前上了几个冷盘小碟。孙涵涵早已没有了吃饭的胃口，看着服务员鱼贯而入的气势，只觉得她们仿佛是项庄舞剑，连食物里都含着杀气。

　　就听曾诚开口："那我也直说了，我希望你不要纠缠、骚扰周斌。"

　　"就这样？"孙涵涵吃了一惊，还真被自己料中了，看来这个对手除了彪悍些，着实没劲，她想了想，笑着问，"那如果是周斌骚扰我呢？"

　　"他不会！"曾诚果断地开口，有些着急地说，"只要你本本分分的，别像个狐媚子似的勾引他，周斌不会乱来。"

　　孙涵涵差点不敢相信自己的耳朵。在这个女权如此盛行、网络如此发达的年代，曾诚这样一个接受过高等教育、身处一线城市最新潮行业，在孙涵涵眼中绝对不可能思想保守的女人，竟然还笃信着男人出轨是女人有罪的论调？！

　　这不是蠢，是什么？

毕竟，在处理第三者这件事情上，聪明的女人会选择解决男人，而愚蠢的女人才会试图解决第三者。由此，曾诚在爱情上的智商，可见一斑。

于是孙涵涵果断地说："好，我答应你。"

一方面，稳住曾诚的情绪，势必断绝了曾诚试图毁掉她的事业和名誉的念头。

另一方面，她也在心里笑话曾诚：毕竟，从来就不是我在纠缠你们家周斌啊。

曾诚见孙涵涵答应得爽快，正要怀疑。

就听孙涵涵接着轻描淡写地朝她扔下了一个巨雷：

"但你也最好管好你们家周斌，找我一个人吃饭没用，他在外面招蜂引蝶，莺莺燕燕可不少呢……"

21. 点火

孙涵涵的话无疑给曾诚点了一把火。

男人出轨这码事，在无论多么心大的女人眼里，都永远漏洞百出，何况曾诚向来对周斌严防死守。

她知道周斌去了希腊一趟，据他说是参加一个学术研讨会，但好几天，周斌的朋友圈都没有更新。她向来知道周斌的性子，也知道在律师行业，合伙人得注意门面功夫，倘若是参加有头有脸的国际会议，必定是要发朋友圈的。

她心里起了疑，掐着时间打过几次电话查岗，都被堵了嘴。最后周斌不耐烦了，说："这次会议是见希腊政府官员，和政治有关的大人物，大家严令不能外泄的，朋友圈朋友圈，你以为我是你，做什么都要发个朋友圈报备?!"

曾诚心里委屈，嘴上却不服软，偏要讽刺几句："行行行，也不知道是什么会议，藏着掖着，怕是规格不够吧?"

周斌不再回复。

等周斌从希腊回来，曾诚才真的觉得不对劲了。那天她特地没让家里的阿姨准备晚餐，而是自己亲自下厨煎了牛排，煮了意大利面，没想到周斌回来后只扫了眼桌子，一脸倦怠地说："我在欧洲吃了一周的牛排，你嫌我不够腻吗？"

她这才反应过来，不太年轻的脸上堆满了歉意的笑容："谁叫我只会做牛排嘛。来来，换了衣服我们吃饭！说说你的旅行。这次去了几个人啊？什么项目那么保密呢，我都没搜到新闻。"

周斌立刻炸了毛，脱了外套说："都回家了你还找我聊工作？烦不烦？你还上网搜呢？这么闲啊你！"

曾诚见周斌突然红了脸，觉得莫名其妙，本来她就是极横的脾气，心头火冒起来，立刻脱了围裙往桌上一甩："姓周的，你吃火药了啊！这饭你不想吃就别吃！"

结果，周斌懒洋洋地看了她一眼，转身回卧室了。

曾诚仿佛一拳打在了棉花上，心中更堵，她气得端起桌上的盘子就把食物哗啦啦地往垃圾桶里倒。她极少做家务，动作磕磕绊绊的，时不时就落了叉子、砸了金属盘子，搅得整个厨房乒乓一阵乱响。

曾诚的父亲是做生意的，母亲是大学教授，算是家境殷实。在读书的时候，周斌只是个穷小子，可曾诚偏偏第一眼就瞧上了这个穷小子。她是彪悍的千金大小姐脾气，爱上了周斌的才华与坚定的志气。

她想起刚刚结婚那阵，她为了体现自己的贤惠，总是抢着要做家务，没想到不是砸了碗就是划了手，周斌原本带着揶揄在一旁袖手瞧着，见她伤了手，立刻冲上前来问："怎么样怎么样？疼不疼？"曾诚发誓自己一辈子都记得周斌那时着急又心疼的表情。于是后来的十几年里，曾诚再也没做过饭，哪怕偶尔进了厨房，也是抄着手，闲闲地将脑袋枕在在厨房里忙碌的人的背上，懒洋洋地问一声："今天咱吃什么呢，老公？"

而现在，曾诚在厨房里把世界搅得天翻地覆，但那个曾经带着满眼的爱意看着她、带着一脸心疼的表情吹着她受伤的手指的人，此刻，死了一般地躺在卧室里。

　　然后，曾诚听到卧室传来压低了声音的温柔嗓音——他在和人打电话。

　　过了两天，曾诚找了在香港的表妹求助，说："周斌这几日在家时总是刻意反扣着手机，而且他总是鬼鬼祟祟地在家接电话，问他是什么人，他说是公司急事。我趁他不注意偷偷看了他的手机，你说可笑不可笑？刚打完的电话竟然没有通话记录。"

　　表妹平时工作繁忙，难得和曾诚通一次电话，虽然年纪差了一整轮有余，但因为两人十分投契且曾经都在北京，所以关系十分要好。她听了曾诚这么描述，心里有了大概的猜测，想了想问："那你有怀疑的人吗？"

　　曾诚回忆起几个月前在草原看到的那个曼妙身影，心中一酸，顿了顿，说："有。"

　　表妹又问："你知道她的名字或者微信吗？从周斌的微信通讯录里找到这个人，看一看他们的聊天记录，如果有问题，那应该就是她了。"

　　曾诚想了想问："苏苏，怎么样算有问题啊？如果他把聊天记录都删了，我还怎么查？"

　　韩苏实在忍不住翻了个白眼："姐，如果你打开周斌和那个女生的聊天记录，发现什么都没有，那才是真的有问题！真正偷情的对话，都是'阅后即焚'的。"

　　刚毕业的时候，周斌曾试图创业，四处奔走却拉不到投资，焦头烂额之际，曾诚背着他央求自己的父亲给他注入了第一桶金，后来项目失败，周斌灰心丧气了两年。一日他忽然打起了精神，告诉曾诚自己打算准备司法考试，去做一名律师。曾诚即刻大喜过望，又迅速找来了父亲，凭借父亲的人脉给周斌在当时颇有名气的老牌律所里安排了一个授薪合伙人的职位。那几年，恰逢曾诚在传媒方向也做出了些成绩，彼时相关法律尚不够完善，有些影视公司、文化企业遇到了纠纷毫无头绪，她便积极给周斌介绍了不少客户。

　　当时中国的影视娱乐相关的立法工作刚刚起步，周斌恰巧站在了风口上，凭借几个大案子，竟顺势飞了起来，成为中国影视娱乐法的奠基律师之一。羽翼渐丰后，他立刻和另外几个合伙人跳槽组建了自己的律所。

　　如今，无论是周斌还是曾诚，都在骨子里相信：他能有今天，是绝对离不开她的帮扶的。

　　孙涵涵最后的那句话像咒语一样回荡在曾诚的脑子里。

　　曾诚完完全全掉进了小姑娘的陷阱当中，她开始相信，孙涵涵只是那千千万万个贪慕虚荣又不正经的女人中的一个。

　　见完孙涵涵的曾诚被气得胸口起伏不止。不知如何纾解情绪的她，唯一的突破口只有周斌——她立刻给周斌打了一个电话。

　　周斌此刻正在自己好不容易才攒到的饭局上。

　　桌子那头坐着的，是周斌青少年时期最爱的导演，为了这场会晤，他从三个月前就开始托关系，铺展人脉，总算如愿。以至于一开始的他甚至有些诚惶诚恐，好在几杯酒下肚，两人便从客套疏离的氛围里走出来，谈起了中国影视行业的发展，周斌正打算洋洋洒洒抒发内心的崇敬之情时，一个电话来了。

　　是曾诚。

　　周斌想也没想就挂断了。

　　在往常，周斌挂掉电话很正常。律师本来就是服务型行业，是客户大过天的。此刻重要会议当头，挂掉来自家属的电话，是一种符合职业道德的政治正确。但他没想到，这不是一通简简单单的家属电话。

　　于是下一秒，曾诚的电话又来了。

　　他挂掉。

　　铃响。

　　挂掉。

　　铃再响。

　　挂掉。

　　几个回合之后，周斌的脸上已经显露出了几分烦躁。大导演敏锐地发现了，皱了皱眉头说："周律师是有事要忙？"

　　周斌赶紧摇头，举起手机笑了笑："实在抱歉，有点家事。没事，我设置了勿扰模式，我们接着聊。"

　　没想到大导演一猜就准："哦？妻子的电话。"

周斌无奈地点头。

大导演哈哈大笑起来："是妻子的电话就接吧，免得回家头更疼哟！"看来也是深受其苦的人。

周斌笑了笑，想到曾诚平日就是这个性子，正准备回电话，却听"叮"的一声，一条短信钻进了信箱，是曾诚的：

"周斌你到底是不是人，竟然不接我电话？说清楚，现在谁在你身边？"

周斌沉了脸，告诉导演失陪一下，出门给曾诚回了电话。

"你怎么回事？我在开会！"他语气严肃地说。

曾诚正在气头上，又被挂了几通电话，本来就是难以忍耐的火暴性子，又被晾了这么一会儿，不管不顾噼里啪啦地骂了起来："开会？什么会议那么重要，可以不接老婆电话？周斌，我告诉你，我当初嫁给你的时候你可不是这样的，我当初不顾我爸妈的反对嫁给你，你说你一辈子要对我好的！现在呢？现在的你却总是把我晾在一边，你到底是不是个男人！"

周斌听她发了无名火，本就心烦，也直直地噎了回去："你不要没事发疯，我是没给你吃、没给你穿吗？怎么又拿十几年前的事情出来说？说个没完没了了！我说了我现在在工作，在见大导演，你能不能冷静点，有什么事情等我回家说不行？"

"哼，大导演？你以为你很了不起啊？现在赚个几百万又怎么样，你当初创业的钱就是我爸给的！你还当我发疯？你告诉我你现在到底在哪里！"曾诚的最后一句话已接近破音，可等她喊完，电话那头就没声了。

她不知道此刻周斌的眼睛黑得可怕。他曾经是个穷小子没错，可他更恨有人十多年来霸占着救世主的位置一遍遍戳着他的脊梁骨提醒：周斌，你一辈子就是个穷小子，要不是我，你一辈子都翻不了身。

反反复复。

他挂了电话，紧紧握着手机。如果他力气够大，手机将会被他捏碎，捏成齑粉，再一点点地落在地上，但实际上，无论他多么愤怒、多么用力，手机依然维持着原状，只是被印上了几个汗涔涔的指印。

曾诚又打了电话过来，他冷冰冰地按掉，关了机。

等导演再见到周斌的时候，周斌已经恢复成一副和煦又文雅的样子了。

22. 送人头

活力城小区位于北京双井地铁站附近，是 CBD 商圈内的纯居住区。小区外表看着半旧不新，价格却不菲。院内的设施也十分完善，雕花喷泉、假山湖泊，绿化用心，到了夏天，还有几分难得的曲径通幽的味道。

孙涵涵第一次知道这个小区是因为莫妮卡。那时候大家都还是普普通通的穷学生，她在一家公关公司实习，每天早上 6 点从床上爬起，挤上黑压压的 10 号线，到达国贸，一天工作 10 小时以上，跟着主管分析需求、跑现场、办活动，十分狼狈。然后有一天，她在地铁里被挤得人仰马翻时，看到朋友圈里莫妮卡晒了一张聊天截图。

隐去头像的男子（孙涵涵猜测）问莫妮卡是否需要帮忙租房，莫妮卡说："我考虑一下吧。"男子随后发来一个小区的定位，问："这里喜欢吗？一室一厅的小平层，离你上班的地方近，小区门禁严格，适合女生一个人住。"

聊天截图里，莫妮卡非常镇定地回复了："还行吧。"

但孙涵涵知道她的内心并不镇定，否则，她也不会发一张聊天截图到朋友圈，还配文："原来找房子这么容易呀？我连房租都不知道呢。"

孙涵涵当即在拥挤的地铁里打开链家网，输入小区的名字——活力城。

在她们那行，那一年应届本科毕业生的月薪能到 8000 元就已够在朋友圈里扬眉吐气。而活力城一百多平方米小平层的月租金，她记得，正好就是 8000 元。

后来她才知道，在北京，活力城小区一直有一个传说：这里面的住户 90% 是年轻又好看的小姑娘，有钱又闲，就连周边的消费也被这群姑娘带动，水果店里只卖进口水果，服装店里贴上奢侈品打样的标志，周边餐饮以日料、西餐为主，美容护肤店与发型沙龙更是层出不穷。她们仿佛终日无事可忙，偶尔，她们会在工作日的下午三四点钟出现，年轻的脸不施粉黛，泛着水光针的亮泽，只穿着家居服，神色疲倦，下楼买一杯咖啡。

活力城的这套房子是周斌委托一个相熟的朋友买的，不在自己名下，甚至连曾诚都不知情。一周前孙涵涵说要搬家，他当时正因为要安抚曾诚而心中愧疚，不由得提了句："不如住我那儿吧？我在活力城有套公寓，离你上班的地方近。"

没人懂得在周斌提到活力城的那一刻，孙涵涵是怎样的心情。

初冬的夜色弥漫在活力城小区里，从 17 楼往下看，可以看见楼下穿梭着玩具一般的小车，星星点点的。孙涵涵有些恐高，可就算自己再恐高，也不会拒绝在北京拥有一扇属于自己的落地窗。如今，她终于在她曾经路过、驻足并仰望的地方，拥有了一小格子的灯火。

周斌见完了导演，直接约了孙涵涵。此刻两人吃完饭，周斌仰躺在沙发上，闭着眼睛感叹："这一天天的，太累了。"

沙发前铺了厚厚的羊绒毯子，孙涵涵穿着裹身真丝吊带睡衣跪坐在毯子上，上身倚靠着沙发。她调暗了屋内灯光，选了一个轻柔的音乐，伸了手，轻轻地帮周斌按摩太阳穴。

孙涵涵的指腹轻柔，声音更柔，她一边按，一边小声说："那就不要这么忙嘛。你皱一下眉头，我的心啊，就会疼一下。"

周斌听了孙涵涵的话，脸上浮起微笑，孙涵涵可以感觉到周斌表情的变化，脸上的肌肉牵动着皮肤，像一颗石头投向水面，泛起微微的涟漪。他逗孙涵涵："只疼一下？"

孙涵涵倾下身子，靠得离周斌近了一些，在周斌耳边悄悄说："你自己听听呢？"

周斌用大手一把拉过孙涵涵，把她揽在怀里，两人叠着躺在沙发上，胸与胸贴在一起，能听到彼此的心跳——扑通、扑通。

这时候，周斌方才相信自己是有归属的人，而身边这个紧紧贴着自己的女孩，完全属于自己。

那么，曾诚呢？周斌也曾问过自己。

曾诚只有部分属于他，另外一部分属于工作，还有父母。他恨曾诚永远记着她父母施加给他的那一点点怜悯与恩惠，这么多年来，他被这些恩惠包裹其中，渐渐失去了自我。他从周斌，变成曾诚的丈夫和曾家的女婿。

随着他不断成熟、强大，那层恩惠也逐渐从厚厚的茧变薄、变柔软，变得和曾诚年老的父亲一样虚弱，变成一件披在身上的衣服，再然后，变成了一层可以轻易被戳破的纸。

房间内点着香薰，小区提前开始供暖，音乐缓缓流淌在空气里，美人在怀，是最适合放松的气氛。

孙涵涵此刻软绵绵地靠在周斌身上，一只手支着下巴，另一只手把玩周斌的头发，音调甜甜地说："周周，我在这里住了一周，这房间简直什么都好，风景好，小区也好。更重要的是，还有你，常常会来陪我。"

周斌叹了一口气说："还是和你在一起轻松。"

20 多岁的小姑娘除了青春美貌，一无所有。无论你给了她们什么，她们都会欢天喜地地感恩戴德。

又听孙涵涵接着说道："我以前看 TVB（香港电视广播有限公司）的电视剧，说一个女人嫁给了自己的真爱，她过得十分幸福。有一天她对她丈夫说：'我以前是个"三等"人，每天在家等吃、等睡、等死。而现在，我是个"一等"人了——我每天只要等你回来。'周周，你知道吗？刚工作那时候，我觉得自己也像个'三等'人，不知道自己要什么，所以什么都想要、什么都想争。而现在呢，我觉得自己也是个'一等'人了，我知道自己要什么——周周，我要你，我每天看见你，就觉得心里满足。

"我之前啊，老是逼着你离婚，这是不对的。每个人都有自己的难处。你的心在我这里就够了，而我的心也在你那里，我们俩彼此都知道自己的心意，就不在朝朝暮暮了。"

周斌一愣，说："涵涵，你是认真的吗？"

孙涵涵却把脑袋轻轻地往周斌胸上一撞，怒道："你是不是很开心？"

周斌赶紧否认："我只是惊讶。"

孙涵涵美目含嗔地看了周斌一眼，接着说："我只是心疼你累，不想再逼你了。家里那边给你的压力已经够大了。我知道你也在努力对我好，所以……"她伸手揉了揉周斌的脸，笑着宣布："我也要对我的周周好呀！"

周斌只觉通体舒畅，从没觉得孙涵涵如此可人，他就像在温泉里泡过一样，仿佛有徐徐暖风将自己熏醉。他心中一动，搂着孙涵涵低声说："今晚，我不走了。"

两人在客厅里，鸳鸯交颈，细语呢喃。

直到，周斌的手机铃声尖厉地响起。

周斌皱了眉头，孙涵涵不用猜也知道是谁的电话。她顿时十分烦躁起来——她没有什么时候比此刻更觉得自己像一个可耻的小三。但她依然不动声色，只是佯装发怒，轻轻踢了一下周斌，撩拨大于教训的一脚，嗔道："去接去接，也许有重要的事情呢。"

当然，曾诚此时怎么会有其他重要的事情呢？

她知道，曾诚只是打来一个查岗的电话，然后两人再一次爆发剧烈的争吵。以她对曾诚的了解来看，曾诚控制欲极强，性格刚烈，像极了《三国演义》里的张飞，勇猛有余，处理感情的智商却十分不足，遇到了危机只会逞匹夫之勇，与面对这类问题习惯于逃避的周斌，正好硬碰硬地炸成一团。

果然，孙涵涵隔着 3 米，都能听见电话那头曾诚歇斯底里的呐喊："你还有没有良心！你到底在哪儿！"

周斌凉了语气："随你怎么想。"

曾诚喊道："你到底眼里还有没有这个家？几点了！你看看几点了！"

让人无法应对的愤怒与绝望透过电话传来，任谁都会烦躁。

果然，周斌说："我想静一静。"挂了电话。

孙涵涵见周斌像试图扔掉愤怒一般，将手机用力砸在床上，重重地喘着粗气。她默默走过去，从背后环住了周斌，她将脑袋贴在周斌的背上，没说话。等到周斌的气息渐渐平稳，孙涵涵才调出来一个温和、平静的声音："不早了，回家吧。"

周斌赌气说："我不回！"

孙涵涵笑了起来："怎么和孩子一样呢？再不回家要翻天了。"说着她拉着周斌，从衣架上拿了衣服给他穿上，又给他披上了外套，围上围巾。"走啦。乖，我送你到小区门口。"

孙涵涵曾对何知南说过，40 多岁已婚男人的心，是最易攻难守的城池。无论什么样的人，与同一个人生活了大半辈子，两人之间都会多多少少出现问题，而只要有问题，那第三者就有可乘之机。

在她看来，周斌与曾诚的问题再明显不过了：曾诚控制欲强、性格强势，总在无形之中给周斌压迫感。同时，周斌早年受曾诚一家恩惠极深，在面对曾诚的时候，总会有多多少少的愧疚情绪。

而愧疚，是影响爱情的因素之一。

是以，孙涵涵对周斌只要反其道而行之就可以了：曾诚控制欲强，那么孙涵涵就给周斌极大的自由；曾诚性格强势，那么孙涵涵就乖巧可人；周斌欠曾诚太多，那孙涵涵就不断接受周斌的馈赠……总之，千方百计地，让周斌无法从曾诚那里得到的一切，都从孙涵涵身上得到弥补。

分析需求，对症下药。

孙涵涵把周斌的心，当成一个无比重要的项目来攻克。

此刻月上梢头，空气微微透着寒冷，两人直接坐电梯到了地下车库，周斌刚准备发动车子，一条短信就砸了进来：

"姓周的！你就是一个孬种！有种，你今晚别回来！我算是知道了，老周家的人都一副德行，看你爸爸就知道了，难怪养出你这样的儿子，偷偷摸摸，原来种子就坏了！"

地下车库灯光幽暗，孙涵涵站在车门外，正准备与周斌告别，却见周斌盯着手机屏幕，气压低到吓人。

一会儿，只见周斌将手机揣进了兜里，沉着脸拔下钥匙，开了车门，拉着孙涵涵，大步流星地摁开了电梯。

不走了？

孙涵涵此刻脑子里全是幸灾乐祸的惊喜——看来对方，又送人头了？

23. 江山美人

孙涵涵碰巧成为韩苏最恨的那类人——仗着自己年轻而破坏别人的家庭。

不过何知南却并不在她定义中的小三范围内。在她看来，青年男女倘若只是恋爱，就依然有着自由选择的权利，她虽然不齿，但保留着多多少少的理解。但人一旦结婚了就不一样，婚姻在韩苏眼里，有着近乎神圣的地位。

而现在，她的表姐曾诚遇到了她这辈子最为痛恨的那类人。周斌一夜未归，曾诚也一夜没睡，红着的眼睛像两颗核桃，视频电话里，曾诚从凌晨2点哭到了4点30分。而第二天，曾诚洗了脸，敷了急救面膜，戴上墨镜，涂上粉底，又尽可能若无其事地上班了。

这样的曾诚，在人前坚强，只有私底下才露出了自己最柔软脆弱的样子——这副情态，像极了韩苏的妈妈。

韩苏的父母结婚早，妈妈刚过领证的年龄就怀了她。韩苏高中的时候，爸爸常在外地做生意，妈妈是全职的家庭主妇。那时候网络刚普及不久，每户人家都在客厅里摆着一台巨大的台式机，韩苏教会了妈妈在网上购物，她当时手把手教着，说："妈，上网呢，咱就记住几个软件和网站。想要和爸爸聊天，咱用QQ；买东西呢，去这个淘宝，比商场里便宜多了；如果要看新闻，就上新浪；如果遇到问题了不知道怎么解决，咱就用百度。"

妈妈听得一愣一愣的，找了小本子，仔仔细细地记了下来。韩苏说："我给你演示演示，瞧，比如——怎样做糖醋里脊。你打开百度，在这个聊天框里输入'怎样做糖醋里脊'……然后按下回车键，看，是不是出来结果了！"

妈妈是十分温婉的江南女人，跟着女儿掌握新技术十分开心，笑盈盈的。16岁的韩苏觉得，母亲是全天下最美的女人，也是最值得被爱的女人。

直到有一天，韩苏放学回家打开电脑，打开百度，无意间看到了搜索记录：

"老公出轨怎么办？"

"怎样判断老公出轨？"

韩苏的心在一瞬间疼得要揪起来了。

油烟机的声音、新鲜的蔬菜带着水被倒入油锅时发出的噼里啪啦的声音闯进卧室，闯进韩苏的耳朵，她知道妈妈此刻在厨房里，系着围裙，低着头，竭力装作若无其事地给自己烹饪午饭。

而在她看不见的地方，她最温柔的妈妈将所有的委屈与绝望咽进肚子里，在空荡荡的房子里，无奈地，在偌大又陌生的互联网上一个字一个字地敲打出被背叛的惶恐。

而今，韩苏看着曾诚在视频里流泪的样子，有着几分与母亲相似的眉眼和与她 16 岁那年的母亲差不多的年龄，她恍惚间像是回到了过去。16 岁的韩苏，除了愤怒与心疼，什么也给不了母亲，而现在，她告诉自己，她要帮助表姐，给表姐最大的支持与抚慰。

她对着电话里的曾诚说："姐，咱不怕，先冷静。咱先想好了，这个男的如果还爱你，能挽回我们就挽回，但他如果确实一点都不爱你了，你怎么想？"

曾诚静了静，低声回答："如果不爱了，十几年的感情，那也算了。分开就分开吧。"

韩苏听了这个答案，松了口气，看来还有救。

出轨的丈夫回心转意这个类型的剧本，大多有个前提，就是妻子忽然从苦苦挽留的怨妇，摇身一变，成了丈夫突然完全不认识的新人，不仅新，还不那么在乎他。这是个男人都没办法无动于衷。

因此，要想两人之间的关系有所转折，首先就是让其中一方放松下来，不要再苦苦相逼，只有自己松弛了，才不会把对方再推得更远。

此时正是上班时间，韩苏今天不忙，抽了空就陪曾诚在微信上有一搭没一搭地聊着。她半开玩笑说道："单身多好啊，姐你现在这个年纪要是恢复了单身，可就是钻石女，长得又好看，不知得有多少'小鲜肉'扑上来呢！"

曾诚也从最开始的歇斯底里的情绪中渐渐缓了过来，听了韩苏的玩笑，没好气地说："我都多大年纪了，还'小鲜肉'呢！"说着摸了摸脸，照了照镜子，发现哭了一宿，皱纹又深了，办公室里的小姑娘正好过来，聊了会儿就拉着曾诚说有推荐的医美，水光针、热玛吉一套做下来，保准一下年轻 10 岁。

曾诚动了心思，韩苏也在一旁劝，说："去呗，弄得漂漂亮亮的，这时候最不能亏待自己。"曾诚想了想说"好"，班也不上了，和助理交代两句就去商场买了一堆衣服鞋子，烫了新发型，而后直奔美容院。

等她香喷喷、美滋滋地拎着大包小包到家的时候，家里竟然已经有人了。

孙涵涵觉得周斌骨子里还是害怕曾诚的，否则也不至于在被惹恼的第二天，依然在下班后利利索索回家了。

可周斌却没想到他自己一夜未归，第二天回来后，见到的会是这样的曾诚：烫了头发，一身新裙子，容光焕发的样子。他的目光落在曾诚的手上——她去购物了？

周斌不愿意承认，此刻的曾诚看起来心情颇好。

只是两人在家碰面，一瞬间气氛有些剑拔弩张起来。

曾诚想起上午和韩苏聊到孙涵涵，提出要想办法敲打敲打她——以曾诚的地位，确实易如反掌。

然而韩苏说的却是："姐……你现在的问题不是斗小三，而是应该好好想一想，为什么小三会出现。你们之间，是不是有些自己都没意识到的问题？"

"你是指？"曾诚不解。

韩苏叹气："你的脾气。表姐。只要小三一日不解决，你就一日不要和他吵架。"

曾诚答应了。

于是，就在周斌认为又将有一场关于"你昨晚到底在哪里"的拉锯战时，却见曾诚缓了缓脸色，对周斌笑了一笑："今天不加班？"

周斌一愣，踌躇片刻，还是问了："你做头发了？"

曾诚点点头，说："是啊，好看吧？"

然后，她放下买的大包小包，又提起一个小袋子示意他："给你买了几条皮带，之前几条旧的我扔了。"

周斌还是愣着，不知曾诚玩的是哪一出。就见曾诚拎着大包小包上了楼，走了两步又回过身来问："吃饭了吧？"

周斌说："在外边吃了，你没让家里阿姨给你做饭？"

曾诚特别自然地说："哦，我以后不吃晚饭了，今儿花花给我约了个健

身私教，身材可好了！他劝我节食一阵，先减脂再增肌……"

花花是曾诚的闺密，40多岁的单身女人，私生活相当不羁。周斌抽了抽嘴角，暗道：你这是提前适应单身了？

有了这个猜想，周斌本以为自己会十分轻松，却没想到，竟莫名有些沉重起来。

曾诚说完就上了楼，周斌在客厅心不在焉地看着新闻，听见楼上的水声、脚步声，斟酌了一会儿，也上楼了。

两人的家在将台路附近的别墅区里，卧室不小，窗边还有一个贵妃榻，曾诚正躺在贵妃榻上敷着面膜看美剧。

周斌皱了眉头，走进来说："你最近的花把式不少啊，又敷面膜又烫头发，整些小女生的玩意儿。"

曾诚头也没抬，说："我也是个女人嘛。哎，你来了正好！"她一把拉住周斌："你给我揉揉，我最近肩膀老疼，谁揉也不好使，还得靠你。"

结婚十多年，周斌对曾诚一向照顾得周到，虽然家里早就请了保姆、按摩师，但曾诚最喜欢的菜，是周斌烧的；曾诚难以缓解的肩膀酸疼，靠的还是周斌的手艺。

年轻一些的时候，周斌会说："怎么我比专业的还管用，不科学啊。"那时候曾诚还会对他撒娇，懒洋洋地说："因为，是爱嘛。"

揉了这么多年，周斌早就习惯了，他走过来，坐在贵妃榻空余的地方，熟稔地给曾诚捏着。曾诚关了视频，趴在榻上接受服务，过了一会儿，冒出来一句闷闷的话：

"对不起。我昨天说那些话，只是因为冲动。"

周斌停了停，回答："没事。"

过了一会儿，曾诚翻了过来，坐起身，拉起周斌的手，一脸认真地说："你……你如果要离婚，我会同意的。"

周斌一愣。

曾诚又故意板着脸说："但姓周的你可别开心得太早。咱俩结婚这么多年，我得找个靠谱的律师，咱先算算财产，签个协议，还得十天半个月。"

周斌仔仔细细盯着她的脸，试图看出破绽来。他真没想到曾诚会主动提离婚这件事。分财产，分房子，鬼知道他这些年挣了多少钱，要是真签了协议，一分为二，这算什么？说不心疼都是假的，他的钱全是辛辛苦苦赚来的。真离婚？放着有人脉、有资源的老婆不要，然后把20多岁的白月光娶回家吗？业内的人会怎么看他？

他不傻。

曾诚这一招是以退为进，她和周斌之间的关系要缓和，但与此同时，小三也是要斗的。而她现在发现了，斗小三的诀窍不是"悍"，而是"拖"——那些吃青春饭的小姑娘最害怕的就是时间。她知道孙涵涵与周斌的感情虽然热烈，但还不稳定，因此，她先将最大的现实问题摆在周斌面前：是要江山还是要美人？

周斌犹豫了。

24. 且行

周斌确实想过和曾诚离婚。

但所谓的"想过"，大概可以类比为，恐高的孙涵涵每次洗完澡，裹着浴衣，用纯白的浴巾将头发盘得高高的，端着一杯红酒站在17楼的落地窗边看下面来来往往、火柴盒一般的车辆的时候，突然闯进脑子里的"如果跳下去会怎样？"的念头。

这样的"想过"都带着几个共同点：一、它们都很危险；二、它们都很冲动；三、它们在出现的下一秒，就被当事人否决了。

孙涵涵在下一秒紧了紧身上柔软的浴衣，摇摇头，对自己说：跳下去肯定是死路一条啊。她抿了一口红酒，转身回到温暖的床上。

而在周斌看来，与发妻离婚并闹得不欢而散，也是另一种程度上的"死路一条"。爱美人不爱江山的合伙人不是没有。圈子不大，同行业的另一名李姓合伙人为了迎娶某日报的美女记者，要死要活地与刚刚生下二胎的糟糠之妻离了婚，原配直接跑到报社闹了一圈，李姓合伙人最后不惜撕破脸起诉离婚，夫妻对簿公堂，而因为这一出闹剧，李姓合伙人的客户丢了大半，团队里的青年律师跑得四散，也就剩当初几个打天下的老将依然唉声叹气地跟着。

周斌的事业是自己这么多年辛辛苦苦拼杀出来的，他舍不得让它有任何损伤。

孙涵涵现在已经被金屋藏娇，时不时送个包就能开心一整天，这个女人的心有了，身体也有了，他还有什么奢求？倘若在这个时候离婚，太不划算了。

所以，下一秒周斌就抓住了曾诚的手，吹胡子瞪眼地说："你想什么呢?! 离婚？离什么婚！"

曾诚扬眉问："哟，那你昨晚去哪里了？夜不归宿，加班呢？"一句话又把自家老公噎住。又想起来，自己有些咄咄相逼了，她回忆了一下孙涵涵的模样和气质，神色温和起来，换了个开玩笑的语气接着说："加班太多，伤身体。"

周斌严肃地说："你别阴阳怪气，这话和你说清楚了，昨晚没加班。我只是生你的气，在外面将就了一晚上。"

曾诚问："真的？"

周斌反问："结婚这么多年，我有不老实吗？"

曾诚半信半疑，想了想又埋怨道："可你最近古怪，别和外边乱七八糟的人学坏了！"

周斌叉着腰，以老干部的姿态说："你就是多疑，多疑！老毛病得改一改了。"又看了看曾诚，"不过我看你这样，倒腾了下头发，看起来确实比之前好看多了。"

果然女人还得用哄的。曾诚"扑哧"一声笑了，但仍是埋怨的语气："都老夫老妻了，还有什么好看不好看的！"完了又别扭起来，拧过身子，又瞪着周斌说："那个……那个孙涵涵，也挺好看的。你说清楚，你们俩是不是有情况？"

周斌装傻充愣："啥？哪个？"

曾诚正色说："孙涵涵！别装傻。我知道你们肯定有点问题！"

周斌想到曾诚其实也只是怀疑，从来没找到过证据。对于这种半信半疑的事情，一口否认了最好。于是他揽着曾诚语重心长起来："我说媳妇，这么多年了你还不知道我？我就是个有贼心没贼胆的人。我们这个年纪的人，往上扑的小姑娘肯定不少。但她们图的啥，我心里能不知道吗？还不都是逢场作戏。你看你，钱在手里，人在手里，我被你整治得服服帖帖的，你瞎担心什么呢？"

这话好歹掏了几分心窝子。曾诚想起曾经看过一个知名导演的夫人参加电视访谈，说往导演身上扑的小姑娘一拨接着一拨，主持人问她："能把人看死了吗？"导演夫人答："看不住。"最后她笑呵呵地说："反正我们家是男的，我们不吃亏，你想让他占便宜就占吧。"

"我们家男的不吃亏"这话在当时引起了轩然大波，女权主义者个个摩拳擦掌，说哪怕有钱、有颜又有名的导演夫人，在婚姻与爱情面前，依然要卑微地且行且珍惜。

但在这一刻，曾诚心中的女权，最终与导演夫人达成了和解。

或许在 20 岁的时候，她会选择一份纯粹的爱情。但 20 多年后的她会认为纯粹的爱情，甚至爱情本身，都不是那么有吸引力了。人会老，心也会老。40 多岁的她要的是陪伴，哪怕存在瑕疵。什么事业成功的女人离了婚也可以泡"小鲜肉"，话说得好听，可还不是明知他们图的是自己口袋里的钱？你拥有越高的地位、越多的财富，越难在另一个人身边安安心心地睡着。

相守相持十多年，在某一个夜晚，被他的呼噜声吵醒，看他头发染上白霜的时候，曾诚才突然意识到，共同走过了大半辈子，他们已经成为世界上最熟悉、磨合得最为光润的两颗石头。往后余生，他只有她，她也只有他。

曾诚松弛了身体，靠在周斌怀里，想了想问："我要是现在得了癌症，你会在病床前照顾我吗？"

"当然！"周斌斩钉截铁地说，然后想到什么，又补充了一个正确答案，"呸呸，你可别咒自己，健康着呢！"

然后曾诚安心了，依偎在周斌怀里，半晌，轻声说："这样就行。"

女人要的总是不多，一旦她决定和你厮守，给她空话、假话、大话，就足够了。

而在周斌看来，这个夜晚的长谈让他与曾诚达成了一个默契：既然双方都不愿意离婚，那么彼此各退一步，未来，他适可而止就行。

算是一次圆满的会谈。

但周斌觉得，还是需要一个圆满的收束。于是，他低头吻了吻曾诚的眼角，带着些暗示的语气："媳妇，我们睡吧？"

夜深了，加湿器往外静静喷着水汽，孙涵涵往枕头上洒了睡眠喷雾，可还是失眠。明明是张双人床，却只有她一个人。

她把周斌从记忆里翻出来，翻来覆去地回想。此刻他在做什么？在他冰冷的家里，老婆管着他，他们俩应该很久都没有说话了。孙涵涵孤零零地翻了个身，盯着窗帘外投进来的一点点光，又想，周斌的老婆是个狠角色，昨晚周斌一夜未归，曾诚现在肯定闹翻了天。

黑夜里，失眠的孙涵涵嘴里痴痴地念叨着："吵架好，吵架多了、狠了，又把他往我这边推了。"

她甚至看了看手机，又起身竖起耳朵往门口方向听了听，想着周斌有没有可能负气出门，深夜又来找自己。

她想起她昨晚和周斌畅快淋漓，完事了她突发奇想，问周斌："喂，你说……是我好还是你老婆好？"

周斌一愣，孙涵涵就双手攀着周斌的肩撒娇追问："说嘛说嘛，有区别吗？她年纪都不小了。"

周斌在这方面没什么特别的感触，想了想敷衍地说："差不多吧。"

孙涵涵不高兴了，又问："那你和我这样次数多了，会影响你和你老婆吗？"

这个问题更无厘头了，对男人而言，睡哪个不是睡？睡哪个不是专心致志、全力以赴？他诚实地摇头说："不会。"完全不是言情小说里身在曹营心在汉的样子。

孙涵涵更不高兴了，鼓着嘴转身玩手机，不愿再搭理周斌。

何知南知道这事以后，没忍住在心里笑话：孙涵涵是头一回当小三吧？还真以为出轨男人的家真的像他说的那么冷冰冰又凄凉？妻子乏味无趣又人老珠黄？连和妻子上床的时候脑子里都是小三的影子？

呸。

但何知南嘴上说的还是安慰的话："肯定有影响啦，只不过周斌害羞不承认而已，你那么年轻，他老婆估计都要绝经了吧。"

孙涵涵满意地点头。

两人好久没有联系，白天的时候何知南找孙涵涵聊天，抱怨瞿一芃对自己态度冷淡。正巧孙涵涵也一肚子委屈，同病相怜的情况下，女人的友谊又死灰复燃。

她们彼此抓着手机聊了一天，再次恢复成了无话不谈的样子。

孙涵涵听了何知南对瞿一芃的抱怨十分诧异，心想不至于啊，这人之前还苦心孤诣地挖高鹏墙脚呢。她想了想又问："那高鹏呢？高鹏和你有联系吗？"

何知南说："少了，但上次突然问我要不要去香港。"

孙涵涵问："那你怎么想？"

何知南说："我本来不想去的。但最近不太忙，请个年假就去呗，反正去玩。"

孙涵涵问："那瞿一芃怎么办啊？他不生气？"

何知南没回复了。

瞿一芃一声不响地去旅游了，她甚至不知道他现在和谁在一起。

25. 动态

何知南总会在每一个失眠的夜晚，想起所有曾经让她伤心的事情，想起所有对不起她的男人，或者令她不快的女人。

每当这个时候，她就会打开豆瓣网，做起另一个矫情的自己。豆瓣上的何知南，一天发 50 条动态，说感情，说生活，说购物，说自己听过的小众音乐与电影，是文艺却永远爱而不得的都市女白领。

回复她那条豆瓣动态的是一个陌生友邻，问："怎么了？"

何知南本来懒得搭理，只是那天无聊，点开了友邻的头像，见是个大叔，坐标北京，想了想，语气清淡地回复："和一个小破艺人的故事，已经结束。"

她始终知道，一个人终极的审美体现在择偶上，而最委婉又最简单的暗示自己"价格不菲"的办法，就是告诉全世界：与自己有过情爱纠葛的男人，是多么不同凡响。

果然，友邻见了顿时肃然起敬，回了个："厉害。"之后连续几日，无论她发的内容多么无病呻吟，友邻都会认认真真地点个赞。

这几日，她又明显感觉到瞿一芃对自己的冷落，打开豆瓣，忽然想起那个常常给自己点赞的友邻，顿了顿，发了动态："知道吗？我看过的最虐心的小说是我和你的聊天记录。"

果然，第二天友邻回复了："谁又欺负你了？"

何知南深情款款地说："陷入一段感情，我觉得自己快要被搞得死掉了。"

下一秒系统提醒："你有一条私信。"那个友邻选择了私聊，连称呼都变了："傻，没有人值得你这样。"

过了一会儿，友邻又问："要不要加个微信？"

孙涵涵觉得何知南很强大，因为无论何时，她都能够想到办法取悦自己。藏在她微信里"乱七八糟不想理"分组的那些殷勤的男人，就像女人腰部的脂肪，平时被人发现会显得有些难堪，可当你遭遇重创，被困在凄凄茫茫的死角叫天天不应时，反而是那些脂肪灼灼燃烧，带给你足够的能量，帮你挨过艰难时刻。

何知南带着咬下一口炸鸡贮存脂肪的决绝，又往她的"乱七八糟不想理"的分组里塞了人。

瞿一芃以一个不告而别的方式彻底从她的生活里消失了。微信不回，电话不接，就在何知南开始幻想他是不是检查出绝症才不得不分手的时候，瞿一芃发了一条朋友圈：

一片蔚蓝的深海景色，两只牵在一起的手，配文是"Wonderful holiday！（精彩的假期！）"，定位在大溪地。

在看到朋友圈的那一刻，何知南更伤心了——

他竟然不是死了，而是真的懒得搭理自己。

怒火冲上心口，就在她打算痛骂罳一芃时，老板敲了敲玻璃门，宣布集合开会，何知南才放下手机，大家陆陆续续起身时，她听到了实习生的唏嘘："J姐请假了，听说去了大溪地潇洒。有钱真好！"

何知南的笔一下子落在地上。

下班后何知南直接去了酒吧，一个人点了一杯苏格兰威士忌，不加冰，喝完了再续。午夜时的三里屯四处闹哄哄的，到了凌晨3点，每一棵树下都蹲着一个呕吐的人。她不负责任地告诉自己，这回要把自己喝到烂醉，然后被当成"尸体"捡走。

"捡尸体"是到处都有的现象。半夜喝到烂醉的女生往酒吧门口一躺，像是商场里过期的打折商品，琳琅满目，带着廉价感。"捡尸人"居高临下地看着，统一是白花花的大腿和胳膊，头发乱七八糟地散在一旁，剥离了姿色、尊严与身份，就像菜市场被屠夫用大刀切下、随意扔在案板上的肉。吸引人眼球的，也不过是身上那点动物器官。

深夜，醉酒，一个人。三个因素合成一个无声的邀约，意味着任何人都可以将其带走。

何知南喝得凶猛，酒吧服务员早已见怪不怪，日日都有这样的男女，自己灌自己，姿态潇洒，那叫一个漂亮。他会提前让他们买好单，几个小时后，冷眼旁观，看他们跌跌撞撞出门，找个地方呕吐，最终如愿以偿地倒下。保安在这时候会尤其殷勤，奋力扶着东倒西歪要出门的客人，以防他们倒在自家门前的台阶上，影响了其他清醒又爱干净的客人。

最终何知南醉醺醺地出了门，歪歪扭扭走了两个路口，见到两个倒地不起的女人，路旁一个男士逡巡着，点了烟，像看货物一样比对着——带哪个回家？他甚至伸腿踢了踢，其中一个人不耐烦地动了，男士想："行吧，我喜欢有点反应的。"他拽着动了的那个，拉了她的胳膊挂在自己脖子上，半蹲着就往旁边停着的车走去。

那"尸体"本不胖，可醉酒的人总是格外沉，像一摊泡了水的猪肉。何知南迷迷蒙蒙看着那个"捡尸人"扎马步般弓着腿，一步一步地带着女子往前移动，挪了几步，受不住了，终于将胳膊一松，"尸体"像散了架的人偶一般"啪嚓"一声倒在人行道的绿化带上，发出巨大声响。

何知南一下子清醒起来。

她立刻告诉自己：不行！再怎么样，也不能让别人把自己当"尸体"捡走。她趁着自己还有几分清醒，急急忙忙掏出手机在路边扫了一辆共享单车，蹬着车奋力往家的方向骑，冬天的冷风呼呼地像刀子一样刮在她的脸上，这么骑了几百米，她被冷风灌得越发清醒起来。

她突然想到，瞿一苨这时候在干什么？骑在那个老女人的身上？念头飞起，心痛到骨子里。

她万万想不到瞿一苨和自己在一起又和自己分开的真实原因。在何知南的脑袋里，翻来覆去的都是爱情与魅力。

她实在不懂 J 姐到底哪里好，哪怕喝了再多的酒也无法释怀。她觉得自己年轻又聪明，会选择出最有品位的音乐和电影。

何知南对自己的魅力总是处在自卑与自信两个极端：有人爱的时候，极度自信；受到质疑的时候，又极度自卑。但她不知道，之所以会有这样大的波动，归根结底，还是因为自卑。因为自卑，她才会把品位都当成值得骄傲的点。

最后何知南疯了一般地骑车总算回到家里了。暖气扑面而来的那一刻，她将外套剥去，丢在沙发上，然后摸了摸脸，脸被路上的风吹得像旱季的地皮。看了看时间，此刻是凌晨 3 点钟——她十分想倒头就在床上睡下。

最后她还是洗了脸，敷了面膜，又搽了厚厚的一层乳霜。

临睡了，她回顾今夜，心满意足地在床上嘀叹，打开豆瓣，发送了动态：

"真正的都市白领，不论遭遇什么，请记住：你永远都要精致，永远都要对自己好一点。"

一分钟后，友邻点了赞。与此同时，微信提示有消息传来：

"还没睡？"

26. 老男人

何知南想了想回复："失恋了，睡不着。"

第二天她和孙涵涵半是抱怨半是炫耀自己昨晚喝多了酒，却抱着死活不能被别人当成"尸体"捡走的决心，毅然骑共享单车回了家，凌晨到家了不算，还敷了厚厚的面膜、洒了薰衣草睡眠喷雾才睡觉。

说完了，她问孙涵涵："是不是很有都市女郎的气场？"

自爱又独立。哪怕 2019 年了，亦舒小说里女主的派头依然活在每一个在大城市打拼的白领心间。但孙涵涵回复的是："呃，真正的都市女郎，会一个人去三里屯灌自己酒吗？"

何知南没好意思说是因为失恋。

但她上一次失恋，是一个人在万泉河边，孤零零坐了一夜，坐到料峭的风吹得眼睛和脸发疼。第二天她摆着麻了的腿回宿舍，在卫生间里用凉水冲洗自己，簌簌往下落的，除了眼泪还有脸上被风吹了一晚上起的皮屑。那年她 16 岁。

何知南第二天和豆瓣上的那个友邻聊了一整天，知道友邻是个搞金融的大叔，年过四十，微信名字叫作"K"。她又让自己敞开心扉，说笑话似的把自己的失恋蠢事说了一遍，K 在另外一头感慨："知南，你真是一个情痴。"

感慨里带着几分可惜，好像他的潜台词是："这么多的痴心，怎么不分给我一些？"

何知南想男人果然都是这样，喜欢看女人为自己流泪。

又聊了两天，话题不由自主地越来越骚，K 正式约了何知南吃饭，她再次雀跃起来。孙涵涵在等车的时候问何知南在干吗，何知南怀着颇为激动的心情宣称自己在和新对象吃饭。

孙涵涵目瞪口呆，问："瞿一芃呢？"

何知南总算可以接受这个事实，回答："哦，掰了。我觉得他还是特别俗气。"

孙涵涵问："怎么俗气？"

何知南想了想，抱怨起来，说："他不爱看电影，对艺术也没有追求，连夸赞人的用语都是'哎，这姑娘很厉害，因为她刚买了3万元的大衣'。他的脑子就像个计算器，什么东西输入进去了，都会转化成数字贮存起来，只有转化成数字了，他才有一丢丢的概念。"

孙涵涵反而解释说："但是这个世界本质上就是俗气的。俗气的人了解世俗的规则，反而最后都过得比脱俗的好。"

何知南也并不是真的嫌弃瞿一芃的俗气，她只是想找一个借口证明是她甩了瞿一芃。瞿一芃在她眼里哪儿都好，真要强行嫌弃，总不至于说瞿一芃床上功夫不行吧。

这个讨论最后变成了孙涵涵问何知南后续和这个K如何打算，何知南轻描淡写地回复了一句：

"吃吃饭就完了呗，谁想睡40多岁的老男人啊？"

孙涵涵没回复。

过了两分钟何知南才有些惊慌地感到自己说错话了，可已经无法撤回了。

第二天，孙涵涵正躺在40多岁的男人旁边。清晨的阳光照进来，透过窗帘的缝隙在墙上投下了一块光斑，投在周斌略微有些发了灰的眉毛上。

周斌过了一会儿才醒来，在被窝里捏了孙涵涵一把，就自顾自起床去洗手间了。

两个人现在是一周见两次面的频率，似乎形成了默契，绝口不提他妻子的存在。而曾诚也像换了一个人一样，对周斌低眉顺眼，温柔起来。

曾诚的思想比较老到，既然周斌已经和孙涵涵睡过一次了，那就不介意他们再多睡几次。她现在要做的，就是令周斌陷在这个"家里红旗不倒，家外彩旗飘飘"的温柔乡里，既然妻子和小三可以两全，和和美美，那么周斌就不会再有离婚的动力。倘若孙涵涵还要闹，那就是自个儿沉不住气。

韩苏听了她的办法，忍不住拍掌大笑，想了想又问："姐啊，那如果孙涵涵也沉得住气不闹，你们就这么和和美美下去？"

曾诚说:"看你就没经验了吧,这个年纪的女生的黄金时间就那么几年,过了就要低价抛售。她如果真有点脑子,就不会把黄金时间用来做小三的。"

韩苏点点头,曾诚又笑着说:"这也是点你呢,你可也老大不小了,在香港没有情况?"

韩苏一愣,赶紧敷衍了过去。

周斌现在仅挑曾诚出差的时候来孙涵涵这里过夜。前几天新闻说香港赌王刚刚得了长孙,网友热评是"奚贵妃这一胎可以保一年荣华富贵了"。

孙涵涵当时瞪着这个评论,"贵妃"两个字刺眼,让她差点流下眼泪来。她觉得现在自己独守空闺,过得就像周斌冷宫里的女人一样,可不就是个"妃"?

于是周斌来了,她便寻着空隙期期艾艾地说:"这个家冷冰冰的,你来了才有一点温度。"

每当这时候,周斌的表情都会在一瞬间敛起,讪讪地转移话题。

有一天孙涵涵催得急了,周斌发了大火,摔破了两人买的情侣杯子,一周后才又来见她,拎了个LV(路易威登)的老花包放到桌面上。

孙涵涵佯装喜悦,心里却想到昨天莫妮卡的微博晒的又是一个爱马仕凯莉包。

孙涵涵如今冷眼看着周斌,觉得他早就过了当初追自己时那个像毛头小伙子陷入爱情的激情阶段了,现在的周斌是斤斤计较的中年人。女人的热恋期永远比男人长上那么一段,一旦男人率先从热恋的气氛里走出来,女人的脑海里回荡的就是那句:他好像只是短暂地爱了我一下。

因为爱,所以自私,容不下瑕疵,哪怕明明知道有瑕疵,也得誓死装作看不见。但她又混乱起来,分不清楚她到底爱的是周斌,还是"周斌妻子"的名头以及背后的一切。

倘若爱的是周斌,她是不是满足现在的状态就可以?

倘若她要的是"周斌妻子"那个位置,那周斌给不给呢?

…………

越陷越深,孙涵涵突然发现,自从她住进活力城,很多事情就开始乱了。她不再是独立、完整的孙涵涵,而开始受制于人,期待他的赏赐,期待他的光临，慢慢地变成他的附属品。

正这么乱想着，周斌从洗手间出来，解了浴袍就要换上衬衫，孙涵涵冷眼看着他一颗一颗地扣上纽扣，系皮带，脖子上挂了领带，然后见周斌拿眼风斜自己，带了调侃语气地命令："不来帮帮？"

她不知怎的，心里冒出的话是："孙贵妃，该伺候皇上更衣了。"

她挪过去，接过了领带，手指翻飞，系了一个漂亮的温莎结，心想着一会儿要勒得紧一些。可男人永远不知道女人的心肠，此刻的周斌觉得眼前的一切十分赏心悦目，又见美人似乎带着气，起了戏弄的意思，手不安分起来。

孙涵涵重重拍开他的手，问："周斌，你今晚来吗？"

是周斌，不是周周。

周斌皱了眉头，立刻扫了兴，想着大早上不宜动怒，耐着性子哄她："今晚她回来了，涵涵乖，我下周来看你。"

她！她！她！为什么我们中间永远有她！从透明变得越来越清晰，像横亘在两个人之间的一具尸体，而自己呢，则成了一个越来越暗淡的鬼魂。

孙涵涵没忍住带了哭腔说："下周看，下周、下周又是下周。我是你的什么？藏在角落的宠物吗？猫一天不见都会挠你呢！何况人？你答应过我的离婚呢？"她一边说一边捏紧了手里的领带，将领带结用力拉着，直直地往周斌的脖子而去，带着凶猛又怯懦的气势。

周斌觉得喉咙一紧，赶紧劈手狠狠夺过领带，将身子扭向另一边，烦躁起来："你要勒死我吗？！怎么又是这件事！你以为我好过吗？我才是夹在中间没有喘息机会的人！"

说完，他拿了外套，又瞪了孙涵涵一眼："不可理喻！"接着开门大步离去。

孙涵涵捂着被周斌刚刚夺领带时弄疼的手，气得抓住枕头一边尖叫一边撕扯起来，尖叫声慢慢化成了哭腔，喊累了，终于伏在床上嘤嘤地哭了起来。

也不知哭了多久。

孙涵涵拿出手机，愤愤地给何知南发信息："周斌这个垃圾！"

何知南回:"什么情况?"

孙涵涵揩去眼泪,脸也顾不上洗,恨恨地说:"我要报复他!要搞死他!"

何知南还是一头问号:"怎么搞?"

手机屏幕显示"对方正在输入",何知南等了好久,总算等到了,那头说:"我要狠狠花他的钱!再'绿'了他!!"

27. 金丝雀

何知南看到"绿"这个字,心里起了几分不屑。

倒不是觉得出轨是多大的罪孽,只是觉得,孙涵涵并没有一点做别人小三的自觉。

金主给你钱、给你房,买你的时间、身体和可以为他提供的情绪价值。本来人家看重的就是你的青春和爱恋,你受多少委屈、忍多少屈辱都是应该的,把这个当成工作,反正,人民币会给你找补。最烦的那些人是什么样的?是做了小三,却偏偏还要宣告自己是在追寻真爱,男人要,钱也要,捧着一颗玻璃心还来上职场,忍不得半点委屈。

何知南冷眼看着屏幕上孙涵涵发过来的那个"绿"字,就像冷眼看着团队里刚来的助理律师,事事做不好,却还偷偷在微博上抱怨:"人间冷漠,我要跳槽。"

但何知南嘴里还是甜的,回给孙涵涵的话是:"哈哈哈,你打算怎么'绿'呀?"

孙涵涵没回答,反而给何知南搬了一个大瓜——莫妮卡在微博上被人扒了。

微博上新兴起了一个账号,叫"专扒网红白富美",莫妮卡的粉丝数量刚过3万,算不上网红的范畴,可不知怎么回事,几个小营销号纷纷转载起来。莫妮卡在网上立的是高智商、高学历人设,法学院没毕业就在顶级律所的涉外诉讼部实习,实际上英语差得一塌糊涂,连六级都没过。而她能去顶级律所实习，靠的是一个 40 多岁的金主。金主的照片也很快被晒了出来——大腹便便，肥头大耳。

何知南认出这就是莫妮卡的老公，A 所的合伙人。底下有网友评论："难怪呢，又老又丑，每次她在微博上秀恩爱，都不敢秀老公照片。"接着又有人扒出来，莫妮卡一直自诩"白富美"，其实家境连小康都不算，甚至可谓贫寒，本名叫作黄丽梅，当初考上了名校，村委会还给了奖励。又有匿名的大学同学出来爆料，说她当初读书的时候就特别穷，连舍友新买来的 H&M 包包她都借着背。

这些孙涵涵都知道。但没想到，微博底下又有了更新的爆料，说她以前穷就算了，就连现在在微博上炫富时晒的包包和鞋子，也全部都是水货。

帖子里还晒出了专柜正品和莫妮卡微博的包包图片的细节对比，一看确实不一样。讽刺的是莫妮卡最新的一条微博，还是感叹自己去年虽然花了几百万，但不知怎的，户头的钱却从来不见少。

何知南目瞪口呆："她老公确实挺有钱啊，不至于让她买假货吧？"

孙涵涵说："我也奇怪。"

等到上班的时候，何知南没忍住和同事八卦起莫妮卡的事情，其中一名和莫妮卡的老公有业务往来的同事一脸神秘地说："我们上次有个聚餐，她老公将她带出来，你猜当时在座的男士对她的第一印象是什么？"

何知南想了想莫妮卡在微博上不是露乳沟就是露大腿，布料总得少一块的架势，坦诚回答："娇媚？性感？"

同事斩钉截铁地打断："错！朴实！"她当时老老实实地穿着一件米色高领衬衫、高腰天鹅绒运动裤，显得腿长、腰细、胸大，明眼人看得出她身材惹火，却不觉得是低级又刻意显露的性感。她看起来老实又温柔，说话轻声细语的，看着自家老公的眼睛里全是星星。脚踩一双三叶草板鞋，连拎着的包都是普通小女孩喜欢的款式；更绝的是，包里还有两本书，一本《百年孤独》，一本泰戈尔的《飞鸟集》。

就连她的老公喝多了，都会和男同事美滋滋地炫耀："我老婆就是一个女文青，整个脑袋里成日都是爱来爱去、春花秋月那些劳什子，和外面爱慕虚荣的女孩子不一样，简单得很。"

何知南这才知道什么叫作手段高超。

所以莫妮卡的双面人设经营得辛苦，在老公面前朴素，不敢真的花大钱买包包。但孙涵涵认为，尽管莫妮卡的包是假的，但坐上阔太太这个位置却是真的。她能傍上金主，也是煞费了一番苦心，至少她知道——这群狡猾的老男人，真正愿意娶回家的，还是宜室宜家的主。他们会愿意不断给你送包、送钱，是存了把你当成一个短期消耗的物品的心思，就像每个月支付租金。

孙涵涵从莫妮卡的经历里想明白了：若把男人择偶比作置业，想做他的老婆就得不断提升性价比，直到物美价廉，他才愿意买下。如果仅仅有爱，这个男人也只肯把你当成一间可以长租的公寓，不乐意随随便便买断一辈子。

而此刻周斌与自己之间，分明签着一份"租赁协议"。

活力城里的暖气开得烈，一到冬天就热得人发晕。孙涵涵总是习惯将房间的窗户打开一条小缝，注入一些新鲜的冷气来。而今夜风大了，周斌没有来，她一个人在家，听着狂风在夜里穿梭、席卷，拉风箱一般发出各种声音，好像一只巨大的幼兽在楼宇之间捣乱，想引人注意又不得法，只会拼命摇晃着绿化带出气。树叶惊惧地沙沙作响，而冷风一点点灌进屋子里，孙涵涵没来由地打了个寒战。

她突然发现这装修精致的房间里的一切都与自己无关，这一个月来，她沉迷在一个不属于自己的世界里，等待一个不属于自己的爱人。这间屋子，困住了自己。

一周后，消了气的周斌打开活力城 17 楼的住户门，发现里面竟然人去楼空。

周斌惊讶，打给孙涵涵就问："你搬走了?!"

电话那头传来她懒洋洋的声音："对啊，住得不舒服，所以就走了。"

周斌气恼地说："怎么搬走了都不和我说？闹什么小性子！"

孙涵涵的声音娇娇的："搬家很容易的嘛，周周，你不要生气。"

他没好气地又问："你搬去了哪里？我来找你。"

结果电话那头没了音，周斌着急，才听见对方不徐不疾地吐出几个字：

"我不告诉你。"

乍一下失去了掌控权，周斌被打得措手不及。他沉住了气，只好哄道："涵涵，下班我来你办公室楼下接你，我前一阵子去出差，带了礼物给你。"

孙涵涵这才表示："好呀周周，那你用心选好餐厅。"挂了电话的孙涵涵神清气爽，拿回了主动权，她才有资格耍一把无赖。

想起搬家那天，工人扛着她的行李下楼，她最后望了一眼活力城，冬日乌糟糟的云和不新的大楼，与眼前灰蒙蒙一片、死气沉沉的气息相称。她相信，活力城的每一栋楼里的每一间小小的窗格后面，都住着一个美丽的伤心人。或许她们刚进来的时候是崭新的，但日子久了，也随着这楼一点点灰了。她以前只笑自己被金屋藏娇，可后来才想到陈阿娇是汉武帝明媒正娶的妻，她不是阿娇，她是差点被豢养在笼子里的金丝雀。倘若是活的还好，可活力城里的姑娘日复一日地发了灰，灰成了绣在屏风上的金丝雀，死也死在屏风上。

她曾以为住进活力城是自己的梦想，而今她才知道，这个角落满足不了自己的野心。

离开时孙涵涵又想起何知南之前的问题——"绿"了周斌，怎么"绿"？

如今她终于可以冷静地回答了："绿"了他也没有任何意义。她现在要做的，是保留自己的选择权——

她要让周斌重新变回她鱼塘里的一条鱼。

28. 遇见

收到孙涵涵短信的何知南，刚刚降落在香港国际机场。

她上一次来香港还是上大学的时候，假期和朋友报了自由行。那时候内地人在香港还颇受歧视，何知南很敏感地发现周遭说一口粤语的港女不是很看得起自己。可她心里仍有股劲，年少的她当时想的出人头地的办法是在香港只说英语。

虽然说得不好，但连比画带猜也不会走丢。有时候，港人会用英语问："你是日本人吗？"

何知南赶紧点头，藏了窃喜，回校的时候装作不经意地跟别的同学吹嘘："还挺神奇的，我在香港老是被认作日本人，笑死人了。"

也有单纯的同学羡慕地睁大了眼睛说："女神你就是我们班的堀北真希啊！"

没想到这两年内地发展快速，演艺圈里的香港艺人们纷纷北上不说，他们的普通话也越来越精，就连台湾艺人想在大陆捞金，也老老实实藏起了台湾腔，和东北艺人同台还试图入乡随俗，时不时嗲嗲地来一句娱乐大众的话："你们儿那儿旮旯儿的口音儿我老儿喜欢儿了！"

台湾人眼里的东北话，就是每个词后头都加一个生硬的"儿"。结果东北艺人听了着急，直劝："别整这些了，我的小老妹儿！"

所以，何知南在香港机场拦了出租车，还带着曾经的记忆，犹犹豫豫地酝酿出一句"Excuse me, I want to go…go to…this place…（打扰一下，我想去……去……这个地方……）"。她把微信上高鹏发的地址递到司机面前的时候，司机皱着眉头瞟了一眼地址与她手里露出了一角的港澳通行证，懒懒地来了句：

"好的，讲普通话就得嘞。"

她气得坐在车里翻白眼。

高鹏说自己的公司最近正处于上市的关键时刻，得时时刻刻盯着，不能来接，只发了地址，是在浅水湾的一处公寓。冬天的香港比北京暖和太多，阳光直直洒下来，透过出租车玻璃烤在身上，经历过北方冬天的人反而喜欢这般被烘焙的滋味。何知南本来穿得不多，一件马海毛毛衣和针织阔腿裤，灰扑扑的，她有心挂了毛衣链做点缀，外面只罩了一件红色格纹呢大衣。怕冷的女孩在北京冬天穿不出门的，到了南方，一切看起来刚刚好。

从机场过去需要一个小时，她闲着无聊，专心致志地与孙涵涵八卦。她没想到孙涵涵动作那么利索，前一阵子还因为周斌哭哭啼啼，每天琢磨着和原配斗法，甚至嘟囔过要给周斌生儿子，转眼就铁了心从活力城搬出来。

她为孙涵涵叫好："你这样很棒啊。男人就得吊着才会觉得你珍贵。绝对不能让他有太多安全感。"她又顺带鄙夷了一下过去的孙涵涵："当时也不知道你怎么想的，还想着给周斌生儿子。我听了都蒙了！"

孙涵涵心里骂道：那你当时怎么一点不劝我呢？

但她嘴上回复的还是："哦，给周斌生儿子这回事，我现在还考虑着呢。"

何知南惊得坐直了身体，发来一句："你疯了？"

孙涵涵却兴高采烈地说："你不觉得周斌是最好的爸爸吗？首先，他不丑，基因好。其次，他有钱，能给孩子最好的教育资源。我要是真找个同龄人上班族谈恋爱，这个年纪正是事业上升期，谁敢生孩子？等事业稳定了，我就老了。高龄产妇很惨的！身材也难恢复！我要是趁现在能给周斌生个儿子，无论将来我们在不在一起，他都能替我养着，我趁年轻恢复身材，之后又是一春！"

何知南目瞪口呆，但这些听在耳朵里也都有道理。她估摸着孙涵涵要走的是豪门弃妇的路线——趁年轻给金主生个儿子，之后分手了也能风光退场，上位了就是正宫娘娘。金主家的儿子往后一辈子都得叫她一声"妈妈"，这买卖确实不亏。

她想了想，试着问："可是这对你的孩子不好吧？你有没有为他想过，他将来会出生在一个不健全的家庭，如果你和周斌不在一起，他没有办法同时感受到父爱和母爱，可能会影响心理健康，也可能会受到同学嘲笑……"

结果孙涵涵说："我这就是在为他考虑啊！贫贱夫妻百事哀，你自己想想，换你投胎，你是愿意做合伙人的孩子，在美国出生，保姆、司机陪伴在身旁，上国际学校，打高尔夫，学骑术，暑假就去塞班岛潜水，寒假就去北海道滑雪，还是愿意做工薪白领家庭的小孩，父母每天'996'加班，掏空了家底就为了想办法给你攒个3平方米的学区房，一到周末就挤地铁带你去补习语数英，每天逼你埋头背书就为了让你不要输在起跑线上？"

何知南一愣，然后听孙涵涵说："父母就是孩子的起跑线——我如果选错了人，我的孩子就输在起跑线上了。"

最后何知南想了很久，只好问孙涵涵："那你爱他吗？我说的，就是最纯粹的那种，一个女人对一个男人的爱。你爱他吗？"

孙涵涵没有回复。

　　这个问题有点难答。她觉得到一定年龄之后，爱情的边界越来越模糊。但本来爱情就是一个人价值观的综合体现。无论起初接近一个人时，是看上他的钱、他的地位，还是他的脸，归根结底，是他身上有吸引你的地方。这些特质构成了他的一部分——"有钱"和"有才华""颜值高"一样，都是优点，都会影响他们的性格、生活方式、脾性还有品位，甚至"有钱"往往还比"有颜值"更重要一点。

　　所以孙涵涵不会像那些当婊子还要立牌坊的人一样，说"我喜欢的是有品位、受过精英教育、举止优雅的出色男士"。她很直白地承认她喜欢周斌很大程度上是喜欢他的钱，以及被钱堆砌出来的一切冠冕堂皇的优点。

　　但也只是喜欢，毕竟有钱的人太多。她想好了，必须等到那个独一无二的、最适合自己的有钱人出现，她才会舍得去爱。如果那个人确定是周斌，她就愿意爱他。

　　可何知南接着回复了，仿佛不怕被痛恨一般直白。她说："哦，我知道了，你不爱周斌，你爱的是他的钱。"

　　过了一会儿，何知南收到孙涵涵的回复，她一点没生气似的反问："那你呢？你确定你爱高鹏？"

　　出租车一路开着，从机场直接到浅水湾，进了市区又出了市区，两旁景色又逐渐开阔起来，一边是蓝绿色的海，另一边是红黄土崖上伫立着的幢幢建筑，笔挺地高耸在茂密的林间，建筑密度比市区稀疏许多，楼与楼之间隔着丛林还有高大的棕榈树，也有几户人家露着青白色的栏杆，花木萧疏。这个季节仍有人在海边玩闹，笑声遥远，何知南却觉得他们的欢乐声隔着车窗玻璃传进来，她的心情也变好了。

　　在北方肃杀的冬天里待久了的人，到了热带就觉得喜庆、放松，想起自己的假期，而浅水湾是再适合度假不过的地方了。

　　高鹏家在影湾园，暂时是租的，他也曾夸下海口打算买下，可惜香港的豪宅有价无市。人到了一定程度会发现钱能办到的事情越发有限，但对另一部分人而言，光想想钱能办到，就已经足够骄傲了。因此，何知南此刻乘车经过，想着高鹏家的钱足以买下一间豪宅，竟然不知不觉有了几分巡视领土的神气。

人到了一定年龄就会变得狡猾，就连在谈论爱情这样的问题上都有许多解法。何知南此刻前所未有地相信自己是需要高鹏的，她是绝对不可以离开他的，因此她可以对自己说：爱的本质不就是一种需要吗？

"当然，我爱他。"她回复孙涵涵。她很想把此刻影湾园的景象全方位地录制成一个小视频发给孙涵涵，可这又会显得自己此刻说的"爱"不够单纯。

好在，孙涵涵没再回复她。

高鹏给了她门牌号，也事先和物业打过招呼，何知南一路顺利经过庭院与山林，哪怕是在冬天，南方始终处处有绿色掩映，一幢幢建筑像嵌在山林间的玛瑙、贝壳一般静谧，给观者肃然起敬的味道。她知道香港寸土寸金，可目之所及的这片地方，对于土地的奢侈、浪费远远超过了北京。

有物业小姐专门领着何知南走，她一身的职业套装就价值不菲，小腿细细的，脚下穿着黑色粗跟高跟鞋，制服领口上仍露出一小截白净的脖子，头发油油地在后脑盘着一个低髻，脸上是全副妆容。她每隔一个拐角就轻轻停下，再伸手示意何知南方向，说一声"这边请"，带着营业性质的笑容和眼神。何知南拖着箱子从小径跟着走过，竟然格外小心起来，怕露了怯，每一步都迈得慎重起来。

楼宇间有一处地方是泛着粼粼波光的，应当是不远处的游泳池折射出的日光。她也不敢多张望，怕显得自己没见过世面似的。然后物业小姐止步，在电梯前替她摁了楼层，又问："是否需要陪您上去？"

何知南赶紧客气地摇头说："不用，辛苦，再见。"

电梯里也有幽幽的香味，走廊里铺着厚厚的大理石纹的地毯，步履无声。到达高鹏家门前，何知南发了微信："我到你家门口了。"

高鹏秒回了密码，说："直接进来吧，我不在家。"

输入密码后，推门是一片黑暗。然后出现的画面，何知南一辈子也不会忘记——

十多个陌生的男男女女从屋子的角落冒出来，她甚至没法第一时间找到高鹏，就见各色人举着喷花、喷筒、香槟就往她身上招呼，齐齐整整又十分喜庆地喊出了一声：

"Hey！ Surprise！！（嘿！惊喜！）"

29. 请君入瓮

何知南的第一反应是高鹏要向自己求婚。

可等到那些乱七八糟的喷花落干净，香槟洒完，何知南冒着金星的眼定下睛来，才发现这个屋子里简直是一窝"妖怪"。

高鹏第一时间走上前来，挽住何知南的手，亲昵地问："南南，喜不喜欢？"可还没等何知南答话，就有一个十分好看的女生水葱一般地冒了出来，搂住何知南另一边的胳膊，眼睛眨巴眨巴地看着高鹏，声音也嗲："你梗（一定）精心准备嘅（的）惊喜，知南冇（不）可能唔（不）中意！"

她特地和高鹏说了粤语，尽管十分不标准，又回头贴近何知南，用普通话问："是也不是？"接着伸出了手对何知南说："叫我 Emily（埃米莉）就行！"

Emily 身材极其纤细，胸前却丰腴得叫人气恼，还故意穿了一件紧绷绷的上衣，宛如剥了皮的小核荔枝，露出的肌肤全是白白嫩嫩的。何知南感觉到她的皮肤贴着自己，是美人特有的香软气息。屋里有中央空调，20 多摄氏度的气温，故而整个屋子里的人都是清凉的春夏装扮。偏偏自己，裹着厚重的长款呢子大衣，不显腰身，刚下飞机头发还乱，仿佛一根长了瘤的木桩子。她一下子自卑得想要瑟缩起来。

但她仍竭力坦然地看着 Emily，伸手和她回握："嘿。"脸上绽出了大大的笑容。她伸手一拉高鹏，亲亲热热地问："咋回事啊，叫这么多人来家里？也不和我说，害我都没收拾。"

Emily 温温柔柔地盯着她，脸上挂着笑，看了一眼，就转身回去了，和另外一群莺莺燕燕站在一起。

高鹏赶紧说："这些都是我朋友啊！昨晚说要给你接风洗尘的。来，南南，我给你一个一个介绍下。"

何知南在心里喊：呸，不知道哪个骚货想出来的馊主意。接风洗尘？我

看更像个下马威。

但她面上仍挤了笑，脱了外套，听话地被高鹏牵着来到第一个女生面前：女生头发短而利落，四处乱扎，却是十分细软的发质，眉毛斜斜向上，像要飞入鬓里，身穿挺括的西装裤子、天青色的丝绸衬衫，耳边垂着珍珠耳环，是个复古又摩登的港女。

何知南悲伤地想起一句话：真正五官明丽的人才敢剪齐耳的短发。

耳边高鹏的声音郑重响起："韩苏。我们公司这次上市的律师，得力干将！"

港女握住了何知南的手，笑着说："久仰。"

她知道何知南要来后就剪了头发，算有一面之缘，何知南应该没有认出自己吧？

何知南笑得讪讪的，觉得只说"你好"似乎太呆，又添了句："我喜欢你的耳环。"

没想到本来利索的韩苏忽然抿嘴一笑，细长的手指轻轻触了触耳垂，眼神不经意地往何知南身后一飞，说："我也很喜欢。"

高鹏有几分不自在起来——

耳环是他送的。

这个给何知南接风洗尘的馊主意是韩苏提的。

就连在场的一群人，尤其是 Emily 这等"妖怪"，都是最近几个月高鹏通过韩苏认识的。

高鹏是死心眼的脾气，明知道何知南对不起自己，却还一心想着要冰释前嫌。韩苏为了拿下这个项目，拉着 Alex 与一干小姐陪着哄着高鹏在香港玩了个遍。一旦高鹏哪天为情伤了心，她一定第一时间冒出来做解语花。

Alex 笑着说："你这乙方做得也算尽职尽责。"韩苏说："我的天，我这根本不算什么，你没见过那些没事给客户充手机话费的，男合伙人陪女客户做头发、上美容院的……律师做得跟销售似的。"

"真只是客户行为？我还以为你看上他了。"

韩苏刚呷了一口果汁，差点没咽下去，说："怎么可能！"完了嘿嘿一笑，圆圆的眼睛笑得弯弯，说："高鹏这种可掌控不住我，还是留给 Emily 吧。"

Emily 是个微博粉丝数不过九万的小网红，微博认证是时装博主，一天到晚在微博上晒九连拍精修照。粉丝纷纷留言:"这个包 / 衣服 / 鞋子太好看了吧! 求牌子!"她再矜持地附上淘宝店链接,日子久了,买买转赞评数,倒是混到了不少淘宝推广与合作。

本来她人常年都在深圳,前一阵子借着韩苏结识了高鹏这样一个人物,难免动了几分心思,有事没事周末总跑到香港来,蹭韩苏家住着,借机也把何知南和高鹏那点破事问了个透。

昨晚大家正喝着酒,高鹏又郁郁寡欢起来。Emily 的眼风来来回回都在高鹏身上穿梭,无论做什么,都是聚精会神地看着高鹏的反应,是以她第一时间便关切起高鹏来,歪着脑袋问:"怎么了? 又不高兴了?"

这么一下,众人的注意力都集中在了高鹏身上。

高鹏支支吾吾地说:"明天我女朋友要来香港找我。"

Alex 当即唱起了黑脸说:"又是她?! 兄弟我和你掏心窝子说,那女的不要也罢了,没必要这样难过。你看看你周围的好女生有多少,至于吗?"

高鹏垂着眼,没说话,梗着脖子只喝酒。

Emily 赶紧清了清嗓子,刚想念"满目山河空念远,落花风雨更伤春,不如怜取眼前人",就被韩苏一个眼神打住了——不了解形势吗? 高鹏显然这时候对女友旧情未完,强行说何知南不好只会让他反感或者察觉到你有所图。得到越多的人越谨慎,因为他们会让人觊觎的东西也越多。

于是韩苏白了 Alex 一眼:"我可是第一次见到高鹏这样的痴情男人呢! 这种好男人现在都绝种了好吗? Alex 你别带坏他!"

Alex 耸耸肩,没说话。高鹏果真抬头对韩苏笑了笑。

韩苏接着说:"可我觉得啊,感情这回事还是要讲技巧的。按照我作为女生在爱情里的经验,说认真的,高鹏,你不能一直惯着她,惯久了,她就会觉得你的感情廉价了。"

高鹏抬起头来一副愿闻其详的表情。Emily 赶紧接话:"对对,我也是这么觉得的! 我是女生,告诉你,渣男虏获我们芳心的秘诀就是……绝对不要给我们太多安全感!"

大家纷纷笑起来。

连 Alex 都说:"是有这么点道理,别说女生啊,男生没有了足够的安全感，也会抓耳挠腮。"

韩苏忙用嘴努向高鹏，示意大家："是不是就是他这样的啊？"

高鹏也不好意思地笑了。

接着大家起哄说要帮着高鹏拯救爱情，给何知南一点点危机感。高鹏憨憨地笑着，点头默许了，Emily 等人七嘴八舌地开始策划起来。他们先是拉着高鹏给在场的女士一人买了一份首饰，然后轰轰烈烈地冲到高鹏家说要布置一个迎接现场，接着严防死守，勒令高鹏不可以去接何知南，并且非要等她一个人千里迢迢上门来。于是何知南开门就见到一群"妖怪"。

此刻何知南的脸有点僵。

影湾园是香港南区的著名地标，前身是张爱玲笔下的《倾城之恋》的地点——浅水湾酒店。高鹏家住的是 Taggart 楼（影湾园 2 座）A 座 15 楼，三面有窗，一面向海，两面是葱葱郁郁的山林。Emily 一边领着何知南在高鹏家四处转悠，一边介绍，宛如女主人接见宾客。

之前大家四散在各处，在客厅里打游戏，在厨房里做饭，仿佛早就熟悉又默契，只有何知南和大家寒暄完孤零零地待在客厅。高鹏和她连单独相处的时间都没有，就被 Alex 和韩苏以"工作繁忙"为由拉到书房谈事。何知南想了想，下了决心一般，决定拿出女主人的气势直接把行李箱拖到主卧。没承想半路杀出了个 Emliy，直接过来，拉了何知南的箱子，亲亲热热地挽着她说："走，还没带你参观参观呢。"

两人进了卧室，Emily 指着卧室旁边的浴缸说："你看，整个家我最喜欢这里。"

卫生间和卧室之间是一扇红木嵌磨砂玻璃的推拉门，平日推拉门开着，一眼就看到卫生间里硕大的白瓷浴缸，像一艘搁浅的船。卫生间的窗户宽阔无比，开了一整面墙的玻璃，刻意透着窗外的一片绿意山林，让人仿佛能闻到沁人心脾的气息，就等着夜晚点上蜡烛，灌了水，从浴缸里游进山里去。

何知南烦透了 Emily 此刻周身散发的女主人气息，心想：你喜欢个屁！今晚还不是我住在这里。于是她笑着接了句："是吗？哈哈，那今晚我可要试一试。"

没想到 Emily 就等着她这一句，眼神亮亮的，拂了拂头发说："一定要的，我昨晚就和高鹏说了哪天一定要陪他在这里泡澡的！你看，这个大浴缸是不是适合两个人一起？是不是好惬意？”

何知南愣在那里。

“这个办法真的好吗？”高鹏与韩苏几个人在书房里，却没真的讨论什么正经工作，几颗脑袋聚在一起，聊的全是感情问题。

韩苏说：“总得试试吧？你先别急。”她的声音始终带着安抚人心的力量，高鹏渐渐放心了。在韩苏看来，律师行业的基础是做好服务，而维系自己与客户之间关系的最重要的情感应该是“信赖”。陪客户吃喝玩乐固然能够加深双方的熟稔程度，进一步固化信赖，但如果真能有效协助客户解决好感情问题，那么往后高鹏对自己的依赖必然会比一千次吃喝玩乐都要来得深刻。

韩苏想要的就是哄好高鹏，满足他所有的情感需求。而 Emily 想要的不过是拿下高鹏，嫁入豪门。在某种程度上，二者的目标是不矛盾的，故而韩苏对 Emily 这般想要拿下高鹏的心思也见怪不怪。

此刻卧室里剑拔弩张，何知南瞪着 Emily 问：“你什么意思？”

Emily 媚媚地一笑，说：“你生气了啊？不要皱眉头，这样会丑的。”

何知南冷笑道：“别阴阳怪气的！现在的女的都这么不要脸了，打算明着挖墙脚吗？”

Emily 也没生气，转了个身走到卧室窗边，看着窗外，一边把玩窗帘穗子，一边说：“坦白说吧，我很喜欢高鹏，你也知道，他很有魅力，今天在场的姑娘们没有一个不惦记他的。我们听说了，你也不是什么好东西，高鹏和你恋爱真是苦。我们谁看了不心疼？他是我们心尖尖上的人，你不珍惜，有的是人想替你珍惜。我劝你啊，真想分手，就赶快。”

何知南没想到 Emily 会如此直接，她的一番话让何知南从进门以来就产生的恐惧与不安变得更加真实起来，何知南的心一点一点慌了。

她与高鹏异地太久，基本是高鹏回北京探望她，在她的印象里，高鹏已经抽象成了微信界面上一个会说话的机器人与在北京时的智能提款机——漫长的异地与退去的激情，让她忘记了立体的高鹏。此刻她猛然意识到，那个爱她的、怯懦的、无限包容她的、嗓子像鸭子一样难听的、鼻子肉的男人，从来不是全部的他。

另一面的他，是即将上市的公司董事长的儿子，是痴情又老实的文艺男青年，是住在浅水湾影湾园的富豪……这些光芒，在那些只认得钱的肤浅女孩子看来，远远掩盖了他身上全部的不起眼的缺点。鼻子肉？声音难听？有点胖？眼睛小？谁会在意这些！

她这才发现自己所处的位置多么危险，仿佛蒙着眼一路走到了悬崖边上，在即将向前迈步的一瞬间清醒了过来，浑身冷汗。她真是世界上最大的傻子，竟然还迟迟不愿意来香港看看！

还好一切来得及！

她没再看 Emily 一眼，转身跑出了卧室，焦急地喊着："高鹏！高鹏！"

高鹏从书房探出头来。

还没看仔细，就见一个人影扑向自己，带着哭腔喊："高鹏！"

众目睽睽下，何知南泪眼婆娑地扑进高鹏的怀里，闷闷地大喊："我好想你！"

这句话发自真心。何知南现在相信了，她看到了完整的高鹏，这个男人值得她爱，她要用一辈子的时间虔诚地爱他。她觉得她的爱能包容他身上那些小小的缺点，他们从高中就在一起了，一路走来，多么真挚又美好！她抵着他软软的肚子，却觉得心都化掉了——就连他的小肚子也这么可爱。"你应该胖一点的，"她在心里甜蜜地说，"胖一点，你的可爱就又多了一点。"

高鹏紧紧地搂着她。

两个不是很好看的人相拥的画面，并没有想象中那么唯美。周围人礼貌地起哄着，礼貌地拍下他们相拥的瞬间。此刻，何知南沉浸在自己爆发的爱意与恐慌里，没看到——

搂着她的人，轻轻地对韩苏眨了一下眼。

30. 包起来

好不容易等何知南红着眼眶舍得从高鹏怀里出来，Emily 赶紧迎上去拉了何知南的手就一把将她拽出来，大惊小怪："哎哟哎哟，可怜的，抱够了就赶紧换身衣服洗个脸啦！"然后佯怒嗔了高鹏一眼："都怪你，让你女人一直穿着这身呢，也不嫌热！"

众人的目光立刻就落在了何知南身上——她还穿着进门时的呢子大衣，头发也在高鹏的怀里蹭得乱糟糟的，在俏生生又清爽高挑的 Emily 面前不仅矮了一头，还显得臃肿。何知南本长相普通，一张脸全赖笑起来时两个伶俐梨涡的灵动，而此刻，她整个人尚未从巨大的情绪里缓过来，显得有些呆滞。别说这些见惯了伶伶俐俐的港女的精英，就连此刻的高鹏看来，她都颇有几分拿不出手。

何知南本能地意识到 Emily 是使坏要拉着自己做对比，比给高鹏看的。她慌乱又自卑起来——可理智告诉她这时候绝不能逃避。她赶紧看向高鹏，伸手拽了拽他的袖子，低声又可怜巴巴地问："高鹏，我刚刚是不是哭得很丑？"

长途跋涉，谁不狼狈？见她此刻这么可怜的样子，高鹏一下子心软了，反而觉得 Emily 有些咄咄逼人，带了"恃靓行凶"的意思。

高鹏拉着何知南，揩去她的泪痕，温温柔柔地说："不丑，南南怎么样都好看。"

何知南立刻仰着头对他亲昵地绽出了一个笑，眼中尚且噙着未干的泪，水润润的，上扬的嘴角边上是两个盈盈的梨涡。

高鹏眼里再也装不下其他人，一边领了她进屋，一边说："早给你买了合身的裙子呢，咱现在就换上……"

看好戏的众人散去。

韩苏去厨房之前，瞥了一眼没好气的 Emily："你太心急了。"

韩苏等人最近常常在高鹏这里聚会，大家玩得也随性，年轻人一起做饭无非买些速食，然后会做饭的人进厨房做些简简单单的菜，七拼八凑，开了酒聊天拍照。

现在厨房里正煲一锅鸡汤，韩苏切了哈密瓜，准备撕了火腿片裹上。后脚 Emily 就跟进来了，一脸不高兴地问要不要帮忙。

韩苏说："你帮我剪几片薄荷叶吧。"

Emily 从超市的袋子里翻出一小盒新鲜薄荷叶，拿厨房剪刀大刀阔斧地划开了包装，拎出一根薄荷枝条来一片一片地剪下叶子。

剪刀咔嚓咔嚓的声音，汤锅咕嘟咕嘟的声音，一时谁也没说话。

半晌，Emily 像是发泄完了，放下剪刀感叹道："难怪晴雯喜欢撕扇子，将薄荷叶剪得细碎，还挺解压的。"

韩苏笑起来："你怎么有压力了？你现在没什么可失去的，最后大不了回到原点。有压力的，应该是别人吧？"

Emily 骂骂咧咧地说："我就奇了怪了。普普通通一个女的，怎么有那么大魅力，高鹏是瞎了，还是品位猎奇啊？你说说，你看出她哪儿好了?!"

"哟，你这么一问，我倒想起了小 A 的事……"

小 A 是两人的共同好友，实打实的"白富美"，交的男朋友不是巨贾豪商，就是青年精英，可最近这一阵子，她却和一个相貌平平的毛头小子打得火热。毛头小子只是在深水埗区开一家二手电器行，长相与身材更是人群里一抓一大把的那种。天差地别的两个人能相识就是奇迹，竟然还爱得缠缠绵绵的。有直白的闺密直接问小 A："你是瞎了吗？"

没想到小 A 深深呷了一口酒，眼神缥缈起来："他的好处，你们这些人当然不知道了。"

语气意味深长。

韩苏接着说道："当你发现一个女人会选择一个看起来和她天差地别的男人时，那只能说明，那个男人一定有着不为人知的好处。反过来也一样。现在你看不到何知南的好，只能说明她的好处是藏在暗处的。"

而另一个道理却是，藏在暗处的优点远远比那些显而易见的优点来得珍贵，也更加危险。韩苏劝她："在发现这些优点是什么，并有把握逐一击破之前，你最好不要轻举妄动。"

Emily 睁大了眼说："可我已经轻举妄动了！那怎么办？"

韩苏耸耸肩，俯下身子把 Emily 剪好的薄荷叶一点点摆在蜜瓜火腿上，开口道："你就这么继续呗，和何知南对着干，反而让高鹏多注意注意你。至于别的事情，反正有我。"

Emily 立刻扑到她身上，搂住她的腰甜甜地说："苏苏，你真是太好了！你是仙女转世对不对？"没等韩苏吩咐，她就抢了盘子，小狗一般殷勤地说：

"我给你端到桌上去！"这么说着，她用指尖小心拈了一块蜜瓜塞进嘴里，嘴被满满当当地撑着，嘴唇嘟嘟的，眼神媚媚地对韩苏一笑。

此刻韩苏心里对她的评价是：好看又狐媚，搭配恰到好处的笨，有几分"成熟女人的身材与 6 岁小孩的智商相结合"的魅惑气息。这个颇为满意的评价让韩苏莫名其妙地产生了一股类似于青楼老鸨的心态，她想的是：此女可教，可以"进贡"给高鹏。

何知南刚进了衣帽间，门一关，就扑到高鹏身上热情地吻他。高鹏搂着她回应。两人缠缠绵绵地吻了好一阵子。

高鹏催促她说："快试穿一下裙子，看看喜不喜欢。"

何知南这才认真地观察了衣帽间，里面整整齐齐挂着一排衣服：休闲的家居服，运动用的网球装、瑜伽服，跑步时穿的 T 恤、运动裤，泳衣，参加社交场合用的连衣裙，干练的西装套装，出席小型宴会穿的紧身包臀裙，旗袍，大裙摆的连衣裙，吊带的、溜肩的、连身的曳地长裙……

何知南惊讶地说："这些都是我的?！"

高鹏得意扬扬地从身后揽住她："喜欢吗？都是给你选的，专门照着你的尺码一件件买的。"

接着他又拉着她看了鞋柜：运动鞋，新款的小高跟鞋、单鞋，拖鞋——毛茸茸的外穿的、光面的居家穿的、在沙滩上穿的，各色的靴子——过膝的、及踝的……也都是她的尺码。

还有化妆柜，里面放着整套的大牌护肤品，几款时兴款式的口红，刚上市的最新款香水，最近最火的粉底液和美妆博主鼎力推荐的眼影盘、遮瑕膏……

何知南愣住了。

高鹏一边献宝似的牵着她在衣帽间与化妆台之间穿梭，一边不住地问："喜不喜欢？喜不喜欢？"

巨大的不安全感袭来——这些哪里是直男会买的东西?！

何知南勉强地笑着，拿起一管遮瑕膏在手上摩挲，问高鹏："这些，都是你给我买的吗？"

高鹏点头说："是啊是啊，都是我亲自买的。"

何知南心里都来不及冷笑，立刻举着遮瑕膏问高鹏："那你说，这是什么？"

高鹏一愣。

"说啊！不是你买的吗？这可是美妆博主推荐的呢，你怎么那么聪明知道买它啊？"她着急，咄咄相逼。

高鹏没想到她会这样，结巴起来："这是唇……唇膏？"见何知南神色一变，又赶紧"招供"道："是我亲自去结账的！可我……我哪里知道这些，我找了朋友参谋，她们……她们一起帮我挑的。南南，你着急什么？这一切都是为了你啊！"

琳琅满目的东西，标签条都没有拆开，最奢华的牌子，最精美贵重的设计。这些是任何一个普通女生在这样一个年龄都难以抗拒的东西。

何知南却越来越硌硬。

这些衣服与鞋子显然不适合她，它们是另一个女人挑选出来的，她甚至能感受到那女人挑选时怀着的奇异心情，连细细密密的针脚里都仿佛绣着那个女人的名字。它们叫嚣着："你不配！你不配！"她甚至可以想象那个女人和高鹏逛遍了香港的商场，一件一件地挑着喜欢的衣服，还打着"为了你女朋友"的旗号。狗男女！她哪里需要这么多衣服？这些东西哪里会哄她开心，只会令她恶心！这是一场场高鹏和另一个女人变相了的、充满了借口的约会！

"她是谁？这些衣服是谁挑的？"何知南咬着牙问。

"你生气了？"

"没有。"

显然生气了。

"没有谁！"高鹏想了想，赶紧解释，声音轻又可怜，像是无害的小鸭子，"是一群人，就是外面那些女生，她们一起买的。对不起，南南，我骗了你。这些确实不是我亲自挑选的，是她们让我这样说的，说是能让你开心……"

说着，高鹏着急了，就要去翻聊天记录。何知南当然不会真的去看——看就显得小家子气了。

此刻气消了八成，她嘟着嘴说："好好好，别翻了！我信你还不行……"

高鹏这才松了一口气。

"你也真是……这样乱七八糟、七嘴八舌买的衣服，我能穿吗？我有自己的风格的，我喜欢简约的你不懂吗？"何知南一边嘟嘟囔囔地抱怨，一边随手抽了一件连衣裙换上了，让高鹏帮忙拉了背后的拉链。

在镜子前转了一圈，她美滋滋地问他："好不好看？"

"嗯……嗯……"高鹏嘴上答着，思绪却一点点飘远。

飘到前几周的影湾园商场——

商场里的灯永远是暖色调的，但打出来的光却不温暖，带着冰冷的矜持。高鹏越来越习惯在这里出没，歪着头看名贵的包包、衣服、鞋子，然后点一点，示意导购拿出来，再包起来。久了以后，他也觉得逛商场是锻炼男人的，比如：刷卡的姿势会越来越帅。

然后下一秒，一个人影从试衣间里出来，穿着此刻何知南身上的这件连衣裙。她很瘦，腰细细的，细出了虚弱。脸是极好看的，明艳又端庄，那时她还是长发。

高鹏双手插在口袋里，歪着头瞧她，觉得她也像是这冰冷、矜持又华贵的商场的一部分，她属于这里。如果她真的属于这里，他也想将她买下来，点一点下巴颏，示意导购把她也一块包起来——一瞬间的念头。

乱七八糟的借口，也不知道是不是借口，他说自己要给女朋友买衣服，硬是将她从公司里拽了出来。

她穿着连衣裙在镜子前转了个圈，感到颇为满意，细细密密的针脚都仿佛写了她的名字。

"韩苏，你真好看。"

他脱口而出。

31. 诱惑

一起吃饭的时候，何知南心想这些人真俗。

看起来都是衣冠楚楚的精英阶层，可聊的全都是些工作、商业、老板和甲方，延伸开了，会谈一谈金融、局势或者商机。

她只是北京律所的一个小秘书，平日里帮老板管管账、贴贴发票，与这一桌人坐在一起，才发现自己无法插入任何一个话题。可平时，她想，高鹏与自己，是一直有好多话可以说的，他们聊孙涵涵的八卦，聊社会事件、音乐、美术，还有高鹏的爱好。而此刻的高鹏仿佛在另一个世界里，拥有另外一拨听众与话题，她越发觉得陌生起来，只好一个劲地埋头夹菜吃。

一群人聊得开心，韩苏注意到了何知南只顾吃菜也不说话，将话题引到她身上："南南请的年假来的？"

何知南赶紧抬头说："是啊，和老板要了两周的假。"

大家又开始说："老板真好，南南你在律所吧？做哪个业务？那么容易就能请两周的假？"

何知南一下子心虚起来，含含糊糊地说："哦，我们老板做国际金融的，张泽锐张律师。"

立刻有人说："认识，我们老板上次还和他吃饭呢。"

何知南更心虚了，若真要聊到业务方面，她完全一窍不通。趁着那人接过话题，她赶紧又埋头苦吃起来。高鹏有些尴尬地坐在她身旁，不知怎的，他也不乐意被朋友们知道何知南只在律所谋了个闲职，于是赶紧转移了话题，指着满嘴是食物的何知南，嘿嘿一笑，说：

"哈哈哈，她是不是挺能吃的啊？看……菜都被她吃光了……哈哈哈。"

所有人一愣，但及时在场面更加尴尬之前，爆发出了一阵善意又热烈的笑声。

何知南绝望地咽下嘴里的食物默默咒骂道："你要是没钱，绝对没有任何一个女孩喜欢你。"

散了之后，韩苏和 Emily 打算打车回家，高鹏问："要不要我送你们？"

Emily 扭头一笑，眼睛一眨，问："担心我们安全啊？"

高鹏愣住。

韩苏赶紧说："不用啦，好好陪你的女朋友。"

Emily 接话说："对嘛，小别胜新婚。"又拿眼睛睨他，幽幽叹了一口气说："唉，好喜欢你们家的大浴缸。"

高鹏果然身子一僵。Emily 满意地携着韩苏离去。

进车里的时候，韩苏好奇地问她："浴缸是什么意思？我看高鹏的神色好奇怪。"

Emily 吐了吐舌头，问她："嗯……你记不记得，我把手机落在他家那次？"

那是何知南来的前一周，他们照例在高鹏家聚会，等回到了韩苏家，Emily 才发现手机不见了。韩苏拨了 Emily 的号码过去，没想到是高鹏接起的，他说 Emily 的手机正巧丢在沙发一角。Emily 火急火燎就要打车去取。

韩苏这才想起来，那天 Emily 很迟才回来，这会儿心下了然，转过头审她："说老实话，掉手机这个鬼把戏，是不是你故意安排的？"

"嘿嘿，还是你聪明。"

那天晚上，Emily 到了高鹏家，竟然还打包了一盒烤羊腰子带去了。高鹏以为她打算拿了手机就走，没想到 Emily 热情地把外卖递上来，说："我绕了半城给你买的呢。"

高鹏一愣："那你进来吧。"

高鹏正在家看综艺，浴室里放了热水正打算洗澡，Emily 一屁股就在客厅的地毯上坐下，开始拆外卖包装，烤羊腰子的味道散得满屋子都是。

Emily 得意扬扬地看他，说："我可知道，哥们儿你有一个北方胃。粤菜偏甜偏腻，我看你每次都不怎么动筷子，哪怕吃，也吃得一点都不香。所以我一直在想啊，香港到底哪里有北方菜，找了好久呢！可算给我找到了一家路边摊有卖烧烤！来嘛，你尝尝香不香。"

高鹏怔在一旁，一时有些说不上来的感触，无疑是感动，但也是新鲜——他长这么大，第一次有这么漂亮又机灵的女孩子，直白地对他表示好感。

他笑笑说："你太有心了吧，我要感动哭了。"

Emily 眼风盯着他，直直地凑了过来："哭了吗？让我看看。"

香喷喷的香水味道扑进他鼻子里，高鹏没忍住，轻轻说了一声："好香。"

"说的是我吗？"Emily 嗅嗅自己，然后又举起腰子，佯怒问他，"还是说腰子香？"

高鹏哈哈大笑起来，逗她："当然是腰子香。"

Emily 气得用手指尖夹起一块腰子就塞到高鹏嘴里，嗔道："堵了你的嘴！"

高鹏乖乖吃下一块，眼睛却一直看着她。她手指又细又白，纤细如葱段一般，人也是，眼睛永远盛着水，总是半抬着眸子看人，不说话的时候，有几分娇娇怯怯的，可一说起话来，利索又火暴。

火暴的还不仅仅是她的脾气。

高鹏蹲在 Emily 边上，居高临下地看着她的低领 T 恤，眼前风光极好。这个女人大半夜上门来，带着一盒烤羊腰子，大大咧咧地坐在自己面前喂给自己吃，是个男的都知道她的意思——

最直白的诱惑。

高鹏从小到大极少受到来自漂亮女性的青睐。他虽然家境不错，但在留学生中撑死了只能算个中产，那时候身边不乏有钱又好看的姑娘，可她们的眼光很少会停留在自己身上。幸而父母这两年的机遇好，让自己莫名其妙地体验了一把一夜暴富的感觉。也因此，听到风声的好看姑娘们一点一点开始贴了上来——Emily 是第一个。

想到这里，他心里不由得产生了鄙夷：果然钱能买到女人的心。

他一边嚼着腰子，一边用霸道总裁的语气命令 Emily："还要。"他想试探，钱究竟能买到多少。果然，Emily 顺从地笑着，又给他夹了一片，喂进嘴里。

他嚼完了，她又喂。

他再嚼，她再笑着喂。

高鹏在心里哼哼："等吃完了这些，我就要把这个贪慕虚荣的女人毫不留情地赶走。"

可等他刚吃完，Emily 就跑去给他倒了水。他闷着头喝水，她一边轻轻地又温柔地拍他的背，一边说："高鹏，你好乖，我喂你什么你就吃什么，你怎么那么可爱啊。"像在对小动物说话。

他一愣，梗在那里。从 Emily 的角度，只看到高鹏藏在杯口后圆乎乎的肉鼻子和淡淡的眉毛，他垂着眼，边看边喝杯子里的水。

有钱又笨拙的男人，怎么看都可爱。想到这里，Emily 连看高鹏的眼光都是温柔的。

　　高鹏不自在起来，他还要将她赶出去吗？这怎么说得出口。他只盯着杯子里的水，一杯水喝得前所未有地慢，忽然想起什么来，急急地放下杯子，冲到卧室。

　　浴缸里的水还放着呢。

　　好在浴缸自带防漏设计，等到了一定水位后，上面进水，下面出水，像小时候的数学题。他虚惊一场。Emily 此时已跟了进来，看了看浴室，叫了一声："哇！"

　　高鹏家的楼层正处于半山，香港夜半的山林是最潮湿的，此刻，巨大的露天玻璃窗外，一半是雾，一半是遍布黑影的山林，间或亮着几盏路灯，在树林的掩映下漏出幽幽的光，像是薄荷酒里的冰块。满山的植物在夜晚散发着叶子味，芭蕉树、香蕉树、栀子花、玉兰花、棕榈……一簇一簇的。隐隐还能听见树林里的虫类唧唧叫着。

　　卧室只幽幽地开了一盏台灯，浴缸旁摆了香薰蜡烛，可惜没有点上。

　　Emily 唏嘘："你倒是会享受，还买了香薰蜡烛配这半山的好景色。"

　　高鹏回答："这是物业配的，我哪里懂这些。"

　　Emily 从口袋里掏出了打火机，点燃了香薰蜡烛，感慨说："这里真好啊，在这里泡个澡真是莫大的享受，泡完了再来一支烟，赛过活神仙！"

　　…………

　　"然后呢？"韩苏问。

　　"然后我就走了啊！"Emily 答。

　　韩苏不信："真的？"

　　"那当然了。我也是有节操的好吗?!"

　　"那就好……可别那么容易和他睡了。"韩苏放下心，毕竟高鹏现在还有女友，太早睡了，他容易把你当成炮友，之后更难交心。

　　而 Emily 见她一脸放心的样子，默默在心里翻了个白眼："这么担心我和高鹏睡了？哼，果然！我就知道，他这个香饽饽，你会一点不心动？"

　　防火防盗防闺密，在 Emily 眼里，真正对她构成威胁的，可不就是身边这个闺密？

　　在高鹏版本的故事里，Emily 说完那句话就脱掉了拖鞋，跳进浴缸里，水将她全身都打湿了，本来就轻薄的衣服变得湿淋淋的，显出许多引人遐想的痕迹来。

她半抬着头，用小鹿一般的眼睛害羞地看着他，头发也湿淋淋的，水像珠子一般一串串地往下流，沿着脖子、锁骨……她唤他：

"高鹏……"

高鹏死死地盯着她，脚脖子灌了铅一般，痴痴傻傻地向她挪了过去，此刻他浑身的血液已经涌上另一个地方，脑子无法思考，潜意识里唯一能得到的结论就是——这是诱惑。

然而，没有人能够拒绝诱惑。如果有，那一定是诱惑还不够大。

32. 绿茶

所有人都出了门后，何知南立刻就垮掉了。她倒在沙发上，歪着脑袋看高鹏："可算走了，老公，你在香港就这么夜夜笙歌？"

高鹏一笑，坐在她旁边，拍了拍她的大腿，问："不喜欢？"

"我觉得他们对我有敌意，尤其是那个韩苏，还有Emily。"

高鹏一愣，没说话，只是问她："这次来几天？"

何知南挪到他大腿上坐下，搂着他脖子腻他说："你希望我待几天呀？"没等高鹏回答，她又悄悄说："我把北京的工作辞了来香港可好？"

没想到高鹏僵了僵，警惕地看她："为什么？"

何知南一下子尴尬起来，有些手足无措地反问："你不喜欢？"

"不是，不……就是我……那个，你爸妈都在北京啊，来玩玩就好，为了我辞了工作来香港，咱要慎重嘛不是……这大老远的……"

支支吾吾。

何知南心知肚明想："你果然就是不喜欢。"

女人永远爱试探，尤其是患得患失的时候，越不安越想试探，而越试探就越不安。但她还是尽可能地忍住不安，继续试探他："我来香港，我们就不用异地了，天天见面不好吗？老公，还记不记得，你以前说要养我，说等我愿意来香港了，就让我每天去中环摆摊卖包子玩。"

高鹏听了笑起来——又是这个卖包子的论调，他回忆起韩苏的吐槽，充满了兴趣地问何知南："为什么要卖包子？我有次和韩苏开玩笑说起来这事，她还笑你呢，她说，你应该不知道，在中环上班的白领上午不吃包子的。"

何知南一下子窘迫起来："包子有什么不好！北京国贸的白领都吃包子，香港中环的就不吃了？香港就这么了不起？我来香港发现他们都还在用现金，连移动支付都没有，还装什么国际大都市呢！"

高鹏懒得和她争，笑着说"是是是"。何知南一下子没趣了，从他大腿上站起来，看着一屋子聚会后的狼藉说："家里乱七八糟的，还得我帮你。"

她想展示一下自己的贤惠，低头就开始麻利收拾——虽然不如他那些朋友好看，但起码是宜室宜家、会过日子的。

结果高鹏在一边懒洋洋地看着她说："别折腾了，你弄也弄不好。家里有菲佣，今天周日她放假，晚一点就回来。"说着从沙发上起来，去厨房倒水喝。

何知南放下手中的餐具，怔怔地看着高鹏，觉得他前所未有地陌生。

上次见他是什么时候？中秋？不过就是几个月前。那时候他还是个老实的愣头青，像是刚刚装修完毕的取款机，崭新、虔诚，她领着他走进任何一家商场，他忠诚地刷卡。而再之前呢？他就是一个家里有点小钱的普通男人，胖、丑、声音难听，他们是世间最平凡的情侣，他会省好几个月的钱给自己买一个奢侈品包包。何知南突然怀念起过去的高鹏来，那时候的他至少是生龙活虎的，浑身上下散发着的也是仅仅属于高鹏的气息。

可现在他一下子变了。变懒、变不耐烦——"懒"与"不耐烦"是属于有钱人的特征：他们的时间有限，而资源太多，所以无暇分身，太多的选择让他们懒得花时间在不感兴趣的事情上，一旦发现无聊，就立刻不耐烦地打断。他们不怕得罪谁，不怕错过谁，不怕失去谁，因为他们拥有的太多。

高鹏的身上隐隐泛出来的那股懒气与不耐烦的劲，被何知南敏感地捕捉到。她当即放下餐具，拉了椅子坐下来说："高鹏，我要和你聊聊。"

"聊什么？"

"我觉得你变了！"

这是情侣之间吵架常常会出现的词。倘若后面跟着的是省略号，则代表惋惜——"你变了……"语气凄清；而跟着叹号则代表愤怒——"你变了！"潜台词是：你应该意识到自己的问题出在哪里。此刻的何知南还是愤怒更多一些，她觉得高鹏现在散发着的完全是"浑不论"的富二代劲，她无法应对，甚至觉得恶臭。

可高鹏"浑不论"地坐下，"浑不论"地拿出手机，摁了几下，点出一个界面，再"浑不论"地将手机扔给何知南："那你先解释一下，这是什么？"

"一爱知南"的微博账号。

何知南瞬间目瞪口呆，触电般手脚发麻，又像是被重重击了一拳，舌头也麻了，结结巴巴的。大脑却仿佛被置于高压之下，在危急之中激发出了人类的求生本能，奋力地思索起来。

"我……我……"大脑还没组织好语言。

高鹏早就知道了？那为什么还要让自己来香港？胡乱的揣测中，好在眼泪足够争气，第一时间流了出来。

何知南在这样的情况下竟然有空庆幸自己做过风靡网络的"绿茶婊"测试。10个情景，10个选择题，何知南得了高分。唯一错的一题是："你的男友发现了你和别的男人的暧昧记录后，大声质问你，要与你分手，你如何反应？"何知南当时选的答案是："默认分手，在朋友圈发'缘起缘灭奈若何？'。"那时她想，分就分吧，反正男人有的是。

而网络提示的正确答案却是："你应当眼圈一红，哗地流下泪来，眼巴巴地看着他。"毕竟，高鹏只有一个。

当时孙涵涵也做了"绿茶婊"测试，愤愤不平自己只得了3分。最令人生气的是——她第一题就错了！她对着何知南大怒道："这个题太假了吧？'绿茶婊'的样子怎么可能是'普普通通'，不应该是温柔漂亮吗?!"

何知南笑吟吟地对她说："这你就不知道了吧，'绿茶婊'的核心是看起来无害、可怜，却暗藏心机。而长得好看的女生，第一印象就给人敬畏感与威胁感，撑死了是个'婊'，绝对不是'绿茶'。"

孙涵涵又问："那你几分？"

何知南一愣，赶紧说："我啊……我才两分呢！你说，我惨不惨？长得不如你好看，得分还比你低。这辈子没救！"

孙涵涵顿时起了安慰的心思："不要这么说！你可爱啊南南，你的梨涡就很好看。"

露出欣慰一笑的何知南当时心想："看来孙涵涵永远不会懂得'绿茶婊'的精髓了。其实翻来覆去不过是四个字——'惹你心疼'。"

此刻何知南完美演绎出的正确答案果然让高鹏一愣，他还不习惯女孩子的眼泪，不自在起来，声音粗犷地吼她："你哭什么！"

何知南又低了头，声音怯怯地说："我被骗了。我在北京太寂寞，经不起诱惑，我很傻是不是？我把每一个男人都当成你，我太想念恋爱的感觉了，我真蠢……"

高鹏没说话，喘着粗气坐在她对面，短短的脖子缩着。他不好看，却很珍贵。

这个想法让何知南着急起来，满脸是泪。她想从椅子上站起来去拉他，可一只脚像灌了铅似的，只有另一只能动，在慌乱中，她被自己绊倒，"啪嗒"一声摔在地上，连衣裙的裙摆像花朵一样绽开，铺了满地。何知南双手撑地，一脸狼狈，像是话剧里悲情的女主。

她满脸是泪地面对高鹏，高鹏居高临下地看着她。她向他爬过去，尽量让自己更加狼狈、更加可怜，她戏剧性地拽着他的裤角，带着浓浓的哭腔问："高鹏，你原谅我好不好？我不要工作了好不好？我什么都不要了，我来香港，我和你在一起！我们安安心心在一起，我保证以后再也不犯错了！再也不犯错了！我一直是爱你的！我是爱你的，从来没有比此刻更加确定……"

高鹏木讷地看着她。何知南重新勾起了他的回忆、他的悲愤和他的耻辱心。他亦难过，看着她说："那你告诉我，之前在你家里翻出来的那个避孕套包装……是不是你的？"

"不是！"何知南猛烈又使劲地摇头，头发也散了，泪也乱了，声音尖厉起来，"我们没有做过那种事情！一次都没有！我们……就出去约会过几次，别的什么都没有做过，我和他出门的时候都想着他就是你！高鹏，你要相信我！我哪里会是那种女人？"她竭力睁大了眼睛，凸显自己的无辜，泪水满满地装满眼眶。她的声音都哭哑了。

高鹏沉默了。此刻的何知南满脸是泪，头发乌糟糟地乱成一团，裙子却是华丽的。她趴在地上拽着自己的裤子，像一只溺水了的喜鹊，十分可怜。

巨大的不忍心笼罩在他的愤怒之上，他开始反思起来：是的，他一直确信，何知南是最具有道德感的人，他没见过比她更善良的女生。虽然他见过的女生本来就不多，可他从高二就认识了何知南，直到现在，足足十年的时间，他有充分的理由为她的人品背书。她只是一时迷糊了，但他相信，她从来没有对不起自己。也是，她敢对不起自己吗？怎么可能！高鹏突然有了信心。

原本紧紧蹙着的稀疏的眉毛松弛下来，肉肉的鼻子也变得和蔼可亲。高鹏慢慢开口，声音带着嘶哑："你不会骗我的，对不对？"

脚旁的人不住点头。

高鹏终于将手抚上了她的脸，小心翼翼地擦干她的泪。

和好如初？

何知南不敢确信。

换好睡衣的何知南仍然心有余悸地复盘刚刚的场景，她端了一杯水，穿着真丝睡衣在卧室里慢慢走着。此刻高鹏在浴缸里泡澡，浴室的磨砂门半遮掩着，露出里面淡黄的人影，他的心情似乎已经变好了，在浴室里哼着歌。整个屋子，慢慢恢复成了一派温馨的气息。

她松了口气，想：难怪她刚到香港就觉得高鹏怪怪的，觉得他有些冷漠，觉得那些女人有敌意。原来如此。果然，她的预感都是精准的——原来是因为她的高鹏在生她的气！是因为她的所作所为让她的高鹏对她有了芥蒂！

幸而现在，芥蒂消除。

她这么想着，放下心来。她先前的不安多么多余！她竟然还以为高鹏移情别恋了，怎么可能？高鹏还是那个爱她的老实孩子，她把他吃得死死的！哪怕之前他对她有了心结，现在她也成功解决了。那些女人算什么？且不说高鹏对她们有没有意思，现在她来香港了，时时刻刻防备着，他们那么多年的感情，她绝对有信心！

这么想着，她彻底放松下来，快乐地坐在床沿上，摆动着两个脚丫子，一时情动，对着浴室里的人影大喊："高鹏！我爱你！我爱你！"

浴室里静止的人影动了动，仿佛被她吓到："哈哈哈，大晚上的喊什么呢？"

何知南开心地尖叫："你怎么不说——'我也是！'啊？"

这么说完，她就幸福地往软绵绵的床上重重地仰躺下去，又幸福地在被窝里翻滚起来。好大好软的床，她简直像在云朵里徜徉，然后浴室里传来了高鹏懒洋洋的、粗犷的声音："哈哈哈，大晚上了，别闹了……"

她一怔。

你怎么不说我也是？

下一秒，后腰被狠狠刺到。

不好的预感精准地袭来——她缓慢地、不敢置信地，从后腰处，从高鹏的床上，摸出了一枚精致的紫色宝石，嵌金的，显然是另一个女人落下来的——

小小耳坠。

33. 耳坠

"你爱高鹏吗？"

她记得孙涵涵这么问她的时候，她的答案是理所当然的："爱啊。"爱自己的男朋友，没有什么值得怀疑的。然后她看见孙涵涵的表情变得高深莫测，欲言又止。何知南立刻对自己的答案变得不是那么确信了。

"那你为什么还和瞿一芃在一起？"当时的孙涵涵又问。

"一时情动吧。"她和高鹏在一起的时间太长了，激情早已退去，而她却渴望激情。她试着解释："两个人在一起的时间久了，就会变得过分熟悉，生活就像左手摸右手，你知道吧，一潭死水！但如果，我能在生活中引进一些激情呢？比如我对瞿一芃的感情，就很像往这潭死水里投的一颗石头，让我和高鹏本来无聊的情感生活有了波澜，让本来快要死掉的我又有了生机！比如，你知道的吧？男人只要出轨，就会对老婆特别好，没事就买花、买项链给老婆。你想想，在他不会离开老婆的前提下，这种出轨是不是在某种程度上有益于他们的婚姻？"

说起来头头是道，孙涵涵愣了半晌，只能敷衍地回答："你和有中年危机而出轨的男人真的有共同语言。"

何知南翻了白眼，反噎她："你指的是周斌？"

果然孙涵涵立刻黑了脸，迅速反问："那如果是高鹏呢？高鹏也找了个人给你们的死水投了一颗石子，你能接受吗？"

孙涵涵仍然记得，当时何知南的表情在一瞬间变得僵硬，但很快，下一秒她就挥了挥手，大度地说："无所谓啊，只要他不离开我就行。"

而这洒脱的话说了不到几个月，孙涵涵就在午夜收到了何知南语气惊惶的微信——

"怎么办？高鹏出轨了！"

附上的图片是一枚精巧的紫色耳坠。

孙涵涵秒回了一个："？"

何知南已经在第一时间悄悄收起了耳坠。手又冰又抖，但表面上仍是镇定的。她双手捧着手机，快速地点着屏幕，只恨手不够快，不能把心里的话一股脑发泄出来。她记得当时曾诚冒充周斌给孙涵涵发微信抓包时，孙涵涵大半夜给她打了好几个电话，活活把何知南从床上逼醒，孙涵涵从头到尾事无巨细地详述事实，她困得一边敷衍一边怀疑："何苦这么慌？"

但她现在明白了：人在情绪出现巨大起伏的时候最需要倾诉，通过一遍遍叙述、回顾事情，让大脑习惯这个"惊喜"，达到镇定的目的。

可她现在没办法和孙涵涵语音，她要保密。她两手冰冷又迅速地敲击屏幕，把一整天的来龙去脉都说了个清楚。

孙涵涵充满兴致地八卦着，说："何知南，你要放松！今天是什么日子啊，你这个经历一波三折的。要不先查一查是不是水逆？"

高鹏早已洗完了澡，赤裸着上身，只在腰部围了一条浴巾，一出来就看见何知南靠在床上，双手快速地点击屏幕，专心致志，神情严肃。

他笑道："怎么了？和谁聊天啊？"

床上的人面无表情地抬头看了他一眼，挤出一个干笑："和孙涵涵。"

"这么晚不睡？"

"重要八卦。"说完何知南低下了头，心跳声重重地响着，像阵阵鼓声。她不蠢——抓奸这种事情，根本不需要着急，她没必要立刻撕破脸。

更重要的是，现在在香港，在高鹏家，她才第一天来，倘若半夜撕破了脸，她没有地方可去。

高鹏一笑，说："你们女生就爱八卦。"完了往床上重重一躺，拿起手机看起了朋友圈，顺带把脑袋搁在何知南的腿上。何知南的一只手从手机上挪下来，轻轻摸着高鹏软茸茸的头发。

微信里说的却是："他现在就把脑袋搁在我腿上，看起来若无其事……狗男人！"

"保持镇定，镇定啊姐妹！"

"你觉得那枚耳坠是谁的？"

"听你今天的描述，我觉得是那个 Emily。她不是全程以女主人的姿态带你来卧室吗？还说想和高鹏泡澡。这个意思很明显了啊！"

"不不不，Emily 的衣着打扮走的是潮牌风，可这耳坠却是淑女风的，比较端庄的那种，不像是 Emily 会买的。"

"那你觉得是谁？"

何知南心里有一个答案，又想否认。何知南记得高鹏看那个女人的眼神，而女人的直觉是最准确的。事实就是，当你莫名其妙地厌恶一个女人时，大多是因为，你的潜意识告诉你，你爱的男人会喜欢她。

这个潜意识叫作嫉妒。何知南不愿意承认，自己在真情实感地嫉妒她。

高鹏把枕在她身上的脑袋挪了挪位置，抬起头问她："腿麻不麻？"

何知南笑起来："明明有枕头，不愿意枕，现在才关心我的腿麻不麻？"

高鹏勾了勾嘴角没说话，还是继续枕在她的大腿上，但换了个位置，扔了手机，双手轮番捏着何知南腿上他刚刚枕过的地方，嘟嘟囔囔："我给你按摩一下。"

　　从何知南的方向看下去，他背对着自己，只能看到侧面枕着的有些肥大的耳朵，粗短的脖子。随着越加熟悉，恋人之间会慢慢忽略掉对方的皮囊，一样的眼睛、鼻子、皮肤、嘴巴构成的不再是一个好看或者不好看的评价。对她而言，它们构成的是他。她看着高鹏的双手笨拙地在她腿上瞎按，他的大脑袋死活要枕在她的腿上，如此亲昵与依恋。

　　何知南突然问："你是想我的对不对？"

　　高鹏停了手，转过身子来，脸上是无所谓的笑容，他继续躺在她腿上，问："不然呢？"

　　"我以为你不爱我了。"她半开玩笑地说。

　　高鹏慢慢淡了笑，垂了眼，说："我……原谅你了。"

　　"今天刚刚原谅的吗？"

　　"不，从一开始。"他抬头，看向了她。

　　何知南有一瞬间真的想把那枚耳坠拿出来，放到他面前，大气地说："好！那我也原谅你一回，我们扯平。"

　　但她没有。她想她还是自私的，不愿意就这样坦诚，就这样扯平，她意识到她在这段关系里处于下风，她要小心地为自己谋划。

　　于是她摸了摸他额前的头发，凑上去亲了亲他的唇，微笑着说："高鹏，你真好。"

　　高鹏一笑："我确实只对你一个人这么好过。"

　　熄灯的时候高鹏抱着何知南，手不老实地在她身上捏来捏去。何知南笑着挣扎："你捏什么?!"

　　"何知南……"高鹏轻轻地说，"你是不是……又胖了？"

　　怀里的人一下子不说话了，像是被气到了。

　　周遭太黑，高鹏低头看她，只能看到一双大大的闪亮的眸子，他笑了笑，有些遗憾地想，可惜看不到她此刻恼羞成怒的可爱表情。

　　但四周很快亮了起来——一束幽幽的光闪现，伴随一声振动。

　　是高鹏的手机。

　　何知南一下子就绷紧了身体，用竭力装作毫不在意的声音凉凉地问："是谁啊？这么晚了……"

高鹏用不在意的样子说："公司吧。最近不是忙吗？那班券商律师干活到半夜，邮件来来回回的，全都抄给我，手机一天到晚响个不停。别管！"

何知南却在被窝里捅他："你看看呗，也许是重要的事情。"

高鹏被捅得不耐烦，一边从被窝里伸出手去够手机，一边说着："唉，不就公司里的一堆破事，每天烦不……"

话音倏然打住，高鹏瞪着屏幕，脸上的复杂表情一闪而过。

何知南立刻警觉地伸出脑袋去看高鹏的手机，问："怎么了？"

高鹏眼明手快地切换到邮件画面，接着抱怨："出了点事……我……我认真看看……"

何知南看着高鹏，高鹏严肃地盯着屏幕，过了很久，何知南才说了一声："好。"慢慢缩进了被窝里。

她背对着他躺下。他的手上是整个卧室里唯一一点光明，却带来了她心里全部的黑暗。她的眼惊恐地睁得大大的，四肢都仿佛是虚浮的。她紧紧拽着床单，拽得死紧，却还是很无助，心里是空的，她像是浮在了半空中，落不下去。

高鹏紧紧地抿着唇，装模作样地在看邮件。他想，还好他手快，第一时间删了那条短信——一张穿着吊带超短睡裙和连裤袜的性感照片，特地选了夜深人静的时候发来。照片里的人眼神痴痴地看着镜头，头发凌乱，嘴唇微张，跟着发来的下一句话是：

"想不想我？"

高鹏没回，连照片都没敢多看一眼。何知南那一瞥看见的，只有一个穿着吊带裙的人影——

"这么明目张胆的勾引?!"

孙涵涵在第二天清早迅速得知了始末——何知南一夜没有睡好。她能感觉到何知南到香港后对自己的依赖，以及对可能失去高鹏的惊恐。

她一边八卦，一边在心里想，人只有刀割在自己身上的时候才会觉得疼。何知南一贯拥有太多，早就忘记了如何珍惜。好在，人生公平之处就在于，你周围的人没教会你的，社会一定会教给你，而不会珍惜自己幸福的人，也一定会有一个学会珍惜的契机。

"要不你和高鹏谈谈？"孙涵涵建议。

"我有资格吗？我刚被抓到了对不起他的证据……我现在怎么敢质问他在和谁乱搞？"她感到自卑。

"那你想怎么样？"

"我……我放在心里吧。我知道他对不起我，我知道他也没那么好。我……我知道了这些，我以后少爱他一点……我以后……"

"以后出轨就更有底气一点？"孙涵涵翻了个白眼，"你还不如和高鹏谈谈，你俩来一个开放性关系！两个人分头在外边搞，回家欢欢喜喜……"

何知南勉强笑了一下："那样还谈什么爱情？直接分手得了。"

"为什么不分呢？你们现在可不就是各玩各的？"

她不想再回复这个话题了。她听出来孙涵涵看不起她的爱情，因为她在异地的时候反反复复地出轨。但她觉得，人的感情本来就是复杂的，她不是贞洁烈妇，她有自己的情感与欲望需要满足。人们出轨极少是因为彻底不爱对方了，而是因为他们更爱自己。

她会因为瞿一芃离开她而去买醉，会因为瞿一芃对她好而满足虚荣心。瞿一芃彻底离开后，她很快就能缓过来。而高鹏呢？对她而言，高鹏始终不一样。

她相信，人生里的许多人与事就是这样。有些人是你的衣服，买的时候精挑细选、欢欢喜喜，可脱了就脱了，毫无知觉；而有些人却已经进入你的生命，像一层完完整整的皮肤，平时哪里会去注意，可真要撕下来，光想想都撕心裂肺地疼。她与高鹏认识那么多年，有那么多的羁绊，他早已融入她的生命，她相信他也是，否则他不会那么轻易地原谅她。她虔诚地认为，他们之间，在欲望之下，有着更深层次的东西。只是那是什么，她暂时没有想到。

至于那个留下耳坠又半夜撩骚的女人，一定会再次冒出来。她决定先不着急。如孙涵涵所言，这边妖精太多了，她才刚来，第一要务就是先捋清楚人物关系。合纵连横，千万不能乱打一气，傻到与所有人为敌。

沉默了一阵，孙涵涵估计觉得自己话说重了，又冒出来替她分析："最有威胁性的不就是那个 Emily 和韩苏？剩下的小姑娘，高鹏看起来和她们都不熟嘛！不过这事情也不绝对，很多暗地里勾搭的，表面看起来都不熟。反而在人前亲亲密密的，私底下却干干净净。但有一个人，是绝对不会私下里对高鹏发骚的……"

"谁？"

"韩苏。"孙涵涵迅速解释道，"她现在可是高鹏公司的律师，给他埋头干活的！多少人的眼睛盯着呢，她怎么敢挑这种时候，尤其是明知道你还在的时候，对客户爸爸发骚？她要有基本的职业道德！如果真是她，你拿高鹏的手机短信截图往她项目群里一发，分分钟让她身败名裂！"

"那你是让我……"

"接近她！勾搭她！让她心软，让她可怜！和她成为闺密！让她帮你！"

孙涵涵谋划得兴致勃勃的，何知南心里犹豫："她有可能会帮我吗？"

"你不是说她长得特好看？"

"是……"何知南不愿意承认。

"好看的女生都善良！这是真理！你要好好利用她的善良。"因为顶着一张好看的脸，世界对她们也过分慈眉善目，享受过被优待的人生的人，都不可避免地心软又善良。

于是在高鹏出门的时候，何知南跑到门口问他："中午我来找你吃午饭好不好？"

高鹏一愣，说："今天有点忙，只是中午和同事吃个工作餐。我晚上再陪你？"

何知南脸上挂了笑，说："没事啊，我只能待一周，想多陪陪你。"

高鹏想了想才犹犹豫豫地说："今天中午是约了韩苏吃饭，要说工作的事情。你不介意？"

"哦，我还以为是谁呢！这样更好，我昨天见了她就喜欢，想和她多熟悉一下，嘻嘻。"何知南笑呵呵地站在门口吻他，心里想的却是："约韩苏，为什么不一开始直接说？"

中环的午休时间上班族如鱼如流，狭小紧凑的街道两旁高楼林立，更显逼仄。这么直直地仰头望上去，仿佛被两侧拥挤的高楼俯视着，高楼身体的每一片地方都布满了密密麻麻的不透气的窗户，使人心里无端升起了渺小的自卑感。连天也是拥挤的，仿佛每一片蓝都要征收租金一般。何知南默默地想，难怪香港人干活拼命，大中午在这里站几分钟，光是看着这些白领走路，都觉得呼吸急促。

她侧头问身边的韩苏："香港压力很大吧？"

"是啊，但北京也好不到哪里去。"

高鹏接话："你别说，韩大律师工作可是拼命三郎，日日都熬到凌晨两三点。我们公司的王经理脾气暴，性子还特急，和你对接了几次，竟然对你赞不绝口！"

韩苏不好意思了，低头一笑，用手理了一下右侧的头发。韩苏新剪的头发刚刚过耳，侧分着，平时习惯性地露出一只耳朵，另一只耳朵则被头发直直地垂下来遮住。

马路实在拥挤，三个人挤在一起过红绿灯，高鹏揽着何知南，韩苏站在她另一侧，一辆单车歪歪扭扭地从他们面前险险穿过。

高鹏拉紧了何知南说："小心！"

何知南带着笑，也打算提醒韩苏一声，转过脸，正好看见韩苏耳边露出来的，一枚小小的、熟悉的、紫色宝石嵌黄金的耳坠。

何知南的笑容僵在脸上。

身边人流川流不息，但声音一下子停止了，世界在何知南眼里瞬间变得安静，所有的焦点都凝聚在了韩苏小小的、粉粉的耳垂上。直到高鹏猛地拽了她一下："傻！绿灯了！"拉着她们就走，她才清醒过来，乱七八糟的嘈杂的声音再次入了耳。

"韩苏……"两秒后，何知南笑着感叹，"你的耳坠真好看……"

"是吗？"韩苏有些惊讶，侧过头来直视她的眼睛，一笑，"谢谢。"

高鹏接着兴致勃勃地说："哎，她戴耳环特奇怪，每次只戴一只。"

韩苏笑道："谁叫我每次只露出一边耳朵嘛，哈哈哈，省事！"

"那你以后只买一只好了，省钱！"高鹏噎她。

"是该这样，否则我的耳环丢三落四的，很多倒真就只剩了一只……"

两个人你来我往地一人一句，说的却是最微不足道的事，仿佛平日里也这样亲近。何知南只觉得自己的脚步越来越重，心越来越沉，嫉妒到发昏，又痛到发昏。

她不知道自己是如何熬下来的，熬到一顿饭结束。整个饭局是他们两个在主导，聊工作、聊同事八卦，说着何知南的世界之外的事情。直到高鹏跑去结账，问她俩："走不走？"

何知南摇摇头说："你没发现我刚刚一直都不说话吗？"

高鹏与韩苏一愣，眼神关切起来："你生病了？"

何知南抬头看了一眼高鹏，点点头："嗯，你先走吧。我今天不舒服，你让韩苏陪我一会儿……女生之间的秘密……"她试着对韩苏眨眨眼。

韩苏莫名其妙起来："啊？"

何知南立刻握住韩苏放在桌面上的手，期期艾艾地说："你陪我一会儿，好吗？"想起孙涵涵的话，她心里觉得讽刺：据说，长得好看的女生，心里普遍善良？

果然，韩苏点了点头对高鹏说："你先走吧，我陪一下她。女生的事情嘛，男生不要掺和！"

高鹏无奈地起身，对何知南说："有任何不舒服，打我电话。"又看着韩苏说："帮忙照顾一下她，谢谢。"

等到高鹏的背影消失在门口，何知南的手还是紧紧握着韩苏的，只是眼神不再可怜，而是散发着平静。

韩苏侧着头，微笑地看着何知南，尽量克制自己的疑惑："怎么了？我和你好像不熟。"

但下一秒，答案就揭晓了——

何知南迅速端起面前的一整杯水，朝韩苏脸上泼了过去：

"骚货。"

PART 3

想要很多很多的爱

来自爱人的伤害，

是冬日在被窝里摊着肚皮放心熟睡时

枕头旁递过来的凉飕飕的阴刀子，

他熟知你的每一寸要害，手起刀落，处处致命。

34. 珍爱

　　一杯水泼下去，何知南的手都是抖的。她被愤怒冲昏了头，满脑子都是电视剧里女主角修理恶毒女配角的场景。但真下定决心握住了杯子，泼起来却一点也不干脆利落——水柱歪歪扭扭地从杯子里形成软绵绵的抛物线，隔着一张桌子，大半洒在了韩苏的胸前。

　　韩苏目瞪口呆地看着她，眼里有愤怒与惊讶，但更多是被何知南这样畏畏缩缩、不干脆的姿态蠢到了。

　　何知南也没想到是这个局面，本想光明正大地打小三，结果出师不利，好不容易攒足的气势被尴尬代替。

　　但韩苏接下来的反应迅速让何知南恢复了愤怒——她抬手就扇了何知南一个耳光。

　　她冷冰冰地问："你说谁是骚货？"

　　何知南简直气得要发疯，一只手捂着脸就要上去撕扯她。但两人已经引来了周围吃午饭的客人的注意，何知南迅速看了一圈周围，发现不远处一身红色职业装的服务员已经跃跃欲试地想要上前劝架。何知南本就极在乎他人的看法，周遭指指点点的八卦目光很快令她镇定下来。而对面的韩苏早就低着头拿纸巾擦身上的水了，也是一派"我可是正常人，是这个女人不知道发什么疯"的若无其事。

在某一点上，她们是十分相同的——无论背地里如何，人前面子上一定要好看。

何知南缓了呼吸，黑着脸坐下，从包里掏出一枚小小的耳坠扔在韩苏面前，问："这不是你的？"

紫色宝石嵌着黄金的耳坠，与韩苏耳朵上那枚正是一对。

韩苏没回答，用一副愿闻其详的表情看着何知南。

"我在高鹏的床上找到的。"何知南接着说，眼神变狠，"勾引人家的男朋友？这么贱的事情你也做得出来！"

没想到韩苏扑哧一笑，反问道："勾引人家的男朋友？这事很贱吗？"

何知南没料到她是这个反应，也被气笑了："哟？那你的底线可真够低呢。也是了，底线不低，怎么敢去爬别人的床？"

韩苏低头一笑，没理她，像是默许她骂似的，伸手拿了桌面上那枚小耳坠，又从化妆包里掏出一片酒精擦镜纸，仔仔细细地将耳坠擦干净了，往另一只耳朵上一戴，懒洋洋地说："你认错人了。耳坠是我的，但不是我落在你男友床上的。"

何知南嗤笑一声："敢做还不敢认？"

韩苏却懒得理她，拿了包就要走，想了想又说："你试图泼我一脸水，可惜未遂，我倒是结结实实地打了你一个耳光，还挣了一枚耳坠。乍一看好像你亏了，不，其实我们现在才扯平了。"

何知南一愣，不知道她这般镇定，到底葫芦里卖的什么药，就见韩苏起身，将长长的链条包越过肩膀挎到身后，带了愉快的笑："何知南，如果记忆力不太好，就少作奸犯科。我们早就通过电话了，不记得吗？嗯？以后，你叫我苏苏就好。"

苏苏？

熟悉又陌生的名字——

"你是哪位？"

"我……我是他朋友……"

"朋友？我也是他朋友，女朋友。"另一头的女声有点急躁。

"嗯，我知道你的。苏苏。"软软糯糯的声音，带着娇媚的笑，从瞿一芃的电话里传到对面。

…………

模模糊糊的回忆同时在两人的脑海中显现。此刻韩苏站着，看着面前被她成功唤起回忆、吓傻了的何知南，只觉得这个女孩既可怜又可笑：她浑身上下都透着"普通"两个字，唯一非凡的是她的运气。在韩苏看来，运气是最捉摸不定的天赋，只有凭借实力与努力得来的一切才是踏踏实实的。而享受惯了运气福利的人，一切来得太容易，他们便没有理由再去珍惜。

"你……你一直知道……你知道是我……你什么时候知道的……"何知南又急又慌，手也瞬间冰了，她觉得自己在听到韩苏开口说出"苏苏"两个字的时候，浑身的鸡皮疙瘩都立了起来。

从昨天，一场下马威，以她内心恐惧又不安地抱住高鹏收尾；再到后来，提心吊胆的聚会，她自卑又害怕；总算熬了过去，等所有人走了，高鹏却扔出了"一爱知南"的微博账号让她解释；等她哭得稀里哗啦的，对高鹏认错、发誓完毕，以为一切终于结束后，她又在床上翻出了一枚小小的耳坠，是爱人出轨的证据；一夜未眠，直到今天中午，发现耳坠的主人是韩苏，憋了一腔怒火想要兴师问罪，最终出师未捷身先死，被扇了一个耳光不说，还发现韩苏竟然是自己一时兴起戏弄过的"苏苏"。她和"苏苏"当初的那通电话，可不正是在和瞿一芃待在一起的时候打的？难怪韩苏刚刚任由自己骂"勾引别人男友的骚货"，韩苏那时心里不知多畅快！

乱七八糟的思绪与情绪涌上来，她算在短时间内经历了多少个大喜大悲，又是气，又是羞恼，又是后悔。此刻何知南见韩苏要走，赶紧猛地从座位上弹起来，伸手要去拉住她：不能让她就这么走了，她现在见了高鹏会说些什么?!

何知南却一瞬间眼前一黑，周遭像是震了震，喉咙发腥，她这才想起自己今天几乎没吃什么东西，应是低血糖犯了。她害怕自己晕倒，可更害怕韩苏就这么走了，她费力睁大了眼，可眼前的人却是乌黑黑的，重影了一般，像是小时候在大太阳底下吹出的肥皂泡映出来的带着紫光的人影。好在人影没动，她咬着牙对着面前的人影一扑，身子重心却歪了，在那一瞬间，何知南想："完了，完了，完了，我要晕过去了。"

但下一秒，何知南不这么想了，因为，她在抓住韩苏胳膊的那一瞬间，彻底晕了过去。

何知南的上半身倚在韩苏身上，韩苏晃得退了好几步，她双手费力地托着何知南，才发觉何知南胳膊冰冷，头发散乱，一派可怜的样子。何知南的身上带着一股淡淡的香气，20多岁的女孩子身上总会有特有的香气，用Alex的话说，是长年累月使用香水、护肤品以及化妆品等化学试剂腌制入味的成果。韩苏记得Alex说这句话的时候，也凑了过来，在离她足够礼貌又足够亲密的距离轻轻一嗅，说："嗯，比如你，也有一股柠檬马鞭草的香味。"

而正是这股每个女孩自带的香，以及此刻双手冰凉、嘴唇苍白、不省人事的何知南，让韩苏突然觉得，何必呢？

也没什么好生气的，何知南不过就是一个和自己一样爱美又柔弱的女孩子而已。她始终相信，人间女孩子千千万万，她们又美又香，本就应该互相珍爱。

服务员跑过来帮韩苏扶着何知南，用粤语问要不要帮忙叫救护车，韩苏摇摇头说暂时不用，只请他去附近的药店买了葡萄糖来。

何知南被歪歪扭扭地安置在沙发椅上，头枕着韩苏的肩膀。韩苏估了估位置，用拇指紧压何知南鼻下的人中穴，想先弄醒了她再看要不要就医。

果然一会儿，何知南悠悠转醒，脸还是白的。眼神茫茫，一副不知身在何处的样子，与韩苏清清亮亮的眸子对视半晌才想起前因后果，颇有几分不好意思地把脑袋从韩苏肩上抬起，闷闷地说了一句："我……谢谢……我刚刚应该是低血糖犯了……"

"看出来了，先喝了葡萄糖。"韩苏抬了抬下巴，示意桌上的葡萄糖水。

"我没有故意要勾引瞿一芃……是他……他追的我……"何知南看着水杯，慢慢说，"是后来他和我说你们早就分手了……我才和他……"

"无论我们有没有分手，你都不会介意和他怎么样吧？"韩苏打断，"有了女朋友，也许对你而言更刺激？"

何知南一哑。确实如此——她本来就是极度渴望被爱的女人，并在渴望爱的过程中，习惯了忽视自己可能造成的伤害。

"那个瞿一芃不是好人！后来他甩了我！我也很惨的。是我咎由自取！"何知南憋了半天，脱口而出。

没想到韩苏扬了扬眉毛，颇为意外地说："我以为他对你应该是认真的。"

"我不了解他。说白了也就认识几个月。他对我好的时候简直鞍前马后，温柔到能滴出水来。可是呢，他突然就不见了。简直是来也匆匆，去也匆匆，跟厕所似的。"

韩苏被这个比喻逗笑了。她想到了瞿一芃，这个人与自己在一起的几年，也算是体贴入微，可惜她在很小的时候就对爱情失去了全部的幻想，因为父亲出轨秘书，母亲日渐消沉，常年住院——这是最老土的失败婚姻故事，可让她灰心丧气的不仅如此，她后来还在无数狗血的小说中读到，原来每一个有女秘书的中年男人都会近水楼台摸一摸月。她的父亲不过是千千万万男人中的一个，犯了千千万万男人都会犯的错误。

连她家关于婚姻不幸的悲伤，都是平庸的。

男人？她想，不过如此。瞿一芃呢？也不过如此。

于是她说："我也不了解他。或者说，我从来没有想过要认真了解他。瞿一芃的事情你不必太过担心，我若曾经对你有脾气，也是气你在电话里戏弄我。我是对爱情失去理想的人，不太会把男欢女爱真的放在心上。"

何知南一愣。

韩苏似乎意识到自己有些交浅言深了，拿了包起身说："我看你已经恢复得差不多了。我先去上班了，好好休息。"

何知南抓住她的手问："今天的事……高鹏那边……"

韩苏见她紧张地看着自己的目光，觉得好笑："我不会说的。他是我的客户，我没必要瞎嚼舌根惹他不开心。当然，如果哪天和他说这些事能让他开心了，那我可就不能保证了。"

她不相信爱情，但始终坚信利益至上。

何知南半信半疑地盯着她，问出最后一个问题："那枚耳坠真的不是你落下的？"

她看韩苏毫不掩饰地翻了一个白眼，又赶紧补充道："我……我相信你不会做这种事，但……但为什么有人故意把你的耳坠扔在高鹏床上？她……我是说，这个人是不是有预谋的呢？她是不是想害你呢？"

这话倒提醒了韩苏。她在看到那枚耳坠的瞬间就猜到了何知南这次兴师问罪的真正对象——Emily，她借口说丢了手机的那天，正戴着这枚耳坠。那几天她住在韩苏家，女生之间总喜欢没事换衣服、首饰穿戴，偏偏 Emily 那天想要打扮成淑女，特地翻了半天韩苏的耳坠，开开心心地戴着去了高鹏家。

可韩苏决定不说。

她只是笑了笑，反问何知南："你有疑惑，为什么不直接问高鹏呢？既然爱他，不是应该学会信任他，和他坦白吗？"

35. 朋友

何知南坐在房间里等了很久，她靠着窗，窗外是浅水湾的海景，黄昏的时候夕阳遥遥坠着，把海平面铺成了亮紫红色。她想她在北京常见的夕阳是金黄色的，但其实最好看的夕阳是掺杂了宝石蓝、紫红、粉红、橙红的冷色，藏在冷色调里的那种，只有很偶尔，在度假的时候才能见到。她歪头看着，觉得此刻的夕阳颜色高贵冷艳。在她看来，这片海，提供的是专属于富人的夕阳。

远处几个人零零散散地从海边往回走，泳衣外围着浴巾，小孩身上套着歪歪扭扭的救生圈，从远处看色彩缤纷，像是撒在沙滩上的糖果，明快的色彩活活能逼出人心底的喜悦来。她想浅水湾真是好地方，难怪张爱玲那么爱这里，她也爱。

高鹏回家的时候就看到何知南一脸惆怅地拿了一杯酒坐在窗边，太阳早就下山了，海面上挂着一轮淡淡的月亮。

高鹏扔了钥匙，穿上拖鞋，悄悄从后面搂住何知南问："想什么呢？"

何知南吓了一跳，受了惊般地转头看着高鹏说："你回来啦？"她轻轻伸手覆在高鹏的手上，问："我们晚上吃什么呀？"

她想她来香港两天了，都还没机会和高鹏一起单独吃饭呢。她想找个契机和高鹏聊聊，说一说他们之间的事情。

结果高鹏神色一僵，说："我已经吃过饭了。你要是饿了，我再带你去吃夜宵？"然后看了看手表又说："可惜我晚上有工作，我们出去的话也得快去快回。"言下之意是尽量别出门。

何知南忙说："那不用啦。你先忙，我不饿。"

高鹏立刻点头说："冰箱里有好多东西，如果饿了，让 Lyn（琳恩）给你做菜吃。"Lyn 是家里的菲佣，除了有需要的时候，大部分时间里她的存在感极低，只待在自己的房间里。

高鹏说完就摸了摸何知南的头发，说："那我去忙了。"然后电话响起。何知南一下子挺直了背，直愣愣地盯着他的手机看。

高鹏拿起手机看了一眼，笑起来说："是我妈。""嗯嗯啊啊"地打着电话就往书房里走，进书房还特地转身把门关上了。

父母与成年子女的通话除了聊吃了吗、冷不冷、累不累，就是找对象。而高鹏认为他的父母是尤其把"睁眼说瞎话"发挥到极致的人——他早就和父母说过自己有了女朋友，只是当时父母对何知南的背景调查了一番后，淡淡表示："年轻人玩玩就行。"之后每逢过年过节，他们都要当作此事未发生一样，逮住高鹏就要说一番："年纪不小了，是该谈个正经女朋友了啊！哎，你看某叔叔家的女儿怎么样？"

时间久了，高鹏对这套说辞的应对也变得皮实了，一旦父母催他找对象，他便"嗯嗯啊啊"地敷衍起来。

但今天，高鹏妈妈别出心裁了些，不再直抒胸臆，而是一半可惜一半可怜地哀叹："唉，我的儿子这么帅，难道没有小姑娘看上吗？"

高鹏仰在办公椅上没忍住笑了起来："嘿，怎么没有啊？扑上来的小姑娘那可是一拨一拨的！"

妈妈赶紧问："那你可要慎重挑一挑啊，模样是次要的，重要的是家庭好、学历好、性格好！"

高鹏在脑子里把 Emily、韩苏等人想了一圈，大笑起来："我周围的小姑娘模样有不好的吗？"

话音未落何知南就推门进来了，声音清清凉凉地接着就问他："你周围有多少小姑娘啊？"

高鹏吓得差点直接摔了电话，捂着听筒说："妈，我还有事呢，先挂了啊！"然后瞪着何知南急急问："你怎么偷听呢？！"

何知南立刻甜甜地笑起来说："我没有啊。"扬了扬手上的玻璃壶说："Lyn 给你泡了水果酵素，我特地给你送进来嘛。"一边说着一边给高鹏的杯子斟满了水，又歪着脑袋问："和妈妈聊什么小姑娘啊？"

高鹏摇头说："没呢！瞎扯的。"

何知南冷眼看着他快速摇头的时候两腮的肉也跟着抖动，鼻头圆圆的，眉毛淡淡的，心里越发凉了起来。她坐下来打开手机放了一首歌，是特别老的，周杰伦的《彩虹》。

何知南两手支着腮等音乐响起，声音沉沉地问他："记不记得这首歌？"

他们初中、高中时是被以周杰伦为首的港台音乐灌溉长大的。那时他们还没在一起，几个同学一起去了西藏，晚上在藏民家喝了酒，一伙人醉醺醺的，东倒西歪地说着话。这时候高鹏突然把脑袋侧在何知南那头，低低地唤她："知南……我想听你唱歌。"

当时的何知南瞪大了眼睛看着他，害羞地摇头说："我唱歌不好的。"

高鹏喝了酒，舌头打结，声音又慢又轻："没关系的，知南，你就唱给我一个人听，我不会说你不好。"

于是 17 岁的何知南特别害羞地看了一圈周围的人，发现没有人注意他们俩，也往高鹏身边凑了凑，小声地，像说话一般，对着高鹏的耳朵唱了起来："哪里有彩虹告诉我，能不能把我的愿望还给我，为什么天这么安静，所有的云都跑到我这里……"

高鹏一声不吭地听着，何知南的声音却越来越小，终于不好意思地停下了，她看着高鹏，高鹏也扭过头看着她，喝了酒的眼睛亮亮的，比西藏夜空的星星还亮。可他却先开了口，醉了一般地说："知南，你的眼睛真亮，晃得我眼睛疼，比外面的星星还亮。"然后身子一歪，就枕在她肩膀上睡着了……

他们还有许多更甜的回忆，只可惜今晚的香港没有星星。

《彩虹》的音乐放完了，高鹏耐着性子听着何知南跟着音乐哼唱，他想她唱歌还是好听的，至少比高中的时候进步了许多，她人也比高中的时候长开了，两个梨涡和高中的时候一模一样，只是脸方了些，鼻子大了些，体形不够纤细，腿呢……高鹏猛然发现，他此刻在用一个男人审视猎物的目光对何知南评头论足！

音乐结束的下一秒，何知南先冷静地开口了："我……我昨晚在床上捡到了一枚耳坠……高鹏，我都知道了。"

高鹏张大嘴看着她，脸上是显而易见的慌张。

"她是谁？"

高鹏已经张开了的嘴又紧紧闭上，犹豫又挣扎。

何知南见状一把抓住高鹏的手，接着说："高鹏，无论她是谁，我都原谅你。只要没有下一次。"她十分诚恳地看着他："我们忘记过去，重新开始好不好？"她的手比他的小，也更白，在灯下，缠在他手臂上，像一条白白的小蛇，小蛇的颈部套着一圈银环，是他送给她的镯子，第一个礼物，她戴了许多年。

那时候他们刚刚异地，何知南在大学里每天看见舍友们和男友出双入对，情人节那天，舍友秀了自己收到的礼物，是某奢侈品牌的项链。何知南与高鹏打电话的时候无意中提到，语气里满满的都是羡慕。那时候的他们尚且对奢侈品没有概念，只知道是珍贵又稀有的爱情的象征。然后第二天，同品牌的手镯寄到了何知南手上，何知南又惊又喜，更又急又气地问高鹏多少钱，这个月还有没有生活费了，死活逼着高鹏去把手镯退了，高鹏却咬牙死活不肯，只说："南南，我不想你羡慕别人。你有了这个镯子，就再也不会羡慕别人了。"

后来异地的时间长了，何知南很少再在高鹏面前提及自己羡慕谁了——她有了别的方式让自己本应该羡慕的空洞，得到满足。

而现在，何知南抓着高鹏的手，期期艾艾地望着他，像很多对曾经破镜却依然渴望重圆的恋人一般，问出了那句："不如，我们从头来过？"

无论现在如何不堪，他们至少曾经彼此赤诚相对。屋子里很安静，只有回忆与呼吸在穿梭，直到一阵电话铃声打断了高鹏即将脱口而出的回答。

何知南心里一凉。

高鹏迅速接起，电话那头的声音在屋子里格外清晰："鹏哥哥，今晚出来玩吗？好几个人，就等你，超想你的啦！"

是 Emily。

高鹏说："我……我可能没空。"是个人都听得出来这句话里他并不是很想拒绝的语气。Emily 赶紧接话："哇，你不会是'妻管严'吧？被吃这么死的吗？他们要笑死啦！就这么说好啦！我们在 Bungalow（一间西餐厅的名字）等你，会点你最爱吃的老三样啦，必须马上来！"

"啪嗒"，电话那头不容拒绝地挂掉。

高鹏缓缓从耳朵上移下手机，缓缓抬头看着对面的人，欲言又止："我……我……"

"你……你要出门了？"何知南不敢相信地说。

"嗯……那个，你也听到了，朋友叫我出去，要给面子嘛……我……我马上回来，回来我们再聊，好吗？"高鹏讪讪地笑着，上前一步，捧过何知南的脸，仿佛许下承诺一般，重重地吻了一下她的脑门。

高鹏出门的时候，何知南的声音像幽魂一样从身后轻轻飘起："是 Emily 吧？对吧？是她……"

有些肥胖的背影一僵。他像是没听到一般，转身对何知南扯了个微笑：

"嘿嘿，我出门啦，宝宝。"

韩苏难得这么早下班，更是难得因为工作而心情抑郁。香港的冬天不算冷，她在高领羊绒毛衣外罩了一件厚厚的风衣，巴宝莉的经典款——中环的律师不得不用一身的行头装点自己，无论是否乐意，而经典款无疑是性价比最高的选择。她想她在 40 岁之前，应该只会买这么一件。除此之外，身上挎着的 LV 的托特包也是通勤百搭的老花款式，足够装下电脑、文件，还有各种乱七八糟的用品。脚下踩着一双 BV（葆蝶家）的靴子，去年买的，无论多疲惫，走路时依旧轻轻落地。全身上下的牌子货，不低的置装费——韩苏无奈,这算是精英阶层的入场券,是在名利场搏杀的成本。

她的工资足够她挥霍,购入更多的奢侈品,只是她不敢,因为没有来自家庭的底气。香港人说"手停口停",一旦她停止干活,现在所拥有的一切都会顷刻化为乌有。她一下班就习惯性地给妈妈打了电话,用的是咿咿呀呀的吴侬软语,边走边说,唠家常都像是在撒娇,说又给家里汇了钱,让妈妈早一点查收。韩苏能感觉出来妈妈在电话另一端的温柔,她也软软地笑了。

直到出了办公楼,在去地铁站的下一个路口转角,韩苏收了笑。

何知南端端正正地站在路边等着她,像是等了许久。"我们谈一谈?"语气甚是礼貌。

韩苏将手机揣进口袋,诧异地说:"谈什么?"

"我知道那个人,是 Emily。那枚耳坠……你有没有想过,是她故意留下的? 她……有没有可能想陷害你?"

韩苏挑挑眉毛,不置可否地说:"所以呢?"脸上依旧是"我好像和你不熟"的表情。

何知南却开朗地一笑,露出两个浅浅的梨涡,走上前来,歪着脑袋宣布:"所以,敌人的敌人就是我的朋友! 要不要一起吃个饭? 我请!"

36. 多情

两人的晚餐选在金钟道太古广场的 LUMI。何知南选的地方,两人只点了一份煎三文鱼、一份焗蛋、两杯鲜榨果汁和一块栗子蛋糕。

点完菜何知南颇为轻松地和韩苏说:"我特喜欢和女生一起吃晚餐,你知道为什么吗?"

韩苏侧头问:"因为吃得少?"

何知南一愣,大笑起来:"你怎么知道? 女生吃饭只点饮料、甜点、沙拉,还有蛋白质就行,永远清清爽爽,不需要主食! 女孩子约在一起吃饭从来不是为了吃饱,而是为了聊天。"然后她又皱了眉头嫌弃道:"和男生在一起就不行，他们总想着要吃饱，大口吃肉，大口吃面，吃下来简直消化不良。"

韩苏也笑了。她对食物没有热爱，除了回家的时候吃妈妈做的菜，大部分时候，食物对她而言就像是维持身体机能的东西，能咀嚼入腹就行。

何知南又叽叽咕咕地对韩苏扯了一大堆，然后问她："你不怎么说话呀？今天心情不好？"

韩苏哭笑不得起来，她确实是心情不好，但不愿说太多自己的事，只是问道："心情不好的应该是你才对。高鹏都和 Emily 暗度陈仓了，你来找我吃饭，就扯些有的没的？"

何知南果然低落了神色，撇了撇嘴说："我哭也哭过了啊，还能怎么办？我前几天还查了一本恋爱攻略，说男友如果出轨了，你千万别在他面前闹，越闹他越烦心。如果你真想永远和他在一起，你得镇定些，知己知彼——比如现在，我来问问你，凭你的了解，觉得高鹏会对 Emily 认真吗？"

韩苏摇头说："我不知道，但从经济学的角度上看，一个男的会不会对一个女的认真，取决于那个女人的稀缺性——她越容易被得到，就越不会被珍惜。"

接着韩苏及时闭了嘴，她没说她曾苦心劝 Emily 对高鹏要自重且慎重，结果人家听不进去不说，背着自己冲锋陷阵献了身，还把她当成了假想敌，假模假式地落了一枚耳坠在床上，玩最低劣的栽赃游戏。现在 Emily 已经好久不来找自己了，如今韩苏与何知南面对面坐在一起，竟然还真应了那句话：敌人的敌人就是朋友。

何知南听了，点头赞叹说："有道理啊，其实我也是这么觉得的！所以这个 Emily 已经彻底没有上位的可能了！炮友就炮友吧，高鹏玩腻了就行。"

听她话里还带着几分庆幸，韩苏差点被果汁呛到，问："你到底爱不爱高鹏？"

"爱啊。"何知南脱口而出，"现在这个世界上还有比高鹏更值得我爱的男人吗？"

"我来香港才发现，高鹏现在这样，打他主意的小姑娘可不少！我应该大气一些，你知道吧，端出正室的范儿。虽然他昨晚和 Emily 他们出去玩了，可还是不到凌晨 2 点就回来了。你猜他回来后和我说什么？"何知南笑着露出两个小梨涡，十分满意地说，"他醉醺醺地对我说：'知南，这些人翻来覆去就是那么回事，挺无聊的，我希望这个世界上有一点点真心。'于是我那时候赶紧抬头告诉他：'高鹏，我是真心爱你的。'他点了点头，把我抱在怀里，说……"

"我也是？"

何知南一笑，低头用叉子叉了一口蛋糕，没看韩苏，点点头说："差不多。"

当时高鹏说的其实是："南南，谢谢你。"

用"谢谢你"回应"我爱你"，简直比"对不起"还残忍。但又怎么样呢？只要高鹏还是抱着她，只要高鹏没说"我不爱你"，何知南想，都是能证明他还是爱自己的。他曾在中秋离开北京时，在机场抱着她深情地说："我爱你。"几个月过去了，这句话虽然没有更新，但也还没有被收回。

现实是，当一个女人甘愿在一段爱情里继续时，哪怕另一半待自己再苛刻，她也总能轻易地找到千百个理由坚持下去。

韩苏与何知南吃完饭后不久就接到了高鹏的电话。她当时人在地铁里，看到来电显示是高鹏，立刻挺直了背正襟危坐起来："项目上出事了？"

高鹏那一端却是调笑的语气："这么严肃？没事，不是公事，南南今晚找你吃饭了？"

韩苏一愣，下意识想的是："没事为什么要打电话？"但嘴上仍恭恭敬敬地回复："是的，她有一些心事。好像是关于你和Emily……"

"不是！"高鹏突然着急了一般，立刻截断韩苏的话，"我和Emily不是你想的那样，是……是……"竟然有些慌张起来。

韩苏更诧异了，缓缓接话："你不用着急，知南说如果你没有对Emily认真，她就不会介意。"

高鹏赶紧赌咒发誓："我保证，我和她只是逢场作戏，就是玩伴！韩苏，你……你要相信我！"

韩苏觉得这话简直有些莫名其妙了，笑起来："得知南相信才管用啊，这话你得对她说。"想了想，她又认真开口："我觉得我们之前的计划还是有效的，你看，知南现在对你很上心。所以……你是不是也应该对她认真一些？别和其他人再有混乱的关系……"

"没有混乱的关系！我……我很专一的其实……"又是解释，高鹏觉得自己很少这么失态，他难得有机会直接打电话给她，想了好久的借口，被她这么一搅和，半晌才想起了打这个电话的目的，沉了沉嗓音，"对了，不说我了，那个，我听说胡律师要调去北京了？"

韩苏一怔，半晌才答："连你都听说了？看来，是真的了。"

胡律师是韩苏团队的合伙人，直系老板。

律所尤其是外资律所，基本是团队制，由合伙人全权招募律师，组建团队并承担人员成本。因此，律师虽然与律所签订合同，但完全是以合伙人为中心的，基本上一个合伙人跳槽，他团队的骨干律师必然会跟着抱团一起离开。而今天韩苏上班的时候，就听说自己团队的合伙人胡律师马上要去 S 所的北京办公室了，理由匪夷所思又情有可原：胡律师的女儿不愿意长期见不到妈妈，日日在视频电话里哭闹，胡律师不得已，决定立刻请缨调回北京办公室。

"胡律师没和你说吗？"高鹏问。

韩苏摇摇头，才想起高鹏看不到，轻声回答："还没呢。"大概这就是她今天一整天沮丧又担心的全部理由：合伙人一旦要调回北京办公室，必然会逐一找骨干成员谈话，询问去留。若愿意跟随去北京则最好，倘若选择留在香港，必然只会被日益边缘化，失去被栽培、进一步发展的可能。可韩苏得知胡律师要去北京这一事实，现阶段都是源于小道消息——胡律师尚未找韩苏谈过。

韩苏略微失落的语气让高鹏忍不住弯弯嘴角，赶紧说："韩苏，你帮了我那么多忙，我还没来得及谢谢你呢。这回这事，我一定帮你！"

"你怎么帮？"话音刚落，韩苏就收到了邮件提醒。

高鹏神秘兮兮地挂了电话："你自己看吧。"

邮件是高鹏发送的，在之前韩苏回复一个事项的基础上，抄送了胡律师以及另外一位合伙人。高鹏作为公司代表，热情称赞了韩苏工作负责、响应迅速、工作能力极强，很好地解决了问题，得到公司上下的一致好评。

很快，胡律师截了图，在团队微信群里郑重地夸奖了韩苏。律师本就是服务行业，客户的认可，是莫大的荣耀。韩苏看着邮件，嘴角一点一点上扬。虽然不知道这份夸奖含了多少友情分，但她的辛苦付出，总算得到了些许认可。

她没忘了给高鹏发微信说："谢谢。"对方秒回，说："项目下周就要入印刷商了，还是要辛苦你。"配了一个不怀好意的表情。

韩苏见了消息，立刻丧气，歪在家里叹道："下周开始又是要忙疯的节奏。"

入印刷商，是公司在港股上市必经的两个关键阶段之一，是一个疯狂的集中办公的环节，包括公司以及所有的中介——承销商、承销商律师、公司律师都会集中在此处，就公司上市招股书的内容以及需要向联交所提供的文件进行全面梳理、讨论、修改，并由印刷商统一处理。韩苏的工作属于计时收费，一旦入了印刷商，小时单往往飙升，每日工作的时长高达 18 小时以上。

尽管印刷商为了安抚各大中介，会提供最好的零食、餐食、饮料，但处于极端压力之下的韩苏，往往全靠黑咖啡续命。

在所有做港股上市的律师看来，入印刷商相当于走了一遭鬼门关，只有体力与精力最好的律师才能挺住，这是整个项目环节中压力最大的阶段。

她之前早早地对高鹏描述过"入印刷商"背后的艰辛和恐怖，没想到这个二世祖竟是难得地期待，摩拳擦掌表示渴望经历一番全身心的洗礼。

"你知道吗？我觉得现在的生活已经没什么搞头了，我父母已经把我一生所能达成的全部可能性达成了……我再怎么做，也不过是在巨人的肩膀上跳舞的小丑。老爸昨天电话里说了，已经许诺给我 5% 的期权，嘱咐我在这上面多费点心，我想着吧，平时玩归玩，还是要把这事搞定……"

当时听了这番话的韩苏默默一算，以目前的估值，公司上市行权后，高鹏的身价至少有 5 亿元……她只得感叹"王侯将相真有种乎"。

差不多的话高鹏也与何知南说了。那时两人刚刚要入睡，何知南从浴室出来，就见高鹏在床上正襟危坐，高鹏拉着何知南认真谈了谈自己的工作近况，何知南对期权没什么概念，她自小家境安逸，对于富人的印象，也不过就是住豪宅、买奢侈品，至于 5% 的期权意味着什么，她并不在意。因此，听了他的话的何知南，只是十分乖巧地表示："那你可要好好多费心啊！"

结果高鹏下一句就是："所以下周我们就得入印刷商，一天到晚连吃饭都得在那里……可能没时间陪你了。"

潜台词是让何知南回京。

何知南一怔，只能继续乖巧地说："好呀。"闷闷想了想她又答："我刚好签证也要到期了，下周肯定就走。"

但想了想还是不放心，她抬头问高鹏："那个……高鹏，你最近对我好冷漠。是不是因为 Emily？"

结果高鹏立刻把头摇得和拨浪鼓一样，说："不不不，我和她只是逢场作戏，是她一直在追我！我们已经没有后续了。"

何知南愣愣地看着他。

高鹏怕她不相信，拿起手机找出 Emily 的微信，当着何知南的面拉黑，接着又严肃正经地对她说："南南，你看，我和 Emily 真的什么也没有！你现在信了吗？"

何知南没想到高鹏对 Emily 当真如此绝情，高兴起来，又听高鹏说："以后这些捕风捉影的事情应该直接和我说，别到处和我的同事乱说。你看，现在连韩苏都知道了，甚至都误会我和 Emily 有点问题……"

何知南吐了吐舌头，腻在高鹏怀里，说："结束了就好！可你知不知道，Emily 故意落在你床上的那枚耳坠……是韩苏的。"

"为什么要这么做？"高鹏吃惊地说。

"女人喽，不过就是把韩苏当成假想敌了嘛！"

"韩苏？韩苏怎么可能，她只是把我当作客户，对我没有一点意思。"高鹏讪讪地说。

"我知道。"何知南靠在高鹏怀里，"但 Emily 不这样想，不过也可能是韩苏做了一些事情，让 Emily 觉得她喜欢你？"何知南胡乱猜测道。

"韩苏……韩苏可能喜欢我？"高鹏声音犹疑，却在这份犹疑里，带着他自己也觉察不到的开心。

"少自作多情啦！"何知南拍他的手。

高鹏嘿嘿一笑，转移了话题。

关于"韩苏可能喜欢我?"的猜想搁置在此处,两人瞎聊完,接着各自玩手机。

可惜何知南永远不知道,男人之所以是男人,就是因为他们实在太喜欢自作多情。

37. 渣男

孙涵涵觉得她在和周斌的关系里总算掌握了主动权:周斌这几日总是主动给她发微信,约她出门。约三次她只出门一次,一旦出门也只吃饭、看电影,手都不让牵。

周斌一开始将之认为是小女生的欲擒故纵,也乐于陪着她玩。毕竟家里已经有了个千依百顺的曾诚,孙涵涵这么一作,反倒给他的感情生活增加了几分乐趣。本来感情生活就空虚,难得寻了个由头能继续想方设法地哄着小姑娘,精心挑选约会项目,周斌觉得自己又有机会体验毛头小伙子陷入爱情的彷徨与快乐的戏码,倒乐此不疲配合起来。

何知南得知后感慨:中年人寻求的刺激,有时候,还确实贱兮兮的。

孙涵涵耸了耸肩,说:"反正我也不亏,现在骑驴找马喽。"

何知南诧异地说:"嗯?你不打算横刀夺爱了?"

"你觉得周斌还能离婚吗?之前也是他口口声声说马上离婚我才和他好的,没想到这人只想金屋藏娇。我被他骗了一次了,可不会真的再受骗!现在他愿意上头当个 ATM,我就收着呗。"

何知南啧啧赞叹:"虽然小说里的人形 ATM 不少,但有钱的中年男人可是一个比一个精明,要骗他的钱却不付出代价——不太容易。"

孙涵涵没再回复,她放下手机,挺直了背认真在电脑前噼里啪啦地敲着,又豪气干云地回了一封工作邮件,点击发送键的时候,她想的是:"那我偏要试试。"

孙涵涵刚刚下班就接到了周斌的电话,他的声音有些颓丧和疲倦,开口就是："今晚陪我一下。"孙涵涵刚想拒绝，就听见身后的汽车鸣笛声，她转身，周斌的车就在她面前。

"这么霸道？"

"平时宠你，纵容你玩，今天我心情不好，必须陪我。"周斌沉沉地开口，两眼直视前方，把着方向盘缓缓旋转。冬天的北京不到 5 点天就开始黑了，道路两边亮着各色灯光，汽车尾灯、公交车灯、红绿灯泛着星星点点又密集的红，汇聚在一起，像堵塞的血管。周斌有些烦躁，快速踩着油门，却在下一秒被迫踩了刹车，在北京晚高峰的交通限制下，周斌将车开得仿佛一头不断喘气的老牛。

孙涵涵听了他那句霸道总裁般的台词本就烦躁，暗自翻了白眼没搭话。这会儿她坐在车里，走走停停，一前一后晃着，越发头晕眼花，觉得胸闷。她侧头和周斌说："你急什么呀，慢慢开不行？"

"我心情不好，特别想你。"周斌侧头看了她一眼。

孙涵涵缓和了语气，问："现在我们去哪里？"

这几日周斌都是提前挑好餐厅，黑珍珠的榜单以及各色私房菜一个个吃过去。可这次，周斌默了默，直接答："活力城。"

孙涵涵听了这个回答当场炸了，尖着嗓子就问："回去那里干吗?! "

她好不容易才跑出来，才不要再回到那个地方做妾，多轻贱的女人才愿意在吃晚餐的时间陪男人去一个只有床的地方！周斌没说话，继续踩了油门，又踩着刹车。活力城本来也在 CBD，离孙涵涵的公司不远，这么一路说着话，车歪歪扭扭喘着气也开到了小区附近，周斌直接把车停在了地下车库。乍一停稳，孙涵涵立刻开了车门，跳下去扭头就走。

周斌一惊，赶紧三步并作两步要去拉她。孙涵涵扭身甩开他够上来的胳膊，嘴里大骂："想找人陪睡你去找别人，我不奉陪! "

周斌听了这话又急又气，手里使了大力气，抓住她的胳膊，正要一拧，孙涵涵立刻伸了另一只胳膊要打他的脸，他顺带一抓，一只大手将她两个不安分的手腕牢牢制住，高高越过她的头顶，再一用力，将她整个人直接抵在一旁停着的车上，另一只手钳住她的下巴，直接就吻了下去。

周斌嘴上咬着她的唇，亲得却温柔。孙涵涵本来还在反抗，在这种压制下，渐渐有些乖了——尽管周斌手上使的是暴力，可他唇齿之间却是深情。见孙涵涵不再挣扎，周斌松了两只手，缓缓下移，一只手箍在她的腰上，另一只手轻轻拍她的背，像在安抚。

不知过了多久，孙涵涵睁了眼，推开周斌，小声嘟囔道："我不要上去。"

周斌逗她："那在车里，嗯？"

孙涵涵皱了眉，说："周斌，你根本不尊重我。"

周斌温言软语劝她："今天例外好不好？平时陪你玩没问题，可我今天心情不好，今天换你哄我可不可以？"一边伸手就要去捏她，"把我哄开心了，明天你想吃什么餐厅都可以。嗯？"

孙涵涵不可思议地睁大眼睛瞪他说："你以为我之前和你闹着玩的？！"

"不然呢？生活情趣嘛不是？"周斌口齿间的话已经缠绵，手更加不老实，在孙涵涵身上摸来摸去，说话都带着气音，"这次就在车里好不好？我们都没试过在车里……"

孙涵涵还要反抗，但此刻心中泛滥的绝望让她更加无力：她费尽心机，自以为人格独立，没想到在这个男人眼里始终都是小女生的游戏，他像上帝一样悲悯地看着她、陪她闹，然后等没耐心了，直接到她的公司来接了人就走，就能再次把她载进这片"二奶"窝里随便推倒？还是……在地下车库的车里？

孙涵涵的眼里简直要漫上泪来。周斌揽着孙涵涵阔步就往车里去，急吼吼地从裤兜里掏出了车钥匙，"嘀嘀"两声，车门解锁。他觉察到孙涵涵此刻心中有些情绪，一张脸似乎彷徨无措，他怕孙涵涵败了自己的兴致，被迫开始照顾她的情绪。而一个中年男人哄小姑娘的方式无非是：

"涵涵，乖，我爱你……"

"涵涵，我爱你……"

"小宝贝……"

漂亮话说了一遍又一遍，孙涵涵却越听越心凉，他吻着她的脸，带着粗重的呼吸与情欲。而他爱她吗？她突然发现自己从来不是他的对手，她此前任性唯一依仗的不过是他对她的感情——她一直相信他爱她！直到现在她才开始怀疑。

在纷纷的情欲里，他偏偏要谈论爱情。至少，稍微真诚那么一点的"我爱你"，说的时候应该会盯着你的眼睛，而不是你的裸体。

天上没有轻易掉下的馅饼，因为相信他爱她，所以她敢愚弄他做人形ATM。可现在，倘若他的爱是假的呢？孙涵涵不敢深思。她猛然想起何知南说过的：有钱的中年男人一个比一个精明，周斌不是慈善家，他投入的一切，之后会一点一点开始索取。

比如此刻他重复了许多遍的那句："今天把我哄开心了，我再陪你玩。"

比如今天，他要她用身体，哄自己开心。

孙涵涵没有再挣扎，她的表情比绝望更绝望。直到周斌心满意足地起身，仰在座椅上叹了口气："哎呀！爽！"

孙涵涵才慢慢套了衣服，坐起身，看着周斌。

"怎么了，涵涵？不喜欢？"周斌诧异，没意识到任何异样。这几日他工作忙得昏天黑地，曾诚却对他没有好脸色，还好有个孙涵涵，白羊一般温柔贴心。只是不知道她为什么好端端地要搬走，不过他决定在心里大度地原谅她，年轻的小姑娘嘛，都是有些莫名其妙的情绪的。

孙涵涵盯着他看了好久，才缓缓点头，说："挺好。"

周斌高兴起来，一把将孙涵涵揽在怀里，笑着说："喜欢就行！总得有点新花样。还是咱的涵涵好呀，听话又乖。要不要再住到活力城来？这样每天我也方便些，嗯？不要任性！"伸手就捏了捏她的脸。

孙涵涵心里快吐了，没理周斌的问题，机械般地慢慢开口："你今天说心情不好，什么原因呢？"

周斌收了笑，抱怨起来："1000万的业务被人抢了呗！C公司的法务早就说好把这活交给我做的，我辛辛苦苦准备了投标材料，还跑了一趟无锡，结果陪跑了。出尔反尔！"

孙涵涵还没答，周斌又接着说："本来这事是曾诚给我牵的线，现在事情没办好，也要怪她。可惜她现在啊，每天打针跟快死了一样，我也不好说她……"

"打针？她生病了？"

"没……她……她那天说打算要个孩子。"周斌神色复杂起来，"可惜她年龄有点大了，我们想做个试管。"

孙涵涵一怔："你不是说曾诚是坚定的丁克吗？"

"她说是为了我。"

"是为了你能收心，能真的回归家庭。"孙涵涵在心里替他补充。她莫名难过起来，不是为自己，而是为了曾诚。

"做试管……挺痛苦的吧。"孙涵涵的同事也做过，算是运气很好，只尝试两次，就顺利得到了一对双胞胎，先前吃药促排卵的时候每天头晕、呕吐，后来需要每天打黄体酮，帮助胚胎着床，一天一针，足足要打 3 个月，打得半边臀部像石头一样硬。那几天，同事每天咬着牙歪歪扭扭地坐在椅子上，孙涵涵记得她问过同事："为什么不打另外半边呢？打两边可以分担一下痛苦。"同事大呼："可千万别！两边都打针，我的两边屁股都跟石头一样了，现在起码还能保住半边健康的屁股，否则我回家睡觉只能趴着了。"因为这个同事的经历，孙涵涵彻底打消了脑子里曾经一闪而过的"做试管婴儿定制一对双胞胎"的想法，她见过取卵针的图片，像小时候见过的毛衣针，又长又细又尖，需要直直地插入身体，用同事的话说，就像一次极致的受刑……

她想象不出来，什么样的情感，可以让一个女人为了一个男人，勉强自己去受这样可怕的痛苦，何况——她侧头看了看周斌——还是一个彻底不值得的男人。

"是啊，曾诚第一次就失败了。现在在做第二次，还挺受罪的，最近整个人心情不好，跟炸药似的。"

"你这么埋怨她，不如劝她不要做了，白白让人家受苦。"孙涵涵冷笑，只要与繁衍相关，为什么偏偏都要女性受罪？

"那怎么可以！"周斌扬了扬眉毛，"她能想开我高兴都来不及呢！我们老周家终于有血脉了。她心情不好，我包容她就是了，况且，她给我罪受，我不是还有你吗？"周斌说到这儿又高兴起来，低头就要吻孙涵涵。

在一定程度上，他开始感激曾诚知道了孙涵涵的存在，否则，她也不会这么积极地想要为自己生个孩子。他甚至开始想，如果哪天，孙涵涵也有了危机感，想为自己生孩子，也是极好的。香港那些富豪不都是这样？正房与小三争着为他们生下孩子，享受齐人之福。他周斌，好好奋斗，说不定也能有这样的福分。

可他没发现，此刻的孙涵涵身体僵直，紧紧闭着嘴唇，在心里骂他："人渣。"

人渣。

绝世人渣。

算她之前瞎了眼。

孙涵涵一到家，立刻冲到厕所漱口，"呸呸呸"用力吐起来。心里想着：恶心，真是恶心死了！原来是自己看错了人，这个男人是个彻头彻尾的自私鬼！是啊，一开始背着老婆搭讪年轻小姑娘的，又能是什么好东西呢？

好在，发现得早，从此以后一刀两断。她冲进浴室里，彻彻底底地洗了一次澡，躺在沙发上，坚定地拉黑了周斌的微信以及手机号。她想她的世界里绝对不要再次出现这样的人，从此一刀两断！

可刚下定决心，她却猛然发现，这个屋子里的好多东西——她的包包、鞋子、大衣、耳环……都是周斌买的。

怔了片刻，孙涵涵一咬牙，霍然起身，翻出首饰盒里周斌送的耳环、项链……哗啦啦全倒进了垃圾桶。

这么一下，心中产生了几分快意，但更多的是心疼，她甚至听得见耳环落地时发出的"嘤嘤嘤"的哭声。接着她又环顾四周——包包、大衣、丝巾……一个更比一个贵。

孙涵涵怂了。

最终，她歪在沙发上，抱紧了MaxMara（麦丝玛拉）的大衣，安抚它的同时也劝说自己："渣男就是渣男，他去死可以，但我没必要为了他杀敌一千，自损八百。毕竟，礼物们都是无辜的……"

38. 皮卡丘

在某种程度上，孙涵涵觉得自己足够"都市"。比如，在她眼里，物质大于感情。从一段不成功的恋情中走出来，她甚至没有哭一声，依然穿着前男友买的大衣，挎着他买的包包，踏着值自己半个月工资的羊皮小靴子，艳光四射地走在北京已经光秃秃的街道上。

她的晚饭约在三里屯，对方是一名精英律师。

对孙涵涵而言，在内心与周斌彻底分手的下一秒钟，最重要的事情，必须就是在朋友圈宣布单身——向各位觊觎她许久的男青年广而告之：你们有机会了。

"所谓告别错的，无非是今后有关'前任'的电影，我也有资格凑凑热闹了，哼！"朋友圈配图是一张在家比剪刀手、遮住大半张脸的低头笑的自拍，网红风十足，却也是真的好看。

很快，知情识趣的男青年像鱼一般纷纷过来点赞、私信加安慰。

何知南也迅速发来了一个问号。

"老子和周斌彻底掰了！"孙涵涵秒回。

"想通啦？挺好，我也觉得和他在一起不是长久之计。这些男的没有一个省油的灯，都是人精，修罗场里淬炼出来的，我们那点段位根本不够。"

这话何知南早就说过，难得说准了。孙涵涵语塞，没再回复。

这些男青年里，令孙涵涵稍微满意的男人，微信名叫 Andy（安迪），北大法学院研究生毕业 3 年了，在红圈律所做的是民商诉讼，两人忘记是哪次会议上加的微信了。

孙涵涵刚发了朋友圈不久，Andy 的聊天框就弹到了屏幕前："《前任4》似乎还没上映，但《海上钢琴师》重映，也可以看看。"两人此前的聊天记录还是两年前刚加微信时的商务寒暄。孙涵涵点开他的头像——皮肤白净，戴眼镜，笑容开朗，看周围的景色，应该是在国外。他的朋友圈不是工作相关就是旅游照片，一个月更新不了一条动态——典型的名校毕业精英男。

孙涵涵对这个候选人颇为满意，语焉不详地回了句："小学的时候看《海上钢琴师》，现在还念念不忘呢。"

"那更应该在大银幕前重温一下了。周五晚上在三里屯美嘉怎么样？"过了一会儿，见孙涵涵没回，Andy 又补充了一句："不知道我有没有这个荣幸？"配了一张笑脸表情。

孙涵涵一笑，回了个"好"。几分钟后，对方又发来了一张影院订单截图，订的是晚上 9 点 30 分的场次，以及一个大众点评"牛排家"的链接，问："订了 7 点的座位，我们吃完了去看电影？"

孙涵涵惊讶地回复："这么有效率？"

对方笑道："律师嘛，日常工作就是客户至上。我还担心有点唐突呢，主要……"他顿了顿，继续说："还是怕别人，捷足先登。"

孙涵涵不可否认自己的心情好了一些。

与 Andy 的相处比自己想象中的更开心，成年适婚男女的约会更讲究效率，适当透露自己的家庭背景、发展计划以及现状是基本礼貌。Andy 的父母在中部城市做生意，刚毕业那年，父母就用他在学校的集体户口在五环外给他买了一套商住两用的两居公寓，如今房价涨了不少，后来律所也给了户口，他最近正打算换一套离市区近一点、更大一些的房子，最好一步到位。

"所以你现在住自己的房子？"孙涵涵问，用叉子叉了一小口沙拉。

"不，我一个人用不着两居，现在在公司附近租房呢。买的房子早就租给别人了，这几年倒是收了不少租金。"Andy 低头笑着说。

"你还蛮有经济头脑的嘛。"孙涵涵暗地里算了一笔账，一个人租在公司附近，一个月最多 5000 元租金，而两居的房子每月却能进账小 1 万元，加上房价这几年的涨幅，单论这笔投资，确实是十分聪明的做法。

"谁叫我是'单身狗'？"Andy 扬了扬眉毛自嘲道，"要是有个女朋友，谁要巴巴地住单间公寓？"后一句话声音小了许多，带了几分抱怨。

孙涵涵没忍住笑了，逗他："优质男一定有大把女生喜欢，怎么还会单身？是不是你要求太高了，非刘亦菲、林志玲那样的天仙不要？"

没想到对面的人却不答话，只是看着她的眼睛，似笑非笑。孙涵涵诧异地回看他，问："怎么了？"她担心自己脸上沾了东西，却见 Andy 笑着摇摇头，转了目光，低头切了一块牛排才开口："我以为，我现在就正和天仙吃饭呢。"

孙涵涵赶紧低头啜了一小口红酒，不知道怎么回答，想着自己此刻的样子，脸上莫名有点发烧。

　　Andy 和周斌很不一样，他阳光而热情，聪明、积极，在感情上毫无城府，像是从未经过黑夜一样。20多岁的男孩不需要在感情上有任何的算计，他们坦诚而大方地迎接世界赠予的一切，他们心中透彻并坚信：这个世界上最好的一切，都是属于他们的，或者，是用他们的双手能够轻易争取来的。

　　两人吃完饭往电影院走，一路上两人边走边聊天，Andy 习惯性地让孙涵涵走在马路内侧，过岔路口时遇上北京冬日的阵阵妖风，他总是有意无意地站在风口处，替孙涵涵挡着。

　　事后孙涵涵与何知南回忆这一段约会，竟然从头到尾都是夸奖。

　　何知南八卦地问："你爱上他了？"

　　"那倒没！"孙涵涵赶紧否认，"就是……觉得真好啊。和同龄优质男相处的感觉真好。没有那么多算计，是真心贴着真心。离开的时候他给我叫了车，替我开了车门，让我路上小心。我刚下车，他立刻就发了微信问我是否安全到家……"

　　"啧，这人对你还挺上心。"

　　"嘻嘻，所以我们这几天都在见面。"

　　"哟。"何知南翻了个白眼，"我昨天看了一本地摊小说，里头讲，成年人第三次约会基本就要考虑上床。我看你们这个节奏可以！"

　　没想到孙涵涵立刻笑嘻嘻地说："他刚好这周要到香港出差，说他攒的里程刚好能换一张往返机票，问我要不要一起。"

　　何知南一惊："那你这是要确定关系了？！"

　　孙涵涵赶紧摇头说："不不不，我就来香港玩耍一趟，住你家豪宅行不行？正暧昧着，还不能太快确定关系。"

　　何知南想了想答应说："刚好，高鹏马上要进印刷商，到时我们可以坐同一班飞机回北京。"过了一会儿想起什么又说："这 Andy 还挺拼的，刚认识不久，就把攒的里程送你了。说实在话，我对我妈都没那么大方！"

　　此刻孙涵涵正穿着一身真丝睡衣躺在真丝床品上玩手机。真丝床品也算是周斌送的，她记得那天她正和周斌闹脾气，心情不好，在商场里用他的副卡刷了这套真丝床品，唯一的理由就是够贵——性价比低，她当时自嘲，像她和周斌的感情。

而此刻，她怀里抱着一个皮卡丘玩偶。这是昨天两人在商场里吃完饭，路过夹娃娃机时，Andy 忽然来了兴致，夹了好几次才夹出来的。

当时孙涵涵诧异地问："送我皮卡丘？"

"嗯。"他将皮卡丘塞进她怀里，点头说，"这可是我最喜欢的宠物小精灵。"

孙涵涵失笑，拿皮卡丘轻轻敲他的肩膀："幼稚鬼。"

Andy 却笑嘻嘻地趁机抓住了她的手，抢过皮卡丘，遮在自己脸前，摆弄皮卡丘的手臂，捏着嗓子学皮卡丘说话："皮卡皮卡，皮卡丘！"

孙涵涵被他的无聊举动逗笑，也配合着歪头问："你说什么呢，小精灵？"

Andy 把玩偶拿下来，放在孙涵涵怀里，眼里带笑看着她："你猜？"

"哦？你是不是在骂我呢？"孙涵涵低头，佯怒拍了拍皮卡丘的小黄脑袋。

"怎么可能？！"Andy 抢过皮卡丘，摸了摸被孙涵涵拍过的地方，着急地说，"它那么喜欢你，怎么可能骂你！"

孙涵涵一愣，又见 Andy 将皮卡丘递到她手上，拉着她就走，眼神看着别处，声音在嘈杂的商场里又清又淡："它一见了你就脑子不清醒，没忍住说了一堆胡话，我可没胆子翻译给你听。"

此刻孙涵涵抱着皮卡丘歪在床上，她想起与他在一起时，余光里总能感觉到他的目光在注视自己，含着炽热又毫不掩饰的热情。她觉得自己一定是被周斌伤害得太深，在一段畸形的恋爱中受伤太久，才会这么容易沉浸在一段正常的关系当中，如饥似渴地将这段关系当作良药，将诚恳坦荡的爱意当作自己的一根救命稻草。

"刚结束了一个饭局。睡了吗？"有微信传来，是 Andy。

"律师还要参加饭局呀？"孙涵涵都没有意识到看到他微信时自己嘴角的笑意，"皮卡丘好像说它困了，可能今晚要早一点睡觉。"

皮卡丘玩偶的瞳孔在台灯下反射出幽幽的亮光，一张小黄圆脸，眼神诚恳又虔诚——像是……像是他看自己的眼神。

孙涵涵蓦地害羞起来，拍了拍皮卡丘毛茸茸的脑袋，将它按在枕头上，又认真给它盖了一层被子。

"今天是律协（律师协会）的饭局，借机认识了几个大佬。"手机那头，Andy 刚刚出酒店就迫不及待地给孙涵涵发了微信，自己也觉得好笑——她仿佛有一种魔力，或者准确地说，是对自己的致命吸引力。他盯着手机，想到这个词，嘴角更弯了："对了，明天上午的飞机。我们机场见，还是我来接你？"

发完了微信，肩膀就被人一拍，Andy 转过头，一愣："周律师？"

"散了局还不走，给女友发信息呢？"来人笑着问，瞥了眼他的手机。周斌大老远就见着这个后生站在门口，低头发信息，满脸是不自知的笑意。

"嗯，嘿嘿。"Andy 有些害羞，挠了挠头发，没有否认。正巧那边，手机一振，孙涵涵发了一张自己和皮卡丘的自拍过来："我要睡觉啦！晚安！"

眼睛大大的，皮卡丘玩偶贴着她的脸，满屏幕的笑，洋溢着幸福。

"嗯，晚安。"Andy 的嘴角不自觉地勾起。

一旁的周斌瞥了一眼 Andy 的屏幕，不动声色地笑了笑，拍了拍他的肩，只说：

"对了，叫车了吗？我载你回去？"

39. 很多的爱

Andy 第二天上午准时在孙涵涵楼下等她，两人坐 11 点的飞机飞香港。

何知南听说了后只表示 Andy 真是殷勤到丧心病狂——不过也符合人设。这类型的男士在北京不少见：处在事业上升期，相信丛林法则，习惯了竞争。在他们眼里，合适的姑娘和合适的工作机会都是稍纵即逝的稀缺资源，一旦确定，就要牢牢地把控在手心，不容错失，也不能让任何第三人有可乘之机。

"啧啧啧，我爸当年好像也是这么追我妈的。那种势在必得的感觉。"何知南感叹，一会儿又敏锐地提出，"我发现他挺适合你的。"

孙涵涵一笑，问："为什么呀？"

"你和他在一起很轻松啊，不像之前跟周斌在一起那样，总是心事重重的。"毕竟，这是一段可以见光的爱情。何知南没接着说下去。

两人坐的是经济舱，习惯提前一小时到达机场，Andy 提到上次和老板出差，老板踩着点来的，他吓得半死，结果跟着老板走商务通道，从到达机场到登机花了不过 10 分钟。两人登机的时候路过商务舱，Andy 一笑，说："5 年后，我带你坐商务舱。"话一出口，他才发现像是许了什么天长地久的承诺，霎时不好意思起来，赶紧跨了大步向前，希望孙涵涵没听到，又希望她听到。

没想到说者有意，听者却走了神，孙涵涵平时出差不多，上次坐飞机还是和周斌去希腊，来回都是商务舱。她想起当时的自己难得兴奋，落地还特地发了朋友圈说最喜欢汉莎航空的烩牛肉和冰激凌。好在这些当初一时脑热发的朋友圈早就删除了，否则 Andy 问起，她还得想方设法地遮掩。

在某种程度上，她不想向他撒谎。

3 个多小时的飞机，Andy 竟然替她备齐了眼罩和颈枕。

"这么贴心？"颈枕和眼罩是一套的，深蓝色的，上面毫无意外地绣着褐色的……皮卡丘花纹。孙涵涵接过装备觉得好笑，这人真是把人设贯彻始终。

"困了就睡。"他笑着说，露出一排白亮牙齿，"都带你上飞机了，当然要照顾好你。"

结果孙涵涵只是一笑，趁其不备凑上前将手里的眼罩往 Andy 头上一套，蒙住了他的眼，半开玩笑地轻轻捏了一把他的脸，凑近了轻声说："我才不困呢，要睡你自己睡。"说着扭过身，指尖点着座位前的屏幕开始找电影。

眼睛被蒙住了，触觉与嗅觉反而更加敏锐，Andy 只觉身边有着撩人心弦的香味，纤纤手指在脸上一捏，她说话的气息扑在自己的唇上，霎时心跳如雷，一时怔在那里。好在空姐提示飞机马上就要起飞。

Andy 连忙掀了眼罩，缓过来一般地问她："呃……你喜欢什么片？我们一起看？"

最后孙涵涵兴致满满地选了一部恐怖片。

飞机上有些冷，空姐派发的小毯子被乘客一抢而空。Andy 眼明手快地抢到一条，递给孙涵涵。孙涵涵分了一角毯子给他，两人顺理成章地挤在一起，戴着耳机，盯着各自的屏幕同步放映。这个世界上没有比恐怖片更催情的电影了。

孙涵涵好几次被吓到，差点在飞机上尖叫出声，全程咬着拳头。Andy无奈，后半部分但凡恐怖音乐响起，他便提前伸手挡着孙涵涵的眼，她纤长的睫毛在他手心中扑闪——像是不安分的翅膀。

孙涵涵又害怕又好奇，好几次从毯子里伸出手掰他的手指头，试图看一看指缝间的画面，结果正巧屏幕里造型惊悚的鬼怪也探出头来，与她狭路相逢。她冷不防结结实实地被吓到，一个激灵就往 Andy 身后钻去，像是一只全身是毛的小动物，挠得他心口发痒。

几次以后，Andy 无奈，撤下耳机，关了两人的屏幕，回身瞪她："都吓成这样了，胆子这么小还看恐怖片？"

可身边的人却笑得狡黠，吐舌头说："不看就不看嘛。"她重新钻进毯子里，将另外一角毯子盖在 Andy 身上，这个姿势让她想起每天晚上给皮卡丘盖被子的情状，不由得嘴角上扬。

"我从来不看恐怖片的，我胆子可小了！可是刚刚谁让你说要和我一起看电影！应该怪你！"孙涵涵用一脸无辜的神色逗他。

"啊？"

"嗯……"她把头轻侧，靠在身边人的肩膀上，闭了眼养神，"我故意选的……"

飞机平稳地滑行在万米高空，机舱内很安静，只是偶尔有乘客小声交谈的声音。Andy 正襟危坐，连呼吸都刻意放缓，脖子上挂着深蓝色的皮卡丘颈枕，身上盖着半条毯子，在午后静止的空气里，难免有些昏昏欲睡。睡着前，他模模糊糊地想：此行，他是有一点新的收获的。比如，只有傻子才会在和姑娘共乘飞机的时候替她准备颈枕，聪明一点的做法应该是——让她枕在自己肩上。

就像此刻这样。

等飞机落地，孙涵涵陪 Andy 入住酒店，刚放下行李要走，Andy 又说在 Ascot Chang（诗阁）订了一套西装，刚好明天上市晚宴能穿，拉着孙涵涵就去 Landmark（置地广场）取衣服。20 多岁的男士穿上西装更显挺拔，孙涵涵在旁边歪着头看，走的时候问他："是不是故意带我来的？西装撩妹？"

"哦？"Andy 扬起眉毛，"我还真没这么想过。那么，撩到了吗？"他侧过头凝视她。

"再加把力。"孙涵涵对他眨了眨眼，眼角眉梢都是笑。

两人取完了衣服，Andy 又说附近一家店的甜品好吃，吃完了甜品到了晚餐时间，他又顺势提起隔壁一家烤肉店味道惊艳。最后好不容易等孙涵涵上了去浅水湾的出租车，几分钟后，Andy 的微信又追过来了，微信消息是一张照片，汇报他在酒店楼下的建筑外墙上看到了一个皮卡丘的涂鸦……

等孙涵涵到何知南那里，已经是深夜了。何知南用一脸不怀好意的审视表情看着她："老实交代！下午的飞机，这期间去了哪里？"

孙涵涵不急着回答，环顾了一圈高鹏家的半山豪宅。香港的地与房子处处比北京小一号，像是一个被精密计算后缩小了的世界，而高鹏家竟难得地宽敞。菲佣上前接过孙涵涵的行李，何知南罩着浴袍，手里捏着一杯酒招呼她，俨然有几分当家主母的贵妇做派。

孙涵涵忍不住感叹说："啧啧，好一个大款婆。"然后才絮絮叨叨地说了自己的经历。

何知南后悔自己开了这个头，只要提到 Andy，孙涵涵即刻滔滔不绝，她现在浑身上下又是一股恋爱中的女人才有的酸气。反观自己，何知南哀叹："只有寂寞的铜臭味。"

高鹏这几日长时间不在家，何知南小心翼翼地问他去了哪儿，他只说工作忙。何知南继续小心翼翼地问："孙涵涵能不能在家住两个晚上？"高鹏如蒙大赦般地说："好啊好啊，刚好就一间卧室，你们睡吧，我出去住。"接着从早到晚，不见人影。

在爱情里，男人对于冷暴力无师自通。他们愧于承认自己已经不爱，天生习惯将一段打算放弃的关系冷处理，让另一半惴惴不安，不断问自己："他还爱我吗？"

但对此，孙涵涵的答案则是："他爱不爱你不是很重要，你要关注的是你自身，比如，你还爱他吗？"此刻两人并肩坐在地毯上，后背倚着沙发。

将近午夜时分，客厅的电视放着乱七八糟的综艺，成了两人聊天的背景音。

"爱啊，我很多情的。"何知南承认，"但现在这段感情早就成了我一个人的独角戏。你知道吗？前两天，我还以为我有点希望的时候，向他求婚。"

孙涵涵差点喷出一口老血："啥？你求婚了？"

何知南是在两人睡前看朋友圈的时候突然暗示高鹏说："咱高中同学又有一对结婚了啊！"

高鹏点点头，答："是啊。"

何知南又说："高中这几对，除了分手的、结婚的，就剩咱俩了。"

高鹏还是看着手机，停下来想了一想，回她："哟，还真是呢。"

何知南见他始终不为所动，最后扔了手机，凑近了，把脑袋放在高鹏肚子上，装作十分不经意地开口："那你……你什么时候娶我呀？"

可就在那一瞬间，她从高鹏的脸上，看到了变幻莫测的表情，有惊讶，有恐慌……但更多更明显的，还是无法掩饰的嫌弃。

"就是，你知道吗？就是那种，好像被严重冒犯到了的、被人占了大便宜的表情……"何知南喝了口酒，皱着眉头，带着哭腔向孙涵涵形容，"就好像，我提起结婚是计划着从他身上讨到更大的好处。"

孙涵涵撇了撇嘴没说话，她环顾了一圈客厅的奢华陈设，又冷眼评估了何知南的模样与性情，心里也忍不住替高鹏承认：虽然残忍，但……确实如此。

好在当时何知南在看到高鹏的反应后及时大笑出了声，赶紧转到一边替自己解围："哈哈哈，我开玩笑的，哈哈哈，我才不想那么快结婚呢！"

然后就听见高鹏松了口气般，咧了嘴答道："哦哦，是嘛！我也觉得，爸妈都说我们还小呢，不急，不急，哈哈哈。"继续埋头玩起了手机。

但从第二天开始，高鹏回家越来越晚，并暗示何知南："我马上要进印刷商了，你是不是也该回北京了？"

"但是！他还没有对我提分手！"何知南又充满希望地问孙涵涵，"这是不是表示，我们还有一点希望？"

孙涵涵看着她，眨了眨眼，不知道是应该安慰她，还是告诉她实话——大部分的男人不会轻易说出分手，因为不愿意背负"伤害"的罪名。他们只会用自己的行动，引导你说出那个词。

　　女生之间的相处总是十分微妙的，太坦诚或者太虚伪都不会讨人喜欢。于是孙涵涵斟酌了一番，打算避重就轻地安慰她："其实话说回来，你也没有很喜欢高鹏啊，他除了有钱，也没别的好……你看你之前还和瞿一芃在一起，其实对高鹏也没多少感情了吧？"

　　何知南想了想说："是啊。我一直想要的，是很多很多的爱。你看这房子虽然好，但待久了人还是无聊的。我待了两周，觉得这里就跟冷宫一样，天一黑只能来回数地砖。我还是希望有人爱我，有了爱我才能觉得温暖……不过……"她眼珠子一转，把话题引到孙涵涵身上："不过，你是不是和我相反？只要有了足够的钱，没有爱，也不介意？"

　　这话把孙涵涵说得一愣。此刻她手机微信里的最新消息是 Andy 发来的"晚安"。虽然有些人一辈子都不可能踏进半山别墅，但此刻，她必须承认，萦绕在脑中一晚上的问题是：若能和 Andy 度过今夜，是不是会比现在更开心一些？

　　她第一次发现，房子再大，设施再高级，却都是死的。而人，才是活的。我们活的时光那么短，为什么要让一些死物来左右自己的选择？

　　于是她摇了摇头，说了一句亦舒女郎的经典台词："不，我和你一样，想要很多很多的爱，如果没有的话，那才需要很多很多的钱。"

　　而现在，她想，她已经有了足够的爱。

40. 大冒险

　　何知南与孙涵涵第二天在浅水湾的沙滩上晒了大半天的太阳。

　　两人特地戴了复古猫眼墨镜，穿连体条纹泳衣，盖大厚浴巾，旁边支着太阳伞，何知南还抱着一本大部头书，是托尔斯泰的《战争与和平》。她和孙涵涵感叹："我以前觉得每天早餐坚持用面包夹牛油果配鲜榨橙汁就足够'小资'了，但我现在觉得，还是得抱着一部世界名著，在阳光下，戴着墨镜读一天，书页上沾了细软的沙子和咸咸的海水，这才算极致的悠闲。"

何知南这两天颇有几分"奋不顾身"的意思：她觉得这像是一场告别，不仅仅是告别高鹏，还是和在香港这两周的全部华丽冒险告别。她心中有股隐隐作祟又真实的预感：这是她最后一次来到影湾园。等下一次故地重游，她又将是之前战战兢兢的普通游客，拿着导航花一整天从太平山顶逛到文武庙。

等到夕阳西下的时候，何知南问孙涵涵有无别的安排。孙涵涵浑身裹得严严实实的，严格遵守两小时涂一次防晒的标准，在何知南身边发了一天的微信——Andy 白天参加会议，晚上就是和客户的晚宴，全程给孙涵涵图片直播。孙涵涵老老实实地回答她："没有安排。"

结果何知南神秘兮兮地对孙涵涵说："那晚上一起，我约了个美女，算是我在香港交的唯一的朋友。"

"啊？"孙涵涵果断猜到，"不会是之前你提过的那个韩苏吧？"

但还有孙涵涵猜不到的事。何知南笑吟吟地说："你猜她是谁——嚯！瞿一芃前女友！"

孙涵涵差点被这个八卦震死在当场。

三个姑娘晚上约在 secret tour，韩苏的朋友推荐的地方。这回韩苏又用推子推了短发，抹了发蜡，长度看着竟比在场大多数男士的头发还短。她早就到了，坐在吧台一角抽着电子烟，一见何知南进门就伸手招呼，偏偏今日一身西装，乍一看竟像个眉目极清秀的男孩子，引来许多姑娘注视。

何知南见了韩苏就大叫："你怎么把头发剪这么短了?!"

韩苏眨了眨眼问："喜欢吗？上次觉得好玩剪的，结果这两天律所里的保洁阿姨都对我轻浮地笑，倒得了不少来自阿姨们的好处。"

何知南感叹："别说阿姨，连我简直都要被你'掰弯'了！"

女人们无疑是喜欢好看的姑娘的，甚至比男人更喜欢。但太好看的姑娘容易引起女人们的敌意，而帅气又好看的就不会了，帅气的姑娘只会让女人恨不得一头扎进她的怀里感叹："噢，你要是个男的该多好啊。"

孙涵涵乍见到韩苏一个愣怔，第一反应是瞿一芃这个狗男人怎么配得上她，下一眼，就心甘情愿地想一头扎进她的怀抱里了。

本来还有些拘束，想着浅尝辄止，结果几杯酒下肚，姑娘们越发放开了，嘻嘻哈哈地聊起来，发现大家酒量差不多，于是兴致更高，继续加酒喝到了半醉。

何知南忽然提议："我们玩真心话大冒险好不好？"

"好幼稚。"孙涵涵一面抱怨，一面又觉得刺激。她们最后还是向酒保要了骰子，摇点数，点数低的要选择真心话或大冒险，题目由点数高的人指定。

第一轮下来，何知南的数字最小，孙涵涵笑问她："真心话还是大冒险？"在某种程度上，真心话也是一种大冒险。她喝了酒，说："真心话。"

"只论人，不论钱，你觉得高鹏还是瞿一芃更有魅力？"

何知南差点被酒呛到，瞪着孙涵涵问："第一回合就这么狠？"又拿眼风扫过韩苏，发现韩苏也津津有味地看着她等答案。

她只得硬着头皮回答："高鹏吧。瞿一芃，虽然长得不错，但……呃……相处久了就有点……"

"有点猥琐。"韩苏点点头补充，深有感触。

"对对对！"两人目光相接，笑作一团，没忍住碰了碰杯子大呼，"渣男滚蛋！"

第二轮孙涵涵栽到了何知南手里，何知南大笑，不怀好意地问她选真心话还是大冒险。这种时候敢选大冒险的话，何知南一定会玩死自己。孙涵涵老老实实地答："真心话。"

结果何知南也没放过她，带着一脸诡异的笑问："周斌和Andy你觉得谁更有魅力？请说出理由！"

孙涵涵一怔，开始反抗："这是两个问题！"

何知南做鬼脸说："那你先回答第一个，第二个我帮你回答，哈哈哈。"

孙涵涵想了半天回答："各有各的魅力。周斌也是个渣男，从某种程度上说，拥有足够的魅力，是做渣男的前提。"最后，她歪着脑袋甜甜蜜蜜地得出结论："但对我而言，我现在选的肯定是Andy。"

何知南后悔又给了她一个秀恩爱的机会，翻了个白眼说："真是受不了！"没想到一旁的韩苏若有所思，搭了话："为什么说这个周斌是渣男啊？"

同名同姓的人不是没有。

"吃着碗里的瞧着锅里的呗。"何知南对孙涵涵使了个眼色。

孙涵涵倒是坦诚，一杯酒下肚，果决地回答："这个律师是个有妇之夫。但我们最近已经彻底散了。之前他口口声声答应我要离婚，说不爱老婆，不爱就算了，还骗他老婆给他做试管婴儿！良心被狗……"

"砰"的一声，桌上的啤酒瓶砸到地上，众人被吓了一跳。韩苏赶紧说"抱歉抱歉"，她刚换了个姿势，不小心手肘碰到了桌边的酒。

孙涵涵及时掐了话茬，与何知南拿了纸巾替韩苏擦被飞溅上了啤酒的裤子，触到韩苏的手，竟是冰冷的，于是孙涵涵抓了韩苏的手抬头诧异地问她："手这么冷啊？"

没想到韩苏一直低着头，紧紧盯着自己。二人目光相触，皆是一怔。韩苏只觉得孙涵涵的手极滑腻，温温热热的，脑子里浮上来的第一个想法是"肤如凝脂"，下一秒就回握住了她的手，挤了一抹笑出来，贾宝玉般地逗她："那你帮我暖暖？"心里想的却是表姐曾诚的手，她见过，一眼就能看出年龄。

难怪，真的是这个"周斌"……两人直到最近才分了手？

韩苏觉得心里乱糟糟的。眼前的孙涵涵长发披散，露出额头，眉毛又长又斜，向鬓里飞去。她有着极宽的双眼皮褶子，眼角尖尖的，低垂的眼尾是一笔行云流水的线条，散发着古典味道。不知是不是因为来了香港，她特地化了复古的港妆，唇是钝的线条，用唇线笔勾勒出深红的唇形，唇上沾了酒，像是颗鼓胀胀的樱桃。

这是一张十分好看且自知好看的脸。韩苏对世界上任何一个第三者都心存厌恶，但她承认，她对孙涵涵的第一印象极佳。而此刻，那几分欢喜化成了罪恶感，在心底隐隐宣示着她对曾诚的背叛。

她站起来说："我去一趟洗手间。"她在洗手间的镜子前深深呼吸，总算压下了刚刚接触到八卦时的惊愕心情，又从包里掏出一小片棉巾擦了脸上的浮油，淡淡扑了层粉，拿出口红补了妆。这么一套流程下来，心绪总算是平静了，但玩闹的兴致也全无了。

等回了座位，韩苏抱歉地开口："刚刚接了电话，这会儿得赶去所里加班呢。"

没想到何知南和孙涵涵大呼："不行不行，我们都受了罚，你不能就这么走了。"

韩苏笑道："把酒喝光了也不行？"

何知南皱着鼻子说："喝酒算是便宜你了！说，真心话还是大冒险，最后一轮结束了才能撤。"孙涵涵也在一旁点头应和，披着的头发随着她头摆动的幅度抖动着，像是闪亮的黑色瀑布。

韩苏赶紧把目光从孙涵涵身上移开，无奈地发现今晚不能轻易离开了，面对孙涵涵，她莫名有些心虚，情绪很复杂，只得说："那就大冒险。"

何知南与孙涵涵一听，就差没欢呼出声来，两人早就想好了大冒险的招数，就等着韩苏说出"大冒险"。孙涵涵鬼鬼祟祟地拉着韩苏，指着不远处一张桌子旁的高大身影，耳语道："大冒险的任务——找那个帅哥，要微信！"

韩苏看着不远处的身影，那人侧对着自己，看着十分年轻，她皱了眉头想自己对小男孩是真的没兴趣，但要个微信还是容易的，大不了说孙涵涵喜欢他。

结果何知南扑上来打断，说："不是不是，大冒险的任务——找那个帅哥，想办法让他向你要微信！"

韩苏的眼珠子差点瞪出来，孙涵涵在一旁小鸡啄米一般地点头说："是的是的，我们刚刚观察了一圈，他简直是全场最佳！拜托了，拜托了，搞定他！"

"不搞定不可以走！"

韩苏捂住了额头，想，豁出去了呗。

韩苏与孙涵涵两人本身外形扎眼，三人在酒吧坐了这么一会儿，就有服务员送上其他桌男士请的酒，几名男士的目光一直往这里飘着，跃跃欲试。罗玛注意她们三人已久，他还在北京上学，正放寒假，借着实习的机会来香港一趟，今日和一个学长来酒吧，觉得香港女郎个个有型又好看，只是放宽了心态欣赏，倒没起别的心思。

忽然学长撞了撞他的胳膊，眼神猥琐起来，笑他："隔壁桌的靓女是不是在看你？"

罗玛一怔，顺着学长的眼风看去，果真见到那个娇俏的短发女郎带着笑，半托着腮在看他。他早在韩苏一进门的时候就注意到她了，只觉得她举止干脆，像极了小时候看的 TVB 律政剧里的女主角，却没想到她竟然真的在看自己。然而，在触到他转过来的目光的一瞬间，她迅速低了头，仿佛心头小鹿乱撞，像一朵水莲花不胜凉风般娇羞。

罗玛一怔，心头动了一下，仿佛比韩苏更害羞似的，慌忙转了目光。就连旁边学长都叫了一声："哎哟，你有戏！"

这边的何知南与孙涵涵看得目瞪口呆，对韩苏说："你演技精湛啊，哪儿来的套路？"韩苏不着痕迹地耸耸肩，将面前的手机推上前，屏幕还亮着，标题是《如何在酒吧搭讪小'男神'》……

这么对视几个回合，韩苏的目光像有了火焰，灼着罗玛的眼角，他连和学长说话都漫不经心起来。学长这边早已火急火燎，一个劲催促他上前搭讪。罗玛只是摇头，绯红一点点染上耳际。这边韩苏继续带着笑看他，看了一会儿站起身来，离了座位，特地绕了远路，娉娉婷婷地经过罗玛的桌子边，脚步在经过时刻意放缓，余光瞟了他一眼，经过时仿佛带着阵阵香风，连学长都明显感觉罗玛一瞬间不自在起来。

韩苏一笑，走进了女洗手间。

等她从女洗手间出来，就见一个高大的身影站在门口，略显局促，但强装镇定，一只手插着口袋，另一只手握拳抵在嘴前，清了清嗓子，看着韩苏，开口："嘿。"

"嗯？"韩苏眼里含笑地看他。

"我叫罗玛……"他伸出手。

韩苏没说话，还是含着笑，半仰着头看他。他的手掌干净又宽阔，韩苏对着他的手只是轻轻一握便放下。

"我……我加你个微信！"实在找不到别的台词，罗玛终于如愿说了这句话。

这边的何知南与孙涵涵简直是在用法国人民看拿破仑的眼神看着韩苏凯旋。

"喏。任务完成，我走了！"韩苏放下手机一笑，挎了包要走，又想到什么，停下来提议，"我们拍个合影好不好？"

出门的时候，韩苏想了好久，还是将这张合影发给了曾诚："姐，最边上那个女生叫孙涵涵……你……认识吗？"

　　刚发完信息，手机就振了，却不是曾诚的回信，而是新加的罗玛："你走了啊？"

　　韩苏撇撇嘴，直接拉黑。

　　将近午夜的香港依然行人如织，韩苏等了半天等不到出租车，倒见酒吧门口追出了一个人，连外套都没穿，脸上是又急又气的神色，跑到韩苏面前劈头就问："你拉黑我了？！"

　　"是啊。"一辆出租车驶来，韩苏根本顾不上理他，赶紧伸手拦车。

　　"你……你玩我呢？"罗玛没忍住脱口而出，亏他……亏他还……他不过20岁出头，一向眼高于顶，没想过原来"山下的女人是老虎""越漂亮的女人越会骗人"是真的。他一把拉住韩苏，不让她走。

　　韩苏好不容易拦到了车，竟被这好看的可以做吉祥物的男孩当街拉着，又好笑又不耐烦，半转了身子看着他，一笑，伸手轻轻拍了拍他的脸，打算将他一气到底：

　　"嗯，我就是玩你啊，小鬼。"

　　趁着罗玛一怔，她赶紧溜上车。出租车行了十来米，从后视镜里看去，罗玛还站在原地，韩苏心想，这么不经逗，还真是个小鬼。

　　可韩苏没想过，向来有句俗话，叫"阎王好见，小鬼难缠"。

41. 孩子

　　曾诚是在半小时后看到韩苏的微信的。

　　白天她刚做完第二次的穿刺，长长的取卵针在B超的引导下刺穿阴道，哪怕注射了麻药，她依然能感觉到最敏感的地方传来受刑一般的疼痛。因为年纪大，试管一次次失败，穿刺本来就是十分危险的过程，医生手抖造成肠管或者盆腔出血的例子不是没有，好在曾诚的医生足够沉稳，目前她承受的除了疼痛，无非就是盆腔发炎——好友知道了她的情况，感叹这个坚定地丁克了几十年的女人简直是疯了，才愿意在这把年纪遭这个罪。

曾诚娇生惯养，一向最重视呵护的就是自己的脸，这几日为了弄试管婴儿频繁跑医院，工作全权交给下面的人负责，连最宝贵的脸蛋也疏于照顾。疼痛与炎症让她像枯萎的花，面色泛黄，每天只草草洗了脸，抠出贵妇面霜往脸上厚厚一抹，百无聊赖地趴着，像只愤怒的母狮。有回闺密提出陪她一起去医院，对方仅仅几个月没见她，见了面竟然大惊小怪、失了神色，但人也直白，脱口而出的就是：

"曾诚啊，你变丑了！"

看得见的苦暂且不提，看不见的苦还有好多：上次打的黄体酮，让半边臀部生生变麻，然后变硬。曾诚现在坐立难安，没事只能趴在贵妃榻上看剧。周斌看她总是不自觉地龇牙咧嘴，偶尔几次大发慈悲地说："我帮你按个摩？"结果反而惹得她更疼。她气急败坏地说："你走走走走！"

她上洗手间的时候手无意间碰到臀部，那臀部像块冰冷的石头，连她自己都不愿意多碰一秒。但为了周斌——

她始终记得，周斌得知她要做试管婴儿的那天，40多岁的人竟然从沙发上一跃而起，脸上是毫不掩饰的狂喜——就像个孩子一般。接着他兴高采烈地说："我们老周家终于有后代了！"就要急着给父母打电话。曾诚记得他一宿没睡，翻来覆去，紧紧抱着她，最终忍不住半夜起来开了灯，说："不行，我太开心了，睡不着！老婆，我们给孩子取个名字吧！"

于是本来只是说说的想法，慢慢在心里扎根，变得坚定。

做试管婴儿的道路并不好走，崎岖坎坷，不知道要经历几次失败。周斌刚开始耐心地陪着，可再好的男人也会对这些琐事失去耐心，不是吗？她害怕看到周斌眼里失望的神色，觉得一切失败都是自己的错。最终，在某一个深夜，她轻轻捂住他的眼告诉他："一定会成功的，你放心。你先忙着工作，我会努力，没有我搞不定的事情。相信我，我会给你惊喜。"

为什么非要有一个孩子呢？曾诚也曾认真地问自己，毕竟这么多年来，她其实一直把周斌当作自己的孩子。后来曾诚偶然在论坛上看到一句话，说："如果有个小生命，长得既像你，又像你最爱的人，是不是会真心觉得造物主神奇？"

于是每当想到吃这些苦的回报是一个来自造物主的神奇生命，曾诚咬咬牙，想，那就拼了。虽然她当初并未想到，生儿育女的苦，做试管婴儿只不过是个开始。

这日周斌不在家，看完了一集美剧，曾诚才看了一眼手机微信，是来自韩苏的一张图片和一条未读消息，她诧异起来——韩苏和孙涵涵搞在一起了？

她皱着眉头迅速回复微信："对，这个孙涵涵就是之前追周斌未果的那个小姑娘，怎么和你在一起了？"

微信界面上韩苏的名字迅速变成了"对方正在输入……"，可她输入了半天，也不见发过来什么东西。

看得出，韩苏在犹犹豫豫。曾诚立刻发现有猫腻，直接拨过去微信电话，两人聊了半小时。

韩苏将与孙涵涵认识以及喝酒的经过原样复述。曾诚一直以为周斌与孙涵涵要么没开始，要么有一点点暧昧也早就断干净了，这才努力反省自己，上赶着自残般地费尽千方百计，想在 40 多岁的年龄给周斌生个孩子。

现在回想起来——她真是做了天大的冤大头！这段时间受的苦，曾诚本不觉得疼，可此刻所有伤痕都像失去了顾忌，变着法地在体内嚣张起来，从内到外，她只觉得自己百孔千疮。

她想试着更相信周斌一些，可此刻孙涵涵那边的版本显然接近事实得多。孙涵涵竟然知道她在做试管婴儿的事情，若两人早断了联系，孙涵涵怎么可能得知?! 原来她受着苦，老公依然在外面逍遥，继续抱着小三，嫌弃妻子因为做了试管脾气不好，结果反倒让小三认定了他是个渣男，愤而分手。狗血的故事里，她竟然成了最可怜的糟糠妻。

看来这世道，小三都比狗男人有良心。

韩苏战战兢兢地和曾诚打完了电话。人向来害怕传递不好的消息，明知道这个消息可能让曾诚崩溃，可她认为自己不得不说。

童话里的爱情，是一旦爱了，就不问值不值得。而现实里的爱情则是，你得先了解这个人的全部，再考虑值不值得。甚至是，在你爱着他的每一刻里，都应该随时问自己一声：值不值得？

好在韩苏听着表姐的声音还算冷静，全程是："哦?""这样啊。""好的，我知道了。"最后曾诚冷静地谢了韩苏，反倒安慰她："你告诉我这些，自己不需要有压力。在现阶段知道这些，对我而言，其实是一个好消息。"

周斌回来的时候，曾诚勾着小腿趴在贵妃榻上，一动不动，支着腮专注地看着面前的 iPad（苹果平板电脑），仿佛没听见他进门的声音。

等到走近了周斌才发现，曾诚面前的 iPad 竟然是一片黑屏。可她仍紧紧盯着屏幕，一副老僧入定的样子。

周斌不觉得诡异，反而凑了过去，弯下腰在曾诚面前挥了挥手，问："发呆呢？"

曾诚这才缓缓抬了眼，看他，慢慢露出笑："嗯，刚看完一部剧，真好看，没缓过来呢。"

"哟，这么投入，什么剧啊？"

"*Why Women Kill*（《致命女人》），"曾诚一笑，侧过身，以手肘撑着沙发，对周斌说，"说的是三个不同时代的女人，用各自的方式解决了她们婚姻中的问题。"

"哦，又是现在大热的女权题材。现代人都不喜欢看女人做贤妻良母了，都喜欢看女人意识觉醒，反抗家庭。说白了就是生活压力太大，所以人也暴躁。"周斌摇摇头，走到衣帽间脱了外套和领带，换了一身家居服。衣帽间里继续传来他的声音："但婚姻能有什么问题呢？即使有，也不能全怪别人，女人自个儿也难辞其咎。"

"婚姻中的问题有很多啊。"曾诚移到了衣帽间的门口，脸上还是挂着笑，"比如互相隐瞒，比如出轨，比如暴力……比如这个世界上总是存在许许多多不靠谱的渣男，当初嫁给他的时候猪油蒙了心，等到发现问题，想要解决，就只能……杀掉。"

这话说得瘆人，周斌只觉身后有凉风吹过，猛一回头，看见曾诚不知何时已经站在了自己背后，在卧室的乌黑背景里，披散着头发，一身白色睡裙，幽幽地面带微笑看着自己。周斌霎时觉得心里又虚又怕，不由自主地后退了两步，怪叫着训斥："大晚上的！你披着头发装鬼呢。今天又忙了一天，回家要困死了，被你这么一吓，清醒了！"

"那就好啊。"

　　曾诚的声音依旧轻飘飘的，浮在深夜的空气里。她说话难得这么慢，但却认真："老公，每天这么辛苦，你千万要注意身体啊。"

　　她脸上依然是浅浅淡淡的笑，目光直视他的眼睛。

　　2月，北京的冬风呼呼吹着，每天晚上10点，曾诚家的保洁阿姨准时打开后门，去院子里的垃圾桶倾倒一整天的垃圾。曾诚与周斌很少在家里，家里垃圾极少，最多的就是阿姨做饭时产生的一些厨余垃圾。保洁阿姨倒垃圾的时候，意外发现今天的厨余垃圾里混入了一大堆乱七八糟的碎纸片、CT（计算机层析成像）照，像是被人一剪刀一剪刀剪下的，阿姨第一眼看到时没忍住咂嘴："这得多大的恨意？"

　　接着好奇起来，阿姨多看了几眼——零零散散的碎纸上，只能看清楚几个印刷字，像是……病历？就诊记录？北医三院？

　　"没事剪自己的病历玩？还一剪刀一剪刀剪得这么碎？"阿姨心里感叹，"有钱人真是时间多，精力旺盛，就喜欢糟蹋东西。北医三院……呃，这名字有点熟悉。"

　　阿姨走了好久，才猛然想起来："啊？这不是太太做试管婴儿的那家医院吗?!"

42. 高质量

　　何知南与孙涵涵坐的是傍晚的飞机。两人收拾完行李，何知南才想起自己忘记买机票。孙涵涵目瞪口呆地想："你是不是做贵妇做傻了。"

　　何知南火急火燎地正要打开手机抢票，没想到高鹏一个电话过来说："对了，秘书已经把票给你买好了，我昨天叮嘱的她，商务舱。这两天我有点忙，让司机送你。"

　　短短两句话，对孙涵涵与何知南却有太多信息。何知南关注的重点之一是：你什么时候有了秘书？美不美？年轻不年轻？重点之二是：送我离开香港，你倒是充满干劲？

而孙涵涵关注的重点之一是商务舱，重点之二是：嚯，竟然还有司机！她"啧啧啧"看了何知南好几眼，感叹道："虽然才说过要爱情不要钱这样的豪言壮语，但不得不承认，大部分说这句话的人，都没体会过什么叫真的有钱。"此番她离开了周斌，选择了 Andy，很可能意味着她下一次出行再有机会乘坐商务舱，至少也得是 5 年以后了。

但好在这也算不上什么惋惜的事情，毕竟，就像女人"作"的程度不应该超过她美的程度，男人"渣"的程度也不应该超过他口袋里人民币的厚度。而周斌，孙涵涵冷笑——

他口袋里的钱，尚不足以支撑她对他渣的忍耐。

等何知南与孙涵涵到了候机楼，Andy 已经在了。Andy 与孙涵涵的信用卡权益都能享受 VIP 候机待遇，三人约在候机室里见面。何知南对 Andy 的第一印象是一表人才，正儿八经的精英男律师长相。见到他时，他正坐在 VIP 候机室的小桌子旁，面前支着电脑，眼神专注，噼里啪啦地在键盘上一通敲击。直到孙涵涵拍了拍他，他才蹙着眉头一脸严肃地抬起头，见来人是孙涵涵，一愣，绽了笑，露出一排白牙。

"加班呢？这么认真。"孙涵涵对他笑着说。

"嗯。忽然来了点事，得在上飞机之前把邮件回了。"他也笑，眼里全部都是孙涵涵，温柔像是可以流淌出来一样，甚至没发现她身边还站了同伴，眸中装不下何知南的一点点衣角。

何知南站着，冷眼旁观这两人的目光搅在一起，在空气里旁若无人地闪现出电光石火——啧，还有她什么事？她现在正值伤情期，高鹏对她越发冷淡，到今天，甚至腾出一小时的时间送自己来机场都不愿意。

她草草对孙涵涵及 Andy 打了个招呼，便拖着箱子去旁边的一张桌子边坐下，放下行李去找零食的时候，就见孙涵涵坐在 Andy 身边掏出了一本书来看，两个人低头交谈，时不时爆发出一阵笑声。

何知南看不下去了，她现在受不得任何与男女打情骂俏及干柴烈火沾边的场面。她掏出手机歪坐在椅子上，噼里啪啦地开始编辑自己的豆瓣心情动态。

她顺带给孙涵涵发了一个呕吐的表情。

直到空姐提示到达北京，孙涵涵与 Andy 才暂停聊天，打开手机，各自看了一会儿未读信息。Andy 一边说着晚上去哪里吃饭，一边看着不断涌入收件箱的信息，孙涵涵本来尚好的心情因为 Andy 不经意的一句话瞬间跌落谷底——

"周斌律师刚刚也在北京落地？" Andy 刚开机，结果看到周斌的朋友圈，诧异地嘟囔了一句，无巧不成书。

"啊？"孙涵涵差点没握住手机，一怔，猛然抬头看了一眼身边 Andy 的手机屏幕，正是周斌的头像——真的是那个周斌！

Andy 敏锐地感觉到身边人的异样，疑惑地侧头看了她一眼，又笑着解释："做娱乐法的那个周斌律师，来香港之前在律协的聚会上认识的，和我聊得投契。"

"哦？我……我听说他是大合伙人呢。你们……你们聊些什么啊？"孙涵涵无法掩饰此刻强烈的不安与心虚，甚至没发觉自己的声音与心跳仿佛踩着空气，一下一下往下坠着，却又虚浮无比，坠不到尽头。

"他？" Andy 低头笑了笑，"当时我在和你聊天，他以为你是我的女朋友，特地要送我回家，和我闲扯了一番家庭和爱情。"

孙涵涵觉得自己笑不出来了，一张小脸像扑了不合适的色号的粉底般又僵又白，连唇都失了血色—— 一个合伙人，为何要突然送一个初次见面且业务领域毫无关联的后辈回家？还会正巧愿意和他说说自己的家庭和爱情？

Andy 觉察到孙涵涵的反常，以为是自己没和他人解释清楚"女朋友"而让孙涵涵觉得冒犯，赶紧解释起来："那个……我当时想着和他不熟，所以……所以没想着要解释。再者……"他侧过脸去不看她，语气别扭地接着开口："再者，就我那时脸上的那个表情，说聊天的不是女朋友，估计连我自己都不信。"

可孙涵涵完全无法分出心神感受他话语中的旖旎了。她的手轻轻颤抖着，本已经站起，可只觉得自己现在浑身没力气，极度的恐惧袭击她的双腿，使她不得不微微前倾着身子，紧紧抱住前座的座椅背。Andy 没想到自己的表白换来她这副神情，接着立刻反应过来："你不舒服吗？"将手覆在她的额头上。

干燥又温暖，像是冬日暖阳。

可这份美好却像针一般密集地刺痛了她，孙涵涵脑中升起极其不好的预感。她突然觉得自己是长在阴暗角落的苔藓，不配拥有这样的阳光与温度。

"是的，我……我不舒服。"两人下飞机进了 T3 航站楼，孙涵涵才开口，像是下定了决心般，说，"我……我要先走一步。抱歉。"接着头也不回，逃难般地匆匆拖着箱子就走，没管身后的何知南，也没管 Andy，外套在奔跑中被风吹起，像是绽开的末路狂花。

她知道周斌此刻就在机场，她要提前找到他，无论他酝酿着什么坏计谋，她必须让一切停止。

她从黑名单里翻出周斌的号码，拨过去。对方迅速接听。

"涵涵？"

"你在哪里？我在 T3 出口的免税店附近。"声音带着喘息，以及属于年轻女孩的冰冷的决绝。

只可惜，就连这份决绝，在周斌听起来都像是在调情。

"有没有想我？"周斌的声音是低低的笑，他享受着她的狼狈。孙涵涵胃里一阵泛酸，像被蛤蟆舔了一般恶心。周斌笑完了说："我现在过来。"

不多时，周斌便出现在她的视线里。他一只手插在口袋里，另一只手拖着登机箱，他个子不算高大，却因为长年累月的历练，自带气场，走路亦是不疾不徐。他站到了孙涵涵面前，看着她好半晌，才伸手轻轻抚了抚她的脸，带着关心地问："你瘦了？"

孙涵涵只是瞪着他，冷冷地问："为什么？"

"你先说，涵涵，为什么拉黑我？不要我了？"他露出受伤的表情。

孙涵涵狠狠地扭过脸，避开他的指尖，冷笑道："这还用问？因为你是渣男啊。我的意思很明显了，希望我们保持距离，越远越好！最好永远不要联系！"

"渣男？"周斌捏了一把她的脸，笑道，"小丫头，这辈子遇见几个渣男？嗯？"他忍不住凑近，居高临下地看着她，声音慢慢变凉、变重："和我保持距离？你身上这件大衣，我买的。你的行李箱，我买的。你从头到脚还有什么不是我的？我付出了这么多，现在你就要这么走人了，永远不要联系？不！不可能！孙涵涵，你欠我的，要用你的爱来还！”

“所以，你故意去找 Andy？！你到底打算做什么？！”孙涵涵红着眼眶尖叫起来，后退一步。

“离开那个小男友，乖乖回到我身边。他不适合你，涵涵……”周斌又逼近她，声音里带着诱惑力，他伸手揽住她的腰，“你曾经和我在一起过，不可能会再爱上他那种毛头小伙子。况且，你这种人……你觉得，他若知道了你做过什么，还会爱你？”

孙涵涵一惊。

周斌的手重重地在她腰上揉捏，带着占有的欲望。两旁的路人匆匆走过，误以为这是一对恩爱的情侣。孙涵涵像是被拿捏住了要害的猎物，已经放弃了抵抗——是的，只要周斌愿意，Andy 迟早会知道她的过去。即使周斌不说，那她呢，也打算这样一辈子瞒下去？

“小傻瓜。”周斌深深嗅了一口孙涵涵身上的香气，声音低沉，“我很想你。”

“啪”！孙涵涵干脆抬手，一个耳光扇了过去。“你给我滚！有多远滚多远！你让我恶心！”——哪怕要告诉 Andy，也应该是我亲口告诉，轮不到你这个老色坏！

她的动静太大，路人的目光汇聚了过来。

挨了耳光的周斌不便发作，他阴冷地看了一眼孙涵涵，转身离开。

等到何知南和 Andy 赶上来的时候，孙涵涵正双眸空洞地站在出租车上车点，Andy 眼前一亮，正要迎上去，就见孙涵涵面无表情地看着他：“你先回家吧。我和我闺密一起。”

Andy 和何知南一脸不解，何知南正要替 Andy 说话，反而是 Andy 点点头，看向她们：“那你们一路小心。”

这么说着，他上前拦了车，替她们开了车门，站立一旁等司机打开后备厢，搬上她与何知南的行李，嘱咐何知南：“麻烦你陪她到家吧。”

随即，他又一脸真诚对孙涵涵说道：“无论发生什么，记得有我，而无论怎么样，我都会等你。"

他的这副神色彻底让孙涵涵心口一酸，眼泪涌出来，她奋力转过头去，不敢再看他。

43. 伴游

"你见到周斌了？"一上车，何知南就问她。

孙涵涵无力地点点头，发出近乎气音的声音："更糟糕的是，他还认识Andy。"

何知南瞪大眼睛，看着孙涵涵如遭灭顶之灾的神情，一路不敢多说话，安安静静陪她到了家，又表示如果孙涵涵需要，可以一起喝闷酒。

女生之间的友谊精髓在于有难同当。何知南本正遭遇情感创伤，此时见了孙涵涵这般，霎时心中好受多了，因此真心实意想要陪着她舒缓情绪。

没想到孙涵涵在车上闭目养神了半天，这会儿到了家，竟然恢复了神采奕奕的状态，利利索索脱鞋、放包、脱大衣，举手投足间有了几分杀伐果断的狠厉。她对何知南一笑："没事，你回家吧，先整顿整顿，我们周末再约酒。"

她估摸着孙涵涵这是下了某种大的决心，但这决心是什么，是了结周斌还是搞定 Andy，又或者二者兼而有之，何知南不太确定。但向来，不能把你打败的，只会让你更加坚强。何知南与孙涵涵做了这么久的朋友，正是因为她们两人骨子里有共同点：在男人的问题上，绝不会让自己吃亏。

孙涵涵等何知南一走，就忙了起来，她下了决断：和周斌必须断干净，首先决心要表清晰。她先叠了刚刚脱下的 MaxMara 大衣："宝贝，你真的很好，但妈妈不能要你了。"接着是包包、耳环、丝巾……逐一从卧室里面拿出，码整齐，全部装整完毕，齐齐整整收了两大箱子。

一番辛苦多少算是舒缓了情绪。孙涵涵看着这堆价值不菲的细软，脑中莫名其妙想起《海上花》里头牌黄翠凤非要赎身，最后请了账房先生，开箱一件一件将罗裙、耳环、裤子与老鸨清点的样子。她也想自嘲几声：这些礼物哪里无辜？若想从周斌那里全身而退，得有尽数退还的决心。毕竟这些东西在周斌眼里，也不过是她卖身的价钱罢了。

她若还舍不得礼物，轻贱了自己不说，周斌也将认定她的感情廉价，反而对她更添了亵玩的恶意。

收拾完毕了之后她果断叫了闪送，本想立即送到周斌办公室，结果想起在机场时周斌对自己的嘲弄，孙涵涵忽地心中一转，打算使个坏：特地将送达时间定在了工作日上班之际。彼时周斌的律所里人来人往，闪送员推着两个粉色大箱子，一看就是女人物事，站在前台说要送给周斌，引起律所行政小妹兴奋地一阵交口八卦。

周斌收到两个箱子时，秘书站在一旁使劲憋着笑，本想好奇地问一声老板这是哪里的桃花债，在看到周斌变幻莫测的复杂表情时果断忍住。这边孙涵涵的短信也如约而至："送的礼物已经返还，分手快乐！请日后不要打扰我的生活。再见！"

信息发出之后，孙涵涵坐在办公室工位上一身轻松，觉得自己有理有节地处理了一场错误的感情，还顺带小小戏耍了老男人一番。她想着，等彻底处理了周斌，她再去找 Andy 坦白一切。

倘若聊不通，那大不了就将他撩通。毕竟女人解决问题，不能光靠原则和逻辑。

没想到等到她下班回家时，楼下停了一辆熟悉的车，车旁站着一个熟悉的人，一只手插在口袋里，霸占着小区垃圾桶吸烟。孙涵涵来不及躲避，那人先见了她，灭了烟，拿出车钥匙一摁——后备厢缓缓打开，里面是两个粉色的箱子。

孙涵涵目瞪口呆。

周斌半笑不笑，伸出两个指头勾了勾，示意孙涵涵过来，皱着眉头警告她："无聊的游戏。我不喜欢。"

"这不是游戏，我是认真的！"孙涵涵觉得无力，周斌看她的眼神，仿佛她目眦欲裂的样子都是在撒娇。都说温柔可人是斩获直男的凶器，但它却有一个不为人知的坏处，即男人对温柔惯了的女人的任何歇斯底里都不会担心，哪怕是怒吼，听起来都像助兴的呻吟，不担心所以不恐惧，所以也丝毫不会在意。

此刻周斌仍旧是用一副"你别闹"的样子看着孙涵涵："认真和我分手？为什么？你想要的我都可以给你，如果这些不够，我再给你买！涵涵，甚至以后你替我生个孩子，我会给他留一大笔钱！曾诚现在的试管一直失败，你可以做我唯一的孩子的母亲！等到哪天你怀了孕，我可以顺理成章提出离婚……到时候，你就是我明媒正娶的妻子。涵涵，我保证，等你怀了孕，我就带你回老家，见我爸妈，好不好？再等等我……"周斌的声音渐低，言辞越发恳切，算是掏心窝子说出了自己对她全部的打算——

做个年轻好看的生养工具，传宗接代，保你此生衣食无忧。

孙涵涵却越听越恶心，似受不了屈辱般泪水夺眶而出，她狠狠将他推远，绝望地打断他："够了！这些不是我要的！请你立刻离开！"

周斌一愣，察觉到孙涵涵似乎是真的想离开自己，诧异地问："那你要什么？"

因为刚刚不小心剖明了心意却被干脆拒绝而有些不甘，周斌想了想又忍不住勾起了半边嘴角，决定率先攻击孙涵涵，换上鄙夷的神色，又加了一嘴："我就纳闷了，你这种做小三的女人，你要什么？"

孙涵涵没想到"小三"这样的词会从周斌口中以这样的语气说出来，她睁大了模糊的双眼不可思议地看着他，嘴唇也在颤抖，半晌才开口："小三……对……对！我贱，我做小三！全世界都可以这么骂我，唯独你不可以！这个称号是你给我的，对，连你也看不起我了！是，不仅你，现在连我也唾弃我自己！算我曾经彻底瞎了眼了，我不要这份感情了！"她低头狠狠指着小区门口，带着哭腔大吼："周斌，你给我滚！"

周斌见自己说了重话，有些愧疚，赶紧上前拉住孙涵涵，安慰道："我错了我错了，涵涵！宝贝！别生气，你为了我受了这么多委屈我知道。我该打该打，再给你买礼物好不好？不生气了好不好？"

怀里的孙涵涵柔弱得像一株草，像是断了爪子的猫咪，向来散发的只有温顺的气息。可这一会儿，孙涵涵果决地推开了周斌，声音冷锐："不，你还是不明白。周斌，我恶心你，恶心我们过去的一切，我要的是一份能见光的感情。这个你给不了我。"

周斌一僵，不太年轻的脸上写满了不可置信。

面前的人此刻无比陌生，记忆中挂着柔顺的微笑的嘴此刻机械又冰冷地一张一合，发出比机械更加冷酷的声音："除了礼物，你还能给我什么呢？周斌，我不爱你了，我爱上别的人了，比你年轻，比你帅气，比你真诚，这些东西是用钱买不到的。如果你还要一点点脸，麻烦不要缠着我。"

"那个 Andy？你爱他？"周斌皱着眉头，依旧不愿接受现实般地喃喃自语，"不……不会的……他……他……"

"嗯。"孙涵涵毫不犹豫地点头。她想分手就应该干脆利落地撂下狠话，让别人知道自己彻底没有希望，才会选择放弃。

而周斌此刻低着头，像是受了重大打击，小区的灯照着他的脖子与半边脸，被岁月模糊了的轮廓不再棱角分明，处处彰显着无助的气息——他是一个不年轻的人了，他只有钱，之所以习惯用身外之物武装自己，还不是因为明知道肉身已经虚弱？金钱与地位在他的外表建立起了厚厚的盔甲，而在爱情上，一句"他比你年轻"就可以轻而易举地命中罩门，让他所有的自尊变得不堪一击。

孙涵涵有点为自己的残忍愧疚。但言尽于此，她对周斌点点头，转身就走。没想到刚迈了步子，就被人大力一拽，死死撞进一个人的怀里，孙涵涵正要挣扎，就见那人接着直挺挺地半跪在地上，手臂与整个上半身紧贴着她的腿。

这人是疯了吗?!

周斌的这个举动将她吓到，她回过神来，赶紧用手推他，一边叫道："你干什么！你疯了吗？你快起来！"一边四处张望小区里是否有别人看见。而周斌却纹丝不动，只是紧紧抱着孙涵涵，竟也带了哽咽的哭腔叫道："涵涵，涵涵，不要走，我不能没有你，我不能没有你……"

在孙涵涵眼里，周斌一向是老成持重的成功男士，没想到遭遇了打击后竟这般脆弱：他竟然跪下来挽回自己？是因为……孙涵涵霎时心里纷乱，是因为他将自己看得比他的尊严还重要！她一瞬间心软了，推着的手也渐渐无力，一个念头浮上心头——他，其实是真心爱自己的吧？

"你……你没必要这样……"孙涵涵无奈地说。

周斌觉察出了孙涵涵话里的松动，慢慢站了起来，却还是紧紧搂着孙涵涵，像抱住救命稻草一般不愿松手，嘴里嘟嘟囔囔的还是："涵涵，你不要离开我，不要，我不能没有你……"此刻的周斌，无助得像个孩子。

"我们……我们真的已经不可能了……"孙涵涵无力地说，轻轻拍了拍周斌，试着安慰他接受现实。

"涵涵，不要这么快好不好？给我多一点点机会。"他轻轻在她耳边提议，"既然你要终止，我不反对。但就像这段感情开始时那样，也像当初那样结束，最后给我一个美好回忆，好吗？"

"什么意思？"

"当初我们一起去希腊旅行，结束的时候，我们也一起去一个地方好不好？"周斌看着她的眼睛恳求道，"最后一次。如果现在分开，我们必定彼此怨恨，一起去一个地方，我们好聚好散，好不好？"

他的声音带着诱惑力，孙涵涵没说话。周斌又继续劝导："就这个周末，我去杭州开会，你陪我吃个饭，我们一起散个步，聊聊天，你可以和我说说Andy，我说说我的家庭，就像朋友那样……如果你……你不愿意，我保证不碰你。嗯？"

孙涵涵还在犹豫。

"难不成你真要我再给你跪下一次求你？"

"好，我答应你。"孙涵涵抬头看他，"最后一次，结束了我们就再也不联系。"

初春的夜晚月明星稀，都市的天空少有机会看到星星。等孙涵涵上了楼，周斌还在楼下立着，又抽了一支烟，良久，拍了拍刚刚猛然跪下时膝盖上的灰尘，开了车门上车。

路虎发动的声音低低回响在小区里，像一只蠢蠢欲动的兽。

自从机场事件之后，她与Andy没再联系。而她每一次发朋友圈，Andy都会点赞，像在暗示他的思念。

　　杭州这趟旅行还算开心，周斌给孙涵涵单独订了往返车票和酒店，只说不勉强她陪自己，唯独希望她和自己今晚吃顿饭，之后聊聊天就行。剩下的时间由孙涵涵自由支配。

　　眼看着今晚吃完饭就能恢复自由身，孙涵涵心里也轻松起来，在河坊街上逛了半天，最终进到了一家宝可梦主题商店，兴致勃勃地买了一件皮卡丘T恤衫，自拍一张，发给了Andy。

　　Andy回复得很快："你这是在哪里呢？"

　　"杭州。"孙涵涵秒回，想了想又加了一句，掩饰莫名的心虚，"那个……因为工作，出个差，明天就回去。"

　　Andy笑着回复："出差还穿皮卡丘衣服？"

　　"没办法嘛，谁叫我喜欢……"话题淡淡打住。她又撩他心弦。

　　过了5分钟，Andy发来一句："我也在杭州，马上结束，晚上一起吃个饭？"像是思考了很久，终于做了决定。这几天他过得并不开心，而她该死地天天在朋友圈出现，他心里更气。她倒是过得惬意，可他却在等待她的宣判，不知道她为何在机场后就对自己如此冷淡，甚至连看都不看向自己一眼。

　　不是不好奇，也不是不生气。只不过，他愿意等，等她理清楚一切。

　　此刻他在一年一度的律协大会上，各行各业的律师集中于此。半个小时前周斌正在台上讲话，他见到周斌心下烦躁，不知道为什么，他总觉得周斌看向自己的眼神很奇怪，而涵涵呢，上次也是在听到了周斌的名字后，神色大变。

　　手机振动，孙涵涵回复："明天如何呢？我一会儿有事……"

　　这边律协大会已经结束。大家各自散去，Andy提着包要走，就听见周斌在和几个同僚说话，隐隐约约竟然是"周律师艳福不浅"以及男人特有的不怀好意的笑意。

　　他一愣，又听周斌清清淡淡说道："不过是个伴游。几万块叫来陪吃个饭，正经职业啦。但可能别的服务，要另外收费吧？还得再谈，哈哈哈。现在的年轻女孩子很多做这个，我实在是为了陪客户吃饭，才不得不叫上她的。"

　　"哎呀，要不你把她微信推我？我也有几个客户要维护。"

　　周斌又笑："这些女孩子，看着正经，其实背地里没有一个干净的。这边做够了，又能骗个年轻小伙子上岸。精得很呢！"

那边男人的声音更加猥琐，几个人就"伴游"这个词调笑起来。Andy不愿再听，心中的怀疑越来越大，几步走远，他拿起手机就问孙涵涵："你晚上有什么事情呢？"

没注意周斌不动声色地往这边瞟了几眼，眼光精明，嘴角浮着淡淡的笑意。

"我不是来杭州工作吗？晚上有个重要客户！"孙涵涵人已经到了餐厅，餐厅就在大会所在的酒店附近，是周斌步行可以过来的距离。这边周斌发来了一条微信，他向来习惯发文字，偏偏此时难得发了一条语音，语气是温柔的："涵涵，你到了吗？我现在过来。"

"涵涵，你到了吗？我现在过来。"

一模一样的声音，落入了 Andy 的耳里。

Andy 看着周斌，见他嘴角带着笑，对着微信说出难得温柔的句子，仿佛手机就是他的爱侣。

心脏骤疼。

Andy 不愿相信，可不得不信。

Andy 那边没有了回复，孙涵涵心中犹疑，莫名其妙的不安在心头升起。她正准备抓起手机给 Andy 打个电话，女人对即将来临的危险总有或多或少的预见，一个模模糊糊的声音此刻在说："快打，快告诉他，快去找他！否则……他或许再也不会见你……"

孙涵涵一怔，迅速拿起手机，可还没拨号，周斌就出现在了视野里。他穿着风衣，大步流星，走到她面前。

"给谁打电话呢？"他笑着说。

"我……"孙涵涵不知为何双手发凉，只是初春天气，她的手心一个劲地向外冒着冷汗，从皮肤缝隙中汩汩流出，蒸发在空气里，仿佛有什么东西从此无可挽回地逝去。

下一秒，孙涵涵发现是什么了。

她收到了来自 Andy 的微信：

"下次如果要陪周斌律师这样的大客户吃饭，麻烦你，不要穿着皮卡丘。"

44. 靠山

孙涵涵霎时明白发生了什么，她抬头看着周斌，绝望地说出结论："你算计我?!"

是了，哪儿有那么巧合的事：Andy 碰巧也在杭州开会；周斌碰巧选了大会所在的酒店附近的餐厅；万年不发语音的人碰巧突然发了一条语音——本就不是发给她听的。

只可惜这情场上受骗的人总是习惯性地眼瞎，大大咧咧踩上另一半陷阱的人，从来不是因为丢了智商，而是因为失了防范。

一时间她不明白应该是先抽醒自己骂自己傻，还是立刻甩下周斌去向 Andy 解释，而此刻她最应该做的——是把现在桌子上所有能抓住的东西抓在手里，然后狠狠朝周斌那张带着笑的虚假面皮掷去。

但她没有，比愤怒更强烈的是伤心：毕竟是曾经温存过的人，也曾经在午夜交颈，抱着他的胳膊，软软地说出那句"我爱你"；也曾经在人潮汹涌的地铁忽然闻到他常用的那款香水的味道，瞬间被思念侵袭，嘴角挂起甜蜜又恼怒的笑意。在此之前无论怎样，无论他对她投入的是不是真心，她始终相信周斌是宠她、纵容她的，他替她花钱，他对她物质上有求必应，他甚至愿意为她下跪！哪怕嘴上骂他渣男，她心底也有一个小小的声音在替他解释："虽然渣，但他一定怜香惜玉，舍不得让我真的伤心。"

她以为她是他的香、他的玉，如今才发现，其实她不过是他可以随意砸向水泥墙的瓦砾。不是每一个年轻好看又撩人的小姑娘，都拥有随随便便成为中年男人的洛丽塔的运气。现实中大部分飞蛾扑火般扑向大叔的少女，最终尸横遍野，凝成了老房子上斑驳的蚊子血——成不了大叔的生命之光，倒最终看清了中年猥琐男的灵魂之恶。

哪怕这时，周斌嘴上依然是温和的，带着一贯的语气取笑她。"你倒好骗，真是傻得可爱。"他笑道，"翅膀都没长硬呢，就想飞了?"

孙涵涵只觉得喉咙干涩，她也终于意识到自己傻，傻到骨子里。她早该意识到了。可她此生最傻的时刻不是几分钟前没识破几个巧合中藏着的陷阱；而是在半年前，明知道他是个已婚又多情的男人仍想招惹，以为凭借自己的年轻把戏可以轻易地将他玩弄。

只可惜，心甘情愿退避三舍一辈子、做暗中为女主角保驾护航的绿叶的"痴人之爱"只存在于谷崎润一郎的小说里，现实生活里遇到的大叔，却是嘴比你甜、心比你脏、骨比你贱，随随便便摆了你一道，再面对面欣赏你的痛苦，还挂着那张永远温文尔雅的脸。

此刻孙涵涵浑身疲惫，吐字也无力，只问："你不爱我了，可以分手，好聚好散，为什么费这样的周章来害我？"

"不，我是爱你的。"周斌口中说着情话，手却没闲着，拿起桌上的水杯抿了一口，伸胳膊翻开了稍远处的菜单，一边看一边说，"再说我也不是害你，Andy 不适合你。"

孙涵涵闭了眼不愿意再看他，低声问："你到底想要什么？"

"想要你。"他放下菜单，郑重回答，"我想要彻彻底底的你，属于我，听我的话，给我生儿子。过去我宠你，可惜并没有效果，你穿着我送你的衣裳却还想着别的小男生，嗯？他比我年轻，没错，可年轻有什么好？他介意你的过去，被我玩弄于手中。而我呢？我有手段，有钱，有地位，而且，我还要你。"

"可我不要你。"她缓缓地说，一字一顿都是坚决。

"哦？"周斌这回笑了，"你有资格要别人吗？小傻瓜，你以为这就结束了？不，Andy 只是一个开始。他应该庆幸自己幸运，毕竟，未来出现的任何一个小男友，只会比他更惨、更恨你。

"我在你身上留下的痕迹，是个男的都会介意。所以未来你的世界里只有我，你可以恨我，哪怕恨我一辈子，但你也只能爱我。

"无论你的爱还是恨，都只能给我。"

…………

他的每一句话里都带着残酷却变态的笑意，他看着孙涵涵眼里渐渐汇聚如暴风雨一般的绝望、恐惧、愤怒与恨意，他的心却愈加畅快起来：得到 20

多岁年轻小姑娘的爱意与崇拜太容易了，可他却得到了来自 20 多岁女人的恨意！而恨，是比爱更持久又刺激得多的感情。

"你逃不掉的，涵涵。你太稚嫩了，你想和我斗？可我却不敢使力，担心出手太重伤到你。当然，或许也有别的办法。"周斌想到什么，脸上挂起恶意的笑，"你去找个比我更有钱、更老的男人做靠山，或许他能帮你摆脱我。嗯？"

孙涵涵看着周斌，一字一句听着并记下了他的话语。眼里的情绪在要爆发的那一刻，她重重地闭上眼睛，半晌，睁开，神色像是已经恢复了平静，她拿起面前的手机看了一眼，放下——

"我不相信你说的这些，你要和我抵死缠绵，那你的老婆呢？你不爱她了吗？"

她抬头恳切地望着他，满脸写着的都是困惑与 20 多岁女孩的单纯。"真是个好哄的小傻瓜啊。"周斌在心里叹道，但还是滔滔不绝地回答了起来。

孙涵涵已经不在乎他的回答了。她平静又紧张地听着一切，脑袋里迅速运转——还好她之前习惯性地将手机的录音功能设置了快捷键，侧面一键开启，锁屏的手机放置在桌面上，黑色屏幕暗淡地反射着天花板的灯光，毫无存在感，可她能够想象此刻手机里录音功能的进度条正不断前进，闪烁着代表危险与希望的红点。

等周斌说完了，她又开启了话题，语气柔柔的，尽量扮演还在抗争的小女生形象："可是你老婆为你做试管真的很辛苦，而且试管成功的概率很大，未必需要我替你生孩子。况且，你和我在一起还得花钱，你可能对我只是一时有兴趣，久了就觉得没意思了……"

题是送命题，周斌的答案却比送命题更加可怕。

孙涵涵此刻没有认真听周斌的答案——毕竟这些录音，她之后会和另一个人一起听一遍。现在，她在努力想着下一个问题，比如用"如果我和你在一起，你能让我住哪里？我不想住活力城了……"套一套他是否背着曾诚还有别的产业，比如用"如果我怀孕了曾诚也不愿意离婚呢？"套一套他计划离婚的手段……

但这些问题，要问得慢一点，不能太明显，哪怕之后再问也不迟。

她知道自己对周斌而言太稚嫩了，如周斌所说，若想摆脱他变态的控制，只能找一个比周斌更有钱、年龄更大的男人做靠山。本是嘲讽，却不知，孙涵涵在那一瞬间真的想到了一个比他更有钱、年龄更大的靠山——

只是这个人，并不是个男人。

韩苏在第一天进印刷商之前，收到了一条来自表姐曾诚的微信。她尚未来得及看，好几封邮件立即催命似的跃进邮箱，她只看了邮件标题便无暇理会其他，脑中的弦立刻绷紧了，匆匆在写字楼前台报了项目名称，直接进了会议室。

印刷商设在 Landmark，离她的律所是步行可到的距离，这次设了两个会议室，项目上的所有中介以及公司相关人员基本都临时会集于此，集中高强度办公两周，最终提交上市申请，呈报联交所。平日里只在邮件里认得名字的各方中介，因为代表各方利益，起冲突在所难免，线上纠纷不断，今日碰面，除了项目上主导的几个人，剩余被临时拉来做苦力的基本谁也不认识谁，此刻各自埋头忙碌着，一派严肃又压抑的气氛。

韩苏刚进到会议室就找了一张空位坐下，掏出电脑，一见对方律师的邮件一把火就往心上蹿：本来约定 5 天前就提供的文件，对方律师毫无理由地延迟了 4 天才提供，若遵守约定时效，她今天就得看完。刚开了电脑，一核对，她发现需要审核的内容比先前预计的多了不少，分明是不止 5 天的工作量——对方这不是坑人是什么？她没忍住环顾四周，看对方律师来了没，打算直接过去恶撕一场。

倒没注意到角落的一个年轻男人，见了鬼似的盯着她。韩苏的眼风从他身上掠过，见那人有些紧张地盯着自己，本不在意，过会儿又回过目光看了他一眼。他这回倒老实多了，一身西装，端端正正地坐在电脑前，没再看自己。项目上主导的律师她基本都见过，因此此刻在这儿办公的陌生面孔不是律师助理就是实习生。她心里记挂着那个坑她的对方律师，见找不到人，没再理会无关人等，低头利利索索就开始发邮件指责此人办事不力延缓整个项目的进度。

邮件发完后，韩苏心下烦躁，长叹一口气，接着一头扎进文件堆里。直到接近中午，她揉揉眼睛打算休息时，才想起曾诚的微信还没看。

曾诚发送的是一张图片，韩苏在点开大图的那个瞬间一口咖啡喷了半桌子，在衣服上也落下斑斑点点的痕迹。

但她无暇顾及——图片上是孙涵涵和曾诚，两人显然在一个咖啡厅里，自拍加聊天?!

这个世界，太变幻莫测了。

而更加变幻莫测的是，下一个瞬间，一包纸巾递到了她面前，随之而来的还有一支日本某日化牌子的快速免洗去污笔："嘿，用这个涂在衣服上脏了的地方，不会留下痕迹。"

韩苏差点以为自己是在拍洗衣皂的广告，抬头就见到上午那张一直盯着自己的脸，先前他坐在角落，距离太远看不清五官，而此刻他穿着一身规规矩矩的西装，努力装成大人的模样。

是他?!

回忆瞬间被唤起，罗玛本来就有出众的面貌，更何况她上次在酒吧里，费尽心机眉来眼去半天的，可不就是这张脸? 韩苏的笑瞬间有些僵硬，若这个小鬼多嘴，不知道会怎么和项目上那些认识她的律师编派她的事迹——在酒吧里撩小男孩? 始乱终弃? 虽然不利于正面形象，但韩苏莫名其妙地觉得，这些事迹对于一个单身职业女性，竟然……还挺耀眼。

"韩律师好。"罗玛见韩苏只是看着自己不动，又将纸巾与去污笔往前递了递，露出八颗牙的职业微笑，认真地自我介绍："我叫罗玛，C 所 Choco（肖科）律师的同事。"

会议室里都是各自忙碌或者片刻休息的同事，罗玛的声音恰好能让周围的律师听见——再正常不过的自我介绍，韩苏不应不接反倒奇怪。于是她也职业性地一笑，点了点头，伸手要接过罗玛手中的东西。

没想到这个小鬼手上暗自用了力，韩苏要接，他却拽着不给。韩苏一怔，觉察有异，皱着眉抬头瞪他，正要放手，就见他低下了身子，松了手。

在松手的瞬间，他对她勾唇一笑，用只有她能听到的音量，冒出了一句虎狼之词：

"姐姐，我好想你。"

45. 恒言

没想到会在这里见到她，一上午，他的心情从震惊变成狂喜，但本来心里也有气。可半个月过去，时不时盘旋在他心中的，还是她的脸，像不安分的手指，拨弄着他的心。

罗玛转身离开的背影分明带着几分得意——他敏锐地捕捉到韩苏当时一闪而过的惊讶神情，颇为庆幸自己好歹也算是触动了人家的心弦。

只可惜韩苏惊讶的点仅在于：这年头的小孩，胆子真大。

韩苏自工作以来便一心扑在事业上，日常生活大多两点一线，除了工作上遇到的，几乎没再认识过新的人。在来来回回的项目上对她产生过好感的优质男士不是没有，只可惜她平日雷厉风行惯了，一旦工作中吵起来，霎时让所有暧昧退避三舍，旖旎消散。哪怕 Alex 这样的花花公子，百花丛中过，对韩苏也依然保持着可远观而不敢亵玩的敬重姿态。来香港后，她也就偶尔在高鹏面前像个有风情的女人——归根结底，还是为了项目。一旦项目到手，韩苏对高鹏立刻恢复毕恭毕敬的态度，只当他是神龛供着。

这么多年来，真正从韩苏身上体会到"眉来眼去"滋味的，竟只有罗玛一个。即便不知道这些背景，单单酒吧初遇后再在印刷商这里相逢，在 20 岁出头的罗玛看来，这可不就是上天安排的缘分？他为此特地找了个由头，在午餐时与自己的上司打听："Choco 姐，我发现咱项目上除了你，还有好多美女啊！"

印刷商提供的午餐是统一订的外卖，在茶水间设置简单的食堂，这次选的餐厅是中环附近的三希楼。印刷商提供的餐饮质量颇高，只可惜人在印刷商的巨大压力下，吃再好吃的东西都味同嚼蜡。

"啊？"Choco 正趁午餐时刻抓紧时间看手机，被这么一问，半抬了头看他，就见坐在身边的罗玛眼睛直勾勾地看着刚进茶水间的韩苏，毫不避讳，连脖子都随着人的身影转。她瞬间明白了，一笑，拍他肩提醒道："哎哎，注意点！"又没忍住八卦起来："你喜欢这款啊？"

　　罗玛刚进他们所实习时就引起了团队律师的关注。C 所是老牌律所，一般招收的实习生非"清北人政"研究生不要，罗玛却只是在读的本科生。大家也心知肚明，除了个人实力，想必他"上面有人"——与哪位大合伙人或所内大客户、高管沾亲带故。好在 IPO（首次公开募股）业务大部分是细致活，对实习生的法律功底要求不高，罗玛做事认真负责不说，又有一副好皮囊，脸上总挂着笑，嘴甜又能哄姐姐们开心，是以实习不到半个月就升级成了"团宠"。

　　听了上司的问题，罗玛这才恋恋不舍地收了目光，回答倒也坦诚："是啊。"

　　只两个字，平日笑得玩世不恭的男孩竟莫名红了脖子，赶紧低头大口吞饭，嚼了一会儿，又像想到什么似的，嘴角泛了憨笑。

　　Choco 一见这春心萌动的样子心里发毛，赶紧提醒他："想想就行，这可是有名的美罗刹，打她主意的不少，不过合作一阵之后都敬而远之了。我劝你最好夹紧尾巴，免得死无全尸！"

　　只可惜罗玛关注的重点清奇，听了一番"警世恒言"竟颇为惊喜地得出结论："所以她还单身？！"

　　Choco 差点翻了白眼，懒了心思，重新拿起手机一边看朋友圈一边回答："对，单身！你要是喜欢找虐，又玩得转姐弟恋，就上呗。"

　　罗玛听出了上司口中的敷衍，弯了弯嘴角一笑，接着说："那姐弟恋我可玩不转！所以姐教教我呗。你们这些长得好看又有事业的姑娘，都喜欢什么样的人呀？"

　　问着问题还不忘夸人。Choco 看出了这小孩的把戏，但仍被哄得开心，放下手机瞪了他一眼，当真认认真真地教育他："首先，成年人的这码事你得先明白一个前提：伴侣只有一个，但不是每一个人都会把这个配额留给自己喜欢的人。喜不喜欢对很多人而言没那么重要。但如果你一定要问人家会喜欢什么样的，我觉得……没有人会不喜欢能常常让自己笑的那个人吧？"

　　这个答案算是给了罗玛一剂强心针——如果女人都喜欢会让自己开心的人，那韩苏是有可能喜欢上自己的吧？毕竟，他挠挠头，有些不好意思地想到之前团队一个姐姐的说法："他长这么一张脸，是个女人见到，都会开心。"

想到这儿，他脸上泛了几分轻松的神色，又忍不住八卦，问："那姐夫，是能常常逗你开心吗？"

没想到 Choco 一笑，答："是啊，他天津人，以前是个相声演员。"

罗玛一愣，又听她提到丈夫就习惯性地开启了甜蜜的抱怨模式："可惜后来他觉得说相声不挣钱，跑去搞了个乐队。现在我得努力挣钱养他，其实我们应该也算是姐弟恋？他比我还小 1 岁。"

"所以，姐你不会在意对象比你年轻，收入不及你，只要他能哄你开心就行？"罗玛犹犹豫豫地问出了最担心的问题。

在发现韩苏是项目上的主导律师时，心中不是没有打过退堂鼓，他在上午特地抽空重新翻了一遍项目上发件人为"Han Su"的邮件以及附件——她做事认真、严谨，专业扎实，简明又犀利，对于客户利益寸步不让。从业务层面上，他对她只有膜拜的资格。若真想做个好律师，他对她应该摒弃所有的杂念，恭恭敬敬地向她请教、学习，把她当成职业道路上最纯洁的榜样。

可他心里无可抑制地总会想起她在酒吧时的那双眼睛与那时的神色——直勾勾地半眯着眸子看着他，危险而诱惑，让他身上被注视到的每一寸都像是被浅浅的火舌炙烤着，叫他坐立不安。而世间情动，不过是失控——任何稍微理智一点的实习生，都不会选择在进印刷商这个阶段去追求同项目的资深律师。只可惜理智向来喜欢对爱情缴械投降。

午餐的最后，Choco 的答案着实鼓励了罗玛，她回答："对啊，只要能哄我开心、对我好就行。找对象，不就是要让自己开心吗？"

"行！"

韩苏离开工位的时候已经将近凌晨 2 点，实习生的收工时间以律师为准，Choco 收工早一些，走的时候特地与罗玛打了个招呼，示意他可以回酒店休息了，却见他只对自己点点头，又低头继续看之前的项目文件，时不时用眼风瞟着还在忙碌的韩苏。Choco 心里觉得好笑，不再管他。

罗玛一看韩苏收拾电脑，立刻风卷残云般地将桌面上的文件与电脑随意一兜，背了包冲到门口就按了电梯，几分钟后，守在大门口的罗玛如愿等到了韩苏。

他像第一次向她要微信时一样不好意思又紧张，双肩包背在身后，清了清嗓子，开口道："我送你回家。"

尽可能不容拒绝的语调。

没想到韩苏这回连惊讶都没有了，只扬扬眉毛说："好啊。你去拦辆车，澳海城。"

罗玛一愣，赶紧说："哦！"颠颠地跑到马路牙子上拦出租车的时候才反应过来，不禁懊恼：本想做一回霸道总裁，现在成了门童小弟。

车来了，他也是恭恭敬敬地一路小跑到韩苏面前，闷声闷气地提醒："上车吧。"

韩苏收了手机一笑，夸他："乖。"眯着眼，带着哄小狗的恶作剧似的笑意。

上了车韩苏即刻闭了眼养神，超负荷工作一天，下班是仅有的放松时刻。罗玛在一旁看着，想和她说话，可刚开了口，就见她睁开眼，锐利的眸子直直看向他，他一噎，她即刻复闭上眼，睫毛覆下——还是这样更温柔。

她越自在，他反倒越紧张。她若拘束、顾忌、诧异，总之若是情绪因为他有哪怕些微的起伏，他都能比现在更游刃有余。而此刻罗玛心里发堵，话在嘴边却再也开不了口，意识到她原来丝毫不在意自己，才会这般泰然自若、油盐不进。

就这样，两人无话，直到到达目的地，韩苏似乎在车上短暂地睡了一觉，精力恢复，心情颇好，拎了包下车对罗玛一笑："谢谢啊。"

"喂！"他心下一着急，和司机说"等等"，也赶紧开了门出去，"韩……韩苏……"

"叫韩律师。"她打断，午夜后无人，小区的路灯全部照在两人身上。

"韩苏……"他决定不理会她的提醒，握紧最后一点主动权，直白开口，"韩苏，我喜欢你。"

韩苏静静地看着他，路灯下的少年蹙着眉，紧紧盯着自己，带着一丝紧张，她想着"中二"的漫画里如果有背景音乐，一定会在此刻暂停，万物静止。对相信爱情的人而言，表白是最神圣的仪式，是将所有的真心实意捧到对方面前，脱去所有的铠甲，再把刀亲手递上——说爱你，无非就是给了你伤害我的机会。

而惯常活在都市森林里的男女，离青春片太远，"我喜欢你"四个字实在陌生，成年人的感情课第一堂就是利益交换，他们更关注那人能给自己什么。习惯了都市法则的男人从不会傻乎乎地对女人说："我喜欢你。"而是在奢华餐厅或是商场里替她刷满了信用卡，然后用在她面前积攒的信用额度向她许诺："宝贝，让我照顾你。"

于是韩苏歪了歪头，对这来自陌生领域的示好有些困惑地说："谢谢。"——你喜欢我，然后呢？你能给我什么？

"那你……"他在表白的下一个瞬间觉得自己前所未有地蠢，韩苏看他的眼神中带着几分耐心，像是 Choco 姐第一次看他做出来的生涩文件，但他还是决定硬着头皮再问一句，"那你……你呢？"

"我不讨厌你。"如实的答案。

罗玛却听出了希望，问："那我可以追你？我可以对你好吗？"他的眸子在灯下闪着光，他平日笑容疏朗，长着一张没被伤害过的脸。而此刻，他敛了笑，认真看着她时，她才发现他眉眼深邃，全是款款深情。

"这是你的自由。"韩苏笑了，"但结果未必会如你所愿。"

"你这是在鼓励我？"

"不，我不太相信爱情，也不太需要。你有自由追我，前提是不要影响我的工作。除此之外，一切随你。"她想了想，觉得自己还是应该再坦诚一些，"还有，那天在酒吧只是为了逗朋友开心。如果当时她们指的是另一个男士，可能后来就没有这些事了。"

她在处理感情问题时也带着律师的本性：事先把所有风险明示，表明底线，撇清责任。免责声明已经做出，剩下的由对方做出选择，自己承受后果。

罗玛听了她的解释，心中不是没有失落。但他很快振作起来，仔细回味了一番韩苏的话，扬了扬眉毛问："一切随我？"

没等韩苏回答，他便转身与司机说了声，让司机再等自己 5 分钟。之后

一路小跑到韩苏面前，笑问："你住几层？我送你上去。"

韩苏诧异，仔仔细细地看了他，见他恢复了往常的开朗神情，一派霁月清风不像恶人，斟酌了几秒还是报了楼层："18。"

还能怎么送我上去？

下一秒她就后悔了——这小鬼将她拦腰抱起，进了楼里。韩苏没料到他会有这一出，直挺挺地僵在他怀里，刚想挣扎，他就开口警告："你说一切随我。"

韩苏一愣，心里想："也不是这个随法啊。"

又听他带着抱怨的语气，抽出一只手按了电梯："我算是看明白了，你对我的态度本质上就是渣男惯用的'三不'原则，不主动、不拒绝、不负责……"

她忍不住笑了，懒得挣扎，大大方方地伸手钩着他的脖子："你不笨嘛，小鬼。"

撩人的香钻入他的鼻子，他不敢看她，满脸庄重。

电梯在 18 楼停下。罗玛将她放下，又认真地说："反正，你肯让我对你好就行。那……我们明天见。"

韩苏点头，挥了挥手和他告别，觉得这小鬼有意思，忽然想到什么，又问："什么样叫对我好？比如刚刚这样？"——指他抱着她上电梯。

"不，这不算。"这回他倒笑了，"刚刚这样只是因为，我想抱你。"

46. 谈判

韩苏对于罗玛的追求不太放在心上，20 岁出头的男孩子把爱情捧在心上的样子，可爱但也愚蠢。她不忍伤害，但也暂时没有兴趣陪他体验轰轰烈烈。

撩拨的话不过博君一笑，韩苏最后对罗玛眨了眨眼，特意嫣然回眸娇娇地说了"再见"。罗玛被这个笑镇在原地，午夜的走廊里，少年人心跳如擂鼓。

可惜相对于罗玛，今天的韩苏更感兴趣的是曾诚——曾诚和孙涵涵这两个女人终归坐到了一起。

曾诚在接到孙涵涵电话的时候正在云南旅游。她和周斌说自己做试管遇到瓶颈期，医生叮嘱需要放松心情，就拉着几个同样有钱又得闲的姐妹飞到云南享受日光浴了。

闺密花花拉着她在丽江古镇犄角旮旯的酒吧里听了一晚上的现场"抖音"神曲，眼睛直勾勾地盯着台上弹吉他的中年大叔。

一会儿，中年大叔唱累了休息，花花当即扑上去眨着眼说要请人喝酒，刚刚种上的假睫毛在酒吧昏暗的灯下扑闪着，恰到好处地遮掩了眼角的皱纹与下巴里的玻尿酸，红艳艳的嘴衔着吸管，眼睛盯着大叔的脸。很快两人的头在灯下越凑越近，紧紧挨在了一起。

曾诚看了一眼身边的另一个闺密，两人相视一笑，心中明了："这家伙今晚不回来过夜了。"

另一个闺密叹道："还是没结婚的女人好，玩一辈子。要不是儿子刚上了大学，我才不会得闲出来玩。"提到儿子，她的眼神没忍住往曾诚肚子上一溜："你呢？有消息没？"

曾诚一愣，脸上挂了半僵的笑，只说："还在努力。"

闺密的眼神迅速转变为同情，打算说几个促人怀孕的民间土方子，还没开口，曾诚的手机响起。只见她拿出手机，看了来电人的姓名，一瞬间的惊讶之后，嘴角勾起玩味的笑。

然后，她果断摁断了铃声，把手机重新放回口袋。

"骚扰电话？"闺密问。

曾诚先喝了一口酒，眼神看向舞台却心不在焉，半晌才答："是啊。"闺密刚开口劝"你这备孕的人别喝酒了"，却被曾诚的眼风淡淡一扫，于是识趣地闭了嘴。

3秒后，电话再次响起，只振了一下，一条短信滑入收件箱。

短信发件人和来电人一样——"孙小姐"。"曾诚姐，您好，我是孙涵涵，我们见过一面，冒昧打扰，有些事需要向您坦白。如果方便，请接我的

电话。万分感谢。"

曾诚在工作上留人电话，备注向来是姓名加上工作单位及职业，只有特殊的人，才被特殊对待。曾诚将她的名字存为"孙小姐"，带着礼貌疏离，以及曾诚当时不愿承认的淡淡恶意。

她从韩苏口中知道孙涵涵已与周斌分手，那么孙涵涵现在找自己，必是有事相求，只是——什么事？是逼宫还是求助？

谈判就像谈爱，主动发起的那一方，注定一开始就落了下风。曾诚不紧不慢地退着，看着孙涵涵追，不过是想探探她的底：从短信的语气来看，求助的可能性比逼宫大得多。

孙涵涵这边已经心急如焚。她把曾诚当作最后的靠山，倘若她恨自己——很有可能——那么孙涵涵只能选择离开北京，灰溜溜地逃到上海或者深圳，才能真的逃离周斌。但她若能让曾诚恨周斌，不管怎么样，只要周斌不痛快了，就不会再找到自己身上。

她为见曾诚做了一番准备，整理了自己与周斌全部的聊天记录（当然记得特意删掉了一些自己过去不太妥当的话语）、周斌的转账记录、周斌背着曾诚的财产情况以及周斌对曾诚撒的全部谎言——她要尽全力让曾诚恨周斌。

孙涵涵莫名其妙地想起，在杭州时周斌宁愿她恨他，而她现在又努力让他的妻子恨他。爱与恨之间的界限如此模糊，爱有禁忌，恨却没有，而现在是恨将他们捆绑在一起。

她发完短信后，再次给曾诚打了电话。没多久，曾诚便幽幽接起："喂？"

"是我，孙涵涵。我想你可能还记得我。我们曾经见过一面，抱歉，我那时对你说的全是谎言。有关你的丈夫，我想告诉你他不为你所知的一面。我知道你在做试管婴儿，这件事情很痛苦，我……我……由衷觉得，你应该见我一面，看一看我给你的东西再做决定。"

孙涵涵噼里啪啦地说了一串，尽可能让每一句话都抓住曾诚的注意力，像是最卑微又最熟练的推销员。

曾诚心里不是没有被震撼到，但仍竭力轻描淡写地说："哦？可以见见，只是我现在在云南，归期不定。"

没想到那头孙涵涵立刻脱口而出："我可以过来！你在哪个城市？"

曾诚一愣，想，这丫头是真被逼急了啊。她缓了缓说："也没必要，两天后吧。北京，上次我们见面的地方。"

挂了电话的曾诚从洗手间出来，闺密们还在听叮叮咚咚的民谣歌曲，丽江的酒吧到后半夜，基本就是老板自个儿开唱，边唱边和卡座的客人们敬酒，重复每天夜晚都要重复的人生故事。

客人们昏昏沉沉地醉成一团，闺密的眼睛瞄到曾诚坐在角落订机票，诧异地问："要去哪儿？"

"回北京，临时出了点事。"曾诚笑道。距离几个人约定的旅程结束的时间还有七八天，哪怕表面上再淡定，孙涵涵的电话都是一剂猛药。

闺密感叹道："遗憾。这么多年来，你舍不得离开你们家老周半步！难得出来一趟，玩了一半又要回去！"

没想到曾诚却笑了："没事。"一会儿，接了没头没脑的一句："反正，以后有的是机会。"

距离上次孙涵涵与曾诚相见，已经过了大半年。

一模一样的位置，初春的北京与深秋时是差不多的寒冷天气，唯一不同的是，秋天的叶子一片片凋落，之后寒冬来临，而春天的新叶一点点长满树，等候的是春暖花开。

孙涵涵与曾诚此刻的心情都有一些复杂。当时的她们相互打量，一个倚仗地位，一个倚仗青春，彼此带着藐视与敌意；而此刻的凝望，恨不得都直直探进对方的内心，剥去了金钱、年龄、服装、发饰、皮相……相对而坐的是两颗被同一把刀割过的心。

裹着同病相怜的防备。

曾诚觉得好笑，说："我们这样，是不是应该拍个合影留念？"

孙涵涵率先开口认了错，说自己天真无知被骗，起了坏心眼，是周斌哄自己他会离婚，故而两人背着曾诚一直保持着不正当关系。她为表忠心，提供了两人之间所有的聊天记录，孙涵涵做了大准备，将所有的聊天记录导进iPad里，递到曾诚面前。曾诚安静地低头听着、看着，双手紧紧握着杯子，3月初的天气，室内依旧开着暖气，可她却觉得透心寒，连牙关也在轻轻打战。

她知道周斌骗她，可十多年的感情哪儿能说断就断，她心中仍有幻想。她停了做试管婴儿是一时之气，对，为这样的婚姻不值得受苦。可现在，孙涵涵把两人之间甜言蜜语的聊天记录摆在面前，曾诚看着自己深爱的男人在过去如何欺骗自己，与另一个年轻的女人苦苦倾诉家庭的冰冷、妻子的严苛与压迫，将通往天堂的道路指在另一个女人存在的方向……大概是心寒，寒透了骨，多年构建的爱情与信念霎时坍塌。来自爱人的伤害，是冬日在被窝里摊着肚皮放心熟睡时枕头旁递过来的凉飕飕的阴刀子，他熟知你的每一寸要害，手起刀落，处处致命。

她滑动页面的手越来越慢，在那对情人的对话里，她是最邪恶的反派。有些情话似乎要看好几遍，她才有勇气将目光移到下一句，这是人开启的自我防御机制，脑中自动将最恐怖的画面不断重复，直到麻木。

孙涵涵也感觉到了曾诚的不对劲。她小心翼翼地看着曾诚，仿佛看着自己因为项目而焦虑的女领导，掌握着自己的生杀大权。她轻轻叫了一声服务员，让服务员给曾诚拿一张毯子。

曾诚却在这时抬头，说："不必了。"她看着孙涵涵："还有什么？"

与周斌谈话的录音、周斌给她转账的记录、周斌私下的房产……孙涵涵小心翼翼地一一拿出来，虔诚地摆在曾诚面前。等了好久，她又有些无措地开始忏悔："我……我……对不起。当初我发现他不愿意与你离婚后，我就疏远了他……其实我很早就拉黑他的微信了……我觉得他特别没良心，你……你为他做试管婴儿，他却还在外面与小姑娘在一起，我忍不了，我也看不下去了……我就拉黑了他……"

"为什么来找我？"曾诚直接打断。

孙涵涵一愣，张口看着她，赶紧说："我觉得不值！你……你不应该再为这样的男人做试管，他不值得，你有权知道真相！"

没想到曾诚点了点头："我知道他不值得，我也早就和医生说停了试管。"

孙涵涵更惊讶了，看到曾诚直直地盯着自己的双眸，霎时无措起来。她想得太简单了，以为告诉一个女人——"你的老公是个渣男，看！他背叛了你"，就能立刻让两个女人站在同一战线，手牵手对付人渣。

而现实生活大多是，当你将男人出轨的所有证据摆到她们面前时，无论她们承认与否，都会下意识地先问你一句："那你很无辜吗？小三？"

男人是自家的私有物品，这是每一个强势的已婚女人都有的领地意识。

"所以，你要说的，我已经知道了，你可以走了。"曾诚将面前的一大沓证据一推，像庭审完毕的法官，冷漠地看着孙涵涵，"还有别的事？"她尽可能地压抑着自己，像是寒冬腊月被拽到室外往胃里塞了一大桶的冰，如今冷气散到四肢百骸，她需要漫长的时间处理自己的伤口，此刻五脏六腑被冻得一片麻痹，她甚至不知道到底伤了哪里。

"我……需要你的帮助。"孙涵涵犹犹豫豫，决定坦诚，"我试图离开周斌，开始新的感情，可他不允许。你也知道他有这个能耐，我斗不过他，除非我这辈子永远和他在一起，做见不了光的小三。"

曾诚挤了一抹笑："我明白了，所以你这回是想告诉我，周斌不值得我爱，希望我和他离婚，这样，你就不用做小三了，可以名正言顺地和他在一起？"

曾诚不相信她。是了，谁会对一个曾经伤害过自己的女人敞开胸怀？

"不！不是……你千万不要误会……"意识到这个的孙涵涵剧烈地摇头，眼里涌上了泪，恳切地看着曾诚，"我不想和他在一起！过去我错了，你可以不离婚……你可以守护你的婚姻，你也可以救救我，你看住周斌，他害怕你……你……"孙涵涵语无伦次起来，她突然发现自己捋不清楚她和曾诚之间的关系。

她之所以找曾诚，是因为莽撞地相信曾诚是这个世界上唯一可能有意愿且有能力让周斌离开自己的人。

可如今孙涵涵才发现，曾诚会愿意帮助自己的前提十分微妙：如果曾诚恨周斌，她大可以直接离了婚干脆地离开，就剩他们俩渣男小三互相缠斗，眼不见为净；可她如果还爱周斌，那么，先前孙涵涵摆上去的那些过往与周斌的甜言蜜语，足够让曾诚将孙涵涵千刀万剐！

曾诚此刻的心情一样复杂。

一方面，她前所未有地痛恨着孙涵涵，这个女人明知别人有了家室，仍能打情骂俏、勇往直前，甘愿被人金屋藏娇；另一方面，她又恨自己，恨自己10多年爱了一个白眼狼。周斌托别人在活力城买那套房子，从孙涵涵提供的资料来看是 5 年前的事……那时，还没有孙涵涵，他就已然为自己悄悄谋了退路，等着未来哪一天，迎进门一个"孙涵涵"，藏起来。

这是一个不值得留恋的男人。理智这么告诉曾诚。

这是一个可怜但也可恨的小三。曾诚看着眼前的孙涵涵。

可此刻的孙涵涵像一只被雨水打湿的猫，湿淋淋的脸张皇又恳求地看着曾诚——曾诚是她最后的靠山。而女人，浑身上下，最容易发软的，就是自己的心。

帮她？

不想帮？

最终，曾诚闭上了眼，不再说话。

屋子里安静下来，孙涵涵屏息静气，等待着属于自己的审判结果。

几分钟后，曾诚睁开了眼，对着孙涵涵微微张开口，面无表情地吐出了自己的决定：

"证据留下，人滚。"

你一个小三，惨就惨，关我什么事？

47. 决心

孙涵涵一怔，半晌才说了一句："好……"她低着头，可怜兮兮又无措，提了包立刻要走。到了门口，她又忍不住回过头来，对还死死盯着桌面上那堆资料的曾诚鞠了个躬："对不起！再次向你道歉。对不起。"

而后她轻轻推开了门，单薄的身影从窄窄的门缝里迅速走了出去，像被遗弃的小动物。

曾诚没抬头看一眼，她需要冷静。因此她没有注意到，孙涵涵当时的神色，远远没有她的背影那么可怜。

曾诚不会那么容易帮她的，她意识到了。但至少，曾诚肯留下证据，就证明曾诚对周斌多多少少是有所计划的。她想好了，之后周斌找她时发的每一条短信、微信，她都会如数转发给曾诚——每一个重大决定背后都需要一下又一下的助力，她愿意一次又一次地帮曾诚下定这个决心，用周斌对自己的折磨，反过来，折磨他的妻子。

韩苏是在收到曾诚发过来的照片的 3 天后，才在午餐时间得了空给曾诚快速打了一个电话。

"所以你们第二次见面，你直接让她滚了？"韩苏诧异地说。

"不然呢？我又不是圣母，她明明白白地把她和我老公勾搭的聊天信息放到我面前，我不抽她就不错了！"曾诚嗔她，"当初勾引别人老公的时候还挺得意，现在灰头土脸要我救？"

"你一点不想救？"韩苏笑。

"她也不傻。她的目的归根结底是借我甩了周斌，现在把这些证据交到我这里，以我的性格，我能坐视不管吗？这招聪明，让我不救也得救。"

曾诚已经从最初的震惊与受伤中缓了过来，她是常年被父母呵护在手心里的长公主，情感与事业一路顺风顺水，没想到在这个岁数来了重打击。好在四十不惑，人也通透了，归根结底，泡在蜜罐子里长大的人从来都知道怎么爱惜自己。

于是韩苏顺势问了："那姐，你打算怎么管？"

韩苏想起自己的妈妈，当初得知了爸爸有外遇，妈妈仍旧默默在厨房给自己炒菜，额前的头发垂下，神色淡淡的。她忽然格外心疼起来，等到吃饭的时候，她难过得一声不吭。妈妈夹了菜到她碗里，忽然问："苏苏，你希望妈妈过得开心吗？"

当时 16 岁的韩苏怔怔地抬起头看妈妈，又听见妈妈对她说："其实我觉得我们俩也能过得很好。就我和你。"

那天中午，她听妈妈说了好多话，妈妈说："你爸爸还是你爸爸，但他没有资格做我的丈夫了。"还说："婚姻这码事，底线就是'1+1'必须大于2，一旦小于 2 或者等于 2，那么就没有在一起的必要。"最后妈妈轻声却坚定地告诉了她："我要和你爸爸离婚。"

一如这个在印刷商的中午，她躲在略显逼仄的香港写字楼的楼道里听一通电话，与妈妈流着一部分相同血液的表姐，也这样坚定地告诉她："我要和周斌离婚。"

韩苏点点头，没想到电话那边又慢慢加了一句："不对，我要让那个男人，输到没有底裤！"

曾诚告诉韩苏，自从与孙涵涵见面后，这姑娘每隔几天就雷打不动地发来一张截图与一段言辞恳切的道歉，截图无一不是周斌发给她的信息：

"涵涵，我来找你？"

"小宝贝还生气？"

"对方给你转账 10000 元，请确认领取。"

…………

从截图上看，孙涵涵一概没有回复周斌。曾诚知道孙涵涵的心思：一面对自己表忠心，一面明里暗里督促自己对付周斌。

然而在报复这件事情上，曾诚，从来不需要督促。

"所以，你打算什么时候提？"午后的阳光从高高的窗户透进来，洒在韩苏的肩上，韩苏脸上挂着淡笑。没注意拐角处有个人影走过，人影见了她这笑，愣住，想起什么，憨憨地挠了挠后脑勺，转身回了会议室。

电话那头曾诚笑眯眯地宣布自己的决定："我前两天差不多清点了家里的财产，孙涵涵给的证据我整理完了，今晚等他回来算一算总账。"

看来胸有成竹，韩苏放心了。

"表姐加油。"

为期一周的印刷商流程进行到一半，高鹏终于也出现了。尽管项目紧锣密鼓，需要公司参与，但一般坐镇的都是 CFO（首席财务官），带领一群小喽啰受苦受难。韩苏本以为高鹏就是来刷个脸、凑个热闹，没想到他竟然扎扎实实地从下午忙活到了凌晨 2 点。其间承销商律师与他们的几次争吵，最终还是靠高鹏拍板做了决定。

只是他拍板的时候，眼神却几次忍不住，瞧向韩苏的方向。

项目算是进入了白热化，之前凌晨 2 点就能下班，这几天开始差不多得到 3 点以后。深夜 12 点的钟声刚刚敲过，高鹏伸了懒腰走到韩苏边上，一笑："出去抽根烟？"

韩苏耸耸肩，没有反对。

那头罗玛早就觉察到高鹏对韩苏的不一般，瞪着高鹏五短身材的背影问Choco姐："这男的是哪个领导啊？"

Choco姐带着坏心眼的笑，挤了挤眼，打击他说："啧啧，董事长助理你知道吗？听着级别一般般，背后的意思往往就是——董事长儿子。咱们拼死拼活马上要上市的公司，未来，就是他的。"

没想到罗玛只是撇了撇嘴，毫不在意，将脑袋扭回屏幕，淡淡地开口："哦，钱多人傻。"但之后年轻人下手却不分轻重了，将键盘用力地敲击着，几乎发出机械键盘的声响。

韩苏与高鹏两人霸占了一个吸烟桶，隔着烟雾看对方，韩苏先笑了："没想到高总干活这么积极，今晚不混夜场了？"

"玩多了，也就那样。"高鹏摆摆头，表示无聊，"我家以前不这样，公司什么情况你知道的。哈哈，运气好，这两年突然发了家。我以前从来没体会过有钱的好处，那时候，我一直以为有钱人和没钱人的快乐都是一样的。"

韩苏忍不住打断，两眼微眯，笑起来："结果现在才发现，有钱人的快乐我们想象不到？"

"对！"他一愣，迅速接上，"我这两年都在玩，把能玩的都玩遍了。确实，刚开始的快乐，我根本无法想象。但过了一阵，那些快乐慢慢变轻了、变淡了，再然后，变得无聊了，我想去找更多的刺激和快乐。后来有一天，有人把一包小小的粉递到我面前……"

韩苏呆了呆，睁大了眼看他。

"没，没，我及时止住了！咱可是受社会主义教育长大的！但那一刻，我才意识到，我走得太远太偏了。"高鹏赶紧解释道，"我这二十几年，大部分时候是个普通人，难得有机会沉迷在钱眼里了，但还好，从钱眼里出来，我还是更愿意做个生活里的普通人，工作、努力，像今天这样，有点别的东西刺激我，恒久又健康，让我觉得充实……"

韩苏这才明白了，高鹏这般掏心掏肺，是在认真解释自己为什么不混夜场了。她难免有些感慨，也认真起来，回看他说："你能这样想挺好的。最近看好多明星得了抑郁症，有人诧异为什么他们什么都有了还不开心。其实我反倒觉得快乐这种东西还挺公平，无论你是谁，都不太容易得到——毕竟之所以大家还对明天有所期盼，是因为世界上有些东西暂时还得不到。而最可怕的是，若你什么都得到了，就觉得明天没什么意思了。"

高鹏却只是看着她，挂着笑，韩苏不知他是否认可，耸耸肩只好接着打趣："对了，我最近在追的一个主播的口头禅就是——'有钱人的生活就是这么朴实无华，且枯燥'。"

这么一讲，两个人都被尬到，相视一笑。高鹏却借着月色，没忍住，伸手拨了拨韩苏额前的发。

"你笑起来真好看。"

韩苏一僵。好在韩苏没有僵太久，不远处就有声音解救了她："韩律师！喀，Choco 姐找你。"

罗玛站在不远处，表情坚毅，为了证明自己确有要事在身，特地抱着个电脑，打断了二人，还规规矩矩、公事公办地对高鹏点了点头示意，一派毕恭毕敬的样子。

韩苏赶紧后退一步，对高鹏礼貌性地笑笑："那我赶紧上去一趟。"

在只有两人的电梯里，韩苏斜了罗玛一眼："至于吗？还抱着个电脑。"

罗玛撇撇嘴，想着："虎口夺人，我还怕他开了我这个实习生，当然，开了我事小，见不到你事大。"可脱口而出的却是："他喜欢你？"

韩苏没理，只问："Choco 真有事？"

回答她的却是："我觉得他不太适合你。"

韩苏决定停止这场鸡同鸭讲的对话，不再说话，等着楼层到达，电梯门开。罗玛却越想越急，在电梯门要打开的一刹那，一把拉住她，抵在门口，声音里带着气恼，质问道："是不是谁追你，你都这样？不主动、不拒绝、不负责？"

他居高临下地看着她，用电视剧里标准的"壁咚"姿势。

只可惜韩苏对这样的台词只是翻了一个白眼，曲了手肘干净利落地狠狠撞向他的肚子，罗玛猝不及防，弯腰"哎哟"叫了一声，韩苏趁机灵活闪出电梯间。

年轻人遭遇惨痛之际，只听到漂亮姐姐落在耳边清清凉凉的话："想追我啊？拜托先修炼修炼你的烂脾气。"

北京时间深夜 12 点 30 分。

曾诚终于等到了出差回家的周斌，他风尘仆仆一落地，她就要砸下重磅消息。家里多媒体设备齐齐打开，手机投屏电视，大屏幕上放着的都是他与孙涵涵微信里的甜言蜜语，客厅里扔着几件大衣、几副首饰，还有活力城的门卡——都是上次孙涵涵虔诚地献给曾诚的实体证据。

而今她声势浩荡地摆在家里，像布置复仇的舞台。

她斜斜地靠在客厅沙发上，面前是一份草拟好的离婚协议，依照约定，"所有的车、房、存款、基金通通归曾诚所有，周斌只带着自己的行李净身出户"。此刻，她一脸平静，默默欣赏着周斌进门那一刹那的惊愕嘴脸。

好在有多年的涵养，周斌进门时被惊讶与恐惧击垮了的脸，很快重塑起来，他竭力挂上了满脸问号，做出无知又诚恳的样子，颤抖的声音还在温言问曾诚："老婆，这……这是什么情况？"

"过来。"曾诚完全不为所动，颇为兴致勃勃地用下巴点了点电视屏幕，示意他欣赏，屏幕上正在放着孙涵涵给的一张与周斌的亲密合影。曾诚将所有的素材都做成了幻灯片，在 60 寸的屏幕上来回播放，硕大的屏幕将人脸无限放大，周斌脸上的皱纹与斑点清晰可见，而他身边的小姑娘，年轻的皮肤光彩照人。她甚至还恶趣味地为这个幻灯片配了一首《相逢是首歌》的背景音乐，3 秒后，图片换了，换成了周斌给孙涵涵的留言："宝贝，我好想你。"

极尽讽刺的内容让他无地自容。曾诚心里可惜，这么精彩的戏码，只有自己一个观众。

"周律师，咱把这合同签了，你今晚收拾收拾行李，明天走人。有多远滚多远。"曾诚不愿意多说，直接递过来纸笔。

周斌扼制不住地手抖，默默接过了合同，仔仔细细地看。

"别让我把这事闹大了，对你也不好。快签吧，钱和房子都是我的，你一个子也别想要！"曾诚不耐烦地催他。

可周斌还是低着头，死死盯着手中的纸，半响，嘟嘟囔囔地说："凭什么？"

"啊？"

"凭什么？我这么多年来辛辛苦苦赚的钱，凭什么一个子也要不到?！"

他这才反应了过来，脑中迅速梳理：好啊，好一个孙涵涵，难怪最近躲着我，在这里等着我呢！行，你行。他又瞪着曾诚，举着手中的合同，气到极致，嘴也在抖："就这？这个？你想让我签？我告诉你，门儿都没有！"

曾诚一下子从沙发上跃起，指着满地满屋的证据，瞪他："你信不信我告你？！姓周的，你出轨了！你这个人渣！你不签是不是？好！我把这些通通拿到法院，你看看法官会怎么判！"

没想到周斌突然笑了，指着满地狼藉和屏幕上的合影、短信问："就这些？啊？"他长长吁了一口气，扔了手中的协议："只有这些我就放心了。我可是律师呀，婚姻家庭案件我也做过不少，你只拿着这些去告我？合影？聊天记录？哈哈哈，你去呀！告诉你，法官一分钱都不会给你多判！"

他转身，看着这个乱糟糟的家，骂了一句："疯女人！"不再看曾诚一眼，黑着脸拖着行李箱就要出门。

没走两步，行李箱被客厅里摆了满地的东西绊到，周斌皱着眉低头——一件 Prada（普拉达）的大衣，他在希腊陪孙涵涵买的。橡皮粉的颜色，纯羊绒的料子，她穿着特别好看。当时他还和她打趣，说："涵涵，你穿这件衣服，像一头软软的小香猪。"

那时的孙涵涵噘着嘴瞪他，粉粉的拳头"咚咚"地砸在他胸口，像是少女的心跳。

此刻的周斌，回忆被唤起。他只面无表情地调整了一下行李箱轮子，大步重重迈出，轮子狠狠地碾在了地上那件孤单的粉色大衣上。

褐色的轮辙，像一道剐在皮肤上的深深的痕。

48. 虐待

周斌的戏演得满，出门时步子坚定，把门拍得震天响，可内心却是虚的——

妻子和小三站到了一起，今天这一出只是个开始。曾诚手上还有哪些东西？而孙涵涵呢？孙涵涵除了这些，又给了曾诚多少？

他知道自己先前逼得太急，彻彻底底地把小三推到了妻子那头。他这一走，不过是想给自己争取一个冷静下来的机会。

他草草看过那份协议，财产全部归曾诚，自己净身出户？想得倒美！他了解自己的枕边人，事已至此，她搞这么一出，他一旦认怂服软，曾诚不会心疼，只会朝自己下跪的地方劈头吐一口唾沫。

可无论如何他当时必须摔门而出，谁知道曾诚在家是否安了录音笔、装了录像机？好在他全不承认。

离婚，只要面子好看，他无所谓。但钱，他必须有。只要他不妥协，闹上了法庭，哪怕他是过错方，也绝不可能净身出户，想让他签下这份不平等协议？当他傻！

曾诚这边冷冷地看着他出门，想着真是狡猾的老男人——她早已问过律师，诉讼周期太长，并且婚外情本就不好取证，哪怕是转账记录或者聊天内容，撑死了只能证明两人暧昧，目前最直接的证据是孙涵涵当时背着周斌偷偷录下的那份录音。但涉及孙涵涵与周斌两人的隐私，若由曾诚提出，那么证据的合法性以及真实性，很可能被周斌当庭驳斥。

最重要的是，她今晚之所以搞这么一出，想骗周斌主动签下净身出户的条款，还是因为律师早就说了——即便真闹上法庭，他承认出轨，法院的判决，也不可能将所有的钱都判给曾诚。

只是她现在才发现自己失策了：净身出户这种事情，只会出现在有情有义的小说男主角身上。周斌都能出轨，哪肯那么主动上当？

但又有什么关系呢？她想好了，周斌口袋里的那些钱，无论他主不主动，她都有办法一个子一个子地从他口袋里掏出来。

第二天曾诚请律师往周斌办公室送了离婚协议，周斌回应得很干脆："不离。我什么也没做错，不知道她为什么非要离婚！女人啊，真是不可理喻。"

话毕，他当着律师的面将协议直接投进了碎纸机。

律师面带微笑地表示："那我的当事人只能走诉讼程序了。"

周斌这会儿终于打量了律师一眼，点点头，竟露出了抱歉的神色："我妻子脾气不太好，辛苦你陪她闹，都是同行，我很理解你不容易。回头有机会，我请你吃顿饭。"

律师一愣，只礼貌地点点头离开。

孙涵涵几天没收到周斌的消息，不知道曾诚做了什么，心中正惴惴不安，一条短信像吐着芯子的蛇钻进了她的信箱：

"宝贝，学坏了？靠山找到我老婆头上去了。"

正是午休时间，北京这个季节最是烦人，柳絮漫天飘着，无孔不入。孙涵涵懒得出门吃饭，因为过度紧张，体会不到饿意，大中午只捧着一盆沙拉，味同吃草。人在紧张时，所有的知觉好像都集中在心脏上了，每一次手机振动，她的心都冷不丁一颤，试图在望向手机屏幕前，做好足够结实的心理准备。

而此刻，屏幕上轻描淡写的一行字简直抽干了她所有的力气，孙涵涵甚至能脑补出周斌的语气：他永远带着笑，看着你，像如来佛看着掌心的孙悟空。

孙涵涵全身都紧紧地绷了起来。

她知道会有这么一天的。

周斌的车在小区楼下闪着车灯，一如往常，像潜伏着的兽。此时已经是春天的夜晚，他只在西装外套着一件米色长款风衣，低着头抽一支烟。男人抽烟的样子，只要姿势与吐纳足够娴熟，只要表情不带着陶醉，浅浅蹙着眉，都是好看又迷人的。

孙涵涵曾迷恋过他的成熟与老到，放慢呼吸享受他指尖的每一寸抚摸。被强者纳入麾下并占有的感觉有多么令人迷醉，此刻，站在他对面试图与他为敌的感觉就有多么凶险。

一天前曾诚的律师给她打了电话："目前证据不足，需要孙小姐的帮助，目前合法取证的办法有……"

她没躲，鼓足勇气直直地走上前去。

"你来了，外边人多，去我家谈吧。"连寒暄都没有，她径直转身刷开了单元门禁。

周斌一愣，扬了扬眉毛，笑了，跟了上去。

　　直直上升的电梯里谁也没注视对方，亦没有人开口。孙涵涵低头一个字一个字地在心里默背一会儿要说出口的话，而周斌面无表情地看着手机，目光偶尔从手机屏幕移开瞥她一眼，眼里带着讥诮。

　　而所谓老到，就是他们采取的手段往往比你更能直击要害，而所谓获胜的把握，不过比的是在对峙过程中，谁的心更加狠戾。

　　孙涵涵刚打开门就被一股大力往里推到了地上，木质地板上"咚"的一声闷响，周斌接着狠狠用脚往她小腿上一踹，刚想开口，见孙涵涵头发凌乱，趴在了地上，而另一只手还插在包里，平日乌油油披散着的头发此刻蒙住了大半张脸，看不清她的表情，但看她的整个姿势，显然还在一寸寸往屋子里爬，朝远离他的地方缓缓爬行。

　　周斌哪里看不明白她的意图？他冷哼一声，大力将她的胳膊一拽，孙涵涵的手立刻软绵绵地从包里掉出来，果然紧紧握着她的手机。

　　"还想录呢？嗯？"周斌劈手抢过手机，迅速按了关机键，像是狠狠熄灭孙涵涵最后的一点点希望。他做事谨慎又不慌不忙，直到确认关机，才把手机远远扔开。

　　复而扯过孙涵涵的头发，他仔仔细细地观察她的表情，轻轻问："手机没有了，录音笔呢？"孙涵涵害怕他的眼神，死死闭着眼，手在空气里无力地挣扎着，推搡他，试图伸腿踹他。周斌温柔地将她拉近自己，一只手卡住她的脖子，另一只手轻柔又仔细地抚摸她身上的每一寸，以及衣服口袋，像是最精细的匠人在对待自己的娃娃。

　　"不乖啊，涵涵——"他的手指在孙涵涵身上的一个部位停住，然后，从她身上摸出一支精巧的笔，小小的屏幕上闪动着时间，他一按开关，笑起来，"这个爸爸要没收的。"

　　"这么多顾虑？你还不如脱了我的衣服检查……"录音笔被没收，孙涵涵绝望地闭了眼，额前的头发被汗分成几缕糊在脸上，此刻她微微勾着的嘴角上，全是冷笑。

　　周斌用力捏住她的下巴掰向自己："你真是贱呢，嗯？挑衅我？啊？"他当真用手狠狠拽她的领口，露出云朵一般白嫩的肌肤，衬着周斌有些黝黑粗糙的手指，格外明艳惑人。他忍不住低头去咬，却猛然想到什么，不对……

"去我家谈吧。"

"不如脱了我的衣服……"

…………

他猛然转过身去——果然，黑暗中，小小的家用摄像头闪着不注意就根本无法发现的微弱蓝光。

孙涵涵的眼神这才露出了破碎的慌乱，手忙脚乱地拉扯着周斌，嘴里慌乱喊着："不……不……不……"是发自内心的无助。

周斌狠狠踹开她，大步向前，狠狠扒开摄像头研究了一番，然后摔了个粉碎。

"嗯？"他的心中泛着前所未有的得意，"哈哈哈，小妮子真会玩，一个手机、一支录音笔，还有一个摄像头，嗯？"孙涵涵的脸此刻在屋子里微弱灯光的映照下一片惨白，白成了没有五官的一层皮，白成了一张破碎又暗淡的纸。

孙涵涵输了。

周斌觉得这场游戏前所未有地有趣。他掌握了伤害她的方式，一层层，从肉体到精神，他是她永远的赢家。

周斌慢慢地走近她、抚摸她、亲吻她，吻一路向下，变成夹杂情欲与血腥的撕咬。然后，戛然而止。

他抬起头，舔了舔她干燥的没有血色的唇，轻轻告诉她："不要试图反抗我，涵涵。你这辈子都做不到。

"过两天再来看你，宝贝。

"记住，老实一点。"

周斌摔门而去的时候，孙涵涵还坐在地上。也不知过了多久，她才站起，反反复复锁了无数次门，背抵在门上，长长吁了一口气。

她默默抬头看向天花板，第一个针孔摄像机；卧室拐角，第二个针孔摄像机；沙发上，第三个；窗户上，第四个；低一点的墙根上，第五个；客厅对角线的天花板上，第六个……

家用摄像头、录音笔、手机，不过是摆设，是她声东击西的道具。

只有屋子里每一个角落安置着的针孔摄像机才是她真正的武器，安静本分地拍下来刚刚发生的全过程。针孔摄像机，往常只会在防偷拍指南里见到，本是色狼伤害女性的同伙，而今却帮助了她。

孙涵涵一瘸一拐地走到客厅另一端，捡起了被周斌掷远了的手机，开机。她清了清嗓音，试着捏出一个柔弱无助的哭腔，拨号：

"1"。

"1"。

"0"。

"喂……你……你好，朝阳区派出所是吗？我叫孙涵涵，我要报案，我遭遇了一起入室猥亵，施暴人是我的普通朋友……他叫周斌……"

曾诚的律师的话在耳朵边响起："司法证据要求具有合法性，你目前给曾诚的录音除非是你以证人的名义主动提供的，否则对于本案没有帮助。或者，你想想是否能搞到一份周斌对第三人亲口承认你们之间恋情的书面证据……类似于保证书……"

保证书。

孙涵涵在黑暗里笑了。面对一个入室猥亵的指控，哪怕周斌再聪明，除了竭力证明他与自己确确实实是情侣关系，录下笔录、签字、按指印，他还有别的办法逃脱罪责吗？

周律师，你呀，还是不应该太得意。

过了子夜，Landmark 的写字楼依旧灯火通明。

熬了一周有余，到了最后疲惫不堪的时刻，中场休息的时候大家也懒得下楼抽烟了，一个个商务精英全躲在楼道里，在禁止吸烟的标志下，深深吸气，在入肺的氧气中混入焦油，用尼古丁杀死身体中的丧气与疲惫，再深深呼出，抽出体内的一小节压力，然后扔下一个又一个垂头丧气的烟蒂……

韩苏半夜去楼道里抽烟的时候，罗玛也紧紧跟了出来，手里还拿着一支电子烟，略有几分得意地晃着电子烟一头系着的带子。

"才多大就学会抽烟了？"韩苏点了火，深吸一口气问。她瞥了一眼他手上的电子烟，撇撇嘴——吊牌都没拆，估计是拜托从深圳来的朋友带的。

"这叫女为悦己者容，士为知己者抽烟。"他笑嘻嘻地看她，凑近了说，"你把抽烟当放松，我不是，我能这样看一看你就不累……咳咳……"

可惜情话还没说完，韩苏一口烟轻轻吐在他脸上，混着焦油与薄荷漱口水的香味，罗玛被呛到，一脸狼狈地看着韩苏冷冰冰的脸，眼里露出几分羞恼。

韩苏被他逗笑，忽然来了兴致，伸手拽走了他的电子烟收到口袋里。"既然要陪我抽，别抽这种没意思的。"

她从烟盒里抽出一支细长的烟，喂到他嘴边，勾勾手指指挥他乖乖俯下身子，替他点了火。纤纤指尖凑到了他的鼻尖，他一下子屏住呼吸，担心自己呼吸重了冒犯到她。

他紧张地盯着眼前亮起的火苗，火苗灭去，变成燃烧在香烟末端星星点点的光。人高马大的身形，在比自己矮半个头的娇俏女子面前，总是难得地紧张。

韩苏引导他："来，现在试着深深吸一口，吸入肺里。"

他竟然认真照做，傻傻地吸了一口，果然再次被呛到，焦油混进肺里。他用一只手赶紧取下烟，剧烈地咳嗽起来。在心上人面前丢脸，不由得发窘，可直到对上韩苏不怀好意的眸子，咳出眼泪的年轻人这才恍然大悟："你故意的?!"

这简直是蓄意虐待！

"对呀，我故意的。"韩苏点头承认，一副无所谓的神情。她将烟头扔进烟筒里，拍了拍手，推开楼道门，回首扬眉一笑：

"我就喜欢虐待小动物嘛。"

49. 心门

为期一周有余的印刷商工作已经接近尾声，文件已经由保荐人律师提交至联交所，到了此刻，会议室越发空荡，大部分中介依次结束工作退场。

Choco 买了明天上午的飞机票飞北京，订票的时候多八卦了一嘴，问罗玛什么时候舍得回京，果然见这小子心不在焉，越临近项目结束，他反倒越加沮丧。

Choco 坏笑着问他："不舍得走啊？"

不舍得走也得走。罗玛耸耸肩，签证马上要到期，根据项目经验来看，下一次见，最快也得是 3 个月以后。而等到第二阶段项目完成，两个人一个在北京，一个在香港，应该少有再次相见的可能。

韩苏对他始终冷淡，难得开玩笑，也像逗小孩玩一样，反而自己越发不能自拔。她是姜太公钓鱼，而他却跃跃欲试地张大了嘴，偏偏就想咬住那个直钩。

韩苏收拾东西下班的时候又看见楼下的高大身影，他低着头仿佛有心事，不复往日那般紧张，倒透着几分少年离别的失落。

她先开了口："又来送我回家的？"

"嗯。你在这儿等着，我去叫车。"

两人一路无话，香港的春天已经开始回暖，可以拉开一线车窗让夜风嗖嗖地灌满小小的出租车空间，四处迅猛流动的空气灌了满耳。韩苏觉得聒噪，又关紧了车窗，靠在椅背上闭着眼睛听车上的午夜电台。粤语的深夜节目，混杂着黄段子，来香港不到一年，她还听不熟练，半懂不懂，听到会心处，微微勾起嘴角笑。

罗玛也闭着眼，摊开的掌心对着自己，拇指微微揉太阳穴，一整日对着电脑，眼睛酸疼，另外微张的四指挡在眼睛前，却从指缝里偷偷瞧着韩苏，瞥见她脸上淡淡的笑意，觉得安宁，移不开眼。

这么看了许久，车子转弯，他顺势往她身上靠了靠，他的唇刚好凑近她的发，想起她所谓的"三不原则"，其中一条就是"不拒绝"。他鼓足了勇气，轻轻承认：

"韩苏，我舍不得你。"

然后他不意外地见到她给出的反应只是嘴角放平，慢慢"嗯"了一声。等他继续开口。

"后天上午的飞机，再不走，签证就要过期了……走之前，我可不可以再见你一面？"

"好啊。那明天晚上一起吃个饭？"她笑了笑，侧过脸，微微仰了仰脖子，呼吸正好喷在他的颈上，比空气微暖。

两个人挤在狭小的出租车里，呼吸相闻，但罗玛突然发现，她对自己的任何亲昵都不带有一丝暧昧。不抗拒他的靠近，也不害怕。而担忧与无措才是陷入爱情的开始，韩苏对罗玛，只有游刃有余的平静。

"你不喜欢我，对吗？"他脱口而出，觉得沮丧。这才发现试图通往另一颗心的道路会遇到多么坚硬的阻碍。

调情与暧昧换来的是刹那漏一拍的心跳，只有天真无邪的小孩才会将它误以为是爱情。而骨子里不相信爱的人，习惯性地将暧昧当成一场没有结果的游戏，欣然接受，不做期待，最后坦然告别。再多的心动都没办法敲开心门，或许只有天时、地利与人和皆备的幸运儿，才能找到它的钥匙。

韩苏没有回答他的话，只是难得认真地告诉他："你也未必是真的喜欢我呀。别被自己骗了。"她笑了，用前辈的语气说："我这几天顺带关注了一下你做的文件，细节到位，比我实习的时候机灵多了，我像你这么大的时候还什么都不懂，也绝对没你这胆子在印刷商的时候就巴巴地蹭高年级律师的车一起回家。"

"你那时候也有喜欢的人了？"罗玛只抓住最后一句话的重点，酸溜溜地问她。

"没。我那时比你清醒的唯一一点，就是知道项目和工作是最重要的，反正男人嘛，永远一茬接着一茬。"

而罗玛，也不过是其中的一茬。

第二天中午韩苏完成了工作就没去印刷商，直接回了律所，刚坐下内线电话就响起了，胡律师说要韩苏过去谈谈工作。

众所周知，胡律师马上要调回北京办公室，最近正逐一找团队骨干聊天，韩苏因为高鹏的项目耽搁拖延至今，现在才有机会认真和老板谈谈。

胡慕宁律师年龄不过比韩苏大个几岁，但因为工作能力极强、眼光精准，这几年把握住了港股上市政策改革的机会，一连几个大项目，霸占市场，早已飞升成了合伙人。韩苏先前愿意从北京跳槽到香港的S所，除了工资翻倍，也是因为崇拜这个老板——她也有相同的野心，想拼尽全力，做第二个胡慕宁。

本来就无牵无挂、心里只有事业，如何有利于发展，她便如何选择。

胡律师今日不忙，笑盈盈地招呼韩苏问了问项目情况，团队发展迅速，韩苏刚来不久就能一力承担此项目，实属不易。她在韩苏身上看到与自己相似的地方，对韩苏隐隐有着偏爱。

她刚提到自己打算去北京的事情，没想到，韩苏立刻回应了："胡律师，我是希望一起去的。"

老板点点头，又说："还有一件事，关于你日后的发展……有没有考虑再出国读个书？"

韩苏一愣，知道老板的意思，外资律所更重视国外学历以及国外律师执照，只有中国学位必然发展有限。她刚来时就知道这事，只是出国读书需要一大笔费用，留学期间也没办法挣钱，这么一个来回，就是好几百万的差额。她也留意过律所里的相关员工福利政策，可以在签订协议后申请50万无息贷款，按她目前的存款，如果省吃俭用一年，加上贷款，或许后年可以出国……

"经济"两个字，像重大的负担压在她头上。所谓谋生压力，无非是所有的事情都要靠你自己，你的双手就是全部的经济来源与劳动力，无论挣得多少，你都永远无法安心。

她最终还是回答："有考虑的。大概……明年申请吧。"

"那就好。"老板点点头，下午的阳光从窗户里透进来，照在胡律师的手上，窗外是遥遥的海，手指上麻将牌般的宝石戒指闪着幽幽绿光，胡律师见韩苏的目光落在上面，大方地伸出五指让她看，"好看吧？要买的话我可以找人帮你打折。"

韩苏认得这个牌子，有些心虚地笑了："那我先得好好工作10年才买得起。"

"让别人给你买嘛。我听说——"胡律师没忍住，些微八卦起来，双眼明亮地看着她，"咱客户……那董事长儿子是不是在追你？"

"没！他有女朋友的。"韩苏赶紧摇头，想了想又问，"老板，您听谁说的？"

"有眼睛的都能看出来。听说他在印刷商每天找你抽烟来着？"胡律师又

眨了眨眼，"我看这年轻人很老实，如果他当真追你，要不要考虑一下？"

韩苏有些艰难地想了想："我不太喜欢他……"

"也是。"老板眯了眯眼，点头，"他的长相是不太讨人喜欢，也有点呆……"

但平心而论，钱多人傻这样的特质，对于有些女孩，却是打着灯笼也遇不到的最佳选择。

韩苏从老板办公室出来的时候有些烦躁，出国的问题此后必须正视，凭空又添了许多压力，好在往后去了北京，房租会比在香港时省下一部分，但到手的钱也不会多太多——毕竟又要重新缴纳五险一金以及比香港高得多的个税。

高鹏的微信适时发来："项目结束，要感谢你，晚上一起吃顿饭？"

接着收到的是一条短信，没有备注名："今晚记得哟，我订了餐厅。"

韩苏想了一百遍才想起这个人是谁——罗玛。哦，她上次拉黑了他的微信，他后来又从项目邮件里翻出了她的手机号。

两个约，赴哪个？

随即她觉得自己傻了，一个是客户，一个是对家律所的实习生。傻子才会选择实习生。正要找借口回绝罗玛，高鹏的第二条微信到了："对了，我刚和你们老板聊了聊，听说你之后也要回北京啦？"

紧接着第三条微信："你们老板还说你打算出国留学，我做了这个项目发现法律也挺有意思的，我可以和你一起！嘿嘿，费用不是问题……"

发完了消息的高鹏也隐隐觉得自己有些可耻，他找 Alex 打听过韩苏的家庭，父母离异，她跟着母亲，今天他旁敲侧击，从胡律师那儿知道韩苏打算出国。他有心把自己的钱包当成充满诱惑的武器，他知道钱的好处，而这个好处，他拥有太多。

只可惜，高鹏还未明白：女人对于"钱多人傻"的底线是，这人的傻，绝对不能超过他的钱。

然而罗玛也不见得聪明到哪里去。他选的餐厅是铜锣湾的喜记避风塘炒辣蟹——入选大众点评必吃榜单，来港游客的打卡圣地。罗玛丝毫没注意到韩苏微抽的嘴角，还兴致勃勃地安排："完事了我们可以去吃甜品，不远就是义顺牛奶公司，网上也很火的。"

韩苏恍惚间觉得自己回到了大学时代，是不是大学生都爱这样？照着热门美食帖子逛遍一个个网红餐厅，被外装饰的表面风光吸引，然后认认真真地写下点评。

她干脆拒绝："不要吃甜品，一会儿我带你去个酒吧，我们喝酒。"

"喝酒？也行啊。"罗玛紧张中带着窃喜，挠了挠头，"但是我酒量不行……"

"没关系啊，我更差。"她眯着眼笑，头发毛毛糙糙地乱翘着，像只猫咪。

罗玛觉得自己要重新定义"更差"这个词。

韩苏自从到酒吧落座，话没说几句，就开始一口一口灌着威士忌，罗玛一惊，赶紧拦着她："你今天心情不好？"

"嗯……工作问题，没大事。对了，我马上要回北京了。"

"那以后我还能见你吗?!"他的眼神一下子亮起。

韩苏胡乱点点头，没理他。她只不过想找一个足够安全的人陪自己喝酒，然后借着酒，倾诉一下自己的压力。一周多的疯狂工作与熬夜，榨干了她所有的精力，可惜每一个项目只是一个台阶，奋力爬上去之后，不是一马平川，而是更高的险峰，而她呢，负重踽踽独行。

"之后要省吃俭用了，我还没和妈妈说。妈妈昨天问我钱够不够花，说不要太辛苦……但我没办法，我也不想太辛苦……我还要出国，我想要很多东西……妈妈不能给我……"韩苏喝了酒，低头喃喃自语，有些话，在足够陌生又足够友善的人面前才敢一吐为快，"但我没有怪她，妈妈已经把她最好的一切都给我了……我其实很累……因为我要的太多……我希望我的能力能满足我的野心……"

"能到这个地方来上班的，没有穷人，你的上司 Choco 也是，不缺钱、不愁房子，可以养着玩乐队的老公……别说世界上还有高鹏那种人，Alex 也是个纨绔，工作和玩一样……还有你啊……"韩苏朦朦胧胧地睁着眼看着罗玛，伸手捏他的脸，"一个小鬼，大学都没毕业就能来顶级律所做实习生，一看也是非富即贵……

"我就纳闷了，为什么？就我家，让我读书都得自己攒钱，出个国都要精打细算地申请贷款。凭什么周围的人都有后盾、有背景，而我呢？我永远一个人在拼命！"

罗玛怔怔地听着，从来不知道她还有这么多委屈，此刻不知说什么好，只敢结结巴巴地夸她："你能力强，工作认真又负责，也……也特别好看……工作的时候，简直是闪着光的……"

韩苏嘟着嘴，侧头看着他的嘴一张一合，周围是嘈杂的声音，听不清他说什么，她皱着眉头，尽可能地听着，可惜酒精入了脑，将一切神经网络搅到了一起。只见他的嘴这么张张合合了许久，最后的一句话，才悄悄落到了她的心里：

"韩苏，如果你一直是一个人拼命，现在却和他们站在了一起，那只能说明，你比你周围所有的人，都厉害。"

韩苏一怔，只觉眼睛发酸，难得委委屈屈地抬了眼睛看罗玛，烈酒将她的眼眶灼成了红色，一双眸子潋滟得像盛了水。

"是……是吗？"

"对啊。"罗玛赶紧点头，举了杯子说，"你特别好的，我敬你！"

"罗玛，谢谢你。"

罗玛突然才发现，他和她在一起相处这么久，直到此刻的这句话，她才真正走了心。而过去在她耳边说的再多的情话，对她而言也不过是微博上常常看到的甜宠小说或者情话日历，只有那么一瞬间感到开心，之后一概抛诸脑后。

所以成年人的世界里难得真切的感情，说难听点，不过是乘虚而入。

罗玛在送醉醺醺的韩苏回家的时候突然开始犹豫。

"乘虚而入"这样的词若放在此时，他定然不齿。他不想在这样的时刻打其他的主意，可她此刻难得脆弱，他无法抑制地想和她再多说几句话，至少，多一些机会乘虚而入。

只可惜韩苏敞开的心门以那句"谢谢你"终结。

她再次恢复了平时镇定的状态，在回家的出租车里只低头闭目养神，偶尔随口开启话题和罗玛聊一些大学时候的事情，还是平时的那个她。

"所以，你没有谈过恋爱？哈哈哈。"她震惊，酒后的人智商下降一半，觉得世界上99%的事情都好笑。

"呃……我，眼光比较高……"罗玛略有些不自在。他虚虚地扶着走得东倒西歪的韩苏，到了家门口，深吸一口气说："那……那我走了。你照顾好自己，别太忙，实在忙也要注意身体，别抽太多烟，实在想抽就抽电子烟。我明天……明天回北京了，北京再见。"

韩苏只是用后背抵着自家门，两只手在身后按着门把手，撑着大半的体重，歪着有些蒙的脑袋看他，喝了酒，脸上难得时时刻刻挂着笑，眼眶与脸庞均是红扑扑的。

罗玛从未见过她这样无害的样子，想到之后又要许久不见，借着酒胆，向前迈了一步，低头，闭眼，双唇轻轻碰了碰她的额头……

这是他能想到的，最珍重的告别仪式。

"喂。"韩苏扬起了头，还是笑着刮他的脸，"小鬼……"

她觉得她应该是喝太多了。

或者是，她太寂寞了。

又或者是，这个小鬼今晚实在难得有些纯情、有些好看。

她最后伸手钩住了他的脖子，吻了上去，霎时脑子发空的罗玛浑身僵硬，立在原地，只听见她的声音模模糊糊地响起：

"一会儿再走，嗯？"

50. 重启

过了好几个小时，罗玛都觉得自己在梦里。

他回忆当时的自己，脑袋是一片糨糊，仿佛有火在四周烧着，而他在火里。这样的表现想必没有太好，毕竟他——

还是第一次。

他想起上学期舍友、兄弟带着女友去学校周围的小旅馆开完房回来时的豪言壮语。猥琐者得意地炫耀："First blood（第一滴血）！"深情者说着海誓山盟："我要一辈子对她好。"

　　罗玛的感受却比较复杂，一方面，他猥琐地认为自己的状态想必在韩苏眼里差强人意，但假以时日或许能成为个中高手？另一方面，他又深情地端详了半天韩苏的脸，心里颤巍巍地想的是——

　　她，肯定不会对我负责的吧？

　　韩苏醒来的时候差点没有被吓死，将醒非醒，狭小的窗户外是方才蒙蒙亮的天，面前一张盯着自己的脸熟悉又陌生，像是夜访的吸血鬼，片刻后她才反应过来是谁。罗玛一夜未睡，此刻早已穿戴整齐，一脸认真地抱着膝盖在床的另一角看着她，灼灼的目光里带了几分羞赧，像是期待主人带自己出门遛弯的哈士奇。

　　她莫名地想起了曾经和瞿一芃养的那条狗，短腿的胖柯基。她到了香港，狗归了前男友，不知道现在怎样。她忽然觉得好笑，回忆往昔，狗与前男友摆在一起，她更加挂念的竟然是前者。

　　罗玛见韩苏的表情从惊愕到迷茫，然后变得似笑非笑。他紧张起来，清了清嗓子，决定先发制人："昨晚是我的错，你喝太多了，我不应该乘人之危。你放心，我会对你负……"

　　"昨晚，是我睡了你。"韩苏打断他纠正道，一只手支着脑袋看他。宿醉后的脑袋还是空空的，只觉得口渴，此时不是平日起床的时间，她极度地睡眠不足，太阳穴里像系了一根皮筋，一个劲地从脑壳里往外弹弹弹。她皱了皱眉头。

　　"噢，那……那可能是我们旗鼓相当，喀喀……"他迅速转变了思路，两眼直直地看着韩苏宣布，"既然这样，你要对我负责。"

　　韩苏的第一反应是惊讶："这对你很重要？"她伸了手拿床边的杯子，拿起来才发现里面没水。

　　"当然！"罗玛点头，掏出手机，调出航班信息示意韩苏，"我原本订的是上午9点的飞机，现在改签了。先说好咱俩的事，说明白了我再回去。"

　　韩苏一怔，没想到他摆出这么认真的架势。"那你想说些什么呢？"想了想，她又伸手把空杯子递给罗玛，在被窝里轻轻蹬了他一脚，"口渴了。"

　　罗玛赶紧接过杯子，跳下床去厨房倒了水，双手奉上杯子，没胆子再跳上床，站着看韩苏喝完，他才端端正正地坐在床边的地毯上，清了清嗓子接着控诉："我本来打算一落地北京就忘了你的。可你昨晚……你昨晚……嗯，你知道的，对我做了那种事情。总之，经过昨晚，我现在觉得，我这辈子都忘不了你了！这是你的责任，你需要承担。"

"所以？"

她比罗玛大了 6 岁多，此刻脑子还是半晕不晕的，看着他一副受害人的嘴脸，尽可能设身处地地想象了一下他的心情。昨晚她确实有些冲动，现在只觉得后悔。不知怎的想起看过的那些八卦故事：情场老手基本不碰纯情少女，彼此游戏，最怕对方认真。毕竟你只当作一番玩笑，人家倾尽的可是全部真心。

想到此，韩苏看罗玛的眼神也不由得含了几分愧疚——"三不"原则的前提是"不主动"，灵魂在于"不拒绝"，只有做到二者，才有理由说自己"不负责"。可是昨晚的她，分明就是主动的那个。但，若要她因此和他在一起，她也是万万做不到的。

此刻的韩苏只觉得头大。

"我知道，你还不喜欢我。"罗玛把声音放低，流露出了几分失落，但几秒后，又燃起希望似的抬起了头，眉毛、眼睛、鼻子里都堆着诚恳，"我不勉强你，你也不要太残忍地伤害我。我的要求不高，就是希望你把我从微信黑名单里放出来，以后在北京了，我发信息给你，你能回复我。"

"这么简单？"

"这么简单。"

谈判嘛，罗玛心里清楚，不过是先给对方设定较高的初始心理预期，使她为难，然后等他报出远低于对方心理预期的条件时，对方会顿感轻松从而立即答应。

"好，我答应你。"韩苏心里吁了一口气，至少，在她看来，她没有付出什么就打发了这个小鬼。

宾主尽欢的结局。

等罗玛走后，韩苏一个人窝着玩了一会儿手机，项目过后难得可以短暂休息。两小时后一条微信闪进来："我上飞机啦。"

发件人是罗玛。她捂脸扔了手机往床上一歪，想起之前和何知南喝酒时，何知南提到的一句话："直男爱上你的征兆之一——行程报备。"

　　她没忍住抓起手机噼里啪啦地对何知南打了几句："请教一二，会有那种男生吗？被你一撩拨，甚至被你睡了，就真的死心塌地爱上你？"

　　"哟，这还真说不准呢。"何知南不仅秒回，还充满倾诉欲地回复了一大串文字，"真有些男的啊，就像《天龙八部》里头的木婉清，就是戴面纱的那个。平时看着冷冰冰的也没啥感情，一旦你揭了他的面纱，他就跟疯了似的，要死要活一辈子就认你一个……"

　　韩苏嘴角抽了抽想，所以罗玛大概就是木婉清型的？

　　这边何知南颇为感慨地接着打字："只可惜，我们周围的男人大多数都是贾宝玉，见哪个女孩都美，觉得哪个女孩都可爱，但好在，也不算太渣。毕竟他们心里始终住着一个林妹妹。"

　　"你是说高鹏？"韩苏八卦地问。

　　"啊，对啊……我也不知道他心里住着哪个林妹妹，但我之前撑死了就是个花袭人。明明是个丫鬟命，却操着正房太太的心。"

　　韩苏听这话越来越糊涂了。手机那头的人似乎负能量满满，她不知道该怎么回复，好在那边何知南半天后终于补了一句："哦对了，忘说了，我刚正式和高鹏分手了。"

　　"什么？"

　　"嗯，他秒答应。"

　　何知南觉得最近的自己应该是有点凄凉的，虽然她不愿意承认。从她落地北京到现在两周了，高鹏从未主动给她发过一条信息。

　　原本她还抱着希望，而事实是，一切在感情里的自我安慰到头来不过是自欺欺人，毕竟真正爱你的人，怎么舍得让你有机会难过，再自我安慰？

　　但她还是感谢高鹏的，相比瞿一芃的不辞而别，高鹏至少把最终说再见的机会，摆到了自己面前。

　　"高鹏，我们分手吧。"

　　"好，南南，祝你幸福。"

　　这是这半个月以来，高鹏回复最快的一条微信。

　　何知南又不甘心地回了一段："我一直以为我们会走到一起的。虽然我中途开过小差，但我到现在才发现，最后站在原地的那个人只是我自己，如果还有机会能够重来……"

高鹏没有再回复她。

毕竟都市里的爱情，大部分只是靠一根网线维系的，一段故事的结尾有时候充其量不过是一段戛然而止的聊天。他们的爱情，就此停留在 3 月 25 日上午 11 点 05 分 42 秒。

何知南约孙涵涵吃饭的时候，准备告诉她这个消息。

没想到一见了人，何知南脱口而出："你最近变丑了！"

孙涵涵刚想瞪她问"你是不是狗嘴吐不出象牙"，就听何知南接着自嘲："我也变丑了。我被人甩了。来，你先请，说说最近为什么丑了？"

孙涵涵确实攒着一堆倾诉的欲望，甚至没注意到那句"我被人甩了"就赶紧坐下，两手乱七八糟地绞了半天，几次深呼吸后才开口：

"我把周斌弄到派出所里去了。"

何知南差点没把杯子打翻，目瞪口呆地看着孙涵涵："这么跩！"

孙涵涵拿着证据报案后，派出所民警第一时间传唤了周斌。据孙涵涵的描述，周斌只是自己的普通朋友，他找借口来家里见面，结果一进门就狠狠踹了自己一脚，接着趁自己没有力气防御时，抚摸自己，拉扯自己的衣服，并且伴随亲吻。

视频内容与孙涵涵的描述一致。这边娇滴滴的女孩子哭得梨花带雨，警察同志也有些不忍，替她分析情况：

周斌的行为存在暴力，孙涵涵被周斌踹了两脚，膝盖红肿，达到了轻微伤，加上违背妇女意志对其抚摸、亲吻，已经构成了强制猥亵，是可以构成犯罪被刑拘的。

孙涵涵红着眼，结结巴巴的，似乎有点不放心，又说："可是……可是我这个朋友位高权重……他……他还是个律师……"

民警从视频里看，那人的确是个中年男人，一听"律师"两个字，怒了："那不是知法犯法?！这还得了！你先去做个体检，之后我们找法医验伤，这边马上传唤他，了解一下情况，如果构成犯罪，我们可能会再找你来签个立案告知书。"

孙涵涵紧紧张张地就要走，想到什么，又拽住了警察同志的手问："警察哥哥，我告了他，那人以后要是再来打击报复我怎么办？"

"实在害怕可以换个住址，如果他再次找你或者尾随你，你就第一时间拨打110，我们随时出警！"

"那周斌呢？"何知南咬着吸管听得一愣一愣的。没想到孙涵涵这个娇娇弱弱的小姑娘有这个魄力。

"不知道，民警应该会传唤他……"

"他得惨死了吧！如果真是强制猥亵……"

"你当他是傻子吗？"孙涵涵瞪大了眼睛，"他有的是办法脱罪！"孙涵涵骨子里是害怕周斌的，她想好了，这次撑死能要到一份周斌承认恋情的笔录，至于蹲大牢……他可是个事业有成又精通规则的合伙人，哪儿有那么容易？

何知南有些崇拜地看着孙涵涵，说："你这几日这么憔悴，看来是智斗渣男了。真好，我就没这个本事！"

孙涵涵这才把注意力转到何知南身上，诧异地问："你又遇到哪个渣男了？"

问完了才发现不对……何知南遇到的那些人，哪个不是渣男？

"我和高鹏分手了，我提的，昨天。"何知南低头叉了一小块慕斯蛋糕，尽可能装作若无其事的样子。

孙涵涵的表情有些矛盾，她真实的反应是："意料之中的，早该分手了啊，当初在香港的时候我冷眼看着，那货对你已经没剩下多少感情了……早分早自由……"

但她作为朋友，应该做的反应则是：

"什么?!"她略微浮夸地睁大了眼，接着想起书上的一句话，叫"超过两秒的惊讶表情都是伪装的"。她默默在心里数了"1、2"，而后，恢复常态，换了个安慰的语气接着说："挺好啊，反正你也不喜欢他了。"

何知南有些愧疚，说："我是不是有点作？我如果一直老老实实的，不伤害他，他是不是就不会寒了心……我们的感情就还有缓和的余地。"

孙涵涵差点翻了个白眼："你觉得你们是为什么分手的啊？因为你太作？太浪？"

"不是吗？"

当然不是，是他变得太有钱了。

但孙涵涵还是委婉地说："感情这个东西，说白了就是利益交换。一男一女，都能给彼此想要的，这段感情才能稳定、长久。一旦这种平衡被打破，当他要的你再也给不了时，你们之间的感情便没了基础，散伙是迟早的事。"

没等何知南开口，孙涵涵紧接着想了个可以安慰她的好角度，又说："既然迟早要分手，你现在应该得意的是，在这段辛苦的异地恋里，你从来没有压抑自己的欲望，从来都是活得痛痛快快的。

"你该庆幸你这么爱自己、这么自私，因而哪怕受了伤害，也不会吃太大的亏。"

"所以……我其实没做错什么？"听了孙涵涵的话，何知南开始迷迷糊糊地总结自己，孙涵涵那本是安慰的话语，却让她瞬间充满了自信，她觉得自己还是很聪明的。

比如，她认为自己是很成功的"绿茶婊"，懂得在男人面前示弱、装无辜、装可爱。人畜无害，是她的铠甲。她从来不缺男人，从来可以满足自己的欲望。因而她想，未来她是会得到幸福的吧？至少，是可以凭借自己的聪明挣得一份幸福的吧？

可是她却不知道，她其实远不如自己想象中的那般聪明。直到很久以后，何知南才想通：当年的她绝不应该以自己是一个标准的"绿茶婊"而沾沾自喜。

毕竟，这个世界上足够聪明自信的女人，绝不会沦落到选择去做一个"婊"。

51. 报复

孙涵涵后来才知道，民警按照周斌身份证上的信息找到了周斌家里。

开门的是曾诚。她尽可能满脸惊恐又憔悴地表示周斌这几天不在家，两人在闹离婚，轻描淡写地又在嫌疑人画像里给周斌加上了禽兽的一笔，接着积极主动地提供了周斌秘书的电话以及办公室地址。

周斌是在和团队的每周例会上被民警带走的。

两个人高马大的民警全副武装地推门进来，前台怯怯地跟在后面，大气不敢出一声，一人直接就问："周斌是吗？请配合和我们走一趟。"

团队律师做的是民事法律，业务也以非诉为主，全是文文弱弱的高才生，更是女生居多，工作以来连检察院都没去过一趟，见过的穿制服的最多是写字楼保安，哪里见过这个架势，一桌子人目瞪口呆地盯着这两人看。

周斌赶紧笑了，对警察点点头，十分配合地说："好的。"转身镇定地对另一个合伙人交代："晨会麻烦你组织一下，有事随时给我打电话。我这边有点私事，协助完这两位警官就能回来。"

接着他还伸手对民警说了个"请"，三人离开，看起来一派光风霁月。

留下交头接耳的团队律师，手快者已经和同学发了微信悄悄议论起来："我老板在晨会上被警察带走了，我的妈呀！"

周斌一直走到了写字楼大堂，才温声对民警问道："两位不知如何称呼？是否可以看一下两位的文书和证件。"

民警肩膀上别着的执法记录仪正在运行，文书与警察证没有瑕疵，他涉嫌的罪名是强制猥亵。不是治安问题，而是刑事案件，周斌脸上没了笑。

出门走向警车，周斌尽可能地目不斜视，怕遇见熟人，40多岁的男人把名誉与面子看得比命还重要。两个警察在身边护着，他此刻脚下带风，竭力拿出昂首挺胸的气场，心里却盘算个不停：猥亵的对象他能猜到是谁。没想到这个小妮子真有些本事，证据如何？派出所这边是不是好打点？……

没注意到拐角早已有人蹲好，伸着脖子拿着长枪大炮对准他拍了一张高清的新闻现场照。

曾诚收到照片后对发件人说了个"谢谢"。

发件人一笑："不用！记者不就是干这个的嘛！有事您随时找我啊。要不要登报您说了算。"

曾诚觉得好笑起来："小事情登什么报呢，辛苦你啦。"

她没料到孙涵涵使了这么个狠招。本来只想要一份婚外情的证据，现在弄出了个强制猥亵，算是意外之喜。昨日警方登门，她第一时间就告诉了代理离婚事务的杨律师，杨律师也觉得惊讶："若真构成刑事犯罪，他的麻烦可就大了，蹲牢房、受皮肉之苦事小，吊销律师执照才是致命打击……"

曾诚问："弄成刑事犯罪难吗？"

杨律师想了想："刑事我涉猎得不多，但他和孙涵涵曾是情侣关系，情侣这类事情太模糊，基本是可上可下的。"杨律师顿了顿，暗示道："但你如果想往这方向打点打点……"

曾诚皱眉说："绝对不可以！"

杨律师及时止了话头，想，女人果然还是容易心软，男人再渣，到底下不去死手。

没想到曾诚接着说了："让我用人脉把我老公往牢里推?! 不行，这太难看了，别人怎么想我？没必要把自己名声弄脏，至少，贤妻的人设不能倒……"

曾诚心里清楚，若论法律与司法人脉，她绝不是周斌的对手，但没关系，做了 20 多年媒体，她擅长的是怎么样利用舆论，躲在背后杀人。

周斌进了派出所办案区就被没收了手机，身上物品全部封存，接着被送去做了体检，纵是尽可能地保持风度与淡定，离了手机，断了人脉，也瞬间觉得有些无助。奋斗了大半辈子的人，无非都在打磨自己的盔甲，脾性、脑子、资源、金钱，都是这个盔甲的一部分。而手机与身份是它们唯二的开关。此刻手机被没收，身份只是一个嫌疑人，他忍不住想为自己声援几句，可还没开口就被喝令警告"老实些"。

孙涵涵本来就悬着心，她悄悄问过一个在外地检察院工作的高中同学，当然开场是"我有一个朋友遇到点事，她前一阵被一个老男人非礼，不过那个老男人和她有点感情，后来他俩分手了，结果那老男人……"，曲曲折折地描述完事实后，重点问那老男人现在在派出所里，有没有可能不承认两人的关系。

结果检察官同学反倒笑出声："怎么可能啊？现在唯一能救那老男人的就是他和你朋友的那点私情了，如果没有私情，板上钉钉的强制猥亵。"

孙涵涵睁大了眼，说："强制猥亵，重不重啊？你要知道啊，那老男人如果松口承认有婚外情，对他名誉有损害，他老婆跟他离婚，他还是过错方呢！"

检察官同学兴致勃勃地讲起来："嘿！你不知道我们现在这个执法什么情况啊？前一阵我刚办了一个，男人对男人的强制猥亵，就是一个小基佬见KTV里一个帅哥喝醉了，冲上去对人家的隐私部位又摸又舔。结果那帅哥酒醒了急了，直接报案，你猜怎么着？"

孙涵涵呆愣地问："嗯？"

"我们检察院直接立案，强制猥亵，6年半！进去了。"

孙涵涵如闻天籁，眼睛都亮了起来。

结果她上了半天班，派出所的电话就来了，说传唤了嫌疑人周斌，但他的口供和提供的证据与先前了解的事实不一致，希望孙涵涵再到派出所补个笔录。

周斌果然提供了全部转账记录以及手机里仅存的聊天记录，竭尽全力证明自己和孙涵涵之间的恋情，试图将猥亵美化成调情。

老男人的戏做得足，他一边对民警诉说着自己对孙涵涵的爱，一边扇自己耳光狠狠骂自己太冲动；说孙涵涵有着特殊的癖好，两人之间本来就喜欢玩些刺激的，上次恰好闹了矛盾，他心里有气，想要惩罚孙涵涵；又说孙涵涵还是爱着自己的，哪怕嘴上反反复复地说分手，其实还是在等自己和老婆离婚……

任何暴力行为一旦涉及亲密关系，外人可插手的余地就很小了。何况这还是一段三角恋。

此刻民警同志看了一眼孙涵涵，竭力掩盖住复杂的神色，只问："你和嫌疑人之间是不是情侣关系？"

孙涵涵这边犹豫了会儿，咬了咬牙摇摇头说："不是的。"

"嫌疑人的手机网银显示，近半年来，他一共给你转过8笔款项，金额总计10万元人民币。这是什么缘故？"

孙涵涵立刻尻了，支支吾吾了半天，说："我们是不能见光的关系，他……他有老婆的……我想和他分手！我早就提分手了，但他还缠着我！上次也是他缠着我，还打我！"说着说着眼圈又红了。

民警抿了抿嘴角，又问："你之前明确地提过分手吗？"

孙涵涵赶紧掏出手机，展示周斌和自己最近的聊天记录："我早就提了分手，你看后来他联系我，我都没有回复！"

民警看了看聊天记录的日期，问："这之后，他才跟你回家，然后对你施暴的吗？"

孙涵涵一愣，刚说完"对对对"，就心想糟了——如果是真的彻底分手，她为什么还会让他去她家?!

民警又问："嫌疑人现在在和妻子闹离婚，这事你知道吗？"

孙涵涵不知为何，目光飘到墙上"坦白从宽，抗拒从严"的标语上，点点头说："知道。"

"他们离婚的原因你知道吗？"

点头。孙涵涵突然敏锐地发现民警看她的眼神里带了微妙的情绪，她一下子难堪起来，脱口而出："他们离婚确实与我有关！但我早已经决定与周斌分手，过去我的确做错了事情，不该介入他人的家庭，但我现在已经后悔了，我也被他胁迫、被他伤害，我现在只希望有一个重新开始的机会。是周斌，是他还在不断骚扰我……他才是罪魁祸首……"

"那……这事你打算和解吗？"最后一个问题。

"不！"孙涵涵果断摇头，"这件事深深伤害了我。我希望公安能给我一个公平。"

民警点点头，说："传唤不能超过 24 小时，我们会在明天上午做出决定，到时相关文书需要你来签署一下。"

按照曾诚的律师的分析，这事警察主要试探受害人的意愿，要么和稀泥，要么认真固定证据处理。但周斌与孙涵涵的情况复杂，两人关系是分是合界限模糊，加上周斌态度良好，充其量就是走个过场。

孙涵涵到派出所的时候，民警递来的是一份行政处罚决定书的副本，告知她周斌因打人被处以治安拘留 3 日。

"就 3 日?!"孙涵涵很失落。

检察院的同学知道这事反倒宽慰她："也别难过，人家是细皮嫩肉的合伙人，在拘留所还是要受一番罪的。"

孙涵涵来了精神："那你和我详细说说。"

拘留所在六环外，睡的是大通铺，一间屋子里挤着两排床，本该是 8 个人的床位，却挤了 30 个人。长方形的居室尽头是厕所，半透明的大玻璃窗，顶端设着摄像头，毫无隐私可言，加上闲杂人等长期共处一室，味道可想而知。

"只是睡地上啊？"

睡不好是其次，吃的也是烂汤烂饭。所幸周斌只是拘留 3 日，刚来的人最多就是打扫厕所，若是遇到了变态室友，让新人喝厕所水也是常有的事。

孙涵涵一点点当八卦听着，算是满足自己的猎奇心。可不知为何，内心却前所未有地紧张，心跳如擂鼓。此刻她对周斌的感情颇为复杂，她的第一层情绪肤浅地为他的倒霉幸灾乐祸，更深一层的想法是不敢相信此刻的他会是如此之狼狈。她对周斌有着近乎崇拜的恐惧，平日的他总是运筹帷幄、老谋深算，而今竟真的栽在她手里。

可这不是胜利的喜悦，她突然意识到——这是恐惧，是动作片里的炮灰一拳砸在反派脑袋上，彻底吸引了反派注意力的刹那的恐惧：她知道自己根本没有撼动反派的实力，她的奋力一击，拉满的不过是反派的怒火值。

等他出来后呢？孙涵涵不敢想象他认真的报复。

能够撼动一个男人的根本的，是钱，是他的事业，再多的皮肉之苦，不过是苦其心志的经历。经此一役，孙涵涵再无路可逃。

她慌忙给曾诚的律师打了电话："杨律师，您好，我是孙涵涵，和您说一声，周斌的行政处罚决定书给我了，他的笔录承认了婚外情的存在，你们起诉离婚，现在可以从公安那边调笔录，证据确凿。你们……你们是不是把握会大一些……"

话里藏了求救与不安的语气。

"哦？是吗？好的，谢谢涵涵。我和当事人说一声……"几分钟后，电话那头传来了些许的争执声，电话挂断。

"别去调笔录。"曾诚语气坚定地说，手里懒懒地把玩着新买的祖母绿彩宝戒指。

杨律师一愣，说："这……现成的证据，我们为什么不要？"

"你和孙涵涵说一声，说调不到就行……"

"这……不……"

"嗯，既然她现在巴望着我替她干掉周斌，那么……不妨让她，亲自出庭做证。"曾诚看着窗外，正值春光无限，柳树新抽了枝条，嫩叶挂在树梢，北京的春天难免有些光秃秃的，但依然是澄碧如洗的好天气。

她挂了淡淡的笑，想：小姑娘倘若早知如此，当初怎么会想不开，和我抢男人呢？

"我想听她亲口在法庭上忏悔。"

PART 4

一场"恩仇"

一个人鼓足勇气摆脱一段烂感情的本质是刮骨疗毒，

最先痛的不是毒，而是刮骨的自己。

52. 发现

罗玛才开学就办了健身卡，除了上课，一天到晚在健身房里撸铁，没事还爱对着镜子左右照自己的腹肌。

舍友 A 见了大惊失色，惶惶然两日后问："大哥，你这是要出柜了吗?!"毕竟日常沉迷于在健身房里搔首弄姿，是网络上的鉴 gay（同性恋）铁律之一。

好在舍友 B 脑子清醒些，拍了拍舍友 A 的肩膀示意他放心："是 gay 也看不上你。况且我看这架势，这厮想脱单的可能性更大一些。"

罗玛正对着手机屏幕上的信息笑得荡漾，没理二人，直到舍友 B 的篮球冲脸砸来，他才警觉地扔了手机，忙侧了身子躲开，伸手一捞把球抱在怀里。

"犯病了?"声音里却没多大火气。

舍友 B 坏笑着探过头来抢球："你才有病吧，对着手机笑得像傻子一样。老实交代!"

罗玛忙抓起手机一把揣进口袋，收拾健身包就要出门，声音尽可能地带着无所谓的语气。"没什么好交代的……就……"说到这儿，眼里没忍住露了笑，"嗯，女朋友。"

舍友瞬间大呼小叫、鬼哭狼嚎起来，罗玛把手揣进羽绒服的口袋，挎着包一溜烟地跑下了楼，果断否定心底最后的一丝丝心虚——

都睡过了，算是女朋友吧？

韩苏回复他微信的频率大概是十条中回复一条。按她的逻辑：只答应了他会回复微信，又没说每一条都回复。

最新的那条微信，罗玛问："明天能不能来机场接你？"韩苏诧异地回复："你不上课？"

"你就说行不行。"

几分钟后，回复他的是一张航班号截图——

毕竟行李太多，当真需要一个苦力。

北京的天气比香港冷太多，3月初刚刚停暖，供暖前夕与停暖之后，是北方人民最不能承受的两个极寒之时。韩苏却只在高领纯色羊绒毛线裙外面罩了一件咖色风衣，腿上是薄薄的一层米色绒袜，踩着一双夏天的小单鞋。典型的南方女人过冬装扮。

罗玛个子高，套了一件长款运动薄羽绒服，围着浅米色毛线围巾，加上五官立体、清晰，在人群中一眼就能找到。两人相遇，成熟一点的男人早该皱着眉头教训道："怎么不多穿点。"但20岁出头的毛头小子，对韩苏的这般打扮，只会眼前一亮，他上前殷勤地接过韩苏推着的堆满三个硕大的行李箱的推车，与她并肩而行，时不时低头看她，不说话，嘴角却一直含着笑。

这样的笑，蓦地让韩苏想起在飞机上看的书里的一句话，说："他对她的感情，是专属于少年人的，那种没有欲念的爱情——只盼着她好，为她做什么都是肯的。"当时她只是冷眼想着可惜这年纪的姑娘遇到的只能是浑蛋，目光灼灼审视打量的无非是你够不够美、工作够不够风光、能力够不够强大……可当面对罗玛时，她不由得就想起书上那句话，并因自己此番有些"缱绻"的联想，心底略微发毛起来。

她赶紧东拉西扯项目上的一些八卦，又问罗玛的实习情况，两人有一搭没一搭地说着。走到了地下一层排队等出租车，车没到，一阵妖风先刮了过来。

罗玛下意识地挡在韩苏身前，这才反应过来："你是不是穿得有点少了？"

"谁知道 3 月份了还这么冷！"韩苏冻得一个激灵，不客气地伸手就去扯罗玛的围巾，罗玛一副"任君多采撷"的姿态乖乖站着，只含笑盯着她看，等自己的围巾被韩苏顺利夺走，他反倒心满意足地捉了韩苏的手一同揣进羽绒服口袋里，认真地对她分析："这样穿虽然好看，但还是太早了……"

手心有暖意传来，韩苏不愿意被小毛孩教育，嘴上还是反驳："你没看前几天综艺里女明星说的吗？现在的女人都是只要好看，不怕冷，好看比什么都重要。"

"扑哧——"罗玛一笑，捏了捏她的手，"可你穿什么都好看。"

韩苏的房子还租在白玉嘉园，小区熟悉，地段方便，只不过换了一栋楼。她在来北京之前给中介打了电话，因为知根知底，又是统一装修的格局，只看了照片就信任地签下。

出租车停在楼下，罗玛与司机将几个箱子一一卸下，电梯到达所在楼层，门口已经堆了好几个快递，韩苏的几个大箱子里装的是离不开身的电脑、衣服、包包、化妆品以及一套床品，剩下鸡零狗碎的生活物品全部打包发了快递，物流信息显示已于昨日到达。

两人刚进门没一会儿韩苏的手机就响起来，是预约的保洁阿姨，准点过来做新屋开荒打扫。全部安排得有条不紊，韩苏脱了外套就从箱子里翻出一把剪子开始拆快递。罗玛在屋里四处参观了一圈，小小的一居室，两面有窗，南北通透，客厅用玻璃门隔出了一个小小的书房，可以加班，一个人住算是宽敞的。韩苏习惯了香港的狭小空间，一边拆快递一边打趣地说："港媒经常写哪个艺人豪购'千尺豪宅'，其实就比我这房子多个卫生间。"

罗玛点点头说："确实哪儿哪儿都好，只是有一点……"凑到韩苏面前蹲下来："离我学校太远。"

韩苏一笑，把手中的剪子往快递箱上狠狠一扎，拍了拍手上的灰歪头打量他："嗯？你还想把这儿当后花园？"

罗玛赶紧站起来转移话题："我下楼去便利店给你扛箱矿泉水来。"

等罗玛扛着矿泉水上楼，韩苏已经支着电脑在沙发边上开始干活了，满地是乱糟糟的拆了一半的快递箱和行李箱。他见她双眉微蹙，是在印刷商时常常见到的表情，高领的毛线衫外还露出一截脖子，罗玛下意识想拿出手机拍下她此时的样子，又觉得这行为有些傻气，最终只开了箱子给她拿了一瓶水，又从地上找到她扔在一旁的剪子，替她将快递一件件拆了。

等韩苏从工作中缓过劲来，天已经黑了许久。两个小时前临时来了一个活，需要她改完一份20多页的合同，点了发送键，她才发现保洁阿姨已经走了，客厅满地的箱子被收拾了大半，罗玛低头坐在餐桌旁的椅子上打游戏。

没等韩苏诧异地说"你怎么还在"，罗玛就先发制人，开口说："搞完了？"人还沉浸在游戏厮杀里头也没抬："我点了外卖，开局前距我们500米了。等我这把打完啊。"

话音刚落，门铃响起。

最终两人在餐桌上吃完了饭，罗玛依然磨磨蹭蹭不愿意走，收完了垃圾又兴致勃勃地打开了电视，一拍脑袋，语气夸张地说："哇，今天周四！《奇葩说》更新，预告说今天这期的男神是郭敬明。肯定特好看，有没有？！"

韩苏总算没忍住，伸腿踹了他的椅子一脚，警告说："适可而止啊。下楼记得把垃圾带走。"

"你一点不想我？"他终于开始控诉。

韩苏耐着性子把垃圾袋挂到他手上，一边说："乖，你明天要上课的。"一边把他往门口推。

"明天没课。"

"那你也得走。"

"我想你。"

"我知道了。"

"我想留下……"他在门口止了步。

韩苏睁大眼睛看着他，似是没听清："啊？"正当罗玛准备重复第二遍的时候，韩苏果断打断了他，坦诚相告："我不喜欢处男。"

"我……我新学了一些……技……"他一下子烦躁起来，伸手"啪嗒"一下关掉了门口的总开关，屋子霎时一片漆黑。韩苏还未反应过来，就被人拦腰抱起，脚下不稳，她下意识地抓住他的肩。而后落下的是他的吻，唇齿相交，嘴里依稀残留着清清淡淡的薄荷糖气息。

一片黑暗里，听觉与触觉变得分外敏锐，似能听见彼此的心跳，呼吸相闻。不知过了多久，他移开了唇，带着轻轻的喘息，说："我……肯定不会像上次那么差劲了……"

韩苏没说话。

"这次算我主动的，不需要你负责。"他试图劝说韩苏。

可她始终安安静静的。罗玛心里没底，又绝望地自我推销般地补充了最后一句："对了，我最近在健身……"

"啪嗒"。

怀里的人伸手拍亮了灯，适才刹那的黑暗仿佛梦一般消失了。韩苏第一眼见到的是脖子和耳根通红、咬着唇紧紧盯着自己的罗玛，忍不住泛了笑，捏了捏他的脸，从他身上轻巧跳下。

他瞬间只觉得自己蠢到了家。

"我走了。"罗玛垂头丧气地说。然而他伸手拧门把手的刹那却被人从身后拉住，是一贯清清凉凉的女声：

"不是说在健身吗？那我检查一下……"

韩苏第二天下班后，竟然在小区里碰到了何知南。

何知南没想到韩苏搬到这儿来，惊喜地大叫说："以后要约喝酒啊！"

韩苏报了单元号。何知南说："那我们好近啊！我就住 10 号楼。"

"这么巧？我以前也住 10 号楼呀。"

"几楼！我住 2304！"

韩苏一怔，眉头动了动，报出了个数字："2303。"

迎接何知南的第一个心情是惊讶：她们竟然曾经是邻居?! 可她依旧尚未意识到什么，接着寒暄，韩苏的表情越加古怪，两人没说几句即互相告别。在韩苏看来，何知南有些说不出的变化，唯一能说出的是，她似乎比在香港见到的时候胖了些。一部分女孩的悲伤总是不可避免地带来肥胖——与高鹏分手后，何知南始终心情抑郁。

听朋友说最近找了个占星的大师，准确得邪门，何知南也赶紧加了大师的微信，奉上自己的出生年月日，特地精确到了小时，以及出生地，转了账，等大师给自己开盘。

先问了自己的爱情，大师说："你烂桃花太多，人又痴……"

何知南赶紧打断说："我哪里痴了？我挺聪明的。"

大师说："这个'痴'是说你是非不分、善恶不明，想要的太多，可自己却配不上。喜欢把乱七八糟的烂桃花当成真爱，跟想象中的自己演爱情戏。其实你自己也知道你配不上，但就是不想承认……"

何知南听不下去了，说："得得得，没真爱是吧。那你说说我的财运和事业呗。"

大师静了静，说："你好像没啥事业。"何知南正打算撂了电话，把他拉黑，没想到大师低头看了半天盘，终于吐出了些好听话："但你财运不错。以前有贵人保你衣食无忧、生活阔绰，贵人可能是你的父母或者是你的男友，之后的话，自己也能走个偏财运。"

何知南来了兴趣："什么是偏财？"

"就是不稳定的额外收入来源，你靠稳定收入挣不了钱的。可以自己做些小生意啊什么的，像我啊，算塔罗牌，也是走偏财运。"

最终何知南对此番开盘的人生总结是：爱情一团麻，但旁门左道的事业能开点小花，此外父母健康、家庭殷实，一辈子不愁吃穿。

她一下子心有所感，觉得这是极好的素材，就在自己的豆瓣日记上写下了第一篇文章：《哪怕你的高跟鞋再美，只要不是自己买的，我都会说："婊子，滚蛋！"》。

第一句话就是："我发现我真正想做的是言情小说里的女二号。因为女主角弱小可怜，被总裁垂青固然爽翻，可她除了爱情，一无所有，而女二号除了爱情，拥有一切。"

之后全篇详细叙述了自己作为一个普通女孩与上市公司董事长的儿子之间荡气回肠的爱情故事，只是结局变成了，她与董事长的儿子分手后，演绎了自立自强的人生。从一个需要依附他人的小女孩，成长为可以自己买下所有奢侈华美高跟鞋的商界女强人。最后普通女孩入选《福布斯"30 under 30"榜单》，依然单身，在接受采访时慨然宣布：自己就是一个打不倒的女二号。

点完"发布"的刹那，何知南心里得意，还特地挂上了两个女权主题的豆瓣话题，试图吸引流量。

可没想到两天后，这篇日记竟然真的火了。留言越来越多，但更多的是阴阳怪气，纷纷宣布自己是从"矫组"来的，过来瞻仰一下女二号。

何知南这才知道，有人把自己的文章转发到了"矫组"，也就是豆瓣风头正盛的"矫情文字品鉴"小组，专门张贴各类诸如"星河滚烫，你是人间理想""铁马是你，冰河也是你"等逻辑不通、堆砌词语的无病呻吟的文字。转发人言语犀利，还带了个标题：《高跟鞋不是自己买的婊子你们"咯噔"了吗？》。

何知南后来才知道，内心是否"咯噔"，是"矫组"的重要指标——只有足够缱绻矫情的文字，才能换来"矫情文字品鉴"小组组员内心的动情一"咯噔"。

她气到发抖。

更气的是，越来越多的人跑来留言说："别意淫了，普通女孩怎么可能和上市公司董事长的儿子在一起呢？人家看得上你吗？""既然学历、相貌、能力都普通，之后靠什么奋斗成为商界女强人呢？靠做梦吗？"

最后有人一锤定音："这就是个没有恋爱经验、从来没被人爱过的'肥宅'女的幻想罢了。大家散了吧。"

我没被人爱过？！何知南恨不得撕了屏幕和网友正面辩论。她气急败坏地想，自己睡过的男人明明数量可观，况且，许许多多优秀的男人都是向自己倒贴过来的，她只要站在那里释放该死的致命吸引力就行。

比如，她想了半天才想起那个名字——瞿一芃，清华毕业，某某资管经理，一表人才的大帅哥，他不就是刻意和我搭讪，刻意想要追我的吗？对，瞿一芃……

瞿一芃？！

黄昏过后的小区，路灯亮起，天气渐暖，偶有寒风，何知南向来不听"春捂秋冻"的古话，早早露出了脚踝与大半截脖子。韩苏的背影早已远去，此刻料峭春风吹过，何知南恍然想起那个名字，一个人怔在小区楼下，打了一个激灵。

属于何知南的最佳恐怖故事无疑在这个黄昏诞生了：

瞿一芃他……他曾经，住在 2303。

53. 暴力

何知南猛然想起她回北京后，几次见到 J 姐，发现 J 姐都有些郁郁寡欢。本来 J 姐年后升了职，有了独立的办公室，两人基本没机会打照面，而她因为高鹏，也把瞿一芃甩了她和 J 姐私奔这事忘到脑后。

这下前前后后串在一起，她一咬牙，决定先去找 J 姐问清楚消息。没想到上午 J 姐先从办公室里走了出来，新种的睫毛花枝招展，手上拎着硕大的包包，何知南眼尖，瞄到是广告里见到过的限量款。

"又来了。"

她撇了撇嘴，看了坐在角落的实习生一眼，眼神交换，实习生迅速会意。

J 姐最爱炫耀，只是办公室里的炫耀是一门高阶艺术。最得人心的炫耀是挑准了时机不经意间的露富，而 J 姐显然不太擅于运用这门技术：她的虚荣，是恨不得把观众的脑袋按在自己的富贵面前，逼着人夸。

此番 J 姐开场就瞄准了一个三年级律师，走到人家的桌边，将包包杵到她面前，声音引人注目："喂！Lisa（莉萨），让我看看你那个包里面的内袋拉链是朝哪个方向的。我新买了个包，感觉拉链好像和我之前买的包不太一样。难不成是个假包?！"

噱头不错，可惜大部分人都已习惯了她的套路，全部面无表情地看着电脑工作，不幸被点名的三年级律师尴尬一笑，防御性地要捂住自己的包，可惜 J 姐快人一步，抢先上去打开三年级律师放在桌上的包，一看，又接着语气夸张地说起来："哎哟！是一样的！那我就放心了，我经常买这个牌子，应该不会有假的。也怪我，昨天逛店一时兴起就买单了，拿回家发现和之前的设计不太一样，研究了好久……"

办公室依旧鸦雀无声，高年级的律师们目不转睛地工作，低年级的小朋友面露新奇与尴尬。

何知南心里"啧啧啧"几声，打开微信就给实习生发了一段现场点评："这开场不错，信息量十足。首先，借怀疑是不是假包暗示了包包是个名牌货，因为只有名牌才有假包。其次，提到经常买这个牌子，暗示了自己有钱。最后，强调是'逛店'买的，表示自己走的是专柜而不是代购。还有最重要的，'和之前的设计不太一样，研究了好久'，暗示这是一个最新款的包。'一时兴起'下单，则一笔刻画了自己的形象，是一个喜欢冲动购物的小公主……"

实习生目瞪口呆，死死憋住笑，问何知南语文高考阅读理解是不是满分，可也忍不住好奇地问："那这包到底是什么牌子啊？"

哦，别问！千万别问——对试图炫耀之人最大的报复，就是不闻不问，装作没看到，相反，对试图炫耀之人的最大恩典，无非就是对她试图炫耀的一切的每一个细节刨根究底，然后啧啧称奇。

可惜何知南这回有事找 J 姐相商，不得不硬着头皮配合起来，趁着 J 姐找不到合适观众打算悻悻收场之时，果断起立救场："哇！是什么包包呀？我觉得很好看！"

尽管一向看不惯何知南，但 J 姐还是感激她此刻的捧场，三步并作两步走了过来，将包身上的 logo 往何知南面前一露，喜气洋洋地宣布结论："Chanel（香奈儿）的新款啦，好便宜的，专柜价也不到 10 万块，强烈推荐！我今天在地铁上看手机，看到一网红也背了，但她那个是粉色的，还是不如我这个乖……"

何知南礼貌微笑，"嗯嗯啊啊"地应着，结局是如愿被 J 姐热情邀请共进午餐。

两人去了建外 SOHO 附近的一家轻食馆，没聊两句，何知南就直奔主题："姐，最近和瞿一芃还有联系吗？"她尽量摆出不经意的表情，眼神却直直地盯着 J 姐的反应。

果然，J 姐手与嘴皆是一顿，叉着的一块三明治还未送到嘴边就放了下来，翻了个白眼，声音凉凉的："问他做什么，垃圾男人一个！没点眼力见！

凤凰男不思进取，专找年轻有钱的小姑娘下手。哼，人尽可妻。"

何知南听了这个回答，心下也不太好受，埋头吃了一口沙拉不说话。J姐却是怨气颇深，不知想到什么，把何知南也当成了"年轻小姑娘"里的一员，话里每句都带了刺："我可看透他了，只要是北京小姑娘，无论多丑、多矮、多胖，只要有套房子，他都愿意睡你、哄你，把你当宝贝。想嫁豪门就算了，关键他还傻，真有钱假有钱都看不出来，把窝窝头当金元宝……"

一番话夹枪带棒，何知南实在听不下去了，"啪嗒"一下利落地放了叉子，说："年轻小姑娘就有年轻的好处，矮、胖、丑怎么了？有些老女人再有钱，老了就是老了。"

J姐最恨别人说她老。霎时两人针锋相对，彼此瞪了对方半晌，在正午的光线下，此种程度的怒目而视足以看清对方眼角的皱纹，脸上的痘痘、雀斑、黑头，以及任何人皆有的五官缺陷。

长相平平的人经不起这样的对视。何知南败下阵来，突然觉得没劲。

所谓的"情不知所起"，原来是瞿一芃看上了她的钱，难怪这样的感情来得快，走得也快，这个发现令她发自内心地沮丧。她曾以为她是被无数人宠爱的任性少女，而今才知道自己不过是庸庸众生中的一员：不太丑，也不太好看，不太聪明也不太笨，她平凡、平庸、平平无奇，是街头无数个看一眼就忘记长相的女孩子中普普通通的一个。

她想起如果一年前有人对她说："你应该接受自己的平凡。"她一定会对那个人甩出一句铿锵有力的："去你的。"

但现在，在这个中午，当她发现曾经的暧昧与情深不过是一场预谋已久的误会时，当她和一个比自己大十几岁的女人在阳光下对峙，都产生了对自己脸上瑕疵太多、皮肤浮肿的不安时，她突然理解了为什么传奇小说、言情故事的女主角都是一些又美又飒的女生了。

长得好看的人才有青春，而属于凡人的爱情故事大多数洒满了狗血，充斥着利用、背叛与斤斤计较。她的爱情故事永远不会有一见倾心或至死不渝，平凡的她拥有的无非是凑凑合合的平淡是真，是一地鸡毛或者柴米油盐，是充满人间烟火的细水长流。

因为平凡又自命不凡，所以不甘，才会虚荣。

在走之前，何知南还是忍不住问 J 姐："所以最后你甩了他？"

"当然。我玩腻了嘛，就甩了。" J 姐抿了一口水，干脆地回答。

事实是 J 姐因为瞿一芃抛弃她提前飞回北京而哭了三天三夜，连带着抓耳挠腮的愤怒。

两人的大溪地之行起初一切和和美美，瞿一芃收了她的手表，全部行程的费用由她报销，按道理，她想，她才是他的上帝。可惜上帝自我感觉过于优越，旅行到一半，两人成日在海景别墅里晒太阳，那日 J 姐腻在瞿一芃怀里问："你想娶什么样的女孩子呀？"

瞿一芃倒也坦诚："我爸妈喜欢的，对我好的，经济条件不太差的。"

J 姐娇滴滴地问："我这样的是吗？"

瞿一芃愣了两秒，只是笑笑。他心里飘过的第一句话是："就你这年纪还算女孩子？"

偏偏 J 姐感受到了瞿一芃笑里的轻视，她莫名又恨起何知南来，开口就是："爸妈喜欢又对你好的，这个标准好找。可经济条件，这个不太好判断，我看你之前就没这个本事。"

"哦？"瞿一芃乐了，问，"那不如你和我说说慧眼识珠的诀窍？"

J 姐翻了个白眼，随手一指："我们隔壁别院那个姑娘，那天中午见到过，有印象吧？虽然样貌平平无奇，人说话慢悠悠的，不到 25 岁，却一个人在这个时候来这种地方旅游，住 5000 块一晚的房子……你懂得吧？这才有可能是含金汤匙长大的。"

在奢侈品泛滥的年代，再也无法从一个女人所购买的商品来判断她的身家，但还好，服务行业仍存在较为稳固的阶级壁垒，一个女人选择的交通工具、酒店与旅行目的地，往往比她的香水、鞋子、口红，更能诚实地展示她的钱包。

瞿一芃记得那个女孩，用再恭维的眼光看她，也不算好看的，一口北方口音，人畜无害。此刻听了 J 姐这番话，他只无聊地一笑，拍了拍她："你就爱瞎扯。"

J 姐万万没有想到，两天后，瞿一芃就以公司有急事为由向她告别——准确地说是不辞而别，等 J 姐发现瞿一芃不在度假村时，他人已经在飞机上了。

更令她事后深恶痛绝的是，隔壁的小姑娘竟然也在同一日退了房，与瞿一芃坐上了同一班飞机。

女孩叫陈诗诗，北京人，家境确实殷实，性格极其内向。瞿一芃仅仅用一次海边的刻意邂逅、一次大溪地到北京的飞行（他甚至为她自费升舱），就轻而易举地攻克了她的心。

J姐没有想到，用钱袋子骗来的人，这么快，就跟着别人的钱袋子跑走了。

事后回京她不是没有气急败坏地找瞿一芃对峙，瞿一芃倒也坦诚，明明白白地告诉她："姐，你很好，只是我要找媳妇了。你这个年纪还爱玩，显然不是做老婆的料。你知道我要的是什么，无非就是踏踏实实、舒舒服服的太平日子。"

她欲再说什么，瞿一芃却懒得理她了："不好意思，诗诗还等我去接她下班呢。"走了两步又回头，乐呵呵地冲她笑了笑："对了姐，我俩这事，还真得谢谢你这个大媒人！"是发自内心的感激语气。

J姐当场气到握紧拳头，弄断了养了好久的长指甲。

何知南因为瞿一芃的事情心有所感，一下午发票都贴错了好几张，几十张发票没核上，不得不上下楼找财务，跑了好几趟，最终因为报销误了老板的活，正逢老板心情不好，被叫到办公室骂了个狗血淋头。

几件倒霉的事情缠身，何知南打开了豆瓣，本想看八卦舒缓一下，谁知又看到几条不甚友善的留言，当即爆炸，直接杀进"矫组"，逐一把讽刺自己的那些人狠狠问候了一遍。

等到下午再打开豆瓣的时候，她收到铺天盖地的信息提示。何知南的第一反应是，完了，她的账号脏了——被她问候过的人、义愤填膺的正义之士、单纯不爽她的路人自发对她进行了疯狂的回击。

骂声难听不说，甚至有人开了帖，对她过往的豆瓣广播、互动、去过的小组进行专门分析，最终下了定论：这个豆瓣账号名叫"南南"的人，是个滥情的矫情货，是个不甘平庸又尖酸刻薄的资深"绿茶婊"。

来自陌生人的恶意与厌恶如潮水一般涌来，尽管隔着一层薄薄的手机屏幕，这一头是他人无法触及的现实世界，但何知南还是觉得自己被深深伤害到了。

从下班到回家的两站地铁里，巨大的不安让她如同四面楚歌，一颗心遥遥地悬在空中，仿佛走错一步，脚下就是万丈深渊。

她没忍住打了一个电话给孙涵涵，开口就是："我完了，我被人网暴了。"

可惜电话那头的孙涵涵更加有气无力，似乎完全没心思理会自己，她回答的是："我也完了，我这放在古代就是去浸猪笼了。"

"啊？"这个消息显然比自己的更加劲爆。

"曾诚希望和我做一笔交易，只要我答应，她就能保证将周斌的事业打回原点。"

"什么条件？"

"让我出庭做证，证明自己是他们婚姻的第三者。"

"……如果不答应呢？"

"她说，如果不答应，可能不小心，我就会和周斌一样，身败名裂……"

真惨。何知南想，随即更加沮丧起来——她不如孙涵涵美是没错，可没想到，连自己的悲惨都不如那些好看的姑娘精彩。

54. 原谅

孙涵涵没想到曾诚在这里等着自己。

她想起自己看过的一部狗血言情电影，男人濒死，将自己的心脏捐赠给了有先天性心脏病的小三，后来男人的妻子得知真相，非但不怨，反而在片尾抱着小三，温柔地在小三怀中聆听先夫的心跳。

世俗调侃的"原谅教"，在漫画里大多数是戴着绿帽的男士形象，而现实生活中的"原谅教"教徒，分明个个是围着围裙的贤妻模样——"当然还是要原谅他啦"。

电影里两个女人相拥的画面着实唯美，而此刻，孙涵涵脑中崩溃，一遍遍蹦出的只有一句话——"女人何苦为难女人"。

曾诚的离婚律师在电话里对孙涵涵好言相劝,可听起来更像是威胁:这桩离婚案子里,曾诚反正坦坦荡荡,倘若孙涵涵愿意出庭做证,曾诚可以申请不公开审理,而孙涵涵若不愿意来,到时候针锋相对势必牵扯到她,一旦离婚判决书上网,谁都知道谁曾做了小三。

孙涵涵一下子被唬住,失了判断,忘记曾诚与周斌都是当事人,即便曾诚不申请不公开审理,周斌这样死要面子的人,势必也会申请庭审全程保密的。

但接下来,孙涵涵再次见识到了曾诚的手段——

工作日下午 3 点左右,正是上班忙里偷闲的好时间,孙涵涵打算和同事们订喜茶的外卖,何知南一张微信截图就甩了过来,配文说:"真的假的啊?我的天,他不是被抓了吗?"

孙涵涵赶紧放大了截图,细细看了一眼,是国家外汇管理局的群众举报页面,其中一栏内容写的是:"本人举报,某某律所合伙人周斌于 2018 年 5 月 7 日左右,从其个人账户(资金账号为 085738495901,托管证券为某某某)提取 1000 万美元用于澳洲投资移民,这笔钱通过律所的伦敦办公室中转,最终汇到澳洲,请问是否违法?"

尽管举报人为匿名,可举报内容详细到时间、金额以及账户,好死不死,截图里外汇管理局的回复是:"您好!您所反映的情况我分局高度重视并准备着手调查,请通过信件方式补充可供查证的事实和线索,并提供您的联系方式以便我分局和您联系。"

孙涵涵激动地手都在抖,问何知南哪里来的截图。

何知南坦然地表示:"我们律所的微信群啊,我看好几个群都在偷偷转发。要是法律圈有个专门的微博热搜栏,估计这八卦都能让服务器瘫痪。"

孙涵涵知道,行业内的小道消息往往能短时间内通过微信群进行指数爆炸性的传播。虽然北京人多,但圈子却小,越是劲爆的新闻传播得越快。更狠绝的是,传播的是一张截图,而非微信公众号消息,截图人人都可保存,想从源头掐断都不行。

当然,最令孙涵涵恨不得为曾诚起立鼓掌的,还是这个截图爆出来的时机——传统的危机公关最佳时间是 12 个小时，互联网时代的最佳公关时间甚至缩短为两个小时。总之，谁能在事情爆发后迅速取得话语权，谁就能掌握主动，一旦舆论形成，普罗大众的印象就再难转变。

而此刻，周斌尚且在拘留所内，别说在 12 个小时内紧急公关了，距离他"刑满释放"，尚且还有 48 个小时。

此事波及周斌的律所，牵涉重大。高层合伙人第一时间联系周斌要求其做出解释，然而无论怎样连环夺命请求通话，周斌的电话那头始终是冰冷的"你所拨打的电话已经关机"。

最终律所高层找上了周斌团队下的年轻合伙人以及行政秘书，二人支支吾吾，方才说了实话：周斌于前一日上午的会上被民警带走，至今下落不明。

好不容易联系上了周斌的夫人曾诚，刚刚自我介绍完毕，只提了周斌的名字，那头却是近乎歇斯底里的一个女声，开口就是："姓周的你这个挨千刀的还不回来？在外面养了多少脏女人！什么坏事、烂事没做过！连警察都盯上你了！人在做，天在看！我要和你离婚！"

律所高层尴尬地不好再开口打探周斌的消息，赶紧挂了电话。

眼看着事情一步步发酵，始作俑者却像消失了一般，大家担心周斌之事对律所产生不好的影响，紧急召集合伙人开会商量对策。

等到了晚上，又有几张图片悄悄流传在大大小小的律师微信群里——周斌的证件照、官网介绍简历，以及他被警方"护送"上警车时，被偷拍的一张侧影。于是坊间流传的八卦被进一步完善：这个周斌律师，帮许多大明星打官司的那个，真的在非法移民，你看已经被抓了！连带着这个律所，估计都要被查。

周斌所在的律所无辜受累，好几个客户也惴惴不安起来，频频来问消息，高层合伙人们更加惊慌，甚至有几个平日就与周斌不合的合伙人建议律所主任抓紧时间出具官方声明，与周斌撇清关系。

韩苏也在几个律师群里看到了这个八卦，嗅到不对劲之处，下班后出了地铁，第一时间给表姐打了电话。

"姐，姐夫……呃，不对，周律师那事，是你的手笔？"

　　曾诚刚从美容院出来，全身护理完毕，此刻套着真丝浴衣懒懒地躺在家里看剧，律师一直把情况全程汇报给她，她接了韩苏的电话轻松一笑："哟，连你都知道了？这事传播得够快。"

　　"他真移民啊?!这么明目张胆？"

　　"没，我编的。"曾诚拿遥控器暂停了电视，知道那边韩苏一定被自己的回答噎住了，兴味盎然地继续解释，"在政务公开网上投诉举报嘛，信息肯定有真有假。被好事者截图传播，我有什么办法？"

　　韩苏这才明白，曾诚若是直接编派周斌的丑事到处传播，一方面难以编得真实，另一方面也很容易被找到八卦源头，周斌一旦想要追究，以名誉侵权为由起诉，结果基本是板上钉钉。但无名之辈在官网上的举报就不一定了，举报失实常有发生，且无法证明截图传播者和举报人是同一人，再加上是官网截图，看起来十分可信，律师们在八卦的同时也不担心因转发截图招致侵权风险，进一步降低了传谣成本。多管齐下，才使得这条消息在短短一个下午就如病毒一般蔓延整个律所圈。

　　"那周斌人呢？"韩苏这才想起好久没关心表姐的婚姻进展了。下了地铁进了小区，韩苏只顾专心打电话，直到走到单元门口前，才发现在那儿等着的高大身影。将近4月，他穿着一件连帽卫衣，外面套着宽松的牛仔服，挎着黑色双肩包，一只手插兜，另一只手握着手机，带着笑盯着自己，显然恭候已久。韩苏忙着八卦，没空理会这小鬼怎么又来堵门，只是随意打了个招呼，掏出门卡开门。

　　"他进去了啊，对了，没和你说，他去找孙涵涵，结果被人家偷偷录了视频，告了他一个强制猥亵，哈哈哈……"

　　"啊?!"韩苏这么一叫，不仅是惊讶，更是惊吓——罗玛不满她只顾着打电话，方一进单元楼就将她拦腰抱起，按了电梯。一下失去重心的韩苏狠狠瞪了他一眼，他却只是笑着，比了个口型示意她别被电话那头发现。

　　"对啊！"曾诚不觉有异，继续和表妹分享她的离婚大计。电话这边，罗玛抱着韩苏，嘴却不老实地亲吻她的发，韩苏额际热乎乎的是他的气息，此刻紧绷绷地被箍在他的怀里。罗玛看见韩苏的神情，知道她聊的不是工作，于是越加肆无忌惮，在韩苏的另一只耳朵边使坏般地小声说着："喂，姐姐，我爱你，我想你，我每天晚上都想你……"

韩苏心底发毛，不知道这个小鬼哪里学的这些浑东西，与此同时再无法集中注意力，脑袋里莫名其妙回荡着的全是曾诚那句"强制猥亵"。

还没到门口，韩苏就赶紧找借口和表姐挂了电话，正想着要替天行道手刃"淫贼"，罗玛就已恭恭敬敬地将她放在地上，两手并拢，笔直地站着，笑得人畜无害。

周斌在两天后从拘留所出来，才知道要变天了。

手机刚开就因无数微信、短信、未接电话提醒振个不停，周斌的手机本只有不到一半电量，这么一振，竟直接振没电了。他直觉感到大事不好，等回市区找到地方充电已经是两个小时以后了，手机刚刚重新开机，他还没来得及查看微信，先是秘书的电话，接着是团队合伙人的电话，无一不庆幸地说："谢天谢地，终于找到你了！"

等到大致明白出了什么事，律所主任的电话就到了，语气十分冰冷："哪里去了？！赶紧来我办公室一趟！"

周斌赶紧找了个酒店匆匆洗了个澡，冲掉在拘留所里沾上的一身馊味，在打车去律所的路上将来龙去脉细细捋了一遍，这才咬牙切齿地发现自己着道了。

一个人把自己送进去，另一个人等自己出来给了这么一份大礼。两人配合默契，周斌竟没发现女人是这么惹人恶心的生物。

周斌在上楼见主任之前，先在楼下将自己的几张银行卡流水打了一遍，见到律所主任第一时间就呈上证据情真意切地解释起来，恨不得跪下喊冤。

主任挥了挥手打断，只将他递上来的流水放到一边，两手十指交握，开口说："伦敦所那边的账户我们早就查过了，这件事是诬告我们心里有数，再说了，你是律师，真要打算移民，哪里会去走公账？这不是摆明了让人家查吗？"

周斌连连点头，做老泪纵横状。可还没歇口气，主任又问了："只是这几天，你去哪里了？"

周斌一噎，讪讪地解释道："私事。冲动了点，被治安拘留了3天。"

律所认的是职业道德以及商业道德，只要客户满意、收入高，合伙人的私德如何，大家向来都睁一只眼闭一只眼。只是周斌闹这么一出，显然是作风不慎惹了人，又导致律所错过了最佳公关时间，对名声难免有些影响，主任不由得也对他有些不满，沉声提醒最近经济下行，行业普遍都不景气，望他为人处世尽量低调，毕竟商场上讲的是闷声发大财，别再出岔子。

周斌唯唯诺诺地应着，退出，庆幸总算躲过一劫。

当天，周斌以个人名义在其公开账号上就相关事项做出了解释声明，表示自己前往警察局是为私人纠纷提供证词，而非法移民的指控更是子虚乌有、一派胡言，并且在声明的末尾加上了习惯性的威吓句式："对于一切侵犯本人权利之行为，本人已经依法保存相关证据，并保留追究相关人士法律责任之权利。"

看到声明的孙涵涵在十分钟后就接到了曾诚的电话，这一回，是她亲自打来的。

"想好了吗？做证的事。"

孙涵涵一怔，没有作答。

电话那头是曾诚慢悠悠的声音："周斌的好运气到此结束了，之前那一出只不过是个开始，从下周开始，他估计会成为圈内名人。孙涵涵，最后问你一句，你希望之后的丑闻里都带着你的名字吗？"

孙涵涵已然认识到曾诚的手段，此刻只剩下恐惧与绝望，她不明白，一个如此强大的女人为何要苦苦逼迫自己，我对你道歉了啊！我早就对你道歉了！

然而对受害者而言，"如果道歉有用，那还要警察做什么"，才是他们的心里话——世上总有一类人，听不进"对不起"，而必须将所有的伤害演绎成一场基度山恩仇记。

"姐，你明明可以调到笔录，为什么还要揪着我不放呢？"她红着眼眶问。

"那你有没有问过自己，明明世界上有那么多男的，为什么当初要揪着我老公不放呢？"曾诚轻轻笑着答。

人们总是在厄运到来的时候问一句："为什么是我？"可他们中彩票的时候，却绝不会这么问自己。伤人的时候只顾自己惬意，直到被伤害反噬，方觉万箭穿心。

"孙涵涵，相对于原谅，更适合我的，是惩罚。"

55. 寄生虫

人为刀俎的场景，孙涵涵模模糊糊记得自己最后的答案是："好，我答应你。"

"明智的选择。"曾诚赞许一笑，"那接下来的几天，看戏就行。"

周斌的主业是娱乐法，服务对象不是明星就是影视公司，他在这一行经营不过六七年。他之所以能成为小有名气的合伙人，一方面在于国内影视行业起步晚、问题新，市场蛋糕尚未被老牌合伙人们瓜分；而另一方面，他的迅速崛起全仰仗曾诚在传媒圈的广阔人脉。

别的律师习惯低调，但娱乐法律师则不然，由于常年替各大明星维权、发布律师声明，知名娱乐法律师的微博粉丝数量甚至不输网红。周斌本来就高调，加上颜值在一应中年大叔里算是出众的，自去年机缘巧合给几个流量明星发了律师声明上了热搜后，更是粉丝量暴涨。

曾经周斌与曾诚恩恩爱爱，有媒体朋友也卖了面子，给明星写通稿时愿意偶尔提周斌一笔，将其称为"年上版何以琛"。只是"年上版何以琛"此番落马，先是非法移民的丑闻爆出，然后被警察带走，最终不得不发了微博试图澄清，几家艺人的粉丝不乐意了，虽然语气委婉，但最热的评论还是变成了颇有怨气的一句："希望周律师严于律己，不要影响到我家哥哥。"

曾诚在娱乐传媒圈工作久了，手中掌握最多的就是八卦。各家艺人背地里是什么情况，她基本心知肚明。

3天后，周斌重点服务的客户之一，某已婚的中年三线男演员黄江平被曝出嫖娼进了局子，举报人是热心的朝阳区群众。

消息凌晨被曝出，第二天上午当即引爆微博热搜。

国家刚刚颁布了对“劣迹艺人”的限制令，这几年艺人一旦曝出丑闻都得脱层皮，何况此番黄江平又是涉黄加上婚内出轨。接二连三的艺人进去又倒下，很快热心网友在收录的《现实版监狱风云》的海报上新增了黄江平这一笔。

到了下午，随着警方正式通报，黄江平的监狱正面大头照也被记者挖出、曝光。网友一边吃瓜一边唏嘘，可怜黄江平在这个时候被曝出来，背后没有任何利益牵扯，连个想捞他的人都没有。

好在本来黄江平也只是一个三线明星，哪怕是对于成为“法制咖”这样劲爆的新闻，网友也很快失去了注意力。正当“黄江平嫖娼”的微博热度一点点下降时，到了周五下午 3 点——“社畜”、大学生、中学生无心干正事、集体开小差的黄金时间，另一条热搜默默登上了微博热搜榜榜首：

“什么样的律师就有什么样的客户”。

点击进去，就是某营销号发布的一条长微博，附带着几张截图与照片。大概内容为：某某律所的知名娱乐法律师周斌曾作为黄江平的代理人，替黄江平进行多次名誉权侵权维权，可他却在今年与黄江平前后脚被朝阳区派出所拘留，黄江平是嫖娼，周斌是打人，一个涉黄一个涉黑，果然有什么样的律师就有什么样的客户。

配的两张照片，一张是黄江平的监狱正面大头照，另一张则是周斌的监狱正面大头照。相似的背景，相似的神情，相似的年龄。

霎时，周斌的微博炸了。

第一拨炸开的是周斌的粉丝们，纷纷质问：“不是说去警察局是为了做证吗？怎么营销号却甩出了你的治安处罚决定书？太令我失望了，取关。”

第二拨炸开的是无聊来看戏的吃瓜群众，对周斌的全部律师声明一阵冷嘲热讽，诸如：“哟，自己的权利都没维护好，就来帮别人维权？”“‘知法犯法’这四个字怎么写你知道吗？法律学到哪里去了？”……

第三拨炸开的则是“饭圈女孩”。周斌的客户里有不少是流量明星，本以为周斌是自家哥哥的守护神，没想到却是这么个糟心货色，给黄江平代理名誉权侵权事务，黄江平进去不说，周斌自己也被搞了进去。这样一个扫把星怎么配为自己的偶像发布律师声明、惩奸除恶？很快，周斌的微博就被训练有素的"饭圈女孩"占据，她们整齐划一地表示："律师周斌的一切行为与其客户无关，抱走自家哥哥，心疼！"

与此同时，艺人经纪人的微博私信箱、各大粉丝群也迅速涌进了各大粉丝团的心声："娱乐法律师那么多，千万不要让'法制咖'影响了艺人啊！解约吧，换一个律师！拜托了！""实在不行我以后学法律，哥哥的一切由我守护！"……

演艺圈的艺人最看重的就是名声，最怕坏的，也不过是名声而已。

曾诚坐在沙发上看着周斌微博的评论，欣喜地发现他早已狗急跳墙，开始大量拉黑回复不友善的网友，并迅速将微博设置为了"仅关注可回复"。她忍不住摇了摇头叹息道："啧啧啧，傻。舆论这种事情，哪儿能那么容易压住？越是强压，反噬越大。"

个体面对舆论，就如同面对海啸，只能眼睁睁地看着它席卷而来，再夺走一切。一个人的声音太弱小，任何的抵抗都是无力的。

周斌虽没有能耐抵抗众人，但还是将明白了背后的来龙去脉，气势汹汹地打给了曾诚，开门见山："你搞我？"

"这和我有什么关系？"曾诚在电话那头无辜地问。

"黄江平的事情是你告诉狗仔的吧？他常年在 A 会所乱搞，别和我说你不知道！你吃准了他最近会有动作，找了狗仔跟踪，又第一时间报警举报，把他给整进去了！"

"这话就好笑了，我和他无冤无仇，没事坑他干吗？"

"因为他是我的客户！你明知道我前两天进了局子，你想让我的客户也进去。是你，是你把这些消息透露给营销号的！你明明知道艺人们最看重名声、运势，你这是想借着他把我搞臭，把我搞黄！"周斌歇斯底里，他确实被搞臭了，搞黄了，从出拘留所开始，就无一件事顺心。今天的事情被一步步放大，用脚指头想都知道接下来会发生什么：这是娱乐圈——最现实、最功利、最残忍。他的粉丝们会离开，艺人们会对他唯恐避之不及，他的名誉与可信度将一落千丈，他在娱乐圈苦苦经营了这么久的事业从此化为乌有。

　　无论他曾经写过多么犀利又精准的代理词，无论他曾经多么漂亮地维护了艺人的权利，无论他的专业功底多么扎实、经验多么老到——都不重要了。娱乐圈不是一个只看实力的地方，曾诚比他更知道这个圈子的运行法则，比他更知道圈子里的人更喜欢什么，比实力更重要的是好名声，是观众缘，无论是对艺人还是对艺人的律师，都一样。

　　摧毁一个男人最有效的办法，从来不是掏光他的口袋让他净身出户，而是彻底摧毁他赖以生存、引以为傲的事业。

　　"是啊，我承认。"曾诚握着手机，忽然笑了，"你知道吗？如果你今天不是娱乐法律师，而是普普通通的商事律师，或者只是个金融法律师、并购律师，哪怕是个刑辩律师，我都没有办法对你的事业造成任何的影响。我能做的，撑死了是好好打这个离婚官司，让你的过错多一些，让我分到手的财产多一些而已。"

　　周斌一噎，不知道她想说什么。

　　"可是，你偏偏就是做娱乐法的，偏偏你的客户就是我最熟悉的那班人，偏偏你混的就是我最熟悉的娱乐圈，偏偏我动动脑袋、动动手指就可以蝴蝶效应一般对你的事业产生致命的影响。周斌，你在来质问我之前，想过这是为什么吗？

　　"你肯定是不愿意好好想想的。来，周斌，让我告诉你——之所以今天我有这个能力毁了你的事业，是因为你的事业本来就是依托我而建立起来的。你的领域、你的客户，你之所以在这个圈子里如鱼得水，都是因为这么多年来你在不停地依靠我！你在不停地利用我！

　　"而今，我不过是把曾经因为爱情而给予你的一切，全数收回了而已。

　　"你不过是十多年来长在我身上的寄生虫，你如今的歇斯底里与愤怒，只是寄生虫被剥离宿主时的惊惶无助罢了。

　　"对了，法院一会儿应该会给你发传票。我们的离婚案，下周三开庭。"电话那头死一般地安静，曾诚不知道他是否在听，说完了全部想说的话正打算结束通话，没想到那头却传来了几声抽噎。

　　曾诚一愣，他哭了？

　　然后她听见电话那头响起了一声深情又伤心的"宝宝"。

"宝宝，你真的不要我了吗？你真的那么恨我，要把我赶尽杀绝吗？"

"宝宝"这个称呼，周斌只在热恋的时候叫过她，那时每次听到，她的心都要化掉。然而时隔十多年再听到这个称呼，当两人从亲密无间变得势不两立，最亲昵的情话变成对方投降时举起的白旗时，曾诚心下一酸，默了默，没有回答他。

周斌见她沉默，又继续开口，声音温柔而带着磁性，是一贯在法庭上说服法官的腔调，他亦希望劝服她："宝宝，十几年的夫妻情分，我只是犯了男人都会犯的错而已，你要离开我，没问题，可为什么要对我这么狠绝呢？你知道我没了事业不如去死！难道只有我活不下去了，你才满意？"

问句里藏着委屈，仿佛在以死相逼。

电话那头安静了好久，两人相对无言，只能听到彼此的呼吸声，就在周斌以为她要被自己说服的时候，忙音响起，曾诚挂断了电话。

两人离婚案的开庭时间定在周三下午 1 点 30 分。

孙涵涵作为证人无法旁听庭审，由一名律师助理陪同着坐在休息室里，等待质证环节开始时的法庭传唤。律师助理还是在校实习生，在这个案子里跟着杨律师做了检索以及基本案件准备，本来离婚案件就离不开家长里短的狗血，但第一回见到小三来给原配做证，在一番狗血中还打足了鸡血。

她给孙涵涵倒了杯水，一边安慰一边偷偷打量她——算是第一次见到了传说中的"小三"真人，眼角、眉梢确实有点媚气，长得嘛，是真的好看，气质也是柔若无骨型的，能够激发男人的保护欲。递水的时候她触到了孙涵涵的手，一片冰凉。

鬼都看得出来孙涵涵很紧张：直直地坐着，脸看着窗外一动不动，甚至连手机都没心思玩了，她的脚尖触着地面，一个很不稳定的坐姿，这样的姿势加大了她的不安，她的双腿也在微弱而迅速地颤动着，宛如她虚弱的神经与内心。

"啧，"律师助理不禁偷偷露出了鄙夷的神色，心想，"还算有点廉耻之心。"

庭审进行得很顺利，很快进入质证环节，书记员来休息室传唤证人出庭。孙涵涵在推开法庭大门的那一瞬间才发现，这竟然是她第一次同时见到周斌与曾诚，插足的感情，最终还是演绎成了一场三个人的大戏。

距离他们上一次相见或许是一个月前，然而这期间彼此各自经历了太多，仿佛隔了半个世纪，她迅速看了周斌一眼，周斌坐在被告席上，双手交握，低着头，始终没看她。她有些惆怅地发现：短短一个月，周斌肉眼可见地衰老了，连发丝都透着颓丧——周斌最近的确霸占了法律圈八卦的头版头条，成为笑柄，事业被毁。他曾经如此强大，而今意气全无，变得如此不堪一击。

她对曾诚点了点头，曾诚只微微闭了眼——曾诚本该是胜利者，看起来却无尽地疲惫。她曾以为曾诚是畅快的复仇女神，轻轻松松手刃渣男，然而此刻才明白：一个人鼓足勇气摆脱一段烂感情的本质是刮骨疗毒，最先痛的不是毒，而是刮骨的自己。

曾诚主张与周斌感情已经破裂，且周斌在婚内出轨，是过错方，应当少分财产。而周斌也准备了充分的材料，控诉曾诚在结婚期间花钱大手大脚、从来不做家务、不尊重自己，千言万语汇成一句："结婚十余年，她连袜子都没给我洗过！"

法官木然地听着，早已习惯离婚案件中的彼此指责，刑事法庭的法官总能看到坏人最善的一面，而民事法庭的法官，尤其是办理离婚案件的法官，总能看到好人最恶的一面。

证人入席，法官清了清嗓子开口，宣布了证人规则以及注意事项，然后询问："原告这边的证人孙涵涵，提供证人证言以及相应书证，证明与被告在过去一年内，两人曾存在不正当男女关系，是否属实？"

孙涵涵一怔，这才发现此刻更应该关注的是她自己：以"小三"的名义坐在证人位置上，反而比被告更加遭受鄙夷。她咬着嘴唇，唇色发白，无比地难堪又可怜。

法官是个与曾诚同样年纪的女士，脱下了法袍，就是一个普普通通的中年妇女，她尽可能地让自己的目光专业而避免产生额外的情绪，但在看向孙涵涵楚楚可怜的眼神时，也不免在心底产生了厌恶——就是这么一双眼睛，这么一张脸，破坏了人家的家庭。

"对，属实。"孙涵涵回答。的确可怜，可惜此刻的她，连可怜都是错的。

法官又意思性地问了两句，孙涵涵一一作答。接着，法官表示："我这边没有问题了。被告，是否需要质询原告的证人？"

法官将目光看向被告席上的周斌。

几秒后。"是的，我需要问证人几个问题。"还是那个温文尔雅的声音。

56. 婚姻

孙涵涵见到周斌想要发问，身体下意识地微微后退了一小步，慌忙的间隙仍旧迅速瞥了他一眼。此刻周斌依然正坐着，双手支在桌面上十指交扣，在双手之后，是被挡了的小半张脸。

他的眼神透过被告桌，直直射向不远处的孙涵涵的证人席位上，他没有看她的眼睛，也没有看她的鼻子。谈话时注视一个人的眼睛代表真诚，注视鼻子代表礼貌，他死死盯着的却是孙涵涵的发际线，给她压迫感，眼神带了讥诮：

"三个问题。第一个，请问证人，什么叫作'不正当关系'？"

"这……"名词解释题，孙涵涵求助性地看了一眼法官。

周斌接着对法官温声开口道："既然证人提供证言表述我们之间存在不正当关系，我需要确认一下证人是否了解不正当关系的真正含义。"

"我……我不知道什么叫作法律上的……不正当关系……"孙涵涵怯生生地回答，声音小得像一只羊。法官看出了周斌的意图，不耐烦地向孙涵涵替周斌解释了一下问题："不正当关系是指夫妻关系之外的性关系，请问证人，你与被告是否在当事人婚姻存续期间发生过性关系？"

周斌满意地对法官点了点头，然后看向孙涵涵。

孙涵涵瞬间涨红了脸，呆了片刻，才支支吾吾地回答起来："有……"

周斌牵了牵嘴角，继续问第二个问题："那么，我想问，几次？"

孙涵涵猛地抬头，狠狠地瞪着周斌，眼眶里全是泪。她这才反应过来，周斌是在报复——他知道出轨的事实板上钉钉，此时他不过是想借提问抖落出更多不堪的细节，告诉法官，告诉书记员，告诉曾诚以及对方律师——你，孙涵涵，是个荡妇。既然他已经一无所有，又何必要给她留任何颜面？

"荡妇"，是一个男人对女人最轻易也最下作的羞辱。

法庭内鸦雀无声，所有人的目光都集中在孙涵涵身上，她此刻方才明白，这里是她的审判庭。无论有多委屈、多决绝、多可怜，"第三者"在这个社会里始终带着原罪。只要背负这样的称号，任何一个人仿佛都有权利朝她吐一口唾沫。当被扣上"小三"的帽子置于阳光之下时，你就是人人得而诛之的过街老鼠，没有苦衷，只剩淫贱。

曾诚也皱了眉头，悄悄问身旁的代理律师："他这个问题有什么诉讼策略吗？"

代理律师缓缓摇了摇头，也是一脸疑惑地说："除了让孙涵涵难堪，我想不出有什么别的策略。或者是……"他犹豫了几秒，开口道："他也想刺激你，让你伤心？"

这回曾诚反倒笑了："刺激我？迟了。现在只有给我少分家产才能刺激到我，都已经出轨了，还在乎几次？真要在乎，也不至于离婚了。"

代理律师深以为然地点点头，又听曾诚开口说："如果只是让孙涵涵难堪，那你阻止一下吧。"

代理律师差点以为自己听错了——你把人家弄来当证人，不就是要让人家难堪的吗？

而此刻曾诚看着不远处的孙涵涵，她低着头，憋着一股气般，满脸通红，嘴唇微弱又不停地颤抖着，可以看出她今天出门前特地化了淡妆，仔细搭配了衣服和鞋子，认真烫了头发，像每一次出街一样认真，却没想到迎来的是一场心理与尊严的审判与凌迟：一对夫妻将对失败婚姻的怒火全部都撒到了她的头上。

第三者固然可恨，但也尤其可怜——任何一段感情出了问题本应该是夫妻双方的责任，但没有一个人会反省自己，他们率先倾向于把所有的恨意与过错都投射到外来者身上，由第三者背负不幸婚姻的全部指责。

他们习惯于斥责着："如果不是你，我们不会离婚！"

但事实却是：哪怕没有第三者的出现，他们也未必幸福。

孙涵涵的手紧紧攥着一支随意从桌面上找到的原子笔，攥到指节泛白，指甲嵌入肉里，大脑一片空白。她不敢看场上其他任何一个人，只是死死地盯着周斌，眸子里的泪水流光百转，从委屈到痛恨，再到歇斯底里。

正当曾诚的律师打算以"被告所提问题与本案无关"为理由替孙涵涵解围时，孙涵涵忽然像是想通了什么，豁出去了般地大声脱口而出："几次你不知道吗？这个问题问次数，下个问题呢？问尺寸？问时长？问你行不行?！"

全场一愣，没想到看起来温柔的孙涵涵竟然这么强硬起来。

只见孙涵涵冷冷一笑，狠狠地将手中的笔掷到桌上，瞪着周斌噼里啪啦炮弹一般发射起来："真要问这么细，我也就认真答了。可是答案好像对你不是很友好啊周律师。一次要怎么算？3分钟以上吗？这么算的话可能没几次。吃药算吗？不算吧法官，吃药是作弊。我也是可怜，瞎了眼被你迷惑，出轨的不是你吗？你来问我几次，老糊涂了吗？周斌，你可真不要脸，老牛吃嫩草，体能差，尺寸小，每晚都吃药！……"

周斌的脸越来越绿，几个律师没想到会有这一出，纷纷瞪大了眼，本想赶紧调整出一个平静的表情，却担心放松了脸部肌肉就忍不住笑出声来，颇为惊叹地看着文弱的孙涵涵杀红了眼，对着周斌流利又疯狂地发射火力。书记员不知如何记录，一脸为难又暗含八卦的兴奋，好在法官经验丰富一些，见孙涵涵扯得越来越没边，赶紧开口稳住了场面，瞪了周斌一眼："被告问完了吗？"

"……问完了。"周斌顺了好久的气，才能正常回答法官的提问，他哼了一声，扭过头坐在椅子上，想骂孙涵涵粗俗，却又想到，明明是自己先开了这个粗俗的头。

孙涵涵却越战越勇，仿佛已经没有什么可失去了，红着眼大声说着话，眼泪簌簌往下落，像是小时候调皮捣蛋被家长打怕了的小孩。她继续朗朗开口道："法官，但我还没说完。既然站在这里做证，有几句话我必须说，对，我是他们俩婚姻的第三者，我知道你们都看不起我。我当初认识周斌的时候不知道他已经结婚，后来他答应我会离婚。对，我爱慕虚荣又幼稚透顶，我看上他事业有成，以为自己年轻好看就能和他在一起。我的确介入了他们的婚姻，但我……我不认为我是他们离婚的原因。我撑死了是一面照妖镜，照出他们夫妻离心的真相。

"曾诚姐为什么非要和周斌离婚？不是因为周斌出轨了我，而是因为她通过老公出轨这件事情知道自己爱上了一个多么不值得爱的人。她的丈夫怯懦、自私，想要享受齐人之福，年轻的时候吃软饭发家，事业有成了就出轨，早就偷偷另外买了房，一边哄着老婆做试管婴儿，一边在外面花钱泡小姑娘。什么便宜都想占，却什么都不舍得付出。

"生活里哪儿有那么多的真爱？周斌对我从来都不是，对自己老婆也不是，他爱的只有自己。以前平平淡淡没经历考验，也就凑合了一辈子，但凡遇上点事，患难见真情，诱惑见真情，出了个随随便便的第三者，就可以发现这十几年的婚姻本质如此不堪一击。法官，这两个人已经没什么感情了，您就判离了吧。至于我……"孙涵涵看向曾诚，点头说，"再次表示对不起，我的的确确介入了你的家庭。你想要的忏悔与答案，我已经给你了。但其实，换个角度想，你应该谢谢我，我的出现，让你及时认清了这个所谓的枕边人。离婚挺好的，小说里像你这样的女人，一个人过反而更开心。"

法庭里一片寂静。

孙涵涵说完淋漓尽致的一番话，从平静到哽咽。最后她看着曾诚，曾诚也看着她，两个女人的目光交错，这是属于她们的第三次对视，从结仇到联盟，再到彼此释然。

良久，曾诚才对她淡淡挤出了个可以勉强被称为微笑的表情。孙涵涵看到与此同时曾诚的嘴动了动，那个口型对应的，如果她没猜错的话，应该是：

"谢谢。"

婚姻这件事始终复杂又难以捉摸，一男一女在最年轻的时候因为激情做出冲动的决定，而后被法律与道德捆绑终身。于是，要求伴侣付出一辈子的忠诚，就成了无数围城中的人的心病。如何防止第三者插足，是每一个妻子都会关心的话题。而事实却是，两个人的情感问题始终应该在两个人的关系里找原因，毕竟，真正能拿刀刺伤你的，从来不是第三者，而是那个枕边人。

"孙涵涵，关于离婚这件事情，我不会再继续责怪你了。"

孙涵涵作为证人，质证环节结束后就先行离开法庭，庭审结束，曾诚让自己的代理律师转告她这句话。

走出法院，曾诚深深吸了一口北京春末的空气，空气的味道有些熟悉，像是大学时候的，她下了下午的课，学校正值黄昏，一群女生嘻嘻哈哈地携手走成一排去食堂打饭，挡了大半的路。这样的回忆仿佛是上辈子的，属于上辈子的空气的味道莫名在这样的时候袭来，她想，这或许是摆脱累赘后自由的气息？

周斌特地磨蹭了一会儿才从法院出来，一只手拿着手机打电话，步履匆匆，甚至没看曾诚一眼。

十多年的夫妻，进了法院，再出了法院，最终，形同陌路。

律师有些尴尬地看向曾诚，却没想到曾诚丝毫不觉得伤感，将包挎上肩头，笑了笑，说："走呗，辛苦你们了，今晚我请吃饭。"

"韩律师，今晚要不要和我们吃饭？"

"哟，韩律师哪儿有空和我们吃！"

晚上7点的写字楼里，新进的项目团队打算订加班餐，奋战到半夜。这边同事刚问韩苏，另一名女律师就打趣着替韩苏回答了。

同事一愣，看向韩苏："你有事？"

韩苏也一愣，笑了："我都不知道呀。"

两人的目光齐刷刷地看向刚刚多嘴的女律师，女律师耸耸肩，问："今天高总不来接你下班吗？"

韩苏脸上的笑一滞，片刻才说："这是什么推论？少乱开玩笑了。"话音刚落，却立刻被打了脸，高鹏穿着一身潮牌，大大咧咧地被前台护送到了韩苏的工位前。

"嘿，什么时候下班？"因为项目来过许多次，也认识了一部分律师，加上客户的身份自带高光，此刻高鹏一脸熟稔，直接坐在了韩苏旁边的空位上，一只手搭着韩苏的椅背，侧头看着她亲昵地问。

瞬间，整间S所北京办公室里所有人的目光都集中在了韩苏身上。

高鹏是一周前来北京的，这几日一到下班的点就来约韩苏吃饭。因为上市项目只是阶段性完结，他仍旧位居"客户爸爸"高位，韩苏不得不陪着，偶尔开玩笑地问他来北京的缘由，高鹏只是嘿嘿一笑，说："你呀。"

肉肉圆圆的鼻子，不大的眼睛，疏淡的眉毛，浑身上下全靠人民币加持，这样的情话撩不了妹，反而让韩苏有些为难。

可她不会拒绝，依然是用笑脸与耐心相迎，将与高鹏的相处当作发展业务——毕竟，谁也舍不得和钱过不去。

此刻沐浴在集体八卦目光下的韩苏有些尴尬，但还是尽可能得体地一笑，说："下班估计晚了，不过现在可以一起吃个饭。"说着转头看向同事Ashlee（阿什莉）等人："你们要不要一起？"

高鹏倒也爽快，直接表示："大家一起呗，我请客。"

众人八卦归八卦，还是积极地响应土豪的晚宴，纷纷欢呼。有心直口快的实习生小姑娘不明事实，直接表达："太谢谢姐夫了！"

霎时全场一愣。

韩苏赶紧干笑着说："不不，你误会了。这位是我们项目的客户，和大家玩得比较好呢。"

高鹏也跟着一笑："对啊，可别瞎说。我和韩苏律师只是朋友。"他澄清完了事实，接着站起，走到韩苏的椅背后，双手按着椅背做占有状，并对着满屋子的律师郑重宣布："现阶段，只是我在认真追求她而已。但，凡是今天吃了这顿饭的，以后都要好好帮忙啊！"

"嚯——哇——"

韩苏没想到会是这个局面，在一众欢呼、凑热闹声中目瞪口呆——这到底是个什么"霸道总裁爱上我"的剧情？

57. 捷径

一群人熙熙攘攘地跟着高鹏前往柏悦酒店吃饭，高鹏走在韩苏身边，两人稍稍落后于众人。

从S所的北京办公室到餐厅是可以步行的距离。料峭春寒刚过，正值北京的夜晚开始变得可爱的季节，众人有幸赚到了一顿晚餐，知情识趣地配合着高鹏的计划，只在前面 10 米左右的位置抱团前进，给他俩营造了春风沉醉的二人世界。

韩苏神色复杂，10 分钟前他当着众人的面说从此要正式追求她。

"所以，刚刚这算是……表白？"韩苏问。

"嗯？不够明显吗？"高鹏反问道，但仍旧没好意思看韩苏的神色，只低头瞄了一眼她靠近自己那侧的手，插在西装口袋里——不太好牵。

"我以为表白应该是对着当事人的。"韩苏笑了笑。

"这样啊。"高鹏点点头，"那我下次再补给你一个？"

韩苏却站住了脚，认真地看着高鹏："高鹏，除了合作关系，我们也一直是朋友，也因为是朋友，你和何知南、Emily，还有各种夜店小网红的那些事我都知道。你这样的条件，勾勾手指就有一大把女生扑上来，不只网红，还有律师，或者别的中介，任何一个要学历有学历、要脸蛋有脸蛋的姑娘，都不会拒绝你。玩腻了大可以再换一个，你选择的余地有很多。为什么这次要对朋友下手呢？"

"下手？"高鹏听着韩苏历数自己的过往，不免尴尬，这才想到自己此番表白确实有些过于唐突了。可听到韩苏用"下手"这个词来概括自己的示好，他亦觉得十分冤枉，担心她迅速拒绝自己，双手掰住韩苏的肩膀解释："正因为我们是朋友，所以我才了解你，你和别人不一样。那些女孩肤浅，你不一样，你知道我是什么样的人。我……我就是喜欢你，这回我是认真的。这不是下手，这是追求！"

韩苏听到高鹏一连说了两个"不一样"，像极了言情小说里霸道总裁的经典台词——果然，想要脱颖而出的法宝永远是保持与众不同，只有足够特别，才能让总裁感叹："女人，你成功吸引了我的注意力。"

内心自嘲，但她嘴上问的却是："高鹏，你怎么定义你这次的认真？"

"我不想玩了。我做了 20 多年的普通人，我还是喜欢普通人的生活，灯红酒绿不适合我。找自己喜欢的姑娘，表白、追求、恋爱、结婚，这就是我想要的认真。"

韩苏还想再说什么，高鹏又迅速打断了她："我不需要你现在给出答案，我说了我只是开始追求，这应该是我们关系转折的开始而不是终点。我会尽最大的可能对你好，你如果要拒绝，也不应该是现在，哪怕多给我一点时间，多给我几个月的机会，再拒绝也不迟。"

那天吃完饭后，高鹏便以不打扰各位律师工作为由先行回家。第二天，高鹏联系了胡律师，表示公司上市之后还需要一些合规业务的法律支持，询问 S 所是否有意向。

胡律师随口报了个初始价，本想等高鹏犹豫后再给个折扣，没想到对方一口答应，这才想起上午听说的高鹏追韩苏的八卦，赶紧知情识趣地拉了个业务小群，让韩苏主导负责。

韩苏因为这个项目与高鹏昨日在所里大张旗鼓的表白，有些为难，谨慎起见还是敲门找胡律师聊了聊——律所向来禁止办公室恋爱，但律师与客户之间的感情呢？应该是什么界限？

没想到胡律师却不以为意，笑了笑说："你太小心了。和客户只不过是一个项目的事情，分寸好把握，你只要别把对对方的情绪带进工作里就行。"接着胡律师想到了什么，对韩苏眨了眨眼睛："话说回来，之前我们团队还有男律师通过项目直接成了上市公司董事长的女婿，项目结束，两人领证，想来想去还是一桩美谈。怎么样，你和我们的高总有没有这个打算？"

韩苏大惊失色，想着怎么扯这么远，连忙挥手拒绝说："没没没，八字还没一撇呢。"

"不喜欢他呀？"

韩苏干干地一笑，没有否认，想了想又说："胡律师，我对感情没有什么期待，我也不太可能真的喜欢上什么人。因为男人没办法给我足够的安全感，我希望凡事都能靠我自己。"

胡律师却笑起来："你这样很好啊！不渴望爱情降临是一个女人开始强大的预兆，太多的女人本可以做得更好，结果就败在了爱情上。女人的本能就是习惯性地为爱情与家庭付出，之所以在各个领域能做到顶尖的女人越来越少，是因为她们一旦遇到了爱情，就开始不再想要征服世界，而只想着服务男人。"

"所以，我觉得我不适合结婚。"韩苏也报以微笑，"我想把时间都用来征服世界。"

"是吗？我却不这么想。一个人的力量太辛苦，如果你对爱情没有要求，那么与其独自奋斗、孤独终老，不如彻底些，把你的婚姻变成你成功的助力。"

韩苏还是不解，疑惑地看着胡律师。午后的阳光照下来，与上次在香港不同的是，此时胡律师的办公室窗外是笔直的建国门外大街，有的不再是波光淋漓的海浪，而是笔直耸立的高楼，与依旧灰扑扑的北京春色。

好久以后，韩苏脑子里依然回荡着胡律师接下来对她说的那番话。她的老板聪明、年轻、美丽、要强又确实足够强。入职以来两人之间的全部话题仅限于业务，而难得在这个下午，胡律师不是作为老板，而是作为一个女人，一个已经成功的女人，悄悄提示后辈关于婚姻的另一层奥秘：

"假如说现在有一份证书，它能给你带来最顶尖的资源、人脉、后盾，你愿意去考吗？"

"当然。"

"那不就结了。"胡律师一笑，"我说的，就是一张最优质的结婚证，而高鹏，就是那个颁证人。"

从胡律师的办公室出来，韩苏才把合规业务的合同发给高鹏的秘书，几分钟后，就收到了高鹏的微信：

"韩苏，我喜欢你，所以我愿意支持你做想做的一切。未来无论遇到什么，都请相信，背后有我在。"

脑中再次回想起胡律师的话——高鹏，就是那张代表着顶尖资源、人脉与后盾的证书的颁证人。

韩苏怔了半晌，最终回复了一句："谢谢。"

大概是知道自己唐突，高鹏没再来大张旗鼓地接韩苏吃饭，而是在周一就约好了韩苏周末的时间，一改霸总作风，转而走真诚靠谱男青年的路线。

但韩苏一下班，刚转过地下商城准备进地铁，还是被人堵上了。

来人上身套着黑色连帽卫衣，下半身只穿了一条运动短裤，脚上是深蓝色的运动鞋，手上拎着硕大的健身包和一个纸袋。他一上来就钩住韩苏的肩膀，咧着嘴乐呵呵地问："想我没？"

韩苏吓了一大跳，赶紧拍开他的手看了看左右是否有同事，瞪他："怎么跑这里来了？"

罗玛无所谓地耸耸肩："你这几天不是忙吗？我特意等你今天忙完了，带你去个地方！"这么说着，有些委屈："想给你个惊喜，在你楼下等半天了都。"

韩苏问："去哪儿啊？"

罗玛拉着她就进了地铁，一笑："搏击课，带你解解压。"

"我又没带健身衣！"韩苏本能地拒绝。才开了口，罗玛就把手中的小袋子塞给她："都替你买好了。"

"你知道我的尺码？"刚问出口她就后悔了……

罗玛只用一只手搭着扶手，另一只手虚虚地搂着韩苏，转开脑袋，半晌，才含糊回了句："……我能不知道？"

健身房在 CBD 财富购物中心，是距离韩苏家可以步行到达的地方。罗玛在那儿上了几次搏击课后，就想着带韩苏体验一把。"这课，特别适合你。"罗玛由衷地推荐。

"为什么？"

"因为……"罗玛不怀好意地一笑，"你攻击力强啊。"

韩苏伸腿就要踹他，没想到差点撞到教练，一个不稳，教练还没伸出手，罗玛立刻闪身上前将她扶稳。教练哈哈一笑，早已认出罗玛，招呼起来："今天终于带人来啦？女朋友？"

罗玛嘴上只笑，没有否认，手还放在韩苏腰上，偷偷看了韩苏一眼，只见她脸色平静，对教练礼貌地笑笑，也不像要否认的样子。罗玛心里更喜，打算趁机多占点便宜，捏了韩苏一把，对教练抱怨起来："对呀，叫了好几次都不和我来。太懒了，每天就待在家里不动。"

韩苏碍于外人在场不便发作，只得任他胡闹。教练也顺势说教了几句运动的重要性，罗玛脸上始终挂着笑听着，又将手从韩苏的腰上拿下，捉了韩苏放在一侧的手，与她十指交扣，像抢到什么宝贝般紧紧拽着。

直到搏击课结束，罗玛脸上还是挂着这般笑容，一脸满足。

韩苏也不禁好奇起来："你这是捡到钱了吗？整节课都在傻笑。"

罗玛听了这话，停下脚步，侧过身认认真真地看着她，韩苏只觉他的眼睛在黑夜里仿佛有光，闪闪发亮，带着发自心底的喜悦，他的声音混合着不可置信与开心，宣布道："你答应了！"

"什……什么？"

"你答应做我女朋友了啊。"

韩苏疑惑地看着他："我什么时候答应了？"

罗玛却把这个问句认为是女人害羞的逃避，伸手揽过韩苏，将她紧紧抱在怀里，将下巴抵在她的头上，声音甜蜜又温柔："你刚刚没有反驳。教练说你是我的女朋友的时候，你没有反驳。"

韩苏脱口而出解释道："那是因为我和他不熟，无关紧要的人，我为什么要在乎他的看法？"

才说完，她感觉抱着她的人，明显地一僵。

"那……那如果是熟悉的人呢？他们问你是不是我的女朋友，你会怎么说？"那个声音瞬间变得有些干涩，韩苏回想起他方才的喜悦，突然有了隐隐的歉疚感，但还是开了口说：

"那我一定会说，不是。"

几秒钟后，罗玛慢慢松开了手。

两个人继续在东三环的马路上走着，一前一后，不再有人说话。直到到了韩苏小区楼下，韩苏才说："你回去吧，再晚就没地铁了。"

罗玛把包挎在身上，难得认真地看着韩苏："你到底把我当作什么？"

他只求一个答案。她明知道他爱她，也准许他抱她，可以约她吃饭，可以在她小区楼下、办公楼下等到她，甚至允许两人有最亲密的接触。但即便两个人在外人看来已然是一对情侣，她还是不爱他。

韩苏抬头看着罗玛，夜晚的路灯的光投射在两人脸上，像极了那一晚在香港，他送她回去的情形。她早已说过她的原则，而如今他却在责怪她，她反问道：

"你是在向我要一个名分？可我记得，当初我早就和你说过，我对你不会拒绝，也不会负责。"

罗玛只剩苦笑，仿佛大彻大悟般一边点着头一边说："原来是这样，原

来如此，我知道了。"

韩苏侧头看着他的眼睛："什么样？"

"不就是炮友嘛，是吧？"他使劲咧着嘴笑，装作满不在乎的样子，只觉得眼眶发热，心脏却仿佛瞬间硬成了块，又被人拿着锤子不住敲打。

他的痛苦似乎也传到了她的心尖，韩苏低头不再看他的神情，没有否认，伸手刷开了楼道的门禁。

"路上小心，我上楼了。"

58. 霸道总裁

韩苏洗完了澡，裹着浴巾趴在床上看手机的时候，还是觉得烦躁。

她想起之前每次只要分开半小时不到，罗玛的微信就立刻追来，哪怕是无聊的行程报备："我上车了""我到校了""我去健身了"……他也想与她分享。

这次罗玛走了足足两个小时，手机还是一片安静——他是真伤心了吧？

韩苏最终还是打开了两人的微信聊天框，莫名其妙地将两人从一开始至今的聊天记录翻了一遍：大部分是白色的框框，总是罗玛在说，他说了许多句之后，她会偶尔回上一两句。他也会非常嘚瑟地发自己的自拍，但直男拍照实在不如本人好看，韩苏有次看不下去，提了建议："你要不试试对着镜子自拍？就秀肌肉那种，再加个滤镜？"

罗玛秒拒绝："不不不，那样太像 gay 了。"

韩苏略微嫌弃地回："但这种自拍，有损形象。"

那边过了一小时以后才回："我知道了，你更想看真人。开门！"

…………

聊天记录伴随不太多的回忆，韩苏将此时心里烦躁又些微难过的感情定义为歉疚——但没有时间歉疚太久。一封邮件跃入手机提示界面，韩苏迅速瞄了一眼标题，从床上一跃而起。

在打开电脑处理工作之前，她退出了和罗玛的聊天框，左滑，点击"删除"。

罗玛整整一个月没再联系韩苏。在韩苏看来，不再联系，就是都市男女委婉的"再见"。而对于这段关系的定义，她也没有刻意去想，日常工作忙碌到足以让人忘记乱七八糟的情绪。

这期间始终"打扰"韩苏的只有高鹏一人，隔三岔五约吃饭、逛展、看电影。高鹏自小在北京长大，熟门熟路，开着车载着韩苏在胡同里七拐八绕，去的全是不为人知的私房餐厅。他知道韩苏是南方口味，故而找的全是江浙菜、淮扬菜和粤菜馆子。

韩苏有次开玩笑说："一直以为和霸道总裁约会，是打开大众点评选餐厅，按价格从高往低排列，只吃贵的，不选对的。"

结果高鹏一愣，说："没想到你喜欢这样的，得，那你挑一个？"

韩苏果真好奇地按照价格从上往下挑了一个，高鹏探头看了一眼，嫌弃地说："日料啊？"

"不喜欢？"

"还成，就是在北京吃没劲。你要是真喜欢吃日料，我带你去找小野二郎，只不过人家老爷爷年纪大了轻易不接客……等我约上他了，找个时间我们去趟日本，吃完了咱就飞回来……"

韩苏在一旁默默点头，心想："有钱真好。"

胡律师偶尔会在工作间隙八卦八卦韩苏的感情进展，只是提到高鹏时，韩苏始终一脸严肃，仿佛这不是一个男人，而是一个需要重点攻克的项目难题。

"我觉得我就像个'捞女'，彻彻底底就看上他的钱。"

"不要这么说自己。爱钱不是罪过。男人从来不会因为爱钱而惭愧，女人也不需要。"

"道理我都懂。但在一起时，就是觉得有压力，还特硌硬你知道吗？"

胡律师笑她："别人千方百计傍大款，你倒好，大款倒追你，你还挑挑拣拣。"

第二天韩苏与高鹏吃完饭，高鹏送她到了楼下。天气渐暖，白玉嘉园的小区入夜了依然热闹，各家各户开始遛娃遛狗，路灯的灯光影影绰绰，时不时有路人走过。

韩苏正要挥挥手说上楼，高鹏两手插兜，一只脚作势往外迈着，另一只脚始终停留在原地，整个人这么晃荡了几秒钟，还是抬了抬眉毛开口问道："不请我上楼喝杯茶？"

韩苏一僵，原本一只手已经扣在了门禁上，听了这话连门都不敢刷开，连忙扯出了一个为难的表情说："还是改天吧，这几天家里很乱没收拾，再说了晚上还要加班，好几个活估计要通宵了，明天又得早起，因为8点30分有个电话会……"显而易见地慌张。

高鹏却笑了，也不太介意的样子，只打趣她说："想借口不容易，你这一次性全用完了，下次怎么办？"

韩苏也没忍住笑了，心思被戳破反倒轻松起来。她把额前垂着的几缕头发用指尖往脑后梳了梳，索性说了实话："我……始终觉得我们俩这样有些奇怪，是不是还是做朋友好？"

"为什么会有这种感觉？"

"可能……"韩苏心里也不清楚，胡乱看向小区的路人，灵机一动想起个理由来，"可能因为知南？她也住这个小区，就……你们才分手不久，我和她偶尔也有联系。而我们现在却在约会。"

高鹏了然地点点头："其实你不必想那么多的。当然，如果你介意，我也可以慢慢等，等你想通。反正对我而言，你是你，她是她，无论你们是否认识，都不影响我的感情。"

韩苏倒没想到他如此真挚，且又借机表白了一番，要当面拒绝递上的真心总是令人为难，于是她抿着唇，尽可能同样真挚地看向他，说了声："谢谢。"

四目相对，可惜两人之间冉冉升起的情愫还未持续太久，就被高鹏的手机铃声打断了。高鹏说了一声"抱歉"，皱眉接起。

"高总，今晚在家吗？我好像又把快递寄到你家了。我笨死了，怎么办？"声音微尖却轻柔，从听筒中流出，在寂静的夜晚，准确地传进韩苏的耳朵里。韩苏有些惊讶，但更多的是愿闻其详的好奇。

　　高鹏一下子尴尬起来，迅速瞟了韩苏一眼。"呃……晚上可能不方便……"

　　"啊，那怎么办？好急的！是真丝睡裙，我今天就想穿的！"慌忙、着急的语气里依然保持了娇羞，"真丝睡裙"四个字又能恰到好处地撩人，韩苏的表情随着电话那头的声音一下子变得意味深长起来。

　　高鹏一下子慌了："我让司机明天送给你，再见！"迅速挂了电话。

　　"朋友？"韩苏笑着问。

　　"不算，认识的人罢了。"高鹏没多做解释——只是几个朋友哪次带来的小姑娘，来他家玩过一次后，没事就把快递寄到他家，隔三岔五就要来他那里拿快递，时间专挑深夜寂静无人时，小姑娘的意图再明显不过。无论在北京还是在香港，高鹏身边永远都会有几个外表不同，但心思雷同的"Emily"，花招相似，脸蛋相似，他早已习惯。

　　"那个……很晚了，你上楼吧。我在楼下看着你。"难得算是旖旎的氛围已被打散，高鹏有些扫兴，轻轻拍了拍韩苏的头，两人告别。

　　韩苏上楼的时候，想起自己曾问过胡律师："为什么高鹏会喜欢我呢？像我这样的在北京也不少啊，有时候我总会好奇，凭什么呀？凭什么是我？"

　　胡律师看她的神情仿佛在看一个小孩："这只是感兴趣，未必是真喜欢。条件越好的男人越有权利对任何类型的女人感兴趣。但你知道，正因为他们的选择太多，诱惑也多，很少会在一个女人身上花太多时间的。你要是真想钓金龟婿，欲擒故纵玩够了，就要赶紧抓紧。"

　　现实生活中的霸道总裁与小说中的最大差别就是：他们在感情上绝不痴情。毕竟，他们拥有的越多，就越知道，这个世界上并没有什么女人，是真的独一无二、不可替代的。

　　此刻韩苏直直地仰躺在床上，颇为心累：纵然高鹏代表着一段最优质婚姻的颁证人，但这个证，也绝不是随随便便就能送到你面前的。任何一个东西的价值，永远与它的可得性成反比，价值越高，就越难得到。

　　哪怕她再好看、再能干，也绝不是什么天选玛丽苏女主，现实生活里的金龟婿不仅不帅，也不专一，更不可能在被你虐得体无完肤后依然爱你。甚至哪怕不相信爱情如她，打算用婚姻换取前程，也才发现，要赢得这一段没有爱情的婚姻，需要拿出披荆斩棘的魄力与勇气。犹犹豫豫、不情不愿地接过大佬递过来的橄榄枝的女人们，绝对没法通过婚姻实现阶级跃迁。

获得名利场的入场券，第一条，就是需要你豁出底线。

韩苏这么绝望又痛定思痛地躺了半晌，才被邮件提示音惊起，做律师几年，早已养成了一听见手机邮件提示音就随时调整为战斗状态的能力。好在不是急事——胡律师打算未来多扩展上市公司合规项目，觉得人手短缺，正要找个实习生，未来重点跟着韩苏，邮件不过是让韩苏准备一份职位描述发给人事，之后再帮忙筛选一下简历。

韩苏接了邮件就开始干活。但不知为何，一直有一个小小的声音在她脑中念念叨叨，它反反复复地说："你给高鹏发个微信，哄一哄他，比你在这儿苦哈哈地发 100 封邮件对你的前程还有利。"

她试图忽视这个声音，它却越来越响。

韩苏这才意识到，晚上那通打给高鹏的电话，激发了她心里难得的危机感与竞争感——

她的确不喜欢他，但不得不承认他很抢手。人一贯如此，摆在你面前的机会哪怕你不是那么想要，但一旦有另一个人表示出兴趣，你就会瞬间觉得它变得诱人、可亲。

最终韩苏将电脑扔在了一边，拿出手机："这几天江南菜吃腻了，明天吃西北菜怎么样？"

好在对方秒回："成啊。我知道一个地方，明天下班就接你去。"

59. 约法三章

韩苏没想到高鹏选的西北菜是西贝莜面村——人均消费 100 元出头的连锁餐厅，这几个月霸占了三流写字楼电梯间的广告屏，楼下的商场里就开了一家。

她诧异地说："霸道总裁也吃西贝啊。"

高鹏嘿嘿一笑说："我吃东西又不看价格，记得他们家新上了内蒙古牛大骨，前几次来接你看着那叫一个诱人。明天你下班了我们去试试。"

韩苏难得的主动是效果斐然的，比如两人在西贝热火朝天的人间烟火气息里天南海北地聊着，从公司业务聊到资本市场，又从经济寒冬聊到博尔赫斯，韩苏也在尽可能地寻找话题，使出了当初哄着高鹏拿下上市项目的决心与毅力。

最终话题落脚到两人的原生家庭——对于一对渴望在感情上互相亲近的男女，家庭与童年，永远是最亲昵的话题。

而这样打开话题的结局是，高鹏一脸深情地告诉韩苏："其实我妈早就知道你了。"

韩苏差点被刚咬了一口的桂花小米糕噎到，睁大眼睛看着高鹏。

高鹏继续解释道："她一直关心我的婚姻大事，关心我周围的妹子们。她啊，唯独特喜欢你。"

韩苏顿时倍感压力，随口就开始转移话题说："啊？长辈竟然会喜欢我，这好像和言情小说里不太一样……"

高鹏笑着说："言情小说？你是说总会有个恶婆婆，拆散男女主角的那种？"

"对啊，然后单独请我吃饭，扔给我一张卡，说：'卡里有 500 万，你配不上我儿子，请你立刻离开他……'"

"哼，我知道的，那时候你一定痛痛快快地接过那张卡说：'好嘞！阿姨！'"高鹏接着替她往下续，他的眉毛稀疏，不太大的眼睛里却含着笑，看着韩苏就要点头说"对对对"，他气不过，伸腿轻轻踹了一脚她的椅子，笑斥，"你倒想得美！"

两人忍不住大笑，高鹏等韩苏笑完了才正色说："不过，我妈真挺喜欢你的，她这人眼光可高了，看人又准又狠，唯独对你另眼相待，怎么样？有没有兴趣？"

韩苏心里发毛地问："有兴趣干什么？"做你家儿媳妇吗？

好在高鹏接下来的话是："有没有兴趣见见她，和她做个忘年闺密啥的？"

这话说得巧妙。韩苏一咬牙，心想那就见呗，算是新的一轮"压力面"。

送韩苏回家的时候，高鹏没再问一句："不请我上楼喝杯茶？"毕竟倘若别人真想请你上楼，是一定会开口的。

韩苏进电梯的时候想，高鹏傻是傻，但他始终在摸索与自己相处的办法。他会在每一次相处中认真观察她的每一下反应，然后不断试探，如果遇到阻碍了再退回去，等候下一步行动——但男人追女人，自古以来的方法论无非就是"试探"二字，探你的价值，探你的心意，最后再探探你的底线。再笨拙的男人，在想要攻克喜欢的女人的心时，都会不由自主地化身为谋定而后动的军事家。

高鹏将韩苏与母亲的约会定在了周五晚上。

上周 HR 将招聘实习生的工作描述发布在官网后，很快被各大高校的实习群、兼职群转发。不过三日 HR 就收到了 100 多份简历，一轮筛选后，在周一上午先选了 10 份给韩苏二次筛选。

韩苏在看到罗玛的名字及相片的瞬间愣了半晌，好久未见，陌生又熟悉的脸，她的第一反应是这个小鬼的证件照拍得真的好傻。

直到同一间办公室的律师 Ashlee 一脸八卦地叫了她一声："喂！你对谁笑得满脸春色呢？"

韩苏这才赶紧从简历里拔出脑袋来，迅速将罗玛的简历放到最后一页，举起手机随便点了个微博热搜对她晃了晃，秒编了个理由："啊！当红偶像……那个，国民初恋嘛……是不是很帅？"

同事对娱乐圈不感兴趣，见状敷衍一笑，继续埋头工作了。

韩苏这才又翻出了罗玛的简历仔仔细细看了一眼：学校够好、校内成绩优异、表现突出，有过 IPO 实习经历，也正好参与过高鹏公司的上市项目——单论理，他的简历足以进入下一轮。只是若论情的话……韩苏想了想，将罗玛的简历拍了张照片，用微信发给了当事人。

配文只有一个问号："？"

"什么情况？你怎么有我的简历？"两人久未联系，可对面依然秒回并装傻。

"自己投的简历自己心里不清楚？"

与韩苏的聊天框始终置顶，前一阵子因为心烦意乱而取消了，等看到 S 所的实习生招聘信息并第一时间投了简历后，他没忍住又恢复了置顶，眼巴巴地盼着有信息出现……但此刻嘴上说的仍是另一回事："噢，忘了。最近想要找实习，投了好几家，没注意也给贵所投了。失敬失敬。"

"投了那么多，那收到 offer 了吗？"

罗玛本想回复一个那当然，以彰显自己的抢手，还没回就见韩苏又发了一句："如果收到 offer 我就把你筛了，免得浪费人力资源。"

"喂！"

韩苏又没忍住笑了起来。同事本要找韩苏吃午餐，转过身来恰巧见了这笑，越发觉得匪夷所思，雄赳赳地责问："你还在看微博啊？你今天这么闲？"

韩苏最终筛了 5 份简历给胡律师，胡律师花了 10 分钟确定了其中 3 个人，通知 HR，这周分别叫他们来笔试。

罗玛笔试的时间定在周五下午 3 点 30 分，一套英文试题，两个半小时的做题时间。罗玛第一时间将通知参加笔试的邮件截图发给了韩苏。

韩苏只回了个："恭喜。"

"嗯？我的意思不够明白吗？"罗玛反问道。

"需要我走个后门，给你泄个题？"

"怎么可能！走了这种后门，我以后还怎么泡你？"

韩苏震惊地看着屏幕，觉得不过几周没联系，这人的骚话反而说得越加流畅。她最终矜持地回复了一串省略号。

罗玛又补充道："我的意思是，周五下午，我考完了你刚好下班，一起吃饭？"

韩苏没再回复。

两个小时后，对方又咄咄逼人地发了一条："你是不敢见我，还是不想？"

分明，两个都不是。

等到周五那天的下午，高鹏发微信与韩苏确认晚餐的时间与地点时，韩苏正在去洗手间的路上，鬼使神差地就回了高鹏一个："抱歉，今天晚上 7 点有个内部电话会，可能不得不取消约会了，你能否和阿姨说一声？太不好意思了……"

刚点完发送键就撞到了人，更准确地说，那个人是主动挡在她面前的。

罗玛背着商务双肩包，穿着白色衬衫与西裤，参加笔试也是一身正式装扮。他如愿让韩苏撞了个满怀，等她站稳了才扶住她的手，看了她半晌，方才带着酸溜溜的语气开口说:"和别人发微信,却不回复我的信息。"

韩苏没想到会在这里见到他,碍于工作场合,对于他的存在十分不自在,后退一步,岔开了话题问:"笔试不在楼上吗?"

罗玛见她如此,收回了手,看了看表。"嗯,还有 10 分钟才开始……"又看着她的眼睛说,"我想着有没有可能先见到你,就在这儿等了一会儿。"

"没想到还真被你堵到了。"洗手间在写字楼楼道里,是律所同事时常往来的地方,两个人这么面对面站实在引人遐想,韩苏没有旖旎的闲心,只催促他:"目的达成,那你快上去吧。"

"那晚上你有空吗?"罗玛也有些着急,死活不动。

"嗯,不加班就行。"语焉不详的回答。

韩苏当然没有加班。

因为放了高鹏鸽子而难免心虚,罗玛问去哪儿吃饭的时候,韩苏咬牙说了答案:"去我家吧,吃外卖。"毕竟在自己家,绝对不可能撞见高鹏。

罗玛反倒笑了,又确认了一遍:"我可以上楼?"潜台词是,好像别人不可以。

韩苏皱了眉说:"你又不是没上去过。"

罗玛撇了撇嘴没说话,转身按了电梯——反正他知道,就是有人死活上不去。

两人一边看着综艺,一边在客厅茶几前吃炸鸡外卖,韩苏换了家居服,从冰箱里拿了一罐啤酒,拉开拉环,"咕咚咕咚"喝得畅快。

罗玛看得目瞪口呆,韩苏喝了酒,笑嘻嘻地说:"难得这周末不加班,就要放松啊。你知道吗?冰啤酒和炸鸡这类罪恶的食物,是专门奖励给认真工作的人的。只有认真工作了一整周,才有资格这么犒赏自己。工作越辛苦,冰啤酒就越好喝。"

罗玛听了却反而有些失落,看了韩苏半天才牛头不对马嘴地答了一句:"你在我面前好像一点也不矜持。"

情感博主总会告诉你,女人在喜欢的人面前才会矜持,她在你面前越放松、越不顾及形象,就越说明你的看法对她而言无足轻重。

罗玛接着下了决心一般,很认真地上前拉住了韩苏的手,说:"我想了一个月，已经想好了。"

"啊？"

罗玛咧着嘴尽可能洒脱地一笑，说："你不是把我当炮友吗？我想通了，那就做炮友吧。"

韩苏还没来得及震惊于罗玛的思想觉悟，一个电话就打了过来——是高鹏公司上市项目的保荐人。

公司上市的项目还在继续，联交所对第一轮印刷商结束后提交的材料进行了审核。根据保荐人的电话通知，今天下午下班前联交所提出了新鲜的反馈意见，晚上需要全部中介集中进行电话会。相关材料已经发送邮箱，预计电话会在半个小时后开始。

韩苏一下子挺直了脊背，说："好的收到，我现在看一看邮箱。"

接着高鹏也发来了微信，说收到联交所材料了，他已经看过，顺带慰问了一下韩苏今晚的辛苦工作，又顺带对联交所反馈意见中几项针对公司业务的问题一一请教韩苏。

韩苏才刚刚收到邮件，面对高鹏以客户身份抛出的一个个问题如临大敌，只匆匆回复了个"稍等"，便将手机放到一边，打开电脑研究起来。

罗玛见韩苏接了个电话就开了电脑做全力以赴状，又听韩苏通知自己似的说了一句："联交所反馈意见到了，晚上有个电话会，我应该没时间陪你，你吃完饭先走吧。"

他碰巧瞥到电脑旁的手机聊天框顶端写的名字——"高鹏"。对，是那个小开（上海话，指富二代），是那个贼眉鼠眼，这几个月常常送她到楼下的富二代。

他一下子烦躁起来，伸手半合了韩苏的电脑，掰过她的肩膀问道："你能不能听我先把话说完?! "

"你要说什么？"

"我说，我们之间的关系，我想了很久，做炮友可以，但……"罗玛盯着韩苏的眼睛，这是他想了好久的话，是最大的让步，"但做炮友也要约法三章。比如：第一，其间不能约会其他人；第二，可以不喜欢我，但你也不能喜欢其他人；第三，我们两个人每周至少要见两次面。你如果答应，我……我不介意没有名分，我不介意你不爱我……"

韩苏看着罗玛，尽可能地消化他所谓的"约法三章"，本来工作被人打断就十分烦躁，更何况在他说话期间，手机又开始振个不停，各种乱七八糟的消息涌来，关乎几百亿的交易，关乎上市公司，关乎公司一单子几百万的业务……

而她此时，一个女律师，却把所有的客户扔到脑后，选择听一个 20 岁出头的小孩谈论关于炮友的约法三章？

她一下觉得无聊至极，没理罗玛，拿起手机先认真看了一圈消息。

罗玛没想到这就是韩苏的反应，他在对她表白，想方设法和她继续在一起，而她呢，还在回复高鹏的微信？

那个男人就这么重要?!

他劈手夺过韩苏的手机，就想紧紧抱住她，让她在这个时候停止想别人，可刚伸手拿了韩苏的手机，目光触到的却是韩苏极度不耐烦的神情。

他一下子十分挫败，只问："你能不能先听我把话说完？我说完了就走。"

本来想要好好过个周末，没想到联交所偏偏这个时候来反馈，这就意味着不只是周五，接下来的周六、周日，一整个周末，她都要在暗无天日的加班当中度过。本来心情已经烦躁至极，此刻在被无数人连环夺命联系的情况下，连续两次被人打断工作，韩苏的心情只剩下暴躁，她深吸一口气，看着眼前的小鬼，开口：

"你说完了吗？规则我听了。我的意见是：如果按照这个愚蠢的规则，那我们连炮友也做不了了。第一条，其间不能约会别的对象是吧？很遗憾，我现在已经有了约会的人，本来今晚是要见他妈妈的，可是没想到，我现在竟然可笑至极地在这里，把所有的客户扔开，听一个小孩制订无聊的游戏规则。这个规则不适合我，罗玛，你想玩，找别人陪你。

"罗玛，你太小了，所以你以为爱情就是全部，但其实不是的，我们的世界里有太多事情比爱情、心动更重要。爱情对我们而言，无足轻重，并且，十分无聊。"

罗玛愣愣地看着她，半晌，才声音喑哑地问了一句："比如呢？"还有什么比真情更重要？

韩苏翻了个白眼,脱口而出:"比如工作,比如事业,比如我的客户还有我的项目。"

"再……比如呢?"

韩苏一愣,除了工作和事业,还有什么更重要吗?韩苏忽然想不到了,她的世界里只有工作和事业。

人在年轻的时候总有一种错觉,好像拥有了成功,便拥有了一切。因此在最美好的青春岁月里,大部分人宁可选择追逐成功,而不是享受爱情。总会有一碗鸡汤告诉你,努力吧,拥有了成功,也会拥有爱情。而事实却是,真正爱你的人,无论你是否成功,他都爱你。

罗玛最终还是走了。

他站起身,背了双肩包,两手插兜深深呼了一口气,走到门口,看了韩苏许久才开口:"韩苏,每次说爱你,我都恨不得把我的一颗心捧到你面前,可惜上次从你家离开的时候,我的那颗心就被你踩碎了。它碎了之后,我就远远地滚到一边,一个人,找一个角落修补好,然后,再递上来给你……可没想到,这次,这么快,又被你踩碎了。"

走廊的光明明灭灭,他走时,韩苏还坐在电脑前,噼里啪啦地回复着工作的信息。直到他开口,韩苏才从工作中抬起头,睁大了眼看着他。

两人之间隔着 3 米远的距离,韩苏看不太清他脸上细微的表情,却足以感受到他的难过。她听他的声音,想他是不是流泪了。

他的难过永远可以蔓延到她的心尖,她刚要站起来跑到他面前,罗玛却迅速开了门。

"砰"。

屋子里只剩下手机"嗡嗡嗡"不断振动的声音。

韩苏那天晚上一整夜没睡着,脑袋里全是罗玛走时的那番话,以及他站在门口时双手插兜,尽可能地装作无所谓的神情。她莫名其妙也跟着揪心,像是虐待了小动物,愧疚到不可自拔。

最终她还是忍不住打扰了何知南:

"知南,求教,如果看到一个 20 岁出头的小孩在你面前因为你红了眼眶特别难受,你下意识就手忙脚乱地想为他擦眼泪。请问这是什么感情?"

发消息的时间是凌晨 3 点，何知南到第二天早上才回复她："哪个 20 岁出头的小孩啊，青春偶像吗？"

韩苏说："差不多吧。"

何知南秒回的答案是："哦，那是母爱。"

60. 陈诗诗

何知南这几日的生活可以用"现充"来形容，即尽管网络生活过得不太如意，但好在现实生活过得颇为丰富充实。

无论是晚餐，还是午餐，都被蜂拥而上的闺密预约满了。迫切想要与她形影不离的首先就是孙涵涵，其次，竟然是 J 姐。此二人往日并不是特别看得上何知南，私心里总觉得作为闺密，何知南并不是那么拿得出手，只是如今各自遇到了挫折，不愿意将狼狈与伤口扒拉给那些平日更拿得出手的貌美又聪明的闺密，反而皆颇为庆幸身边有何知南这样一个温柔港湾一般的，又一点也不光彩逼人的朋友。

J 姐自从上次与何知南聊过瞿一芃之后，工作日找她吃饭越发勤快。在何知南看来，J 姐难得的殷勤不过是想找个借口与同仇敌忾的伙伴骂一骂瞿一芃而已。毕竟，瞿一芃现在过得实在有些惬意——

新女友陈诗诗的心像被瞿一芃放了一把火，灼热到无法自拔。她自小内向害羞，又容貌平平，加上穿着朴素、十分低调，一直是同学中最不起眼的丑小鸭。连度假都是一个人的她，没想到在大溪地的海边邂逅了文质彬彬的温柔青年，学历好、模样好，对她极尽温柔。陈诗诗不会拒绝，瞿一芃也不容许她拒绝，两人的关系像是金风玉露一相逢，一眨眼，就胜却了人间无数，从眼角、眉梢与朋友圈，都能暗戳戳地流出蜜来。

陈诗诗是家中的独生女，陈爸爸早年是某个大人物的秘书，后来高官调去了东南沿海，陈爸爸也随之过去干了十多年，如今已经是副部级领导。父亲这边是高官厚禄，陈诗诗的妈妈则是八旗子弟，仔细往大清朝扯扯，还能算是"皇亲国戚"。自小爸爸南下，而陈诗诗就跟着妈妈在北京长大，因为父亲，家里从小教导她事事低调，加上大学时生过一场大病，她的性格更加内向，母亲一向将她保护得严密。直到上个月，陈妈妈才忽然发现，一向安安静静、连朋友都没有的女儿，竟然默不作声地恋爱了？

陈妈妈迅速对瞿一芃的背景进行了调查，而结果则令人欣喜：这孩子一表人才不说，学历好、工作好，更喜人的是，家在农村，是一路从大山里考出来的，一看就是没背景却有志向又能吃苦的上进青年。于是，一个月前，瞿一芃迅速在收获陈诗诗的芳心之后，又借着一顿得体的晚餐斩获了陈妈妈的芳心。

关系正式确定，瞿一芃忍不住在微信朋友圈官宣了自己和女友的关系，破天荒地大大方方地放出了陈诗诗的正面照。

才发了两秒钟，赞没有一个，倒收到了一条回复："这女的虽然脸丑，但也不如这男的心丑。"

——来源是 J 姐。

J 姐本来是想泄愤，可发完就怂了，正准备重新点进瞿一芃的朋友圈主页删除回复，没想到，瞿一芃的朋友圈已经不再可见了。她心下一慌，又试探性地给瞿一芃发了一条行业评论的专栏链接。果然，系统秒回："消息已经发出，但对方拒收了。"

"他竟然拉黑我！真是小心眼透了！"午餐期间，J 姐向何知南提起此事，忍不住拍案而起。两人今天吃的是胜博殿的炸猪排套餐，都市白领只敢在午餐时间偶尔腾出一些热量给油炸食品，尽管罪恶，却让人不得不承认：油炸的一切，哪怕是拖鞋，都比沙拉好吃一万倍。

此时店里人来人往，J 姐一拍桌子，差点震歪了桌上的梅子酱，旁边服务员投来惊异的目光。何知南一边小心捣着黑芝麻没接话，一边腹诽："你说这种话，换我我也拉黑你。"

J 姐被拉黑后不再有权利视奸瞿一芃的朋友圈，却耐不住好奇，没事就找何知南问问瞿一芃的近况。何知南懒得理她，将手机页面调到瞿一芃的微信朋友圈主页，扔给 J 姐说："你自个儿看吧。只是……你看这种东西，真的能心情好吗？"

瞿一芃朋友圈的最新进展，已经变成了带着陈诗诗回老家见父母，陈诗诗大包小包地买了一堆奢侈品、保养品，堆了满满一车，停在 J 姐眼中的穷乡僻壤。她隔着屏幕都能想象到瞿一芃在镜头后那张占尽了便宜又喜气洋洋的脸，J 姐恨恨地扔下手机，不看了。"哧，搞得跟扶贫一样！"

等往米饭上浇了满满一勺酸甜梅子酱，她想了想又对何知南说："虽然看着气，但我就是忍不住多看他那女朋友几眼，越看越解气！"——毕竟，相对于"前任的现任是个美丽又贫穷的女孩子"这个选项，女人们还是宁可希望这个假想敌尽管有点小钱，但却公认地丑。

何知南心领神会，忍不住哈哈大笑。

何知南与 J 姐吃完饭没多久，就收到了孙涵涵的微信。

"晚上有空吗？陪我。"

何知南随手就回了个"OK（好的）"表情——毕竟这几日，她们天天在一块约晚饭。

出庭做证耗费了孙涵涵极大的精力与心力，那日从法庭出来，她立刻请了年假，微信全关，隔绝联系，回老家死死宅了一周。等到再次落地北京，她的手机被积攒了一周的八卦连环炮轰之后，她才后知后觉地知道——周斌被他的律所退伙了。

"移民"风波加上监狱风云，周斌接连丢了几个影视公司以及大量一线明星客户，合伙人当中对他不满者已有不少，这回借机发作。最终，律所主任遗憾地告知他，根据律师事务所合伙人协议第 27 条第 3 款，周斌的行为已经构成"因故意或者明显重大过失造成事务所重大名誉损失或经济损失"，满足律师事务所强制其退伙的情境。

"客户没了，又被退伙……太惨了吧？"当时的孙涵涵喃喃自语，据可靠八卦来源，周斌辞职后就离开了北京，下一个目的地也许是上海，也许是深圳，也可能用手中仅存的钱真的移民国外……

她后来又给曾诚的律师打了个电话，关心了一番两人的离婚进展。律师表示正在等法院判决，提及周斌，感觉出孙涵涵言语中的唏嘘，律师反倒笑了："你在担心周斌？"

孙涵涵没有否认："我刚认识他的时候，只觉得他强大得可怕，没想到现在落到这个田地，好像一夜之间一无所有了。"

律师更觉得好笑起来："他未必像你说得那么惨。你想想你生活中遇到的那些自私自利、没有底线的人，他们过得如何？"

孙涵涵一愣，说："好像……都……都还行……"

"是了。坏人之所以是坏人，就在于他们只为自己活着，无论遭遇多大的挫折，只要喘一天的气，他们都会不惜损害他人的利益来让自己开心。这样的人，永远用不着你来担心。"

后来孙涵涵把这段对话转达给了何知南，何知南想了想表示："无论他过得怎么样，都和你没有关系了。不要去盼他好，也不要去盼他不好。你现在唯一要做的就是庆幸啊，这个渣男再也不会干预你的人生了！"

下班后两人随随便便在芳草地找了个轻食餐厅。用孙涵涵的话说是，尽管彻底摆脱了周斌，但她自己也脱了一层皮，总是忍不住情绪低落，做什么事情都没有热情，上午刚称了体重，比上周瘦了 10 斤。

何知南看着孙涵涵的脸肉眼可见地下凹，但还是不免有些羡慕，啃了一口三明治表示："老娘也想瘦……"

而孙涵涵却回答："我觉得我可能轻微抑郁了。"

没想到何知南一下亮了眼睛："我的天，抑郁症！现在最流行这个了。"

2019 年的北京，每三个明星、网红、都市丽人当中，都会有一个人不幸抑郁。现代人不愁吃穿了，心理的问题反而比生理的更多。

相较于脊椎病、尿酸高、结膜炎、胃溃疡这类不健康作息导致的现代人常见病，轻微的抑郁对白领而言，听起来显然更高级一些——能体现自己敏感纤细的神经，以及不安的脆弱，颇有林黛玉之风。

孙涵涵无精打采地开了口："我原来也觉得抑郁一下，还挺时髦的，但现在真的是对生活毫无眷恋。我每天早上都不想醒来，工作、吃饭也毫无热情，还会莫名其妙就流泪，现在每天晚上必须有人陪着我，否则回家就是坐在浴缸里号啕大哭……"

何知南提议："要不你去医院看看吧，听起来有点严重了。"接着又忍不住叹了口气："我也盼着哪天轻微抑郁能让我一周掉秤 10 斤呢，但我一直能吃能喝的，上次被网友们骂矫情，我一气，反而吃更多了。"

没想到孙涵涵立刻顺着她的话，眼巴巴地拉着何知南的手，楚楚可怜地说："我已经挂了号了，这周六上午9点，安定医院，你陪我去好不好？今晚的饭我请。"

周末的安定医院依旧人满为患。

每逢到了医院才发现自己的时间不是时间，也才发现自己从来没听说过的科室，都挤满了乌泱泱的各式各样待就诊的人。何知南的第一反应是，心情不好果断就应该来医院看看——看一看就知道，自己那点伤春悲秋一整年的破事，跟人家的比起来，真的不值一提。

孙涵涵挂了精神科的号，先在诊室门口排队等候医生问诊，十多分钟后又从诊室出来，拿了缴费单和表格打算去专门的地方做心理测试。据说心理测试至少要一小时，孙涵涵有些愧疚，对何知南说："你要不去附近逛逛吧，别干等。"

何知南说："哦，没事的！我带了一本书。"说着掏出一本《乌合之众》，说："我现在总在网上被人骂，我要好好研究一下大众心理，找机会扭转一下舆论。"

孙涵涵笑了笑说"那你加油啊"，瘦得像纸片一般的她就飘进了心理测试的房间。何知南转身晃悠了一圈，找了个人烟稀少的诊室，在门口的座位坐下，看起书来。

很快，何知南奋力阅读完目录就走神了，准确地说，是被打扰了——拐角来了一对上了年纪的夫妻与一名看似德高望重的医生。3人特地找了个人少的安静地方，不把低头看书的何知南当回事，开始絮絮叨叨几件重要事项。

何知南皱了皱眉头，那个女士的话溜进耳朵里："这药真不能停吗？以后孩子是要结婚、生小孩的。"

"姐，我们关系好，我就直说了，你女儿这病当初什么样你又不是不知道！大学的时候因为舍友说话声音大了些吵到她睡觉，她直接拿宿舍椅子把舍友打到住院，偷东西，暴饮暴食……我们关了她，强制治疗了整整一年，这才好些……"听起来是医生的声音。

"我……我知道……但现在很久没有复发了啊！她……她应该没事

了……"女士的声音变得不确定。

"那是因为一直在吃药,在定期治疗……她这种情况啊,慎重起见真的不适合结婚,更别说要小孩了!"

"了解了。小黄,孩子的事情这些年辛苦你了。这事我们再考虑一下。你先去和她聊聊吧,看看她的状态再决定。"说这话的应该是父亲。

脚步声起,医生转身路过何知南回了诊室。那对夫妻沉默了大半天,女人才开口:"难得遇上这么好的姻缘……我没想到,真……真有人愿意娶她……"

男人却哼了一声:"那小子倒未必有多好。胜在好拿捏,没多少出息,今后胆子再大也不敢欺负她。"

哪家的男人这么倒霉?何知南缩了缩脖子,又担心自己偷听的痕迹太明显,赶紧随意翻了两页书。

女人默默拉了男人的手在诊室旁边的椅子上坐下,何知南用余光悄悄瞄了一眼,二人恰巧坐在拐角处,看不见人,只看见一人露出的半片衣角。

"婚结不结、孩子生不生,全看她的意愿。我女儿想过什么样的生活都可以。不管生下来的孩子什么样,我养一辈子就是。"

豪迈的声音从拐角传来。啧啧啧,何知南在心里叹,真是霸道总裁爸爸啊。

过了一会儿,何知南旁边的诊室门打开,拐角处的夫妻立刻站了起来,快步朝女孩走来。

何知南没想到他们口中有暴力倾向、近乎癫狂的女主角,是一个看起来普普通通的女孩子。刚从诊室出来的她,眼神还带着一点迷离,嘴角却挂着飘忽不定的笑,皮肤白是白,可却生了一双三角眼,上嘴唇有一颗痣,不大的年纪,法令纹却极深,因为塌鼻梁,她的脸看起来就像一团被用力拍在地上的面糊。

何知南突然觉得她有点面熟,却想不起在哪里看过。就是她啊?曾经用椅子把舍友抡到住院?真看不出来是个精神病。

"爸爸,妈妈。"女孩轻轻叫了声。

那对夫妻赶紧迎上来,拉住女儿的手,关切地问:"医生问你什么了吗?

医生怎么说？"

　　女孩摇摇头，脸上依然泛着甜蜜的微笑，抬头对父亲笑起来："爸爸，您难得回来一趟……"

　　"诗诗，乖，医生说你可以停药了吗？"父亲又问。

　　何知南猛地一抬头，瞪向不远处的女孩，又看了一眼——她想起这个女孩是谁了！对了，这样的长相……

　　"不用管医生怎么说！这事听我的！"女孩摇了摇头，甜蜜又迷离的表情不见了，她看向父母，眼里闪着许久不见的执拗与疯狂。

　　"爸爸妈妈，我这辈子就要嫁给瞿一芃，我要为他生好多好多孩子！他爱我，我也爱死了他！谁也不可以阻挡我们！谁也不可以把我们分开！"

　　包括他自己。

PART 5

幸运儿才能找到钥匙

能真正安抚你的钥匙，

永远只掌握在那个伤害你的人手里。

61. 变幻莫测的表情

何知南第一时间把这个八卦告诉了孙涵涵。

孙涵涵刚做完心理测试，就见何知南一脸兴奋地坐在门口等自己，用闪着兴奋和惊恐的双眼看着孙涵涵，迫不及待地就是一句："你猜我刚刚看到啥了?!"

"啥？"

何知南这才想起自己好久没和孙涵涵提起瞿一苨了，赶紧掏出手机翻到瞿一苨的朋友圈，交代了一下故事背景，然后又翻到瞿一苨官宣恋爱的那条朋友圈，指着陈诗诗的脸说："我刚刚看到她了！"

"在哪儿？"

"就这里！这姑娘以前得过精神病！有暴力倾向，还退学了一年！这一家瞒着瞿一苨准备赶鸭子上架让他俩结婚……这二傻子以为自己找了个公主，没想到是披着公主皮的汉尼拔……"

"我的天！"孙涵涵瞪大了眼，正想问清楚陈诗诗的具体方位偷偷过去瞄一眼，又想起自己还是个病人，刚拿到的心理测试结果显示"轻度抑郁"，打算找医生看看，只好勉强压下心里的八卦之情，叮嘱何知南："你先憋着，我去问个诊，回来你再和我详细说说。"

何知南拉着孙涵涵的手回应："挺好，起码你还能激情八卦。这抑郁有救。"

两人就着瞿一芃的八卦吃完了午餐。孙涵涵啧啧叹气说："他也算是求仁得仁了，一心想嫁入豪门，现在好了，豪门姑娘追着他要嫁。"

何知南倒是愣愣的，没回答，也没吃东西，筷子举着半块芋儿鸡，一动不动，想了半天才说："你说我是不是有点'圣母'？我……我该不该把这事告诉瞿一芃啊？"

孙涵涵一怔，说："你管这闲事干吗？"

何知南分析道："他渣是渣，但结婚好歹是一辈子的事情。我觉得他挺可怜的。你再想啊，他们家好不容易培养出一个清华男，等着光耀门楣、传宗接代，但结果娶了这么一个媳妇，家里老人不得气死！"

孙涵涵低头夹了一片菜叶子放到碗里，没答话。

何知南又说："而且，这事是不是挺巧的？偏偏他认识我，偏偏我今天陪你去医院，偏偏陈诗诗今天也去医院，偏偏我就撞到了！你说，这是不是老天的刻意安排，给我一个做好事的机会？"

孙涵涵终于抬头看她了，筷子一放，说："你不恨他、不怨他吗？他骗了你又甩了你呀！"

何知南一愣："啥？这叫骗吗？这不是你情我愿吗？再说了，他和我睡，我也爽到了啊！他长得又不丑，条件也不差，对我鞍前马后哄了我几个月，劳心又劳力，我白白占了几个月的便宜，这么一算，亏的是他吧……"

孙涵涵终于服气了，拿起桌上的柠檬水要敬她："你这种人永远也抑郁不了，你心太大了！"

没付出太多，当然可以不计较。

女人的心有时候说大不大，说小也不小。但唯一可以确定的是，这个女人在面对她真正在意的事情与人时，心眼一定是小的——比如瞿一芃之于J姐，J姐之所以念念不忘，恨得咬牙，无非是因为自己曾对他多多少少动了真心。

付出的真心却被狗吃了，这份恨意，始终难以下咽。

何知南没能忍住，很快又把这个八卦献给了 J 姐——毕竟，八卦还是要在相关人士之间传播，才更为劲爆。

只是，J 姐的反应却出乎何知南的意料，只见她脸部的肌肉在听闻消息后抖了两抖，先是惊讶，然后露出一个似笑非笑的表情，接着陷入沉思，最后才努力挤出了一个尽可能乐在其中的笑脸，做幸灾乐祸状："啊?!这么狗血!"感叹完了，她立刻紧紧盯着何知南说："消息可信?"

何知南还沉浸在她变幻莫测的表情里，几秒后才反应过来，赶紧点头说："对啊，我亲耳听到的。怎么样?你听了是不是很解气?"

"啊……对，对对对，解气。哼，他活该!"J 姐这回终于顺畅地绽开了笑容，红色的嘴唇明艳艳地晃着玻璃窗外的光。她端起了桌上的玻璃杯，细细抿了一口杯里的水，小声念了句："真好啊。"

"但我觉得……"何知南又喃喃开口，想要征求 J 姐的意见，"我是不是应该告诉他啊?毕竟结婚是一辈子的事情，如果生了孩子，对孩子也不公平……他渣归渣，可摊上这么一个姐们儿，起码他该有点知情权吧?"

果然 J 姐立刻严肃起来，说："你想这么多干吗?瞿一芃过得是好是坏和咱们早就没什么关系了。人家本来巴巴地要结婚，你跑去说人家的未婚妻是精神病，有证据吗?他信吗?再说了，他要是真信了，跑去和陈诗诗说分手，结果把你抖出来了，你说，陈诗诗这精神有点问题的，她恨上你怎么办?"

一番话果然将何知南说得毛骨悚然，她缩了缩脖子举手投降说："不说了，不说了，不说了。"

J 姐满意地点点头，放下餐具，从包里掏出镜子对着脸细细看了一下口红是否晕开了。瞄镜子的间隙她瞄了一眼对面平平无奇的何知南，又很快将视线聚焦在自己的唇上，她想：这八卦即便要说，也轮不到你何知南来说。

瞿一芃没想到刚出写字楼就见到了 J 姐。

J 姐特地穿了高腰牛仔裤与流行了好几季的黑色大长靴，上身是短款羊羔皮外套，头发卷卷地垂到肩膀，她个子不高，五五身材，可两只手臂却难得地长。前一阵子网上流行的测腿长标准是"腕线过裆"，即手腕自然下垂时位置在裆部以下，可视为"腿长"。J姐的悠悠长臂竟然能符合这个测试标准，喜得她有一阵子没事就爱拉着同事小姑娘在洗手间的镜子前表演"腕线过裆"。

瞿一芃下楼时远远地看向J姐，才发现她的神色竟有些喜庆，浑身上下看着价格不菲，脸也是好看的——只是，她此刻双手固执地长长地垂在两侧，站得笔直，像一只乖巧的长臂母猿。

"有事？"瞿一芃还是迎了上去。

"没事就不能找你？"J姐笑着说，她不再介意瞿一芃的冷脸，脸上挂着神秘莫测的笑容。

"我马上要结婚了。"瞿一芃冷声提醒，迈步要走。

"我知道的，可我最近才发现，我好像和你的未来丈人有点交集。"

J姐也是北京人，想到美女与美女都是朋友、有钱人与有钱人都能认识的社会准则，瞿一芃一下子警惕起来："你想做什么？"

"陪我吃饭嘛。"J姐走过去，挽上了瞿一芃的手臂："我就希望你陪我吃顿饭。我开心了，自然不会乱说话。"

"你够了。"瞿一芃重重撇下她的手，义正词严地说，"想说什么你随便说，别再跟我玩这套！"说完了话，立刻迈了大步把J姐甩在身后。

J姐的手被打下，笑容僵在脸上，缓了几秒才接着说："哦？那陈诗诗呢？她的故事，你想不想听？"

男人的脚步停住了——有关陈诗诗的，他当然想听。

瞿一芃不是没有过接触女人的经验，相反，他俘获的芳心并不在少数。但他也不得不承认，陈诗诗这样的女人，他第一次见。与其说像个女人，不如说她更像一只宠物，单纯、敏感、不解风情，还似乎有着不太开心的大学生活——每当两人聊天提到大学，她总是瞬间沉默。陈诗诗说话也细声细语的，她没有朋友、没有闺密，只喜欢趴在瞿一芃的怀里一遍遍呢喃："我只有你了，我只有你了，一芃，这世界上我只有你……"像抓着一根救命的稻草。

两人偶尔也会交换过去，聊聊自己的感情历史，陈诗诗白纸一张，睁着赤诚的眼睛说："我没有恋爱过。"瞿一芃一愣，赶紧将自己的感情历史缩减为韩苏一人。没想到陈诗诗还是立刻追问："那你爱过她吗？"瞿一芃说："当然了，否则怎么会在一起。"最正常不过的回答，可当时的陈诗诗却十分反常，她紧紧拽着手机，仿佛受到重大刺激般浑身发抖，瞿一芃吓到了，赶紧搂着她用甜言蜜语一个劲地安慰。他想："诗诗是我见过最善良单纯的人，第一次恋爱的小女生，总会有些小心眼。"

接下来的几天，陈诗诗总是郁郁寡欢、惶恐不安，但在一周后的一天，她总算又恢复如常，继续投入热恋之中。提心吊胆几日的瞿一芃放下心来——虽然她的心眼好像太小了一些、反应太强烈了一些，但至少，一切终于恢复如常了。

瞿一芃不知道的是，陈诗诗根据他当时提到的只言片语，趁他睡着以后，偷偷一点点地翻阅他的微博、微信、领英（面向职场的社交平台）……排除万难最终找到了韩苏以及她的工作地点。她又偷偷找了私家侦探，跟了韩苏几日——好在得出的结论令人放心，这个瞿一芃爱过的女人，如今已有正儿八经的约会对象。她总算安心。

真好，陈诗诗想，这世界上，不再有人可能夺走她的一芃。

"你想告诉我诗诗的什么？"瞿一芃好奇地问。

"她的过去呀。你就不怕，她不为人知的一面？"J姐晃了晃车钥匙，笑嘻嘻地回答，语调神神秘秘的，"我今天开车了，就停在门口，要不要上来，随你。"

怀揣着他在意的秘密，她有足够的权利对他居高临下。

瞿一芃顿了顿，终于还是大步跟上。

J姐的车子停在写字楼附近的地下停车场里，一辆黑色大奔，车内却装饰得粉嫩，车里的空气也永远像被熏了迷情剂一般，像是销魂蚀骨的温柔乡。他上过几次，也销魂过几次。

两人刚关上车门，立刻营造出了属于两人的小小世界，瞿一芃无论再怎么刚正不阿，也无法掩饰此刻空气里流动的暧昧气氛。

他清了清嗓子，正要问陈诗诗的事，J姐就软软开口了："一芃，你还记不记得，我们最棒的那次，就在这里。"

语气里带着三分委屈、三分期待、三分追忆，还有一分渴望。

瞿一芃怕自己抵挡不住，赶紧采取怀柔策略，劝阻道："我马上要结婚了。过去的都过去了。"

"可是一个人把我甩在大溪地，是你欠我的呀。瞿一芃，你欠我一次，就还这一次，好不好？"

瞿一芃不自在起来，理智告诉他男人面对诱惑时应该立即下车，但对陈诗诗的好奇显然大于他此刻对 J 姐色诱他的抗拒，他微弱地又抵抗了一下："我……我马上要结婚了……"

"这不是还没结吗?！"J 姐扬了扬眉毛，老来俏般地鼓了嘴，"陈诗诗读大学的时候休学一年，是因为生病。你不知道吧？"

瞿一芃一愣，紧张道："什么病?！"陈诗诗绝口不提大学时候的事，他知道，果然，事出有因！

"吻我。吻完了我就告诉你。"J 姐扭过脸，凑近他，继续蛊惑道，"是你欠我的，一芃。最后一次，然后，我们再不相欠……"

J 姐的脸近在咫尺，在紧紧密闭的二人空间里，现在虽是晚春，但毕竟还是春天。迷情剂一般的香味灌满了他的鼻子，J 姐的唇填满了他的眼睛，耳际，是两人越来越重的呼吸声。生物学家说过，人的细胞是有记忆力的——他曾在这辆车里做过令自己愉悦的事情，一旦回到这辆车里，全身的细胞都在回忆，叫嚣着不妨再做一遍这件事情。

人对快乐，永远有着无尽的渴求。

"这……"瞿一芃的喉结动了动。J 姐没忍住，伸手抚上了他的喉结，接着是他的唇，细细密密地吻。她在心里叹道，这个男人真好看啊，不枉她再过来睡他一次。十分白皙的皮肤，好看的长睫毛，戴着眼镜的脸，不说话时显得冷峻的眉眼。因为这张脸，他常常被人夸赞"禁欲系"，但此刻，禁欲的他显然没有能够禁断自己的欲望：他一动不动，任由她吻着，然后，终是伸手钳住 J 姐的下巴，低下头——用同样欢愉的吻，给她最猛烈的反击。

写字楼附近的停车场，在工作日的某一个时间点后，便开始人迹罕至。空旷的地下，只有顶上横七竖八射下来的光，规整划分的区域里，没有人注意到角落里有一辆车子不安分地震动，仿佛活了一般，装了一颗剧烈跳动的心脏。

忽然开始，又在不久后忽然结束。

瞿一芃很快缓过来，在 J 姐还没反应过来时劈头就是一句："现在可以说了吧，什么病？"

J 姐脸上的笑容一僵，一边一点点往上拉扯腿上紧绷绷的袜靴，一边满不在乎地回答："你都要结婚了，还介意人家得什么病吗？"

瞿一芃冷了脸，说："你可别说话不算话。说好了，咱俩从此以后各不相欠！"

"好啦，看在你把我哄开心了……"J 姐一笑，不紧不慢地穿戴整齐，又对着后视镜补了补妆，最后才像发现了瞿一芃这个人一样，拿眼瞟他："你还在车上，是舍不得走，还是要我送你回家？"

"你说了我立刻下车。"

"不，你先下车。"J 姐很坚定地说，开了车门锁，又开了自己的车窗，俏生生地命令他，"你下车了过来，站到我旁边，把耳朵伸过来，我悄悄和你说。"

瞿一芃无奈，照着她说的乖乖下车，站到了车窗边："你说吧。"

J 姐终于舍得开口："你们家诗诗啊，条件很好，但是可怜。我说了你可不要嫌弃她——她大学休学一年……"她一下子把声音压低，嘴里的香风吹进瞿一芃的耳朵里："是因为遭到了严重的校园暴力！"

瞿一芃一愣。

"嗯，所以啊，她特别内向又敏感，有时候情绪可能比较极端。都是因为受伤害太深啦。"J 姐拿出打火机点了一支烟，"她和我们不一样，你要好好保护她脆弱敏感的内心，多迁就她啦……"

瞿一芃还是没反应过来。

J 姐一笑，将抽了两口的烟夹在了瞿一芃的耳朵上，伸手拍了拍他的头，宣布："今天很开心，以后我们两不相欠啦。新婚快乐，瞿一芃！"

然后关窗，没再看那个男人一眼，踩下一脚油门，她双手大力地摆动方向盘，将车风风火火地驶出了地下车库。

这个点的东三环早已过了拥堵时期，J 姐一路畅通无阻。她忍不住打开了车窗，风灌入耳朵里，如果不是此时太晚，她一定要冲到 SKP 买几个包包庆祝，俗话说"相逢一炮泯恩仇"，果然不假。

她心里因为瞿一芃留下的伤痕，也以一种诡异的方式，彻底地愈合了。

车载音响连接着手机蓝牙，蹦出的第一首歌是萧亚轩的《一个人的精彩》。她忍不住也跟着哼了起来：

"头发甩甩，大步地走开，不怜悯心底小小悲哀。挥手拜拜，祝你们愉快……

"老娘永远，活得最精彩！"

62. 实习生

韩苏再次见到罗玛是一周以后。

两天前她和胡律师去西安投了一趟标，回来以后，听同事热情洋溢地告知所里来了个"帅逼"实习生，前天面试完毕，今天第二天上班。

"帅逼？"韩苏为同事的用词皱了眉。

"对，帅气逼人，简称'帅逼'。"

CBD律所的办公室格局是，外面一层有窗户的地方属于VIP座位，隔成办公室或会议室，由合伙人专享。中央的硕大空间隔成一个个隔间，密密麻麻地塞着普通律师。好在S所是个豪门，在国贸的办公室仍占着地广人稀的优势，除了合伙人能享有独立办公室，一般的律师也能两人一间，享受靠窗的单间。中间的格子间里，则塞满了刚刚毕业的助理以及实习生。

韩苏这才想起今天门口的格子间确实摆了电脑，当时没见着人，原来是新来的实习生。秘书昨天给大家发了新人入职邮件，她当时并未特意点开。正好她手头好几件事情可以分派给实习生，刚推了门出去，就见到刚从茶水间泡了咖啡回来的罗玛。

一身西装笔挺，努力装成大人模样。

看见他的脸，韩苏想起上次他说的那番话，那个关于"心碎"的言论，让她的心也莫名其妙揪了一下。只是心疼与愧疚是一回事，韩苏的举止依然尽可能地拿出资深律师的气场。她即刻在罗玛的工位前站住，伸手随意挥了挥算是打招呼，颇为庄重地一笑，说了一句示好的废话："真来实习了？"

罗玛的眉眼生得端正，规规矩矩的，是四平八稳的帅哥相。好看的男生有许多种，有的凛然不可侵犯，让人只敢远远看着，而有的却让人想要亲近，忍不住捏一下他干干净净的脸逗他一下。而罗玛的气质介于这两者之间：他认真做事或不说话的时候，将脸端得严肃，像是青春剧里成绩最好、根正苗红的班长；而笑起来的时候，尤其是害羞地笑的时候，总带着几丝软萌，见了这笑的人恨不得也能跟着他一起绽出笑来——让一些人只敢"远观"，又让一些人忍不住想要"亵玩"。

在往日，罗玛见到韩苏的第一反应，从来都是笑：大大咧咧的笑、惊喜的笑、带了些害羞的笑，在意识到来之前，嘴已然情不自禁地咧开……因为人见到心上人的第一反应向来只有一个，那就是笑。

然而这次，却例外了。

只见罗玛面无表情地看了韩苏一眼，好像真把她当成了慈祥的长辈。

"韩律师早，有事安排？"正儿八经的回答。

韩苏的笑僵在了脸上。但她很快反应过来，迅速收了笑脸，调整语气扔下一段："对，有活。一会儿查收一下邮件，不懂的问我，下班之前反馈。辛苦。"还没等罗玛反应就转身进屋关了门。

"砰"！

"谁惹你了？"同事被她略重的关门声吓到，抬头看了一眼韩苏。

"啊？我看起来心情很不好吗？"脸上是尽可能无辜的表情。

"嗯。"同事点头，"吃了瘪的那种不好。"

罗玛的冷漠一直持续到了下班。

午饭时分，因为新来了实习生，大家说好一起庆祝，席间罗玛也只和其他律师友好搭话，倘若同事们无意间将话题引到韩苏身上，罗玛立刻闭嘴，只是礼貌地笑着，并不接茬。与罗玛同期的还有另一个实习生 Jennie（珍妮），刚拿了哈佛法学博士的录取通知书，正好实习一阵子。她比罗玛大一级，生得可爱，本是"团宠"，这日又新增了罗玛一个，两人聊得投契，罗玛嘴甜叫人家"珍妮姐姐"，律师们也开始取笑两人金童玉女，更有八卦者已经开始问罗玛谈没谈女朋友。

"嗯……刚分手。"罗玛顿了顿才回答。声音渐弱，像是触碰到什么伤心的往事，眼神总算往韩苏的方向飘了飘。一桌人立刻"哎哟哎哟"发出八卦的了然声，开始纷纷劝慰："哎哟，旧的不去，新的不来！""长这么帅不怕没有女朋友，是吧，Jennie！"……

只有韩苏，面无表情地端起了一杯水，在喝水的间隙心里小小反驳了一句："哧，谁是你女朋友。"

上午韩苏足足给罗玛发了5封邮件，密密匝匝地安排了工作内容。本是希望罗玛扛不住来问她，可罗玛固执得要死，遇到不确定的问题，只肯嘴甜地找Jennie求教。韩苏好几次从办公室出来，就见罗玛夸张地把电脑都搬到了Jennie旁边，十足的虚心求教的姿态。

罗玛与Jennie两个人分明是再正常不过的工作状态，正常距离、正常交流，可韩苏却看着刺眼，脑中第一个浮现的词竟然是："有伤风化！"

最终，罗玛踩着下班的点将韩苏需要的文件做完，刚编辑完邮件准备发送，就看到一个熟悉的人影从自己面前经过，敲开了韩苏的办公室——

高鹏。

罗玛敲回车键的手僵在键盘前。

"你认识他啊？看傻了？"Jennie用胳膊肘撞了撞罗玛。

"嗯，某公司董事长的儿子，他公司上市的项目我参与过一阵，当时在C所实习。"

"那你之前应该认识韩律师啊？她也做那个项目的。"Jennie惊讶地说，"你们今天都不说话，我以为你们不熟呢。"

罗玛没吭声，只盯着韩苏办公室的门问："他经常来吗？"

"是啊，他放了话要追韩律师，也不知道追到没有，反正经常来接韩律师吃饭。我倒是觉得他俩挺配的……"

"嗒"，罗玛敲了回车键，发送邮件。他顺势合上自己的电脑，又站起，指了指Jennie屏幕中文档里的一个单词提醒道："姐，单词拼错了。眼神这么不好，有空该换副眼镜了。"

完了背上双肩包，听到韩苏办公室门把手从里面转动的声音，他趁着开门声立刻快步出了办公室，连电梯都不按，直接拉开了安全出口的门，一路逃似的从楼梯往下跑，楼道昏暗，而他脚步飞快，一层层螺旋楼梯不断重复出现又不断落在他的身后。

对，他就是不想，不想看她和别人站在一起。

高鹏喜欢美食，喜欢寻觅京城每一条巷子里不为人知的菜馆。他时间多，喜欢的馆子又去得勤快，很快和好几个"老饕"混成了熟人。

韩苏跟着他去过许多奇奇怪怪的私房菜馆，有些从门口看起来像个破旧的写字楼，外边是个老式打印店，得两人从打印店进去弯弯绕绕几个回合，才能看到勉强摆着几把椅子，一个灶台，一个勉强能够被称为"厨房"的空间。

高鹏每次都会神秘兮兮地介绍，比如："这里，有全北京最好吃的卤猪舌头。"韩苏刚开始还会诧异地问："这家店大众点评没有啊？"

而老板永远会忍不住抢答："当然没有，我家可一点都不大众！一般人吃不到的。"接着随手端上来一个普普通通的碗，盛着一盘切成片的看起来普普通通但却美味无双的猪舌头。

高鹏喜欢在每一次品尝的时候与老板细细交谈美食经验，比如一块猪舌头的 28 种做法。

韩苏有一搭没一搭地听着，一边尽可能地品尝"京城第一"的奇妙韵味，一边也有些开心地想着："这样的相处模式真的挺好，他的注意力在别的地方，我们各自做各自的事情，互不打扰。"

高鹏也曾问她："你喜欢和我一起探店吗？我总在和老板们说话，会不会忽略了你？"

韩苏点点头真诚答道："挺好的。"毕竟，这样的时候，时间能过得稍微快一点。

比如今晚，高鹏兴致勃勃地说着："又挖掘到了一个特好的餐厅，必须带你去！"接着就拉着韩苏拐进了一条胡同，他兴高采烈地忙着与老板研究"一口酥"的做法，韩苏在一旁左边耳朵听着，右边耳朵出着，脑子里乱七八糟想的都是罗玛。

"对，他生气了。我该不该道歉？我确确实实伤害人家了。可道歉有用吗？话说回来他真生气了吗？真生气了为什么还要来 S 所实习？可能单纯是为了简历漂亮一些？"

……………

离别的时候高鹏忍不住开口说："韩苏，我觉得你今天有些心不在焉。"

韩苏一愣，想了想，诚实地开口答道："可能是因为我们公司新来的实习生吧，可能会影响工作，难免有些费心。没有大事。"

"那好，你记得，有事我在。"

北京的夜晚又刮起了大风，韩苏家住在高层，风呼呼刮着，吹得窗户"哗啦哗啦"地响动。韩苏洗完了澡，包着湿淋淋的头发在电脑前看罗玛今天反馈的文件，一投入工作她便习惯性地全神贯注。罗玛做事认真，加上有Jennie 帮助，工作完成得十分好，只是有一处地方，她觉得有些美中不足，习惯性地就拿起手机要给罗玛发微信，拿起手机了才想起来——他是罗玛。

正愣怔着，手机却心有灵犀般地响了起来。

"喂？"韩苏的声音在夜晚更显冷清。

"韩苏，我爱你。"

窗外呼号的风声仿佛一瞬间停止，世界变得安静。

"……"韩苏一噎，没有答话。她一边想："你知道你在说什么吗？"一边没来由地握紧了听筒。

"我知道我在说什么……"他仿佛能听到她心底的声音，声音有些犯懒，大着舌头。

"你喝酒了。"韩苏了然。酒后表白，真是 20 岁出头的年轻人才会做的事情。

"我在你家楼下。你下来。"他在命令，可醉醺醺的语气拖软了他的调子，听起来更像在撒娇。

韩苏只套了一件风衣就下楼了。罗玛穿着一身篮球服，脚上踩着的还是拖鞋，像是直接从宿舍里溜出来的。夜晚的风依旧呼呼地吹着，将韩苏额前的头发吹得纷乱。

两人隔着两米的距离站着，互相看着对方。楼下的灯光不明不暗，他们只能看见彼此眼里反射的光，黑黢黢的，却是闪亮的。

"你喝了多少酒？"韩苏叹道。

"足够站在这里的量。"他答道，这回声音如常，之前的醉意可能只是想哄她下来。

两人就这么对视着，谁也没说话，谁也没靠近对方一步，直到韩苏想再说点什么的时候，罗玛率先开口了："我走了。"

韩苏一愣。

他接着说，眼神直直地看着韩苏："韩苏，我本来想好了，如果你今晚肯下来，我一见面就要吻你，无论你是否愿意。可是一见到你，我就什么想法也没有了。我就想看看你，现在看够了，我走了。

"韩苏，我没想欺负你，我就是有点不安，有点……想你了。"

…………

还没等韩苏反应过来，罗玛已经消失在她视野里了。走那么远，从北四环到东三环，一个多小时的车程，就为了看她一眼，然后转身就走。

这个念头让韩苏前所未有地烦躁起来。她觉得罗玛是故意的，用不计回报的感情让她愧疚，让她不安，虽然她大可以置之不理，但还是忍不住因此而情绪起伏波动。

好在成年女性习惯用最直接的办法处理自己的情绪。她深深叹了口气，拨通了罗玛的电话。

"你到哪儿了？"

"刚上车……"

"掉头，回来。"

63. 有钱饮水饱

罗玛回来得迅速，但仍旧保持着一脸严肃，铁面无私地开口问："有事？"

韩苏本来被他招惹得烦躁，这下见他一脸别扭地听话回来了，瞬间消了气，看了他一眼，只说："上楼吧。"

罗玛"哦"了一声，擦过她身前，韩苏闻到他身上淡淡的酒味和沐浴乳的味道，就见他大步迈进了楼里。两人站在电梯里，皆是一身睡衣，韩苏的头发半干，睡衣外松垮垮地裹着风衣外套，电梯的空气里飘着的皆是彼此的香味，气氛越加暧昧起来，夜半三更的孤男寡女，此刻照理必将双双奔赴床榻之上去。

电梯门开后，韩苏率先走出，罗玛顿了顿，才下了决心般地开口："我得先说清楚，你现在既然有约会的人了，我们之间还是恢复成普通朋友关系比较好。你可别想着一脚踏两船。"

"那你半夜找我做什么？"韩苏扬了扬眉毛问他。

"总之，不是为了上床。"罗玛神情严肃地回答。

韩苏也不介意，开门的时候换了拖鞋，脱了风衣扔在沙发上，露出一身蜜合色真丝吊带连衣裙，晃荡着的大半长腿光光亮亮的，反射着屋里台灯的光。她随意揉了揉头发，转身对罗玛一笑说："那正好，我们做点别的事。"

罗玛尽可能地将自己的目光从韩苏身上移开。略微刺激的画面之下，他忘了自己和韩苏存在的另一层关系，除了男人与女人，他们更加名正言顺的连结点则是：主办律师与实习生。

春宵苦短，倘若不愿上床，那么等待他的命运只能有一个——

加班。

此时此刻，两人相对着坐在韩苏家的餐桌前，无人说话，均是滑动鼠标、敲打键盘的声音，罗玛抱着韩苏的另一台电脑艰辛地检索着几个上市公司的招股书，他需要在仔细阅读了浩如烟海的内容后，再将其中的几个问题汇总到一张表格上。

送上门来的廉价劳动力。他撇了撇嘴，看了看正对面的韩苏，屏幕的光照在她脸上，一张脸大部分是锐角，头发微微长了些，齐齐地别在耳后，平日光光的额头上，此刻几缕碎发飘在眉毛处，然后是修长的脖颈、锁骨和吊带连衣裙下的玲珑曲线……

罗玛咽了一口唾沫。

韩苏敲完最后一个字母，发送邮件，从屏幕前抬起眼睛对他弯弯一笑，这才合上电脑，将胳膊抱在胸前，倾了身子，压在桌上的笔记本电脑上，对他眯了眯眼："有想法？"

"没……"罗玛赶紧收敛心神，将目光转回自个儿的屏幕上，"我这儿马上弄完。"

韩苏转身从冰箱里拿了啤酒，起开盖子，将啤酒放到罗玛手边，笑了一下说："你今天的文件弄得挺好的，新人做到这个程度不容易。之前在 C 所，现在又来我们这儿，以后想做律师？"

罗玛嘿嘿一笑，往椅背上仰了仰，回答道："没想好，毕业后应该还是希望出国看看，读个 LLM（法学硕士），做好自己喜欢的事情最重要，不那么急着工作。"说完了伸手取了桌上的酒，喝了一口，放回桌上问："那你呢？为什么想做律师？"

"工资高，挣钱呗。"韩苏耸耸肩，也没再去开新的酒，直接拿了桌上罗玛刚喝过的那瓶就喝，她回到罗玛的对面坐下，将喝过的酒瓶再从桌面上推给罗玛，"说做律师，哪儿有人真的有什么守护正义的梦想，不过是高考时稀里糊涂地报了志愿，选了个热门专业，然后在毕业时权衡户口与工资，挤破头去抢一个尽可能光鲜的职业。说到底，所有的理想，都不过是谋生而已。"

罗玛神色不明地看着她，看了好久，才念叨似的说了一句："你就那么喜欢钱？"

"因为它很重要。"韩苏认真地说，"你接触这个世界越深，遇到的人越多，你就会发现，钱是一切欲望的敲门砖。只要对世界仍怀揣着好奇心，你就需要金钱去探索一切。"

她突然觉得好笑起来，为什么会和罗玛谈论这样的话题？被富养长大的孩子总是难以理解他人的野心，对他们而言，生活不仅有眼前的苟且，更重要的是诗与远方。

公子哥出身的蔡康永会在《奇葩说》里理所当然地表示："工作'996'你就炒了老板啊，他们肯定挽留你都来不及呢！"而经济学家薛兆丰则告诉大家："一个饭碗稳不稳，取决于你是否具有不可替代性，这个社会的实质是，你不愿意'996'没关系，但有一大堆人排着队在外面求着老板让他们'007'。"

不缺钱的人永远不会理解钱的重要性，也绝不会理解你为了钱付出的一切是多么逼不得已。

果然罗玛回答说："可我不觉得。有钱依然会有烦恼，有些人为了追逐钱，最终失去的，远远大于他们得到的。"

韩苏瞥了他一眼说："那是因为他们太笨了。"

罗玛侧了头，将手臂抱在胸前问她："那你说说你的聪明办法。"

"很简单。"韩苏往桌子中央伸手够到了酒，握在手上，却没喝，"好好工作，嫁给高鹏。后面的事情就顺理成章了，要么做合伙人自己干，要么进他的公司拿股份。是不是一条走向成功的好路？"

罗玛没想到她这么直接，神色暗了暗。自己在不久前才借着酒劲对她表了白，她倒好，直言要嫁给高鹏。他缓了半天才挤出一抹笑，说："这么直白地告诉我？有点残忍了。"

韩苏点点头，没说话，喝了手中的酒，才听罗玛黯然开口："韩苏，那你……喜欢他吗？"

"不喜欢。"韩苏干脆地回答，把酒放回桌上，推给罗玛。罗玛听了这个回答，又燃起希望，看着韩苏，而韩苏接下来的回答也绝对没有让他失望——

只见她也认真地看着他，用清清凉凉的声音坦然开口道："显而易见，我喜欢你。"

罗玛一愣，可还没来得及高兴，韩苏又接着说下去了："但喜欢又怎么样呢？我喜欢看综艺，到点了还是要加班；喜欢睡懒觉，可每天都得熬夜干活；喜欢吃甜食，还是要餐餐抗糖不吃淀粉……喜欢做什么就能做什么是小孩的世界，我的世界是应该做什么才去做什么。"

"所以你不喜欢高鹏，还是想要嫁给他？"

"我嫁人不看我喜欢谁，只看我需要谁。"

"因为他有钱？"

韩苏点头。

罗玛刚想不服气地说"我家也不差钱"，就听见韩苏说："不仅如此，还因为他把有钱当作优点，他从来不介意女人因为看上了他的钱而和他在一起。"

高鹏确实不介意。

他与那些会在各大论坛上贴出自己的高薪，妄图征得年轻貌美女友的大龄男青年一样，乐于在异性面前展示自己的财富——因为青春期起就平平无奇又无人问津，混了小半辈子，才有了"金钱"这个筹码，这成为他们掠夺女性芳心唯一的武器。内心自卑的他们不得不感激并且享受这一"有钱人"的身份，终于使他们得以备受女人青睐。

罗玛一愣，韩苏又问："而你呢，你会介意你爱的人选择你，是因为你家有钱吗？"

"我……"想了想，他诚实地回答，"我当然介意。"

罗玛与高鹏的不同之处在于——他身上值得爱的地方太多了，他的脸与性格让他从小不乏来自异性的欢心，被女人宠爱大的男人绝对无法理解：你选择我，竟然是因为我家的那点小钱？毕竟，当一个人身上有着远胜于钱的优点时，他当然不希望你眼里只装得下那几张人民币。

可罗玛抬头看到韩苏一脸"我就知道"的了然表情，又烦躁起来，伸手够了酒喝了一大口，得出结论："所以你要找的是人形 ATM，但我不合格？"

"而且你还小。你说你爱我，但你想和我结婚吗？"韩苏问。

罗玛又呆住了，有些为难地说："我当然想一直和你在一起，但结婚这种问题我没考虑，而且……"罗玛扯了扯嘴角，讪讪答道："我还没到法定婚龄……"

"但高鹏想，他也不排斥结婚。"韩苏将最后一口酒喝完，把空瓶放在桌面上，"高鹏给的是股权，你给的只是期权，换你，你选哪个？"

罗玛终于泄气了，这样的比喻实在太过现实，两个活生生的人在她眼里成了可以量化的条件，她把爱情当成 offer 来选。他看着韩苏不耐烦地开口说："行，你都想好了，那还让我回来做什么？继续约炮？他做你的人形 ATM，我呢？人形打桩机？"

韩苏一愣，本来是谆谆教育小朋友的情状，这时忽然脑补了"人形打桩机"的画面，又喝了酒，一下子只觉得脸颊发热。她表面镇定地坐在罗玛对面，却难得在他面前说话不顺畅："因为……因为……理论是一回事，感情又是另一回事。"

"哦？你的'感情'怎么想？"罗玛瞪着她问。

"和你在一起很开心，但和高鹏不。"韩苏叹了口气，"我怕我以后后悔，变成你口中那些为了追逐金钱放弃一切，最后失去更多的傻瓜。"

罗玛低头一笑，带了些嘲讽的语气说："人不就是这样？最想要的永远是未曾拥有的，而最怀念的，也永远是曾经被自己弄丢的。"说完了习惯性地去拿酒，才发现是空的，伸手看看表，发现早已过了凌晨2点。他想了想，站起来，说："我走了。"

韩苏也没挽留，只是坐在椅子上看着他，点了点头说"好"。

"之前听你说你不相信爱情，我还以为是托词。现在才真的知道了。你把感情当成工具，无论是选择和谁在一起，你考虑的无非只有你自己。"罗玛看着她，继续说，"今晚你让我回来，不是因为你已经做了决定，而是因为你想逼我替你做出决定。你把你的犹豫、你的选择和盘托出，不过是想告诉我，感情从来对你无关紧要，你看中的只是它背后可能带来的利益。你现在手握两个offer犹豫不定，也并不是因为多想和我在一起，不过是害怕自己嫁错了人未来后悔。韩苏，你想让我失望……"

韩苏没有否认，可她仍张了嘴试图解释一下，但罗玛接着打断了："而我也确实……非常失望。"

罗玛走后很久，韩苏还一个人坐在那个位置。

她确实想让他失望，想打破他身上对自己执拗而不计回报的爱意，这样的东西太珍贵，也太沉重，她无法付出、承受不住，也根本不应该出现在她的世界里。

抹杀纯情与天真的最好做法，莫过于砸去现实：对他的一往情深，回应以自己的权衡和算计。

可他真的走了，她也没感觉到多开心。毕竟，她选择不辜负一段真心的方式不是用尽全力去拥抱它，而是，试图摧毁它。

韩苏自嘲地想："嗯，我在26岁的时候就亲手扼杀了一段真心，真有这样的魄力，未来我最惨最惨，也不过就是个没有爱情、孤独终老的……富婆。"

"还好，我韩苏，有钱饮水饱。"

64. 苏州菜

第二天罗玛照常上了班。

韩苏来得迟一些，一进所里就看到罗玛高大的背影，走过他身边时特地溜了一眼，罗玛抬头见是她，愣了半秒，又礼貌地点头打了个招呼："韩律师，早上好。"

韩苏端出前辈的架势随意笑笑，心里想的是年轻真好，熬夜也没有黑眼圈。

过了一会儿，韩苏出来接水时想起什么，嘱咐罗玛将他的简历发一份来，她加到项目通讯录里，说高鹏的项目马上要进第二轮印刷商了，刚好他在 C 所时也参与过这个项目，这次正好可以作为境外律师加入，从不同角度学学。

罗玛立刻礼貌地表示非常愿意学习，下一秒就将简历发到了韩苏的邮箱。

两人工作时极其客套，甚至为了避开对方，中午都不约而同地各自点了外卖，不愿意随大流出门觅食。韩苏吃饭的时候想，难怪职场禁止办公室恋情，他们这还算不上"恋情"，闹完了之后抬头不见低头见，不免都有些别扭。

高鹏是在傍晚的时候看到罗玛的简历的。公司临近上市，他也忙碌起来，加之父母希望他能接管公司，不好一直做个纨绔子弟。总部设在望京，租了半栋写字楼，高鹏原本长居香港，半是为了韩苏半是为了公司回了北京，父母在郊区新购置了别墅，嫌两个老人住冷清，成日让高鹏回家，高鹏不愿意平时去公司太远，干脆就在望京的昆泰酒店包了行政套间住了几个月，每日步行上班。

用他的话说，除了偶尔找媳妇的时间，这几日忙到打游戏的时间都没了。《魔兽世界》怀旧服新推出，高鹏心痒难耐，苦于没有时间，只好在淘宝请了个代练工作室帮自己 24 小时代刷战场和副本，难得有空的时候才能登上游戏看看自己新刷出来的装备，聊以解忧。

本来项目新增了一个实习生这种小事，他向来不注意，但发件人是韩苏，难免多关注一下，这么一看，倒想起来："这男的我见过啊！"

高鹏很难对罗玛没有印象。

高鹏在印刷商时找过韩苏几次，就有几次被这个男的截和了。高鹏对罗玛的第一印象是个大个子，再仔细一看，哟，还生得人模狗样，更讨人厌了。

男人对情敌一向敏感，得知罗玛追人追到了同一个律所，还追到自己的眼皮底下，他找来公司的法务叮嘱了两句，但说得也十分隐晦：无非是与 S 所的实习生对接时，凡是给出去的文件都先由他过一遍，而凡是要回来的文件，务必十万火急。

毕竟客户就是上帝。年轻小伙子皮糙肉厚，经得起折腾。

一周后，韩苏也发现罗玛加班的时间久了些，好些邮件是半夜才回复给她的。韩苏特地问了问同年级的几个律师，发现最近大家手上的项目都不着急，同为实习生，Jennie 基本也在晚上 10 点前收工，偏偏就罗玛一人常常熬到半夜。

她没忍住，在茶水间里堵住了罗玛。

"最近很忙？"她半靠着冰箱问他。

"韩律师关心我？"罗玛站在桌前，从咖啡盒里拿了一个胶囊，放进咖啡机，按了按钮，手里没停，语气还是不免带了几分情绪。

"对啊。"韩苏点点头，不喜欢他的阴阳怪气，索性拿话刺激小朋友，"我看你最近常常熬夜，长了黑眼圈，看着比以前丑一些了……"

罗玛没好气地看了一眼韩苏，驳回去："那我也是为了工作鞠躬尽瘁，好好工作挣钱，以后对姑娘表白的时候才不怕她回答我：'哦，对不起，这世上我最爱的是钱。'"

咖啡淙淙流出，韩苏没再说话。

罗玛心里微涩，端了咖啡要走，就见韩苏也将杯子放在了胶囊咖啡机前，没头没尾地小声说了一句："我也要喝。"

罗玛一脸窒息的表情，韩律师这是撒娇吗？就见韩苏放下杯子后袖手站在一旁，两手抱胸一脸理所当然地盯着自己。他无奈，将手中的咖啡递给韩苏让她拿着，自己在一堆胶囊里翻出个韩苏在印刷商常喝的牌子的，装进咖啡机里。

他按下开关的时候，韩苏终于认真问了句："这一周每晚工作到那么晚，没遇到什么困难吧？"

她注意到了，他每次半夜发给自己的，基本都是高鹏公司上市的项目文件。按理说因为高鹏，公司法务向来反馈及时，也很少催促。

咖啡淙淙流出，罗玛将咖啡递给韩苏，两人换了杯子。他随意地一笑，说："没。"率先出了茶水间。

罗玛直到坐回工位上的时候才想起没有问一句她这周六有什么打算。但下一个念头就是，问了又怎么样——过生日，自然有人替她打算。

人家男财女貌，与他无涉。

这么胸闷气短地想了半天，打开手机微信，又显示一堆好友申请，他在校不混学生会，平时尽量减少社交，微信只有不到300人，最新的好友申请是个女生头像，微信名叫"Athena（雅典娜）"，申请语只有一句话："罗叔叔介绍。"

他想起这是个师妹，爸爸的朋友的女儿，貌似也想来S所实习，他爸昨晚打过招呼。他没多犹豫就通过了好友，还没和Athena寒暄完，高鹏公司的法务又来找事，给他打了好几个电话，鸡毛蒜皮的小事生生地扯了近两个小时。

罗玛实在不耐烦，对微信里的Athena抱怨了一句："难怪工作久了都忍不住抱怨甲方是傻×。"

那头伶伶俐俐地秒回："谁惹小哥哥啦？来来来，周末我请你吃饭，安慰你受伤的心！"

又提起"周末"两个字，想到韩苏，罗玛确实想起了自己那颗受伤的心。于是他动动手指回了一个：

"好。"

周末上午，高鹏确实给韩苏准备了一个惊喜——一大早就让司机开着车在韩苏楼下等着，说："快起床，带你吃好吃的。"

韩苏说："上午8点30分，哪个商场开门啊？"高鹏笑而不语，说："你去了就知道了。"直到车一路往东北开，上了机场高速，韩苏也没反应过来，心惊胆战地想着这不会是要去他家别墅吧，好在没担心多久，车越走越偏，最后在 T2 航站楼停下了。

韩苏目瞪口呆地看着高鹏——来机场？吃什么？

高鹏一笑。"本来打算带你吃你最喜欢的苏州菜，我想了很久，北京的苏菜馆子做得再好，也不如苏州的啊。"他晃了晃手中的两张机票，"再说了，过生日嘛，当然要和妈妈一起过。"

土豪竟然走的是温情路线？一贯冷若冰霜的韩苏脸上难得露出这般震惊，高鹏没忍住，接着逗她："傻了吗？老实说，你多久没回家了？"

因为高鹏公司上市的项目，去年整个春节她都在香港，本想着项目忙完了休个年假回家，客户竟提前将她送回了家。

确实，她想妈妈了。心里不是没有感动，韩苏抿了抿唇，对高鹏说了句："谢谢。"

高鹏趁着韩苏情绪还在，赶紧小心翼翼地揽了揽韩苏，顺势占了个小便宜，豪气干云地说："走呗，咱回家。"

农历三月的江南，最是好看。

未必非要风和日丽、烟雨蒙蒙才是故乡。空气里全是微微湿润的树木与泥土的气息，四处抽着新芽，杏花烟雨，青砖整整齐齐，沾了湿漉漉的料峭春寒。

落地家乡，正逢阴天，韩苏没来由地就咧嘴开心地笑，双手插兜，闲庭信步地走着和高鹏说："你知道吗？我最喜欢北京下雨的时候了，北京一下雨，到处湿答答的，有的人特烦这种天气，可我特开心，就好像回家了。"

高鹏嘿嘿笑了，说："那你应该还挺喜欢香港的，也是这样一整天湿答答的。"

韩苏说："是啊，可惜胡律师要回北京。事业嘛，肯定更重要一些。人哪儿能天天任性呢？"

高鹏赶紧表态说："也是！但我就觉得女孩子应该开开心心的，要是以后我娶老婆了，就希望她每天任性，怎么开心怎么来。"

这话明明是诱惑。可韩苏却听出了唏嘘。

她嘴里应付道："那谁嫁给你，可真有福气了。"心里想的却是："如果真嫁给你，那才真是最大的'不任性'。"

直到两人这么到了韩苏家楼下，高鹏丝毫没有走的意思，韩苏也为难起来了——人家陪她回了家，总不能到家门口就把他扔下。没礼貌不说，这人还是自己尊贵的客户。但若真让他上门……不知怎的，自己光想想就觉得别扭。

最终她在小区楼下驻足，开口道："你有……别的计划吗？"韩苏抱着侥幸心理想，富二代什么的，应该朋友满天下？

可惜高鹏答："没有。"

韩苏又犹豫了几秒钟，想着要不要推托妈妈身体不好不方便见外人。就见高鹏从背着的包里掏出了一个礼袋，诚恳又殷勤地开口道："这是我特地给阿姨准备的一些特产，对身体好。我就不进门打扰了，一个人四周随便转转就行，等明天来接你回京。你和阿姨好好聚聚，特产就拜托你转交了。"

人家做到这个份儿上，她再不客套一下就是真的不礼貌了。于是韩苏一只手僵直地接过特产，一脸僵硬地犹犹豫豫、谨慎地笑着问："这么……客气啊……嗯，要不……你……进门……嗯……吃顿饭？"

"好嘞！"高鹏喜气洋洋地爽快答应。

韩苏家住的还是老旧的筒子楼，10 年前刷了一次漆，到如今墙皮剥落了大半，小楼一共 6 层，是一层两户的传统格局，家家户户阳台上摆着花草，晾晒着衣服，三角梅探出枝来，一片郁郁葱葱。楼道也被居民占领，摆了不用的旧家电，以及废旧的、生了野草的花盆，因此变得格外拥挤狭小。踩着水泥楼梯上楼，一路上能听见小孩玩闹的声音与家家户户的电视声。两人爬到顶楼，韩苏在一扇剥了漆的旧防盗门前停下，叩了门，用乡音叫道："妈妈，妈妈，我回来了。"

"来了来了！"是个欢快的妇人声音，又甜又软，唱歌一般。

高鹏立刻站得笔直，紧张地咽了一口唾沫。

好在韩苏的妈妈好客，对高鹏格外热情，一顿饭下来，殷勤布菜，问东问西。高鹏也没有辜负长辈的期望，一改老北京人习惯性的颓废大爷坐姿，腰板持续笔直挺着，对韩苏妈妈的问题答得字正腔圆，也颇具技术性。

比如韩苏妈妈问："小高做什么的呀？"高鹏就谦虚地回答："留学回来

就没什么正经职业,家里公司刚上市,帮家里的忙。"韩苏妈妈赶紧说:"哎哟,那个很厉害的!"

又比如韩苏妈妈问:"小高有没有女朋友啊?"高鹏嘿嘿一笑,眼神往全程埋头吃饭的韩苏方向一瞥,只暧昧地一答:"再说,嘿嘿,再说。"韩苏妈妈立刻会意,心知肚明。

…………

宾主尽欢之后,总算送走了高鹏。

韩苏往沙发上一躺,撒娇说:"好累呀,妈妈。"妈妈低头收拾碗筷,笑着看她一眼,柔柔地说:"那你就不要那么累嘛,我看着都辛苦。"

韩苏一愣,没理解妈妈的意思,就听妈妈慢悠悠地接着说:"你也是了,明明是一点都不喜欢的人,还偏要带回家来。"最后几个字渐弱,藏了埋怨。

韩苏讪讪一笑,在沙发上坐直了,弱弱地解释:"我以为,你会喜欢呢……你看他家庭不错,人也老实,对我也挺好的……"

妈妈没忍住打断,反问道:"又不是我结婚,我喜不喜欢有什么?!"

韩苏很认真地说:"他家大业大,我以后可以给你很好的生活。如果嫁给他,下半辈子就不愁吃穿了……"

没想到妈妈奇怪地看了她一眼,露出有些难过的神色,走到她身边坐下,认真地问:"苏苏,你是不是怨妈妈?怨我和你爸离婚……才导致我们俩一直过得比较拮据……"

"怎么会?!"韩苏睁大了眼,"我……我一直觉得你这事做得特帅,他对不起你了,你就干脆离婚,一点也不拖泥带水!"

"可你爸爸现在生意做大,过得逍遥快活,而我因为离婚,现在还得占用你的生活费……"

韩苏赶紧解释说:"妈妈,我现在能挣很多钱,我能养你了。我们不是一直都靠自己吗?"

"那我就不明白了,苏苏……"妈妈看着她的眼睛,"曾经我为了自己的开心,离开了你爸爸,放弃了优越的环境。而现在,为什么你要为了一个优越的环境,而放弃自己的开心,嫁给一个根本不喜欢的人呢?

"既然可以靠自己,让自己自由又开心,为什么还是想着依附别人,找一棵大树乘凉呢？"

韩苏一愣，忽然哑口无言。

是了，她的妈妈宁愿放弃衣食无忧的生活也要离开一段不幸的婚姻，而她呢，却为了衣食无忧，而毅然想要迈入一段不幸的婚姻。

韩苏变得混乱了。她一直以为她自己目标明确，对于事业与爱情全盘掌握，会迅速瞄准自己的猎物，然后寻求捷径一举捕获。她有野心，并相信自己的野心，她想要成功并愿意付出代价，而就当她决心要拿着对自己而言无足轻重的"婚姻"去换取事业腾飞的筹码时，她回想起妈妈曾经做出的决定，忽然有些犹豫。

母女俩默契地搁置了这个话题。到睡前的时候，韩苏套着高中时候的睡衣窝进被窝里，一股熟悉的薰衣草柔顺剂的味道。南方的春天带着浓浓的湿气，夜晚的被窝还是冰冷的，妈妈来替韩苏掖了被角，又问要不要喝一杯热牛奶再睡，韩苏本来想摇头说"我刷过牙了"，顿了顿，又点头说"好"。

喝完牛奶，妈妈来取走杯子，摸了摸韩苏的头发，感叹似的说了一句："小时候妈妈总说，不求大富大贵，只希望你这辈子健康快乐就好……"

韩苏却笑着说："每个父母都这样。可其实，这是最贪婪的梦想，妈妈。病魔突如其来，谁也无法控制，而快乐呢，就是一门玄学，与什么都不相关。这世上最大富大贵的人都没办法保证自己能够健康和快乐，你说你这个愿望是不是贪心？"

她知道，人活在这个世界上，就要面临各种各样的不如意与不得已，只谈快乐，实在是脱离实际。

妈妈一愣，又想了想说："也对。但我是希望，在面临选择的时候，你能把快乐放在首位。不要为了任何事情牺牲自己的快乐，你总是比同龄人成熟，事事理智冷静，我希望你偶尔也能任性一下。毕竟，人这一辈子拼来拼去，还不就是为了哪天自己能有足够的资本去任性？"

"但有一些东西，"妈妈最后告诉韩苏，"等过了那个年纪，失去了那个最美好的自己，有了再多的钱、再高的地位，你都没有办法去体会、去任性了。"

比如呢？

比如爱情。

65. 辞退

第二天韩苏走的时候，妈妈抱了抱韩苏，母女两人话别。

等到韩苏坐了高鹏来接的车子走远，妈妈手机里的好几条微信消息才敢放胆子嗡嗡作响。她悄悄吐了吐舌头想，自己好像不应该骗女儿过了一定年纪就享受不到爱情了，毕竟——

微信名为"一颗菩提"的大哥问道："大妹子，您今天是否前来上书法课？鄙人新写了一幅字，请您鉴赏。早安。"

屏幕上的字迹硕大，适合轻微的老花眼，韩苏妈妈不太会用拼音打字，熟练地开启微信语音识别，对着话筒用唱歌一般的软软的调子回复：

"好呀好呀，那一会儿见嘛。"

…………

韩苏到家时不过晚上 8 点，高鹏照例将她送到楼下，不越雷池一步，等要走了，才突然提议："既然我都去过你家了，那……你啥时候也去我家一趟？"

韩苏一呆，只说："再说吧。"见到高鹏瞬间变得不太好看的脸色，她只好尝试解释了一下："我觉得，一些事情急不来的，放慢了节奏也许更自在一些，你觉得呢？"

没想到这回高鹏却不再好糊弄，他不算傻，愿意扑上来的女人从来不少，他知道这世道的大多数女人绝对不淡泊，对于想要的一切东西她们势必积极争取，欲擒故纵也许是姿态，但像韩苏这般一味地只是"纵"，而从来不想着"擒"的女人，他也不得不问一句："只是这个原因吗？没有其他的？"

韩苏尴尬地一笑，说："还能有什么别的原因？"

"比如，我瞎猜的，追你的实习生之类的？"

这话问得毫无防备，高鹏平日再迟钝，此刻都能捕捉到韩苏一瞬间变化了的表情。那个表情，大概可以叫作"心虚"。

韩苏只能默认，扬了扬眉毛反问道："你很介意他？"

"我？哈哈……"高鹏干干地一笑，"我为什么要介意一个小孩？"

周二上班不久，罗玛工作就出了大岔子——在公司给联交所提交的回复文件里，罗玛填错了一个数字。回复文件主要由韩苏负责，首先将联交所反馈中所需答复的内容整理成清单，公司再根据此份清单，对涉及的事实性问题向律师提交相关材料，最终汇总成给联交所的回复意见。

由于内容较多，主办律师仅把控法律问题，而其中涉及的事实问题，比如公司人员、相关资产、合同数量的数据等，都是由实习生从公司提供的材料里检索而出，再填写进回复意见里。而主办律师后续审查时，也很少会对其中的事实问题进行进一步的复核。

而这一次，罗玛在整理材料时，就将联交所关注的公司某笔交易的合同数量 95 份，错误地填写成了 90 份——不大不小的错误，虽不会造成不良影响，但对律师服务成果而言却着实难看。

文件在周一下午提交联交所后才被高鹏公司的法务发现，周二一大早，公司法务就在微信群里对罗玛发了难。

当时韩苏还在地铁里看新闻，微信消息就跳个不停，一打开就吓了一跳：公司法务接连艾特了罗玛三次，每段对话无一不是长篇大论，从这件事对公司造成的恶劣影响以及律师的不负责任，谈到了职业道德，最后甚至扯到了公司上市的成败，一口一个"相当失望"。

罗玛在群里只得不停道歉，韩苏匆匆读完对话，初步了解事实后也赶忙第一时间跳出来道歉，接着胡律师也冒出来道歉安抚，提出补救措施。法务对韩苏与胡律师还算友好，见二人出来，缓了缓语气，偃旗息鼓不再说话，只说建议严肃处理相关人员。

韩苏赶到办公室时，罗玛已经在了，高高大大的背影和往常一样，只是依稀能看出几分颓丧。她快步上前，手指敲了敲罗玛的桌子。"来我办公室一趟。"脚步没停推开了门进屋。

罗玛亦步亦趋地跟了进去。

办公室里今天只有韩苏一人。桌面上放着打扫阿姨新拿来的水果、一台加湿器和一本翻了小半的电影日历。

韩苏一边从包里拿出电脑架在桌上，一边问罗玛："什么情况？居然出现这种最基本的错误？"

罗玛打量了她桌面一眼，找了张椅子大大咧咧地坐下，扯着嘴角无所谓地笑了声："可能当时填数时心不在焉吧。"

没想到他竟然是这个反应，韩苏心头一下子蹿上了火气，就差拍桌子了，瞪着他说："罗玛，你这是什么态度？你出具文件，是代表了我们律所，S 所的信誉和声誉是多少律师合伙人这些年一点点做起来的，任何一点小错误，尤其是低级错误，都是在损害客户对你，以及对我们招牌的信任。因为你心不在焉填错了数字，不仅我，还有胡律师，项目上的所有人都在为你背锅、替你道歉，你倒好，还理所当然起来了?!"

罗玛这回没说话了，收了嘴上的笑，也没看韩苏，仿佛憋了一肚子闷气。

"生气"这种情绪并不适合于职场，韩苏看在眼里，越加觉得不耐烦，只说："上次有个实习生被客户投诉，直接被老板开除了。人要为自己犯过的错误付出代价，这回不知道老板如何处理。你好自为之吧。"

罗玛这才一愣，看了韩苏一眼，几秒后，像想通什么似的，嘲讽一笑，念了句："原来如此。"站起来推了门要出去。

他拉开门的刹那，韩苏终于慢慢开口，说了声："罗玛，从 senior 的角度，我对你很失望。"

罗玛的手顿在门把手上，回过头："是吗？那如果我说，我没填错数字，是有人故意让我填错的，你信吗？"

韩苏扭过头望着他，一脸愿闻其详的表情。

"公司提供的文件上白纸黑字写着 95 份，文件里所有数字我向来核查三遍以上，当然心中有数。唯独 90 那个数字，是昨晚文件快发出时才临时改的。"罗玛顿了顿，"因为昨晚我接到一个电话，公司董事长的儿子告诉我，合同数量统计有误，让我改成 90。"

董事长的儿子怎么可能会因为这种小事给一个实习生打电话?! 这是韩苏的第一个念头，但接着就反应过来，一脸不可思议地看着罗玛："你是说，高鹏打电话给你，让你把数改了？"

董事长的儿子确实不可能针对一个实习生，但高鹏，确实有可能针对罗玛。韩苏想起前两晚高鹏提及罗玛时的神情与语气，一时脸色阴晴不定。

"通话记录我还留着，只可惜，苹果手机没办法录音。"罗玛无奈地一笑，又认真看向了韩苏的眼睛，"信不信在你。"推门出了办公室。

只剩韩苏一个人用手背抵着额头，闭目靠在了椅子上，回忆起刚刚罗玛在跟前一脸忍辱负重的表情，手机微信又嗡嗡振动，消息源自高鹏："今晚接你一起吃饭？"

她心里叹道："这一个一个的，真不让人省心。"

快下班的时候，胡律师打电话让韩苏来她办公室一趟，说忙了大半天，现在才有空处理实习生的事情。

胡律师让韩苏坐在办公桌前的沙发上，她自己端了杯咖啡，穿着一身粗花呢套装，跷了二郎腿问韩苏："罗玛来这儿一个多月了，主要跟着你，你觉得他做事怎么样？"

韩苏想了想客观回答："除了今天这事，之前的工作完成迅速，做事主动，也基本没有出过岔子，从各方面看，都在同期实习生里表现突出。"

胡律师沉吟了一小会儿。"今天这件事，说大不大，但客户那边反应比较强烈。倒不像是就事论事，反而像揪着他一个人不放。"又一笑，开玩笑似的问了韩苏，"咱实习生不会得罪人家了吧？"

韩苏脊背一凉，不由得坐直了些，干干地一笑："这个，就不太清楚了。如果是个人恩怨的话……"

"个人恩怨你怎么看？"胡律师紧接着问。

"那要么让罗玛换一个项目，要么就……总之，要给客户一个交代。"

所谓交代，不过就是辞退。

韩苏没明说出来。顶尖律所一向竞争激烈，人员流动大，外面无数的人眼巴巴地想挤进来，里头的人能力不行收拾包裹走人是随时的事情。律师本就是服务行业，讲究的是客户至上，高鹏是客户，而罗玛只是个实习生，若客户对实习生个人不满，必然是实习生走人，无论高鹏背地里做了什么，绝对没有为了一个实习生去和大客户起争执的道理。

她不免有一点点心虚，如果真的如罗玛所言，高鹏亲自给罗玛下了绊子，逼他走人，为了她将私人感情的钩心斗角玩到工作项目上，倘若胡律师知道她的私人感情差点影响了律所业务，会怎么看她？

感情上倾向谁是一回事，但凡到了工作上，她都必须六亲不认、断得干净。韩苏想了想又说："如果只论事，他这个错误其实不大；但如果客户认的是人，那么既然客户投诉，为了让客户满意，还是建议做出相应处理……"

最终，胡律师的决定是："你让罗玛来我办公室一趟吧。"一般来说，合伙人单独见实习生只有两次，一次是入职时，还有一次，则是离职时。

罗玛此刻却不在工位上。

韩苏正想给罗玛打电话，却见十分钟前微信有一条未读消息，来自高鹏："我在你办公室等你。"她又赶紧开了办公室门找高鹏，却见里头空空，高鹏也不见踪影。

两人同时失踪，她瞬间有了不好的预感，跑到罗玛工位不远处敲了敲Jennie，问："没看到罗玛吗？"

Jennie一脸八卦地说："他和你男友出去了！你男友先来，在你屋里坐着，然后他就去敲了门，然后两人一起出去了！"

Jennie口中的"你男友"可不就是高鹏。韩苏听闻此八卦简直要心梗，连解释都来不及，去和胡律师编派了个"罗玛下午外出了，我让他一会儿回来再找您"的借口，就快步闪出了办公室。

此刻罗玛与高鹏两个一人一边站在楼道里，中间隔着一个简易垃圾桶。

他叫高鹏出门的理由也十分友好，只问："要不要一起抽根烟？"

高鹏一愣，没有拒绝的借口。

可等两人到了楼道站稳，才发现，彼此都没带火，也没带烟，于是只好省了场面话，直接剑拔弩张——

"18934782922，是你的电话？"罗玛侧了头看高鹏。

"其中不常用的一个。"高鹏笑着说。

"没想到高总这么怕我？你的所作所为，敢告诉韩苏吗？"罗玛也笑，带了几丝嘲讽，"怕到非把我赶走不可？"

"你误会了，我是想让你怕我。至于告诉她，你可以试试。只是，她信吗？"

"我只想告诉你，这种手段没意思，不会让我害怕，只会让我觉得无聊。她不喜欢你，你把我赶走，她还是不喜欢你。"

"但她需要我。"高鹏看着罗玛，"我有钱，你有什么呢？只要她需要我，迟早有一天会喜欢我。"

"是吗？如果你身上只有钱这一个优点，实在有点可悲。"

"不。"高鹏笑了笑，"一个男人如果不能给一个女人她真正想要的，那才可悲。"

两个人越说靠得越近，面对面站着，一高一低，无论语言还是眼神，都在争执。

好在两人对视的时间没有太久，下一秒，楼道安全门打开，两人听了响动缓过神来，各自后退了一步，就听见"噔噔噔"高跟鞋响动，韩苏跑了过来。见到他俩形容算是整齐，吁了一口气，迅速赶跑一路脑补的两人激烈打斗、惨烈挂彩的画面。

她在心里默默叹了一句：挺好，没动手。真要动手就实在是玛丽苏剧情了。

高鹏见是韩苏，率先迈了过去，笑着就问："你怎么来了？我们哥俩正闲聊呢。"

韩苏也顺势笑着问："聊什么啊？"

罗玛在旁边凉飕飕地补了一句："聊谁更可悲。"

韩苏的笑一僵，高鹏又拉着韩苏说："走呗，下班了吗？我又发现了一个苏州菜馆子特好吃，今儿一定要带你吃。"

罗玛说："每天吃不怕胖吗？我看她最近都胖一圈了。"

韩苏还没来得及瞪罗玛一眼，就听高鹏深沉地补了句："她怎么样都好看。"

罗玛没忍住皱了眉头，看着韩苏问："他一直都这么尬撩你的吗？"

高鹏抢答："不可以吗？"

罗玛摇摇头说："语气做作了。比如刚刚这句'她怎么样都好看'，你把重音放在了'好看'上，听起来就十分生硬，我建议你下次改良一下，把

'好看'两个字语气放轻，整句话听起来也更暧昧一些……"

高鹏面上挂不住，忍不住嘲讽："哟，你可真行呢，要不你来一句我听听？"

罗玛只是一笑，说："不需要。我的话只悄悄对她一个人说。"

韩苏实在听不下去了，三步并作两步跑到安全出口大门处，用力一拉门把手，打开大门。"都赶紧出来吧！对了，罗玛……"韩苏声音变小，语气也不由得放缓，"胡律师说，让你现在过去一趟。"

罗玛一怔，狐疑地盯着韩苏："她找我是为了……"

韩苏有些心虚，没看罗玛，这一踌躇，反倒肯定了他的猜测，他不可置信地盯着韩苏："你不相信我？你还是觉得是我的错？"

韩苏碍于高鹏在场，不好解释，只小声说："这不是相不相信的问题，做错了就是做错了。"

罗玛却只顾问她："你呢？哪怕知道实情，你也是这么想的吗？"

——辞退我，是你赞同的，最合适的处理方式？

韩苏看着他的眼睛，他的眼里带着再明显不过的受伤，她想，她都让他受伤好几次了，而每一次，她也确实说的都是实话。

高鹏站在韩苏的不远处，抱胸看着他们，罗玛的目光从他这个始作俑者的身上缓缓移动到韩苏的身上、脸上、眼睛里，而她的目光始终看着罗玛，似乎等了好久，罗玛看到她开口，然后她的声音响起：

"抱歉。是的，我也这么想。"

——辞退你，是目前这件事最合适的处理方式。

66. 告别

高鹏与韩苏吃饭的时候，不免带了几分胜利者的喜悦。

言谈举止间都是浓浓的优越，他大剌剌地坐着，嘴咧得半大不大，刚吞了一口樱桃肉，还没咽下，嘴巴张合。韩苏能看到他嘴里滚动着的不辨颜色的红色果肉，和舌头、牙齿混在一起翻滚着，像是一台清洗红色衣服的滚筒洗衣机，可他还偏要说话，发出含含糊糊的声音："我觉得长得好看的男生，能力就是差些，小白脸嘛，心思都不放在正事上了。"

韩苏没吭声，低了头不看他，本来胃口就不好，听了这话，更是放了筷子只喝水。

高鹏发现了韩苏的异常，诧异地问："不合胃口吗？这家菜还挺好吃的……"一见韩苏没反应，又补了一句："也挺贵的。"

结果韩苏接了句："没事，我请。"

高鹏赶紧"哎哟"一声："哪儿能让你请啊！和穷小伙子出去吃饭才要姑娘请客！"

韩苏觉得要么是高鹏过分小心眼，要么是自己脑子过分敏感——今晚他的每一句话都仿佛在讽刺罗玛，旁敲侧击地告诉她：那个小男孩不行，还是他行。

只可惜对女人而言，一个男人行不行，从来不是看他怎么说，而是看他怎么做。

吃完饭后韩苏抢先付了账，高鹏觉得扫了面子不太乐意，就听见韩苏说："一直都是你请我吃饭，我也请你吃一次吧。"

高鹏没忍住又嘟囔了一句："哎，那点小钱。"

韩苏第一次发现，那些只因为身外之物就自视甚高的人，当你习惯了他们的身外之物之后，实在找不出太多和他们相处下去的理由。

罗玛的事情，不过是压死骆驼的最后一根稻草。于公，她觉得罗玛应该离开；而于私，她也实在不愿意委屈自己再和高鹏这样的人奔着结婚的目的相处。

于是等高鹏将她送到楼下的时候，韩苏终于开口了。她抬头，看着高鹏说："两个月前你说要追我，让我多给你一些时间，再给答案……"

高鹏一愣，有些紧张地问："现在这是……可以给答案了？"

韩苏点点头，直截了当地说："高鹏，我们还是做朋友吧。"

人这一生总会面临许许多多的审判，无论任何人，只要有欲望，有所求，便总会有人有权对你的"所求"进行审判。而当审判来临之际，唯一要做的就是，当这个结果不尽如人意时，拼尽全力让自己看起来若无其事、情绪稳定。

这是属于……高鹏想，失败者的尊严？

韩苏没太认真留意高鹏的表情，拒绝人之后再仔细观察他的反应，反倒残忍。好在高鹏几秒后迅速反应过来，赶忙随意笑着说了几句："啊？确定了？那你可不要后悔。"

但韩苏的神色，哪里有半分想要后悔的影子？

他突然挫败地发现，"人民币玩家"在感情的市场上依然没捞到多少好处，那些你看不上的人看上的始终是你的钱，而你好不容易看上的人，却还是最终，看不上你的钱。

韩苏小心地笑了一下，问："我们还是朋友对吧？"——可千万不要影响到业务关系。

"当然！"高鹏扯了嘴角，尽可能地露出无所谓的表情，但还是流露出了沮丧，"哎，不过还是有点不太习惯，哈哈，毕竟好久没被姑娘拒绝过了！"

"以后还是让姑娘追你比较好。"韩苏也轻松一笑。最近乱七八糟的情绪与憋着的一股劲终于卸下，她想着，哪怕再不相信婚姻与爱情，她还是希望保留未来能相信它们的可能性。在刚刚迈入的 27 岁里，放弃那张意味着最好人脉与资源的结婚证，转而去拥抱更多的自由，她还年轻，未来可抉择的道路还有许多，没有理由偏要勉强自己。

她知道，人生确实有捷径；但也明白，但凡选择了捷径，也就意味着就此放弃了另一路风景。

春末夏初的白玉嘉园小区，夜晚天气十分宜人，这几年北京的空气越发好起来，连雾霾都少了。道路两旁郁郁葱葱，高鹏与韩苏正说着话，楼道里来了一个遛狗的住户，牵着狗，"嘀"地刷开了门禁。

狗"汪汪"吠了两声，楼里的感应灯一下子点亮，遥遥照在高鹏和韩苏两个人身上，远处吃完了饭正散步的女孩被灯光吸引，一见是韩苏，正要过来打招呼，再一见韩苏对面的人，一身潮牌，大刺刺地站着，她一下子愣怔在原地。

高鹏深吸一口气说："那我先走了——你还有后悔的余地。"他还是给自己留了退路。

韩苏挥了挥手算是告别，歪了头取笑他："你周围的那些小姑娘可不是省油的灯，怕是轮不到我后悔吧？"

高鹏压了压眉毛想了想，还真是，那群小姑娘疯起来……他不好意思地笑了笑，没再答话。

直到见韩苏进了楼道，又盯着高楼看了半天，高鹏才有些惆怅又意犹未尽地收了目光，可一转过身，就见到不远处一个熟悉又有些木讷的身影，正看着自己——

"南南？"高鹏这才想起何知南也住在这个小区。

围观了半天两人话别的何知南，情绪实在有些复杂。高鹏的脸色带了几丝尴尬，而这份尴尬恰巧给了何知南几分"捉奸在床"的底气，她高深莫测地望了高鹏一眼，将愤怒压在心底，嘴上冷冷一笑：

"哟，你们，这是早就在一起了？"所以，当初到底有没有背着她暗度陈仓呢？

高鹏皱了皱眉头，觉得有必要解释一下："只是我在追她。"

何知南迅速点点头说："哦，那你眼光不错。"

高鹏顿了顿，又说："她拒绝我了。"

"哦，那她眼光不错。"

高鹏无奈地看了她一眼，此刻他两手插兜，与何知南隔着 3 米站着，几个月不见，她应该还是老样子。因为下楼散步，只穿着家居服，脚上那双平底拖鞋还是去年他给她买的，头发依旧毛毛躁躁地披着，微微有些胖的身材，两颊的肉是方形的，下巴也是方而短小的，鼻子又大又扁，平静地被安置在她的脸部中央——用见惯了美女的眼睛再来打量她，竟然发现她是如此地不起眼。

何知南见高鹏目不转睛地看着自己，有些不好意思起来，用手把头发别到耳后，理了理刘海，想着自己还好出门没有卸妆，此刻形容整齐，应该还有几分姿色。就在她微微扯了个笑，使劲把眼睛睁到最大，尽可能甜甜地看着高鹏的时候，高鹏清了清嗓子说："那我先走了。拜拜。"

何知南一愣，瞪向高鹏："你没有话要对我说吗？"当时分手都是在微信上说的，现在他不知什么时候来北京了，又背着她追韩苏，还追到她的小区，他不应该和她这个正牌前女友解释解释吗?!

高鹏没理解她的愤怒，奇怪地看了她一眼，提醒道:"南南，当初是你出轨在先。"

何知南一噎，正想反驳说"你后来不是也睡了 Emily 吗"，就见高鹏平静地看着自己，提醒道:"我们已经分手了。"

过去的都已经过去，分手以后，不过就是最熟悉的陌生人。但好死不死，何知南在高鹏转身离开后又鬼使神差地喊了声:"喂，我最近在自己写内容，打算做博主，你……你……要不要投资我?"

看在旧情一场的分儿上，何知南一脸期待地看着高鹏——随便投资个几百万?

夜色下，高鹏转身看着她，满脸的不可思议，何知南缩了缩脑袋，意识到自己的唐突，但最终，高鹏还是伸手招呼了一下何知南，示意她过来。

"结果呢? 他说什么了?"

两天后，何知南与孙涵涵坐在三里屯的一家清吧里，提到这次邂逅，孙涵涵一脸八卦地看着何知南。

何知南下死劲地翻了个白眼:"哼，你绝对想不到，他说的是——'这是我的名片，你联系我的秘书'。"

然后他头也不回地走了。

孙涵涵一呆。"所以啊……"她啧啧，总结道，"向男人要钱，时机很重要。"

"并且，男人抠不抠门和他有没有钱，完全没有半毛钱关系。在对于他认为不值得的人和事情上，他最抠门!"何知南继续总结。

两人目光交汇，不由自主地碰了碰杯。

何知南抿了一口酒，赶紧掏出手机在备忘录上记下了这两句话，她想着今晚写文章的时候一定要放进去。

孙涵涵已经习惯她这个架势，问了一句:"你的那个文章最近写得怎么样了? 粉丝数涨了吗?"

何知南耸了耸肩说:"就那样呗。一篇文章涨十个粉丝……大部分，还是黑粉……"

孙涵涵问："你都写什么啊？"

"写我的感情血泪史……"

孙涵涵表情奇怪地看了她一眼说："有人看吗？"潜台词是，普通女孩的爱情，真的有人好奇吗？

何知南摇了摇头说："大部分是骂我的，说我是个'绿茶婊'……"

"你确实是啊。"孙涵涵在心里默默念了一句。想了想，又打算安慰，她说："现在女生对'绿茶婊'的态度还挺微妙的，一方面，她们对这三个字深恶痛绝，但另一方面，有关'绿茶婊'的一切招式、心态和伎俩，大家又忍不住想去研究……"

"谁还没有一颗'骚浪贱'的心呢？"何知南喝了一大口酒。孙涵涵正要举杯相碰，就见何知南猛地一拍桌子说："不如这样吧！都说我是个'绿茶婊'，那我就堂堂正正做个'绿茶婊'好了！我不写我的乱七八糟破感情史了，我要写——《'绿茶婊'识别手册》，教人鉴'婊'！"

"可……可以吗？"孙涵涵呆了呆。

"反正不能更差了。"

平庸的女孩想要精彩，很难通过爱情——哪怕幸运如她，拥有一个上市公司董事长儿子的男朋友，他也会在暴富之后与她形同陌路，转而追求好看又独立的精英女性。她的优点与缺点都不那么明显，折腾不出孙涵涵风风雨雨的三角恋，没有 J 姐"一炮泯恩仇"的气魄，甚至丑得还不如陈诗诗扎眼……

何知南想通了，属于她的精彩，只在安于平凡之上的努力。

孙涵涵说："有一个自己的事业也挺好的。那恋爱呢？你没有打算了？"

何知南一愣，答道："我既然已经单身了，那当然先名正言顺地继续浪了！"又反问："你呢？"

属于孙涵涵的故事，应该不可能"无人问津"。

但孙涵涵还是叹了口气说："我现在短期内对爱情没什么欲望了，这次来见你，也是想要告别的。"

何知南一呆："你不是一直在吃抗抑郁的药吗？还没好？"问完了才发现孙涵涵这句话的重点应该是"告别"二字，赶紧又睁大眼睛问："你要去哪里？"

孙涵涵笑了笑说："上海，我主动申请调到上海办公室去了。"

何知南没再说话，不问原因也知道，北京于她，剩下的都是不太友好的回忆了，想了想，端起酒杯敬她：

"虽然舍不得，但还是希望你在上海事事顺利，心想事成。"

孙涵涵笑嘻嘻地开玩笑说："祝我嫁给大款变成富婆，祝你的博主之路一帆风顺！"

"单身大款。"何知南又补充了一句。

"对！单身大……"孙涵涵还没开开心心地回复完，又听何知南补充了一句："或者像 Andy 那样的可爱男孩子！"

乍然与这个名字久别重逢，孙涵涵满脸的笑容一下子僵在脸上，接着像海浪一样退了下去。

告别何知南以后，孙涵涵一个人又在三里屯逛了逛，漫无目的地走到了如今被修整一新的"脏街"。开了好久的网红店"夹机占"前人来人往，热闹不停，店铺最显著之处设了一整面娃娃墙，吸引好多小姑娘站在前面拍照。孙涵涵看到了娃娃墙里一只硕大的皮卡丘，鬼使神差地走了进去。

然后下一秒，就见到了一个熟悉的身影。

"这么巧?！"她自己都不敢相信。

那个身影也很快看到了她，一愣，对她点点头。

周末时光，"夹机占"里的人比肩接踵，大多数是年轻的小情侣。孙涵涵怔怔地看着不远处的 Andy，他穿着休闲卫衣、工装裤，站得笔直，一只手插在裤子口袋里。两人在热闹的世界里对望着，却仿佛四周一片安静。

他一点没变，她也没变，甚至好像，这么久未曾联系的时光也没有改变。

只可惜，有人很快打破了这份安静，另一个陌生的身影兴冲冲地抱着好几个玩偶跑了过来，拉了拉 Andy："里面还有好多，我们去里面吧！"

孙涵涵绝望地发现，那个身影是一个与自己年龄相仿的陌生女生。

她默默挺直了背，迅速将那个女生打量了一眼，得出了唯一有所安慰的结论：

嗯，还好，这妞长得不如自己好看。

67. 鱼塘

　　孙涵涵在下一瞬间就开口叫了一声："Andy。"声音下意识地变得甜甜脆脆的，顺势端出了"妖艳贱货"的姿态。

　　那个女孩也朝孙涵涵看了过来。Andy 见状，只得领着女伴走到孙涵涵面前，有些严肃地看着孙涵涵问："一个人来的？"

　　孙涵涵仔细观察了一下两人的互动：女生没有挽他的胳膊，Andy 也没搂她的腰，两人之间的拉扯始终隔着衣服，显然"恋人未满"，但结伴来这样一个暧昧的地方，关系至少又是"朋友之上"。

　　于是她鬼使神差地咬了咬嘴唇，苦笑了声，说："嗯，看到门口的皮卡丘……就……没忍住进来了……"

　　这话原本撩拨的是 Andy，可那姑娘听了她的回答，反倒先兴高采烈地叫了一声说："啊！你喜欢皮卡丘吗？我看里面有好多呢，喏……"顺手递给孙涵涵几枚游戏币，笑嘻嘻地说："一起去抓嘛。"

　　Andy 的面色一下子更加不自然起来。孙涵涵顺手接过游戏币，对姑娘笑得温柔，眼睛幽幽地瞥了一眼 Andy：她不知道你最喜欢皮卡丘？

　　姑娘抱了好几个娃娃，兴冲冲地快步先往里走去，似乎对抓娃娃更感兴趣，Andy 与孙涵涵落在后边，周遭熙熙攘攘，他想了想，还是解释了一声："相亲，第一次见面。"两人泛泛地吃完饭，彼此没有太多意思，正想着随意抓个娃娃，完事就回家。

　　"挺好的姑娘。"孙涵涵接话，又默默加了句，"比我好……"

　　Andy 受不住她这般缠绵悱恻的架势，赶紧转移了话题："你一个人来这里做什么？"

　　"夹皮卡丘喽。"孙涵涵用一双大眼睛盯着他，不管不顾的姿态。她猛然想起两人之前的甜蜜时光与此前几个月的种种，又想到命运兜兜转转竟能让两人在此刻相遇，偏偏她马上要去上海，而他呢，也有了新的相亲对象……

一时百感交集，她越加委屈起来，眼眶渐渐泛红。

Andy 见她这副样子，也一下子难受起来，不知道怎么回答。好在相亲的姑娘已成功霸占了一台皮卡丘娃娃机，伸着手愉快地招呼二人。

孙涵涵知道等不到他的回答了，轻叹了一口气，快步上前，一只手扶着机器，对姑娘笑了笑，接着指尖灵活一动，率先投了一枚硬币。姑娘诧异地问："你可以吗？"

她点点头没说话，操纵机器，手起夹子落下，用力一拍，又狠又准，立时抓到了一只胖乎乎的皮卡丘。

另外两人目瞪口呆，孙涵涵俯身从机器里捡起娃娃，随手扔到 Andy 怀里，又接着投了一枚硬币，操作熟练，落夹准确，这么几回合下来，接连抓到了三只。

满满当当地塞了 Andy 满怀。

她这才对两人解释道："我常来的。每周末都会一个人来，抓只皮卡丘带回家——现在家里，皮卡丘玩偶都塞满一面墙了。"

姑娘睁大眼睛叫起来："你这么喜欢皮卡丘呀？"

"嗯。"孙涵涵有些不好意思地笑了，眼神柔柔地飘向姑娘身旁，又迅速掠过，"其实，是我喜欢的人，他喜欢。"

Andy 不自然地摸了摸鼻子。

孙涵涵也没看他，越过姑娘从他手里抱过两只皮卡丘，对姑娘笑笑说："好啦，你们玩，我先走了。谢谢你的硬币。"

偏偏还留了一只在他怀里。黄色的毛茸茸的玩偶，可爱又十分无辜。

等孙涵涵的背影消失在视线外，Andy 才咬了咬牙，十分烦躁地对姑娘说了声："你等等，我去一趟就回来。"

"去呗。"姑娘转身抓娃娃去了——明眼人都看得出来，是个桃花债。

孙涵涵特意走得慢，心里默默倒计时，果然过了不久，就听到熟悉的一声："喂！"带着些微的气急败坏……

"嗯？"她如愿缓缓转过身，一脸训练有素的哀怨。

"你……没必要的……"Andy 有些难过地开口。他们之间早已经结束。他是喜欢她没错，可他对自己的女友亦有底线，而孙涵涵，确实越过了那条底线。

"我知道。"孙涵涵打断他，她知道以"爱情"之名突破桎梏在一起很容易，但长久的关系终究敌不过心底的那份介意。为人处世，总需要给自己划分原则与底线，但凡逾越，就划清界限。

她接着说："我没有再留存别的幻想，我也没有想过今天会在这里遇见你……Andy，哪怕我早就和周斌一刀两断，哪怕我以后再也不会犯这样的错误，我也知道，今后，我们不可能在一起了。我是一个很实际的人，我的过去是你心中过不去的坎，即便勉强在一起，我们也不会幸福的……对不对？"

Andy 松了一口气，想，你既然都知道。"那你还……"

还这样撩我？

Andy 的手上还抱着她留下的那只皮卡丘玩偶，两人隔着一米左右，正值周末街上热闹，没有人多留意一眼这对像是在闹别扭的小情侣。孙涵涵默默走到了他跟前，站住，半仰着头看他："因为我，不甘心。"

Andy 一时没反应过来她的意思，就见孙涵涵踮起脚贴在他耳边，柔柔的语调半嗔半怨："明明我还喜欢着你，每天想念着你，你怎么就跑去和别人相亲了呢？"

距离太近，实在暧昧，Andy 愣在那里，一时不知道该说什么，赶紧后退一步，举着手里的毛绒玩具，略微慌乱地问："这……这个，你落下的……还要吗？"

孙涵涵摇了摇头，看着他。"你留着吧……做个念想。"她也后退一步，将怀里抱着的两只玩偶用一只手搂着，腾出另一只胳膊对他随意挥了挥，洒脱地说道，"好啦，我以后要去上海了，估计再也见不着了。Andy，你可必须在北京好好待着，千万别来上海。"

"为什么？"他有些诧异，不仅因为她的话，还因为她的离开。

"因为只要你一出现，我又忘不了你了。"孙涵涵笑起来，逗他，"你说，你该来吗？"

Andy 也微笑地看着她，双手插兜，没有回答。

孙涵涵知道，永远不要低估一个男人的占有欲，无论是对于自己爱过的女人，还是爱着自己的女人，他们都在心中将她们认成了自己的所属物品。

他们享受这份珍视，无论是否回应，他们私心里都不舍得让她们不爱他们，更不舍得任由她们忘了他们。

不舍得就好——不舍得一天，就会多念着她一天。

到家后，孙涵涵将两只皮卡丘玩偶扔到家里的一角，一整个巨大的纸箱子里装了各式各样的玩偶，除了零星的几只皮卡丘，更多的是海绵宝宝、小猪佩奇、小恐龙……种类繁多——自从医生叮嘱她没事多做一些事情放松，她就养成了无聊的时候在商场里抓娃娃的爱好，抓娃娃的水平，就这么练习出来了。

正好配合了今天的苦情戏码。

在不要低估一个男人的占有欲的同时，也绝对不要低估一个女人的占有欲。脱了外套就倒在床上的孙涵涵懒洋洋地想："Andy，既然我还没有彻底忘了你，我当然也希望你能念着我，再久一点。"

"所以，不要轻易再出现在我的面前！"孙涵涵随手抓起床头一直躺着的那只小小的皮卡丘——是刚认识不久约会时，Andy从娃娃机里抓出来送给她的，从那时到现在，微笑着的皮卡丘，陪伴了她每一个熟睡或失眠的夜晚。

而此刻，她点着皮卡丘的小鼻子喃喃警告："既然确信不能在一起，还是离我远一点吧。否则啊，否则我还是会忍不住，再撩拨你一次。"

说完，她用力一扔——一直占据床头的小小皮卡丘，带着灿烂的笑容，精准地落入了屋子一角那个装了许许多多玩偶的巨大纸箱子里，发出轻轻的"扑通"一声。

方方正正的装着满满当当各色玩偶的纸箱子，像一个巨大的鱼塘。

而孙涵涵闭了眼睛想——她是它们的主人。

春秋两季是北京最美好，也最短暂的时节。春末夏初的北京虽然宜人，但夕阳西下，校园里的教学楼之间的穿堂风嗖嗖刮过时，依然微寒。可依然有着大把不怕冷的女孩已经等不及地穿上连衣裙，踩着单鞋，光着小腿，一片青春洋溢，活色生香。

罗玛旁边就站着这么一位。

Athena 也没想到会在体育馆门口碰到学长，她刚从室内体育馆游完泳，头发还半干不干，一脸素面朝天，但好在刚锻炼完的皮肤泛着苹果色，白里透红，实在好看。她仔仔细细地照着镜子叨叨："真是个美少女啊！"正遗憾没人欣赏——

真好，出门就碰到了学长。

隔着好几米，Athena 兴高采烈地就大吼了一声："罗玛！学长！"震得路人一脸惊讶地看向二人。罗玛在这样"中二"的呼唤下，眼睁睁地看着一团火红的人影冲上前来，带着满满的热情又甜蜜的笑，开开心心地说："学长！这么巧，你也刚刚锻炼完？"

罗玛有些无奈地点点头，拎着包与她并肩而行，尽量在这个小屁孩面前表现得酷一点。只可惜这姑娘丝毫不畏他的气势，一个劲地叽叽喳喳起来："上次也看到学长你了，可惜离得太远喊你你没听见。这次总算又碰到了，学长，你说怎么这么巧啊，自从那次我们吃饭以后，无论走哪条路都能看到你！你知道，这是为什么吗？"她突然神秘地说，一脸狡黠。

罗玛不知道小姑娘葫芦里卖的是什么药，试着应付了一下："因为学校太小？"

"不！"Athena 斩钉截铁地说，然后揭示答案，"因为，哈哈哈——条条大路通罗马！"

谐音梗。罗玛被她的笑声感染，没忍住跟着扬起嘴角笑了起来，但嘴上还是轻轻说了句："好烂。"

"是吗？还行吧？"小姑娘接着叽叽喳喳。两人走到岔路口，姑娘又问："要不要一起吃晚饭？我觉得今天咱俩必须一起吃饭！"

罗玛问："为什么？"

Athena 理直气壮地说："我们刚刚健身完啊，这时候最容易大吃大喝了，咱们得互相监督着，一起乖乖吃顿减脂餐，否则没受得住诱惑，破功了就白锻炼了，对不对？"

——好像有点道理。罗玛笑了，点点头说："行啊，你说哪个餐厅？"

姑娘就等着这句话，开开心心地拉着罗玛的书包带子说："校门口新开了一家！我带你去。"

　　牵着袖子太过暧昧，小姑娘不敢，退而求其次，拽着他的书包带子，反倒依恋满满。一旦抓上了，Athena 就再也不肯放手。于是，罗玛背着包，包带上牢牢拴着 Athena 的手，看起来像遛着一只听话的小狗。

　　两人这么走着，各自觉得有些不太自在。过了半天，罗玛咳了一声，问："你拽着我书包干吗？"

　　"一会儿要过马路的，我先拽着，省得你跑了。"Athena 振振有词，反倒拽得更紧了。

　　他哭笑不得地想着，这姑娘真是活得逻辑自洽。没多久两个人走到校门口。

　　他一愣，停在那里。

　　韩苏前面站着一名保安，她要进校，保安非得让她登记身份证，她像是抱怨了句什么，转头就看到了罗玛，以及他身旁黏着的，距离显然过近的，红嘟嘟的像苹果一样的 Athena。

　　她怔了怔，想，这下好，撞上了，省得她找。

　　她将身份证放进口袋，两只手插着风衣口袋，若无其事地朝两人走来，笑了笑，抱怨了一句："贵校保安永远这么大牌，隔壁的校友证都不认，非得登记身份证。"

68. 相聚

　　"找人？"

　　他没想到韩苏会出现在这里。找人？找他？做什么？为什么？这么一连串的问题一股脑全蹦了出来，然后才想起此刻自己书包带上还挂着一个小丫头。他顿了半秒，又往小丫头的方向靠了靠，营造出更加亲密的气氛，看着韩苏。

　　"已经找到了。"韩苏打量着二人，他们像一对背着父母私奔的小情侣，怎么看都显得蠢里蠢气的。她直接上前伸手牵了罗玛，说了一句："有话和你说。"拽了人就要走。

只一拽，却没有拽动。

罗玛定定地立在原处，看着她："我以为你已经把话说得很清楚了。"他的视线从她脸上往下，落在她牵着他的手上，他看向她的眼，四目对视，一脸坚定地示意她放手。

韩苏迅速放了手，反倒笑了："罗玛，你在生气吗？"

"没有。"罗玛迅速回答，看了看边上傻傻瞪着韩苏的Athena，又说，"只是我们现在要去吃饭了。不太方便和你说话。"

这么一说，韩苏也把视线聚到小丫头脸上。韩苏刚刚修了短发，衬衫西装阔腿裤外加风衣，搭配时不时刮起的恼人春风，十分飒爽，也正是这般雌雄莫辨的样子，偏偏还拿着清华的校友卡，让北大门口的保安产生了莫名的敌意，死活不肯放她进来。

但也正是这副样子——韩苏转了头，对一见面视线就没从她身上移开过的Athena勾了红唇一笑，声音清清凉凉的，却温柔。"我想借他5分钟，说完了话就还你，好不好？"

Athena的脸瞬间一红，即刻松了罗玛的书包带，眼巴巴地看着韩苏一通乱答："好……好啊好啊，姐姐，人你随便借，反正也不是我的，你尽管用吧，没事你要什么都行……"

韩苏笑得更灿烂，抬了抬眉毛，还对她眨了下眼。

身边那丫头片子的心，霎时被这个眼神狠狠酥到了，泛出肉眼可见的花痴气息来。罗玛无奈，除了嫌弃队友倒戈太快，更烦躁韩苏当着他的面和其他姑娘打情骂俏，沉着脸，率先迈了步子往一边走去。

留下两个女孩，韩苏还嫌不够，又伸手指拨了拨Athena的发尾，温声叮嘱道："你先玩会儿手机，记得靠边站着，小心车。"等到见了小姑娘被这句关心哄得红了脸庞，一脸"这可遭不住啊"的表情，她才心满意足地往罗玛所在的方向跟了过去。

勾引女人，永远比勾引男人来得带劲。男人往往是下半身动物，而只有女人，才更能欣赏女人的美。

"哪里骗到的小姑娘？这么可爱……"韩苏笑着问罗玛。两人一直往东门边的体育场方向走去，韩苏率先开了口。

罗玛不知她来的目的，只知道生气要紧，闷闷地回答："我爸朋友的女儿，世交。因为也想来S所实习，加了微信，没想到……"没想到他自己先被开除了。声音越来越小，带了一丝自嘲。

韩苏温温地开口："胡律师问过我你的表现，我说你做事负责、主动，能力也强，如果不出错，照这个趋势下去，毕业留用肯定没有问题。"

罗玛一下子来了气，看着韩苏："可我没错。"

"服务型行业，惹客户不高兴就是最大的错。倘若那个错误真是你犯的，我们对事不对人，不是非要辞退你，但如果是客户处心积虑让你犯的错，既然他针对了你，即便这次不开除你，他还会搞出下一次，对后续项目可能造成的风险，我们承担不起。"

罗玛知道她有她的道理，还是不服气，冷笑着说："所以国际大所这么不讲人权的吗？"

每一句话都是为了律所的利益，那么我呢？你有没有想过我的心情？

此刻两人并肩走着，春天的昼变长了，太阳斜斜挂在天边，洒下金黄色的光，两人距离太近，行走时，手指时不时碰在一起，又随着两人前进的步伐迅速分开。韩苏感觉到每一次接触时罗玛的躲闪，没忍住在手指相触时，指尖刻意轻轻刮了刮他的手指头，再若无其事地移开，逗得不动声色，但嘴上说的还是正经话：

"第一，这是市场，也是职场，不是人权救济中心，任何情况以客户和收益为先，在实习生和大客户之间存在冲突时选择后者，我不觉得是错；第二，你也说了，未来并不想做律师，这段实习经历无论是一个月还是三个月，对你的履历影响不大，甚至哪怕之后S所真的要留用你，你也未必会答应；还有第三……"

韩苏顿了顿，两人的手指再一次擦过，韩苏停下脚步，将两只手插进风衣兜里，看着罗玛说："还有第三，排除以上理由，就我自己而言，将来我不希望把工作和感情搅在一起，开展一段办公室恋情。"

罗玛愣了几秒，一时没明白她的意思，就见韩苏认真地看着他说："办公室和爱情不能兼得，在这份工作与我之间，我已经替你做好了决定。"

选我。

夕阳落到了天边，只在被海淀区云立的高楼所镶嵌的边缘留了一道金色的残影，远处的云滚成了一团，沾了青色、橙色、灰色，把即将到来的夜色衬托得瑰丽。

又是一阵风吹过，罗玛只穿着短袖，觉得冷，下意识地就要为韩苏挡风，可还未移动身形就发现她罩着风衣外套，十分厚实，更该保暖的是自己。

韩苏见了他这副样子，主动拉了他的手放进自己的风衣口袋里，问他："冷吗？"

"不冷。"罗玛老老实实地由她拉着，却还是不肯看她。

"心里暖？"

"话都让你说了。"罗玛声音沉沉的，不由得含了笑，含着明明高兴却死活不肯流露出来的笑。韩苏伸手捏了捏他的脸，像以往好几次那样，叫他："小鬼。"

可这次，"小鬼"却捉了她的手，停在自己颊边，像是想起了什么，不情不愿地问道："那你的股权呢？不要了？上市公司的少奶奶不做了？"

韩苏停了几秒才想起来这是在问她曾经关于股权与期权的那个比喻——她说与高鹏在一起是结婚，拿的是股权，到手的是市值；而与他在一起，哪怕他家也有钱，可他连法定婚龄都没到，未来变数太多，拿的只能是个期权，充其量是一张画得漂亮的大饼……

年纪轻轻的人总是说出许多大道理，比如"金钱比爱情更踏实"，而成熟的过程却是一点点明白到底哪一些道理真正适用于自己。

"少奶奶不适合我。"韩苏摇了摇头，眼神闪亮地看着他，一只手被他抓着，她伸出另一只手想要去揪他的脸，"工作已经太辛苦了，年轻的时候还是希望能和喜欢的人在一起生活，享受恋爱，多一点点甜。"

颇有几分为了你放弃荣华富贵的意思。

罗玛顺势抓住了她两只不安分的手，贴着自己的脸，认真许诺："韩苏，我会对你好的，一辈子都对你好。"

韩苏一惊，睁大眼睛看着他说："你可千万别许这种承诺！"她抽回两只手，还是捏了捏他的脸，说："及时行乐就行。我可不期待做这辈子你唯一爱过的女人。"

一个女人这一辈子，只可能成为一个男人的爱情终结者。但值得开心的是，在此之前，她有机会成为千千万万个男人的爱情开拓者。

和纯情又帅气的男孩恋爱，开心就行。

"那你爱我吗？"罗玛又问，眼神执着地看着她。

"我喜欢你。"韩苏没有犹豫地回答，捕捉到罗玛瞬间失望的神色，她拉着他的手哄道，"但不是才开始吗？你以后，有大把的时间让我爱上你。嗯？"

"真狡猾。"罗玛瞪她。

"行了，我说完话啦。"韩苏笑着拉了罗玛往回走，嘴里念念叨叨说的是，"你快去找小姑娘吃饭吧，人家该等急了。"

罗玛止了步，像看疯子一样看着韩苏。"才确立关系，你就让我去和别的小姑娘吃饭？心这么大？"

韩苏歪着头一脸无辜地说："那你要和我回家吗？"

罗玛没好气地松了两人牵着的手，掏出手机给Athena打了个电话，说自己有事，不能和她一起吃饭了，下次再请她吃饭赔罪。

结果电话那头叽里呱啦说了一通，罗玛一愣，神色古怪地看了韩苏一眼，接着对电话那头说了声："行，好，答应你了。"

对面才安心地挂了电话。

韩苏诧异地问："小姑娘不高兴了吗？"

罗玛含含糊糊地应了一声，说："别管她。"拉着韩苏就走。

他想他死也不会告诉韩苏，电话那头，小姑娘叽叽喳喳说的是：

"啊？我不要你请客吃饭了，和你吃饭有什么好吃的啊，太没意思了，对了，这样吧，你要是实在想赔罪……"那头顿了顿，终于说出了真实目的，"就把刚才那个姐姐的微信推给我吧！我都要被她撩'弯'了，嘿嘿嘿……"

四环外的太阳渐渐沉了下去，月亮遥遥挂在远处几幢高楼边上。

两人手挽手这么走了几步，韩苏才想起什么来，对罗玛说道：

"对了，刚才那个小姑娘不是想来S所实习吗？你把她微信给我吧……"

罗玛一噎。

又听韩苏遣词酌句，慢悠悠地说了下去："她和我联系就行。我觉得……你以后还是少和小姑娘单独吃饭……比较好……"

半秒后，罗玛应道："哦……"

他确实稍微反应了一下，才听出她话里的潜台词，绷着的脸被笑容一点点化开。罗玛忍不住捏了捏她的手，轻声回答："好的，遵命。"

夜色降临在北京的每一个角落。城市的夜晚很少能看到星星，月亮与高楼闪烁的灯火是唯一的风景。

瞿一芃将车停在地下车库，位于北京三环内的高档小区。三室一厅，240平方米，多少人奋斗终生的梦想，他已然轻巧地达成。

一天的工作不算疲惫，可每次回家时，在地下车库内，他总是习惯放着音乐，在车里多待一会儿，哪怕随便抽支烟也是好的。

和陈诗诗同居、领证不过一个月。他却成了单位里最勤快的人，每日最早上班，最迟下班，宁愿揽着活做申请加班，由衷地希望在家里的时间短一点点。

车载音箱效果极好，陈诗诗送的。他手上的表，小半辆车的价钱，陈诗诗送的。还有陈诗诗送的车、陈诗诗送的房子……陈诗诗附赠的一切都是最精致最昂贵的，他承认这些赠品都很好，唯一不是很好的，却是正主本人——

瞿一芃在想到这个念头的时候一下子警醒起来，他早已习惯不在家流露出任何不满意的神色、任何迟疑的神色、任何笑起来没那么由衷的神色……这些神色，哪怕转瞬即逝，都会换来敏感的陈诗诗惶恐不安的脸色，她会瞬间松垮了整张脸，一双三角眼变得更像三角，小心翼翼地盯着他，喃喃地问："一芃，一芃，我是不是做错什么了？"

每当这时候，他必须像消防员一样迅速出动，扑灭她心中火灾一般泛滥的不安与崩溃，抱着她一遍遍安抚，直至她冷静、平缓，再像婴儿一样睡着。

他尝试过理解，将这一切归咎于她心中深藏的秘密——真如J姐所言，她曾遭遇过严重的校园暴力，或许因此造成心理疾病？

终于有一天，在两人相拥在沙发上看剧的时候，瞿一芃搂着陈诗诗，装作十分不经意地开了口，像说一件无关痛痒的小事："老婆，你这个情绪总是忽上忽下的，是不是以前被人欺负过？"

"嗯？"陈诗诗一愣，反应还算正常，"没有吧。"

"我听说呢，人啊，如果被欺负了，有一些心理阴影什么的，还是需要去看一下的……我之前呢，有个同学就是这样，后来看了医生，吃了药，一点问题都没了……现在每天乐呵呵的呢……"瞿一芃继续若无其事地说，为了显示出他确实只是在谈论一个不要紧的话题，他还特地坐到茶几前，从茶几上拿了个苹果，灵活地给苹果削皮，再小心地切成块，准备一会儿喂进陈诗诗的嘴里。

他却一时没注意到，陈诗诗的语气已经变得古怪，她缓缓问出："一芃，你觉得我有病？"

"怎么可能呢！"瞿一芃心中警铃大作，赶紧扔了刀和苹果就去紧紧搂住陈诗诗，又是一轮剖心的安慰。

陈诗诗最终还是一声不吭、安安静静地去睡了。但当天晚上，瞿一芃却忽然从梦中醒来，发现身边位置空了，他叫着陈诗诗的名字往卧室外找，发现自己的妻子正在客厅里，灯光明亮，她就坐在白天两人所坐的沙发的位置，拿着瞿一芃白天削苹果的那把水果刀，一下下地划着自己的手臂。

瞿一芃目瞪口呆地冲了过去，问："你在做什么？！"

陈诗诗柔柔弱弱地看着她，哭到已经没有声音："老公，我没有病！我真的没有病……你不要嫌弃我……我的心好痛……"

瞿一芃心里更苦，却只能抱着她一个劲地重复着："对对，你没有病，你没有病。"声音嘶哑，仿佛也带了哭腔。

29岁的瞿一芃从来没有想过哪一天，他对新婚的总结会是四个字——

"毛骨悚然"。

他试着问过岳父岳母关于陈诗诗的情况，两个长辈讳莫如深，反而只是问是不是陈诗诗哪里有什么不好。他哪里敢提他们的宝贝女儿深更半夜自残的事情，随意遮掩了过去。

唯一有希望解答这个问题的人只有一个——J姐。她知道陈诗诗的过去，却没透露详细。瞿一芃试图再给J姐打电话，却从未打通。他咬了咬牙，想着大不了也学她那样堵一次人，在 A 所的写字楼下守望半天，却连 J 姐的人影也没见到，唯一的收获，是撞上了准点下班的何知南。

正值下班时间的写字楼人来人往，白领穿梭，门口西装革履的保安直直站着。

何知南习惯在通勤的路上戴降噪耳机，隔绝周遭杂音，只剩下耳朵里铮铮响的乐曲、咚咚锵锵的摇滚。今日，就在快出大门的那刻，一个熟悉又陌生的男人踩着耳朵里一阵快速的鼓点节奏朝她急急地走了过来。

何知南见到瞿一苊的反应是——丑了。

眼圈发青、眉头发暗，果然好看的男人也需要好女人来滋润。

瞿一苊像见到救命稻草一样朝她扑了过去，也不顾上一次见面时，两人还是情侣。他死死拽着何知南就问："知南，好久不见，有没有看到 J 姐？她来了吗？"

何知南摇摇头说："她出差了，下周才回来。"停了半秒，她八卦起来："你不是结婚了吗？你们俩还……"

瞿一苊赶紧撇清关系："我确实结婚了，我找她，只是想问一下我老婆的事情……她们是旧识。"

何知南瞬间在心里翻了 J 姐 20 个白眼。旧识？难怪 J 姐自从知道陈诗诗的事情之后就再也没来找她吃过饭了，原来是拿这个八卦哄人玩去了。而看瞿一苊这般火急火燎地找人的样子，显然他不知道真相。

"你们俩……过得不好吗？自己老婆的事情，要向外人打听？"何知南犹犹豫豫地打探。

明知故问。

瞿一苊不愿透露太多，只说："没事，她不在的话，那我先走了，下周再来找她。谢谢。"

转身就走的背影很决绝，却也十分可怜。

而 J 姐，何知南知道，是永远不可能告诉他真相的。

她终于忍不住叹了一口气，喊道："喂！"

"嗯？"

"陈诗诗的事情……我也……大概知道一点……"

69. 2304（终章）

瞿一苋与何知南在写字楼地下的咖啡厅里面对面坐着。

这个位置并不陌生，他曾有一阵每天勤勤恳恳地来这里找她，等她下班，然后牵着她的手送她回家。那时候的甜蜜如今回想起来，不过是瞿一苋试图打怪通关让自己"嫁"入豪门的既定套路，何知南熟悉这种套路——瞿一苋虽然渣，虽然功利，但他十分知道自己要的是什么，并且对每一个选定的对象，都能竭力展现出十二分的殷勤。

我们的身边总有一些很讨厌的人，汲汲经营，把功利与自私写在脸上，却还始终能够取得不错的成绩，被人认可、混得不差……让我们在抱怨上天瞎眼的同时，也不得不感叹上天的公平：对那些舍得突破自己的底线去追求目标的人，上天终究还是如他们所愿了。

但当何知南坐着认真打量瞿一苋，看他已经开始习惯性地展示自己的阔气，却也无法掩盖自己的狼狈时，她忽然有些怀疑了，他真的如愿以偿了吗？

此刻瞿一苋最关心的问题，还是陈诗诗："你是怎么知道她的事情的？"

"呃……"何知南呆了半秒，续了这个谎，"J姐告诉我的。"

"你知道多少？"

"你想问什么？"

瞿一苋顿了顿，问："她住过院吗？"他不笨，陈诗诗的父母显然有事瞒着他，而陈诗诗的样子实在已经超出了正常的范畴。他看何知南没反应过来一般，又迅速补充道："J姐说她曾经因为校园暴力受过很大的伤害，还因此休学一年，我想知道她……她的精神状态……"

何知南听得愣愣的，想J姐可真损啊，但嘴上还是："暴力，确实有这么一回事……"不过是她暴力别人。

"那她的神志呢？"他追问。

"知道又怎么样？你们都结婚了，你会离婚吗？"何知南忽然指出。

瞿一芃一愣，离婚？——他完全没有想过，他只是觉得陈诗诗有问题，想要一探究竟。

"你舍不得吧？"何知南眼神暧昧地看着他，你舍不得她——的钱。

瞿一芃赶紧正襟危坐起来，朗声表示："我爱她。"

你还说过爱我呢！何知南翻了个白眼。她突然明白了为什么 J 姐选择把这个秘密当成幌子哄瞿一芃玩，而不是痛痛快快、认认真真地告诉他真相。直面他人的私事与秘密需要勇气，既然生米已经煮成熟饭，有些话不说，瞿一芃一样能在未来知道。

他人幸福与否，说到底，与自己没有任何关系。

"既然你爱她，你应该问她，而不是来问我或者 J 姐。"人们总是习惯在感情一团乱麻时向第三人寻求救助，而事实却是：能真正安抚你的钥匙，永远只掌握在那个伤害你的人手里。

"你如果知道了真相也不想离婚，那其实我也没必要多管闲事；又如果你知道了，而因此想要离婚了，那我就更不能告诉你了。"宁拆十座庙，不毁一桩婚，何况毁的还是陈诗诗这种人的婚，她想，她至于吗？

瞿一芃盯着她说："何知南，我一直觉得你是个善良的女孩子。"

善良是男人眼中最看重的女人的品质，却是女人最痛恨从男人嘴里听到的形容词。因为只有不好看，也不可爱，甚至还不聪明的女孩子，才会被男人形容为善良。

"但我也不是什么'圣母''白莲花'呀！"何知南瞪大眼睛看着他，起身，冲他笑了笑，"别忘了，也是你撩完我就跑了。自己选择的路，自己承受相应的代价。别人可救不了你。"

瞿一芃也赶紧起身，伸手就要去拉何知南："那你还叫住我做什么？你什么都不打算告诉我吗？她是我的老婆，我有权利知道真相！"

"可你不是已经知道了吗？瞿一芃。"何知南看着他说，"你知道她精神容易崩溃，知道她可能住过院，知道她有问题，甚至都猜到他们家在刻意瞒着你。你还想要什么答案呢？具体的病情？离婚的筹码？"

瞿一芃一愣。

"你什么也不会做，你只不过想找个知道真相的人抱怨而已——你啊，你舍不得离开她。"何知南说得瞿一芃哑口无言，她忍不住有些沾沾自喜地想，兼职做博主还是有好处的，经年累月地输出价值观，连她随口说出的道理，都比往日透彻许多。

她停了停，打算让瞿一芃消化一下，再继续犀利地点破：

"瞿一芃，娶一个陈诗诗这样的女人，明明一直是你想要的，你好不容易得到了，哪怕有瑕疵，也绝不会影响你继续占有她。"

人们在决定爱上一个人的时候，往往是因为看到了伴侣身上的优点。但大多数人却从来不知道，他们真正要感谢的，反而应该是伴侣身上的缺点——正是伴侣的那些缺点，才让你眼中闪闪发光的他们，拥有了爱上你的可能性。

就像陈诗诗，如果不是因为她的病，她或者她的父母，还可能看上瞿一芃吗？

不可能的。

何知南走上前，还是忍不住多说了一句："瞿一芃，换个角度，你有没有想过，去试着感谢她的病，让她没有走到更远的地方，没有遇到更好的人，才最终嫁给了你？"

"最适合的婚姻不过就是互相成全。"何知南叹了一口气。

"新婚快乐。"

初夏的晚风吹在白玉嘉园小区内，何知南挎着小皮包有些得意扬扬地走着，她想她要把今天和瞿一芃的对话好好记录下来，存作素材。

上一篇的《"绿茶婊"鉴定手册》竟真的让她涨了不少的粉丝，还有些人表示："黑转粉了！"她特地去和孙涵涵炫耀，孙涵涵问："你现在有多少粉丝了？"

"5000了！"还没等孙涵涵发来一个大拇指，何知南缩了缩脖子又补充了一句，"其中3000是我在淘宝上买的……我上次生日，不知道送自己什么，就给自己买了3000粉丝壮壮声势。"

孙涵涵哈哈大笑起来，说："等你明年过生日，我也送你。"

任何事情想要开头，都是困难又孤独的。但还好，一旦确定想要从零开

始做一件事情，后面的事情，都不会比"一无所有"更差劲了。

"那你呢？"何知南问孙涵涵。她去上海已经两周，全新的环境，一样是重新开始。

孙涵涵说："还好啊。又有好多男人追我，但上海的小姑娘也是很厉害、很优秀的，总之，25 岁以后的女性婚恋市场，永远'狼多肉少'。放平心态，慢慢来就行。"

何知南说："那你加油。"又想起什么来，给她转发了一个链接。

链接是关于周斌的，他去了深圳一家不知名的事务所，做的还是律师。但他不再做娱乐法了，而是开始接触人工智能，参加了各类人工智能的讲座，试图在一片新的蓝海里谋求机会。

虽然老，虽然渣，虽然讨厌，但他也在一样努力地生活着。

孙涵涵过了好久，才回了一个："祝他……成功吧。"

何知南诧异地问："你还希望他成功？"

"不！我只是想假装大方一下。"孙涵涵决定对自己坦诚，想了想，又说，"但不得不承认，他这种人，还是挺容易成功的。真又成功了，我们也管不了，我们只能干瞪眼，然后气死自己……"

人生的无奈之一，是我们不仅无法保证自己能过上世俗眼光里的好日子，还完全无法阻止那些我们不喜欢的、痛恨的、鄙视的、丑恶的人，过上世俗眼光里的好日子。

"但我们可以……"何知南提议。

"可以一起嘲讽他！"孙涵涵大声回答，苦中作乐，也做个坏人。两人为自己的"小人"行径在手机旁"哈哈哈"笑作一团。

"或者……"过了一会儿，孙涵涵又说，"我们可以无视他，把注意力放在我们真正喜欢、认可、钟爱的事物和人上，只在意那些真正值得在意的人。"

并且相信，那些做了不好事情的人，终究会得到相应的审判，并付出相应的代价。

何知南想：是啊，不必要再去关心那些"坏人"的故事与结局了，毕竟，世间有太多不值得。

与孙涵涵聊完，何知南把手机收进口袋里，晚风舒爽，她在白玉嘉园小区里一个人兜着圈子散步。天色渐渐暗得晚了，一年难得适合散步的季节，小区里此时正是热闹的时候，伪装成小小石头的音箱窝在草丛里放着轻音乐，四处是遛狗的、遛娃的人，还有逗弄流浪猫的少男少女。

韩苏与罗玛牵着手，没想到会在这里遇到何知南。

罗玛正处于热恋期，每天都不厌其烦地从海淀跑到国贸来接韩苏下班，于是两人习惯了一起回来，再晃到小区旁的菜市场里买了菜，回家做饭。

何知南先是被韩苏找了一个帅气小男友的事情惊呆，再是被两人已经是这般居家的状态吓到，问："你这已经开始柴米油盐酱醋茶了?!"

韩苏摇摇头，有些不好意思地说："只是吃腻了外卖和餐厅，偶尔想要自己做饭。"

罗玛抢答说："明明是我做。"

何知南认了半天才想起罗玛的脸，了然之后换了一副不怀好意的神色看着韩苏说："哎呀，那我们当时，还算做了一件好事呢。"

她说的是酒吧里那次大冒险。

罗玛也顺势想起来了何知南是谁，笑着欢迎她："下次请你来我们家吃饭，尝尝我的手艺!"

"真的吗?"何知南看着韩苏，不太能相信他的厨艺。

韩苏觉得心里有点"苦"——她是在一次看微博时无意中看到了《如何让你的男朋友爱上做饭》的野路子攻略，实在好奇，使了坏心眼在罗玛身上试试。她按照攻略，先找了个由头让罗玛做饭，攻略要诀是，无论他做得多么难吃，你都要点头说"好吃"，给他以鼓励。并且在将来，一定要有意无意地提起："上一次亲爱的你做的饭，实在太好吃了，让我回味到现在都无法自拔。"特别是在朋友面前，也要尽可能地夸他做的菜十分好吃、万分好吃……如此良性循环，一定能让男朋友爱上做饭。

攻略言之凿凿，韩苏气自己为何一时脑热想要套路别人，毕竟结局是：罗玛果然迅速爱上了做饭，但遗憾的是，已经两周过去了，罗玛做的饭……味道实在不怎么样。

面对何知南怀疑的神色，韩苏的表情一下子微妙起来，她奋力地点了点头回答：

"特别棒！"

两人告别了何知南，进了楼道里的电梯，罗玛揽着她的肩膀，颇有主见地安排："晚上要给你做你最喜欢的家乡菜。一会儿到家了你先加班，我去做饭。"

韩苏默默点头，说："好啊。"

她没看见，上方罗玛的嘴角上扬，笑得无害又狡猾：果然，抓住一个女人的心，应该从抓住她的胃开始。

学会做饭，是条好路。而套路，诚不我欺。

何知南刚出电梯就皱了眉头。

东三环的电梯公寓里透出夕阳的斜影，楼道的窗户没打开，但隔壁2303的门却大开着，里面空空的，正处于装修状态——一股浓烈的油漆味道充满了整个楼道。

2303来了新的住户？看这个翻新装修的架势，显然不是租户。

何知南没忍住偷偷往里面瞄了两眼，倒很快和一个面容清秀的小伙子对上了眼。业主?! 何知南一惊，立刻缩手缩脚地溜走，迅速打开2304的门，钻进了屋里。

过了半小时，门还是被敲开了。

门外站着的是隔壁那个男孩，抱着一盒水果，自我介绍说他是新搬来的邻居，叫小北，北京本地人，博士毕业刚考上了研究院，父母给他买了房子。他将水果递到何知南面前说："未来几个月装修可能会打扰你，实在抱歉。以后我们是邻居了，还请多多关照。"

语气礼貌，气质斯文，嗓音好听，身高撩人。

何知南一下子乐开了花，笑盈盈地看着他说："小北，我叫知南。"笑起来的两个梨涡点在腮边，分外可爱。

小北也些微不好意思起来，两人这么对望着，一时谁也不知道说些什么。沉默的时刻，何知南脑中闪过无数念头，想着要不邀请他进屋坐坐？看个电影？再开一杯红酒……然后……

但下一秒，电话铃声响起，打破了两人些微的尴尬——是小北的手机。

"不好意思，我接一下电话……"

何知南想，这一天实在值得铭记，因为她见证了自己的一朵桃花的最短寿命——小北接起电话的下一秒，是一声温柔又缠绵悱恻的："老婆……"

也对，这年头的好男人，早就被人捷足先登、提前预订了。

韩苏更过分，还预订了一个在校大学生……

她微微失落地打开电脑，登录自己的账号，好在，又增了一拨粉丝。

何知南看着几个月来屏幕里不断增长的小小数据，像在看着自己一点点长大的事业。尽管它们如今微不足道，她却为之付出了许多努力，而这些努力，也将变成她的信心与能量，在每一个自我质疑与沮丧的时刻，用它们的成长，鼓励自己。

先前的失落散落在空气里，何知南的心情慢慢变好。她十指敲打键盘，写下：

"当有一天你发现，你的能力不能满足你的欲望时，你要做的只有努力，以及，等待。"

相信我。

普普通通的何知南微笑着告诉自己——

钱会有的，爱情也是。

（全文完）

图书在版编目（CIP）数据

半熟男女 / 柳翠虎著 . -- 长沙：湖南文艺出版社，2024.2

ISBN 978-7-5726-1527-6

Ⅰ. ①半… Ⅱ. ①柳… Ⅲ. ①长篇小说－中国－当代 Ⅳ. ①I247.5

中国国家版本馆 CIP 数据核字（2024）第 004660 号

上架建议：畅销·长篇小说

BANSHU NANNÜ
半熟男女

著　　者：柳翠虎
出 版 人：陈新文
责任编辑：张子霏
监　　制：毛闽峰　刘　霁
策划编辑：张若琳
文案编辑：赵志华
营销编辑：刘　珣　焦亚楠
封面设计：介末设计
版式设计：李　洁
出　　版：湖南文艺出版社
　　　　　（长沙市雨花区东二环一段 508 号　邮编：410014）
网　　址：www.hnwy.net
印　　刷：三河市兴博印务有限公司
经　　销：新华书店
开　　本：680 mm × 955 mm　1/16
字　　数：389 千字
印　　张：23.75
版　　次：2024 年 2 月第 1 版
印　　次：2024 年 2 月第 1 次印刷
书　　号：ISBN 978-7-5726-1527-6
定　　价：56.00 元

若有质量问题，请致电质量监督电话：010-59096394
团购电话：010-59320018